DRESSLER

TRISTAN MORTALIS

von
Melissa C. Hill & Anja Stapor

Dressler Verlag · Hamburg

Dieses Buch wurde klimaneutral produziert. Dadurch fördern wir anerkannte
Nachhaltigkeitsprojekte auf der ganzen Welt. Erfahre mehr über die Projekte,
die wir unterstützen, und begleite uns auf unserem Weg unter www.oetinger.de

Quellenverzeichnis:

Johann Wolfgang von Goethe, *Faust:*
Eine Tragödie [1808]. Stuttgart: Reclam 1971.
Richard Weltrich: Richard Wagners *Tristan und Isolde*
als Dichtung. Berlin: Georg Reimer 1904.

Die Passagen des Theaterstücks stammen aus:
Gottfried von Straßburg, *Tristan und Isolde*,
übersetzt von Karl Simrock. Leipzig: F. A. Brockhaus 1855.

Originalausgabe
1. Auflage
© 2023 Dressler Verlag GmbH,
Max-Brauer-Allee 34, 22765 Hamburg
Alle Rechte vorbehalten
© Text: Melissa C. Hill und Anja Stapor, 2023
© Umschlaggestaltung: Zero Werbeagentur,
unter Verwendung von Shutterstock:
© Regina M art / © Gregory T Lefeber / © NicVW / © elegeyda
Satz: Sabine Conrad, Bad Nauheim
Druck und Bindung: GGP Media GmbH,
Karl-Marx-Straße 24, 07381 Pößneck, Deutschland
Printed 2023
ISBN 978-3-7513-0103-9
www.dressler-verlag.de

Prolog

Er rennt einen Pfad entlang, weg vom Meer. Dabei lässt er nicht nur das Lachen und die Musik hinter sich, sondern auch den warmen Schein des Feuers und die bunt blinkenden Lichter. Er schlägt sich durch die Dunkelheit, der Mond nur eine bleiche Sichel am Himmel. Wege durch den Morast, denen er nicht traut, denn zu groß ist die Angst, dass sie ins Nichts führen. War es ein Fehler, diese Abkürzung zu nehmen? Wen das Moor einmal verschlingt, den gibt es nicht so leicht wieder her.

Er ist allein, muss sich beeilen, muss sie warnen, bevor es zu spät ist. Birkenäste ragen über den Weg wie schimmernde Gebeine. Zweige schlagen gegen seine bloßen Schienbeine. Er merkt nichts davon. Rennt und keucht, tastet dabei immer wieder nach seiner Hosentasche. Vergeblich. Was er sucht, ist nicht da.

Der Boden federt unter seinen Tritten. Das Moor um ihn herum knarzt und gurgelt wie ein hungriges Tier, das auf Beute lauert. Ein Vogel fliegt auf und krächzt ein Unheil verkündendes Lied. Er scheucht die Kreaturen auf, die schon schlafen. Ein unwilliges Geraschel setzt ein. Er kann nichts hören außer dem Keuchen, das aus seiner Lunge dringt.

Eine warme Flüssigkeit rinnt seine Schläfe hinab, das Wegwischen hat er längst aufgegeben. Eine Hand hat er zur Faust geballt, drückt sie in die Rippen, dort, wo es sticht. Es ist der

Wind in seinem Gesicht, der dem Schmerz etwas entgegenhält. Der Wind und ein Gedanke, der in seinem Kopf hämmert. *Wem nie … Wem nie durch Liebe …*

Alles dreht sich, oben und unten kehren sich um. Er taumelt, weiß nur noch, dass er vorankommen muss. Doch er spürt, dass der Boden unter seinen Füßen fester wird, zuverlässiger. Sein Ellbogen schrammt an einem Birkenstamm entlang. Dann lichten sich die Bäume.

Das muss Gras unter seinen Füßen sein. Endlich, die Salzwiesen. Nun geht es steil den Deich bergauf. Er holt keuchend Luft, jeder Atemzug schmerzt. Seine Finger krallen sich beim Aufstieg in Grasbüscheln fest, damit er nicht wegrutscht. Aber dann spürt er etwas anderes. Harter, kalter Straßenbelag.

Plötzlich schneidet ein Lichtstrahl durch die Finsternis. Geblendet hebt er eine Hand vor die Augen. Scheinwerfer. Der Boden unter seinen Schuhen scheint zu vibrieren. Langsam lässt er die Hand sinken, starrt nach vorne, sieht nur die blendende Helle. Und da verlässt ein Flüstern seine Lippen, kaum wahrnehmbar gegen das Aufheulen des Motors: »*Wem nie durch Liebe Leid geschah …*«

Teil I

Hinter den Kulissen

»Bremsen, Alice! Du musst bremsen!«

Alice wirft Georg auf dem Beifahrersitz einen nervösen Blick zu, ehe sie die Augen wieder auf die Straße heftet. Er erinnert sie an ihren Fahrlehrer, und vermutlich hätte er gerade auch gerne ein zweites Set Pedalen, um das Auto zum Stehen zu bringen. »Das ist eine Vollsperrung! Du musst –«

»Bremsen, ich weiß!«, versichert Alice, tritt auf die Bremse und reißt das Lenkrad herum. Na bitte, die Ausfahrt hat sie noch erwischt. Haarscharf zwar und mit einem Schlenker auf die Gegenfahrbahn, aber was soll's. Trotzdem wirft sie einen kurzen, schuldbewussten Blick zu ihrem Beifahrer.

»Du hättest Rennfahrerin statt Malerin werden sollen!«, stöhnt Georg neben ihr. Er tastet mit der Hand die Fahrzeugdecke ab, aber der klapprige Van hat keine Haltegriffe. Überhaupt ist die Schwere des Gefährts der einzige Grund, aus dem Alice die Kurve so knapp geschnitten hat. Bis unters Dach vollgepackt mit Leitern, Farbeimern und allerhand anderem Kram lenkt es sich einfach ganz anders als ihr schnittiger Beetle.

Georg fährt sich mit dem Taschentuch, mit dem er sich eben noch Farbe unter den Fingernägeln herausgepult hat, über die Stirn. Seit vier Jahrzehnten kutschiert er den Maler-Van zu den Baustellen und macht keinen Hehl daraus, dass er seiner neuen Auszubildenden Alice diese Aufgabe nur sehr widerwillig überlassen hat. Er bezeichnet ihren Fahrstil – je nach Tageslaune – als jugendlich oder schlichtweg gemeingefährlich.

10

»Was soll das überhaupt?«, fragt Alice, während sie den Kleinbus auf eine ihr unbekannte Nebenstraße lenkt. Sie führt weg vom Deich, weg von der Küste und damit grob in Richtung Nordenham. »Heute Morgen war hier noch keine Baustelle. Die können doch nicht einfach die ganze Landstraße sperren.«

»Vielleicht ein Unfall.« Georg dreht sich so weit nach hinten um, wie der Gurt und seine kräftige Statur es zulassen. »Wenn hier mehr Leute so rasant unterwegs sind wie du, wundert mich das nicht. Die Fahrten zu den Baustellen sind echt voller Nervenkitzel, seitdem du bei uns arbeitest.«

Alice beißt sich auf die Unterlippe und konzentriert sich lieber auf die Straße. Sie kennt ihren Ausbildungsleiter mittlerweile schon ziemlich gut und weiß, dass er nur dem Schrecken über die plötzliche Bremsung Luft machen muss. Am Ende des Tages wird er ihr auf die Schulter klopfen und sagen, dass er heilfroh ist, ihr das Malen und nicht das Fahren beibringen zu müssen. Darin macht sie sich nämlich richtig gut, wie er immer wieder betont.

»Da sind Blaulichter«, stellt er nun fest. »Mannomann, da ist ganz schön Polizei am Start. Vielleicht eine Massenkarambolage.«

»Auf der Straße ist doch kaum Verkehr.« Alice wirft einen schnellen Blick in den Seitenspiegel. »Warte mal, ist das nicht direkt an der Einmündung zum Campingplatz?« Sie hat keine Chance mehr, sich zu vergewissern, weil sie zu weit weg sind. Doch der pure Gedanke genügt, damit sich in ihrem Brustkorb ein dumpfer Druck bildet.

Georg mustert sie. »Ich bin nicht so der Camper. Zu unbequem, zu viele Stechmücken.«

»Der liegt direkt am Wattenmeer. Beim Schwimmenden Moor.«

Ein Seitenblick verrät ihr, dass Georgs Miene sich aufhellt.

»Ach da. Ja, das müsste ungefähr die Höhe sein, gleich hinter dem Deich.«

»Ach, kein Camper also, aber trotzdem Fan der trivialen Touristenspots?«, zieht Alice ihren Ausbildungsleiter auf, um ihre eigenen Gedanken in andere Bahnen zu lenken. Der Anblick des Blaulichts vor dem grauen Abendhimmel hat sich auf ihrer Netzhaut eingebrannt.

»Touristenspots«, brummt Georg. »Das Schwimmende Moor ist ein Naturphänomen. Das muss man ja wohl kennen. Ist das einzige Außendeichmoor der Welt!«

»Weiß ich doch, Opa Bär«, entgegnet Alice leise. Aber nicht leise genug. Georg wirft das zerknüllte Papiertaschentuch nach ihr. Er hasst es, wenn Alice und sein auch ansonsten eher junges Team ihn wie den Großvater behandeln, der er als Fast-Rentner nun mal ist.

Seufzend setzt Alice den Blinker, um einen Schleichweg zu nehmen, der sich hoffentlich als Abkürzung herausstellt. »Mach mal die Musik aus«, bittet sie Georg und nickt in Richtung ihres Handys, das zwischen ihnen liegt.

»Was? Sag bloß, dieses sagenhaft melodische Lied stört deine Konzentration!«, spottet der Angesprochene, kommt ihrer Bitte aber nach – nicht ohne einen Seufzer der Erleichterung. »In Korea hört man das, sagst du, ja?«

»Nein, wenn man u-100 ist, hört man das auch hier.« Alice unterdrückt ein Schmunzeln. »Und jetzt hilf mir lieber, den Weg nach Nordenham zu finden.«

Hier draußen kennt sie sich nicht besonders gut aus. Wenn sie ans Meer will, zieht es sie eher an die Sandstrände, nicht an den schroffen Küstenstreifen hier. Nur einmal … Einmal hat sie einen ganzen Abend hier verbracht. Am Bootshaus von Claires Familie, an eben diesem Campingplatz zwischen Nordsee und

Schwimmendem Moor, dessen Zufahrtsstraße direkt hinter der Vollsperrung liegen muss.

Über ein halbes Jahr ist das jetzt her. Ihre Abifeier. Natürlich nicht die offizielle. Die fand in der Stadthalle und unter striktem Alkoholverbot statt. Anwesend waren sie natürlich trotzdem alle. Aber die richtige Party stieg eine Woche später am Bootshaus.

Ein kleiner Teil von ihr würde gerne umdrehen und herausfinden, was es mit dem Einsatz auf sich hat. Nicht aus Sensationsgier, sondern um sicherzugehen, dass nichts Schlimmes passiert ist.

Vielleicht sollte sie später Claire schreiben. Aber vielleicht haben die Sperrung und das Polizeiaufgebot auch gar nichts mit dem Campingplatz zu tun. Vielleicht hat Georg recht, und es handelt sich um einen Autounfall. Ihr Bruder Adrien kommt ihr in den Sinn, der hier draußen mal eine Panne mit dem Motorrad hatte. So oder so … Ein ungutes Gefühl in ihrer Magengrube bleibt.

Claire / Montag, 28.02., 20:00 Uhr

Claire stapelt ein Buch auf das andere. Es ist wenig los heute in der Bibliothek, und sie hat direkt ihren Lieblingstisch ergattert. Den ganz hinten im dunklen Eck mit Blick auf die langen Regalreihen. Sie ist immer noch ein wenig nervös, wenn sie sich zwischen den anderen Studierenden niederlässt. Als würden die ihr an der Nasenspitze oder womöglich eher an den bunten Klebezetteln und Textmarkern ansehen, dass sie noch ein Ersti ist und gerade erst die Einführungsveranstaltungen belegt.

Beim Gedanken an all das Wissen, das sie sich in den nächsten Semestern aneignen wird, entfährt Claire ein zufriedener Seufzer. Sie legt das letzte Buch oben auf den Stapel. Für einen Moment lässt sie die Hand darauf ruhen, spürt die kühle Glätte des Schutzumschlags unter ihren Fingern und zieht sie dann schnell zurück. Nicht, dass sie noch jemand dabei beobachtet.

Ihr Bücherwall rahmt ihren Laptop ein und schützt sie vor neugierigen Blicken. Wobei Mara gerne behauptet, dass nur ein Masochist neugierige Blicke auf Claires Sartorius-Gesetzessammlung und ihre Karteikarten werfen würde. Da mag sie recht haben, aber die Barriere gibt Claire zumindest das Gefühl, konzentrierter arbeiten zu können.

In ihre eigenen Bücher hat sie gleich am ersten Vorlesungstag in kühnen Schwüngen ihren Namen geschrieben: *Claire Hagenbrock*. Vor dem Vornamen hat sie am linken Seitenrand ein klein wenig Platz gelassen, gerade genug, um in ferner Zukunft ein *Dr. jur.* ergänzen zu können, falls sich dieser Traum irgendwann erfüllt. Das erste Semester hat sie schon beinahe geschafft, mittlerweile kennt sie den kürzesten Weg zur Mensa und verläuft sich auch kaum noch zwischen den Hörsälen. Nur sollte sie zukünftig vielleicht nicht mehr ganz so engagiert jedes einzelne Wort der Professorinnen und Professoren mitschreiben, sonst braucht sie schon bald ein neues Bücherregal für ihre Ordner.

Als der rothaarige Bibliotheksangestellte mit einem Stapel Strafrecht-Bücher in den Armen an ihr vorbeiläuft, schenkt er ihr wie üblich ein Lächeln. Kein Wunder, die Bibliothek im Göttinger Juridicum ist seit Semesterbeginn im letzten Oktober so was wie ihr zweites Zuhause. Für die Angestellten ist der Anblick von Claires über ihren Arbeitsplatz gebeugtem Kopf wahrscheinlich so vertraut wie die kränkelnde Topfpflanze daheim oder die Plakatwerbung an den Bushaltestellen.

Claire liebt die Routine: Wie sie abends durch die Eingangstür der Bibliothek tritt, staubige Bücherluft einatmet, ihren Mantel aufhängt, ihren Spind aufschließt, die Tasche darin verstaut und die Unterlagen herausnimmt. Sie liebt es, hier zu sein, hier zu lernen. Und folgerichtig bringt sie auch den Bibliotheksangestellten eine gewisse Sympathie entgegen.

Aber das ist noch lange kein Grund, dass dieser Rothaarige sie so penetrant anstarrt. Ha! Jetzt zwinkert er auch noch! Sein Lächeln wirkt heute irgendwie falsch, unnatürlich und gleichzeitig aufdringlich wie bei einer Schaufensterpuppe. Claire zieht eine Augenbraue nach oben und wirft ihm einen derart kühlen Blick zu, dass die Nordsee davon zufrieren könnte. Wenigstens eine nützliche Sache, die sie von ihrem Vater gelernt hat. Verachtung zeigen, das können die Hagenbrocks.

Der Rothaarige ergreift mit einem verstörten Gesichtsausdruck die Flucht, und Claire wendet sich wieder ihrem Laptop zu. Ihre Finger huschen über die Tasten. Jeden Montag kontrolliert sie zuerst eine halbe Stunde lang ihre Internetpräsenz.

Erst Google. Sie tippt *Claire Hagenbrock* in die Suchmaske und scrollt durch die Ergebnisse. Wie immer tauchen zuerst Erwähnungen ihrer Eltern und deren alteingesessener Anwaltskanzlei auf, dann ein Eintrag ihrer früheren Schule über besonders gute Abiturleistungen. Das darf gerne stehen bleiben. Ganz unten auf der Seite findet sich ein Verweis auf den Online-Artikel einer Regionalzeitung: *Schülergruppe begeistert mit Tristan-Aufführung*. Claires Name ist im Text erwähnt.

Sie presst die Zähne aufeinander. Es ist nicht das erste Mal, dass sie an diesem Artikel hängen bleibt. Unschlüssig lehnt sie sich im Stuhl zurück. Die Muskeln in ihrem Nacken melden eine zunehmende Verspannung. Geistesabwesend beginnt Claire, mit einer Hand die Stelle zu massieren. Aus den Augenwinkeln nimmt sie wahr, wie der Rothaarige mit seinem Bücherwagen einen großen Bogen um ihren Tisch macht. Er schleicht beinahe. Trotzdem bemerkt Claire seine Anwesenheit und hat das Gefühl, sich noch mehr abschirmen zu müssen. Oder ist es nur die Erwähnung der Theatergruppe, die das Unbehagen auslöst? Sie kann nichts gegen diesen Eintrag tun, das weiß sie auch, aber trotzdem …

Dann schließt sie die Seite. Stattdessen beauftragt sie die Bildersuche. Die meisten Treffer haben nichts mit ihr zu tun. Nur ein Foto ihres Vaters beim Händeschütteln mit irgendwelchen Politikerinnen und Politikern taucht auf. Für einen Moment studiert Claire das verschwommene Gesicht ihres Vaters, die buschigen Augenbrauen, das energisch vorgestreckte Kinn, das sie angeblich von ihm geerbt hat. Ein alternder Patriarch mit einer spießigen Krawatte. Hat Claires Mutter ihm die nicht zu Weihnachten geschenkt?

Claire streicht sich das lange Haar über die Schulter zurück. Als Nächstes checkt sie die Homepage ihres Schwimmvereins. Ein Bild von ihr im Badeanzug kann sie schon gar nicht brauchen. Nur Fotos aus der Schulzeit in Zusammenhang mit ihren herausragenden Noten dürfen im Netz bleiben. Abiturpreisverleihung, soziales Engagement. Das sehen die großen, wichtigen Kanzleien gern. Denn dort will Claire nach dem Studium hin. Und neben hervorragenden Leistungen in den beiden Staatsexamina braucht sie dafür eine blütenreine Weste.

Zum Abschluss ihrer Suche loggt sie sich noch auf Instagram ein. Gepostet hat sie noch nie etwas, aber dafür folgt sie sämtlichen Verwandten und Bekannten und ist garantiert die Einzige, die wirklich jedes ihrer Bilder genau anschaut. Sie scrollt sich durch den Feed. Nataschas Pferd, das Natascha so ähnlich sieht. Gwen und Claudius auf Lanzarote. Tanzende Kommilitoninnen im EinsB und im Hintergrund – Moment mal. Claire beugt sich näher an den Laptop heran. Das ist sie selbst, mit einem Cocktailglas in der Hand.

»Wie kann die nur so ignorant sein«, schimpft Claire leise vor sich hin. Sie ballt die Hände zu Fäusten. Genau das, was sie nicht brauchen kann!

Könntest du das bitte löschen? Claire schreibt Maike sofort eine Nachricht und fügt die Bitte hinzu, in Zukunft darauf zu achten, dass sie nicht auf Fotos zu sehen ist. Keine weiteren Treffer, Claire atmet auf. Sie will den Browser gerade schließen, da registriert sie ein einzelnes Wort in ihrem Nachrichtenfeed: »Nordenham-Leiche«.

Reglos starrt Claire auf den Bildschirm. Ihre Finger auf der Tastatur fühlen sich plötzlich eiskalt an. Wie in Zeitlupe bewegt sie ihre Hand zum Touchpad, scrollt nach unten. In ihrer Heimatstadt ist eine Moorleiche gefunden worden. Übelkeit steigt in ihr auf, während einzelne Wörter ihr ins Auge springen: »überraschend gut erhalten«, »offenbar sehr alt«. Claires Brustkorb fühlt sich plötzlich zu eng an, um Atem zu holen. *Überraschend gut erhalten.* Claire hebt die Hände vors Gesicht. Zum ersten Mal braucht sie den Wall aus Büchern wirklich.

Damian / Montag, 28.02., 21:50 Uhr

»Danke für den geilen Abend! Ihr seid der Hammer! Bestes Publikum diese Woche!« Damians Stimme überschlägt sich am Ende des Satzes leicht und wird zu einem heiseren Krächzen, das im Applaus untergeht. Morgen wird er die Klappe halten müssen und Salbeitee trinken – wie immer nach einem Auftritt.

Irgendjemand sorgt dafür, dass Musik aus den Boxen dringt. Zahme Hintergrundmusik, bei der man sich noch einigermaßen unterhalten kann, während Area 52 ihre Instrumente nehmen und von der Bühne gehen.

Damian atmet tief die stickige Luft der vollgestopften Kneipe ein und wirft einen letzten Blick auf die Leute, ehe er seiner Band in den Nebenraum folgt, der ihnen als Backstagebereich dient.

»*Bestes Publikum diese Woche …*« Marten klopft ihm auf die Schulter und brät ihm dabei fast mit den Drumsticks eins über. »Dir ist wohl das Mineralwasser zu Kopfe gestiegen, was? Mein restliches Publikum diese Woche bestand aus einer Handvoll Schlagzeugschülern. Und deins? Hast deinen Dozenten was vorgezwitschert?«

Statt zu antworten, lacht Damian laut und nimmt das Glas entgegen, das Seraphina ihm reicht. Aperol, dem Geruch nach. Aber egal, es ist flüssig und Damians Kehle ausgetrocknet. Er leert es in einem Zug und kippt eine Flasche Wasser hinterher, um den bitteren Nachgeschmack hinunterzuspülen.

Elton wischt sich die verschwitzten Locken aus der Stirn und nimmt ebenfalls ein Glas Aperol Spritz von Seraphina entgegen. »Gab's kein Bier mehr?«

»Getränke für die Band gehen auf's Haus.« Seraphina kräuselt ihre Nase. »Da bestelle ich doch kein Bier. War ganz gut heute, oder?« Sie stellt ihr eigenes halb leeres Glas zur Seite, um ihren Bass im zugehörigen Koffer zu verstauen.

»Ja, Hammer Auftritt, Folks, gut gemacht.« Damian hebt seine Wasserflasche. Wird Zeit, dass er sich einen Wein besorgt. Was Bier angeht, stimmt er Seraphina zu: Was für ein widerliches Gebräu. Er wirft die leere Plastikflasche auf einen Tisch und wischt sich die Handflächen an seiner Jeans ab. Die Fingerspitzen der linken Hand spannen noch von den Saiten der Gitarre, und sein Shirt ist genauso schweißnass wie seine Haare unter dem grauen Herrenhut. Trotzdem hebt er ihn kurz an, um etwas Luft darunter zu lassen. Ohne ihn wäre sein Outfit nicht komplett.

»Mischen wir uns unters Volk«, fordert Elton und hält ihnen

die Tür auf, damit sie sich ins Gewühl stürzen können. Das Konzert war gut besucht, die Bar ist immer noch rappelvoll. Damian voran machen sich Area 52 auf den Weg zum Tresen, um sich neue Getränke zu besorgen. Unterwegs klopfen ihnen einige Leute auf die Schultern: Mitstudierende, Musikerkolleginnen und -kollegen, ein paar Fans, die zu allen Auftritten der Band kommen. Bei den Türen, die zum Parkplatz hinausführen, drücken sich ein paar Mädels herum und tuscheln. Allem Anschein nach darüber, ob sie Damian und die anderen ansprechen sollen oder nicht. Das kennt er schon, aber es bringt ihn immer noch zum Grinsen. Er wird sich an der Bar eine Flasche Wein und ein paar Gläser holen und diese Mädels so richtig glücklich machen, indem er rübergeht und ihnen die Entscheidung abnimmt.

»Du warst so gut!« Arme schlingen sich im Gedränge von der Seite um ihn. »Ihr alle!«

»Danke, Romy.« Pflichtschuldig drückt Damian ihr einen Kuss auf die Wange, doch Romy lacht nur und zieht ihn näher an sich heran.

»Was war das denn?« Sie tippt ihm an die Hutkrempe, und kurz hat Damian Angst, dass sie ihm sein Markenzeichen einfach abnehmen wird. Stattdessen legt sie den Kopf in den Nacken, vergräbt beide Hände in seinem langen Haar und zieht ihn zu sich, um ihn zu küssen. Und zwar richtig. Was sie verflixt gut kann.

Erst als seine Freunde laut johlen, gelingt es Damian, sich loszureißen.

»Neidisch?«, fragt er flapsig, sieht aber zu, dass er ein wenig Abstand zwischen sich und Romy bringt. Ein Blick über die Schulter verrät ihm, dass die Mädels neben der Tür jetzt mit ein paar Typen im Gespräch sind. Nur eine der drei schaut noch zu ihm rüber und sieht dabei ziemlich enttäuscht aus. Klasse, jetzt denkt sie vermutlich, er hätte eine Freundin. Dabei hat diese

Sache zwischen ihm und Romy das Label »Beziehung« nun wirklich nicht verdient.

»Ich hol mir was zu trinken!«, brüllt Damian über den Lärm ihrer Umgebung hinweg in Romys Ohr. Seine Stimme klingt wie Schleifpapier. Nicht mehr rockig rau, sondern eher ein bisschen kaputt. Aber ihm ist sowieso nicht nach Reden, sondern nach Feiern.

Wie selbstverständlich hakt Romy sich bei ihm unter. Gut sieht sie schon aus. Besser als die Mädels an der Tür, die wahrscheinlich sowieso zu jung für ihn sind. Das Haar trägt sie heute – anders als an der Fachhochschule – offen, und ihr schwarzes Top ist seitlich geschnürt, sodass Damian die weiche Haut an ihrer Taille berühren könnte, würde er jetzt den Arm um sie legen.

Er überlegt gerade, ob er es einfach machen soll, da spürt er die Vibration seines Handys in der Hosentasche. »Warte mal«, formt er mit den Lippen und zieht das Smartphone heraus. Er muss zweimal auf das Display sehen, um sicherzugehen, dass er sich nicht täuscht. Was in aller Welt …?

»Gleich wieder da!«, krächzt er über den Lärm und schiebt sich unter Zuhilfenahme seiner Ellbogen in Richtung Tür. Das Mädel von eben sieht ihm nach, als er nach draußen schlüpft. Vielleicht wird sie ihm folgen. Aber im Augenblick ist das egal.

Die Anruferin hat offenbar aufgegeben, und Damian muss zurückrufen. Erst nach einer gefühlten Ewigkeit hebt jemand ab.

»Oma?«, fragt er irritiert. »Du hast gerade bei mir angerufen?« Und das um diese Uhrzeit. Damians Eingeweide krampfen sich schmerzhaft zusammen. Das kann eigentlich nur bedeuten, dass irgendetwas passiert sein muss. Opa im Krankenhaus. Ein Unfall. Das Haus brennt. Sonst würde sie schon längst schlafen.

»Damian?« Tatsächlich klingt sie aufgeregt. Das hört er schon an diesem einen Wort.

»Ja, Oma, ich bin dran. Ist alles okay?«

»Nein! Hast du es noch gar nicht gehört? Sie haben heute eine Leiche gefunden!«

»Bei euch in Nordenham?«

»Im Schwimmenden Moor! Beate von nebenan sagt, der Kleidung nach ein Ritter oder so was.« Ihre Stimme überschlägt sich fast, aber jetzt weiß Damian, dass es eher Aufregung über die Ereignisse in ihrer sonst so ruhigen Kleinstadt ist. »Der Körper ist erstaunlich gut erhalten, wegen der Säure im Moor oder so. Beate wusste das auch nicht so genau. Aber ihr Sohn hat ein Foto geschickt. Er ist doch jetzt bei der Polizei, weißt du?« Sie wartet keine Antwort ab. »Sie hat es mir gezeigt. Unheimlich, Damian, unheimlich, das sag ich dir. Bist du noch dran?«

»Äh … ja, Oma. Aber ich arbeite gerade eigentlich.« Sein Blick wandert zurück zur Eingangstür der Musikkneipe. »Wir hatten heute einen Auftritt. Aber ich ruf dich morgen an, ja? Vielleicht kann ich vorher im Internet noch ein bisschen mehr über den Ritter aus dem Moor rausfinden.«

»Mach das, mein Junge! Opa und ich sehen jetzt mal, ob sie in den Spätnachrichten schon was darüber bringen.«

Damian legt auf. Kopfschüttelnd verstaut er das Handy wieder in seiner Hosentasche. Eine historische Moorleiche in der Nähe seiner Heimatstadt. »Unheimlich« trifft es da schon ganz gut, wenn er ehrlich ist.

Bene / Montag, 28.02., 22:05 Uhr

Wohin er auch blickt, Bene sieht nur Bling-Bling. Auf den Tischen mit dem Silberbesteck und den funkelnden Weingläsern, an der Discokugel über seinem Kopf und vor allem am Hals von

Frau Heuerlein, die er in seinen Armen hält. Die Gute ist mit Schmuck behängt wie der Christbaum am Rockefeller Center. Ihr Kleid ist eine Nummer zu klein, die falschen Wimpern etwas schief aufgeklebt, aber dafür ist sie wirklich nett. Und sie scheint sich unter dieser glitzernden Discokugel wieder richtig jung zu fühlen. Bene gibt ihr ausreichend Schwung für die nächste Drehung mit und muss lächeln, als sie sich begeistert kichernd um die eigene Achse dreht.

»Bester Tänzer – auf dem ganzen Schiff!«, schnauft sie.

»Stets zu Diensten, Frau Heuerlein.« Bene deutet einen militärischen Gruß mit seiner nicht vorhandenen Mütze an.

Sie quietscht entzückt. Bene zwinkert ihr zu und bremst sie etwas, damit sie wieder in den Takt kommen. Er muss aufpassen, dass sie sich vor lauter atemlosem Hüpfen nicht in ihrem Abendkleid verheddert.

Heute haben sich alle in Schale geworfen. Das Captain's Dinner ist der kulinarische Höhepunkt der Kreuzfahrt und gleichzeitig der letzte Abend an Bord. Genau wie die anderen Crew-Mitglieder trägt Bene einen weißen Smoking mit einer schwarzen Fliege. Sein Haar ist sorgfältig gegelt, seine Schuhe blank poliert, sein Lächeln noch strahlender als sonst. Das Weiß des Smokings hebt sich von seiner dunklen Haut ab, das sieht ziemlich cool aus und fällt hier auf dem Schiff viel weniger auf als daheim in der niedersächsischen Kleinstadt. Das liegt sicherlich daran, dass die Besatzung sowie die Gäste aus ganz unterschiedlichen Ländern kommen. Bene ist längst nicht die einzige Person of Color, vielleicht hat er sich deshalb hier so schnell eingelebt.

Die Band spielt, er wirbelt auf der Tanzfläche herum, es ist laut und viel los. Das hier ist seine Welt – und auch wieder nicht. Denn wenn die Party vorbei ist, wenn aufgeräumt und geputzt ist und die Passagiere sich nach und nach in ihre Kabinen und

Suiten zurückziehen, dann lässt auch das Adrenalin nach. Dann wird er mit den anderen Animateurinnen und Animateuren in ihre Kajüten zurückkehren. Dann klettert jeder in sein Stockbett, zieht den Vorhang vor. Der eine wird noch meckern, dass die Schuhe des anderen müffeln, der nächste sein Ladekabel suchen und sich noch einen Film reinziehen. Und Bene wird in seiner Koje liegen, auf die Fotos an der Wand starren und sich fragen, was seine Eltern gerade machen. Und seine Freunde.

»So ein schönes Captain's Dinner! Das gab's noch nie. Und ich muss es wissen … Bin schließlich schon achtmal mitgefahren!« Frau Heuerlein stößt die Luft zwischen den Zähnen hervor, während sie Bene anstrahlt. »Den Luxusurlaub musste ich mir auf die harte Tour verdienen. Meine ganzen Kriminalromane haben sich wirklich nicht von allein geschrieben!«

Oh, also hat er mit einer berühmten Autorin getanzt. Bene würde gerne nachfragen, doch da sieht er über ihre Schulter Noah, der an der Bar steht. Er deutet auf Bene und winkt ihn zu sich. Was ist jetzt schon wieder los?

Er erwidert das Lächeln seiner Tanzpartnerin und lässt die letzten Takte des Liedes mit ein paar Grundschritten ausklingen. »Danke, dass ich Sie zu diesem Tanz entführen durfte. Und viel Erfolg weiterhin mit Ihren Büchern!« Er tut so, als nähme er ihre leicht enttäuschte Miene nicht wahr, geleitet sie noch zu ihrem Platz zurück und winkt dem Kellner, um ihr ein Wasser zu bestellen. Dann schlendert er zur Bar hinüber.

Andrej wirbelt gerade Orangenscheiben durch die Luft und gießt großzügig Tequila in Gläser. Das Regal hinter ihm für all die geheimnisvollen Flaschen mit bunten Flüssigkeiten darin ist mit LEDs beleuchtet. Bene hilft ihm manchmal beim Mixen, wenn Andrej viel zu tun hat. Aber die Übersicht über die Zusammensetzung der teils ziemlich komplizierten Cocktails hat er noch lange nicht. Über dem Barschrank hängt ein riesiger Fernseher. Es läuft eine Nachrichtensendung. Bene sieht ein Absperrband unheilverkündend im Wind flattern, Wolken türmen sich an einem stahlgrauen Himmel übereinander. Dann schwenkt die Kamera auf einen Moderator, der ein scheußliches Hawaiihemd mit Glanzeffekt trägt und sich gegen den Wind stemmt. Irgendetwas scheint ihn vollauf zu begeistern.

Noah empfängt Bene mit Handschlag. »Na, wie viel hat die Alte dir bezahlt für den Kuscheltanz?«

»Alter! Hast du keine Ehre?« Bene macht sich los. »Sie ist nett. Im Gegensatz zu dir!«

»Du bist einfach eine leckere kleine Süßigkeit. Perfekt zum Dessert!« Noah kneift ihn in die Wange. »Die will dich vernaschen, da lässt sie bestimmt noch mal ordentlich Trinkgeld springen.«

»Zu Recht, weil ich hundertmal besser aussehe als du Milchbubi.« Bene boxt ihm gegen die Schulter. Noah ist ein Arsch. Er wird ihn morgen früh beim Bankdrücken-Battle leiden lassen. Oder zu einem Sprint über das Sonnendeck herausfordern. Ach nein, morgen sind sie ja gar nicht mehr auf dem Schiff.

»Hey, ich hab dich eigentlich wegen dem Beitrag hier gerufen. Nordenham, das ist doch das Kuhkaff, aus dem du kommst, oder?« Noah zeigt auf den Fernseher.

Bene blickt wieder hoch, gerade rechtzeitig, um in blinkenden roten Buchstaben das Wort »Moorleiche« über den Bildschirm ziehen zu sehen, während der Moderator in sein Mikro brüllt und mit einer Hand sein wild im Wind flatterndes Haar zu bändigen versucht. Ist das ein Stück Deich im Hintergrund?

»Na, wen hast du da versenkt, Bene?«, witzelt Noah.

Bene ignoriert ihn. Unruhe ergreift von ihm Besitz. Er beginnt, in seinem schicken Anzug zu schwitzen. »Andrej, kannst du das bitte lauter machen?«

Andrej schaltet den Ton an, doch die Kapelle setzt gerade lautstark mit *Diamonds Are a Girl's Best Friend* ein, sodass Bene nur Satzfetzen von dem Fernsehbericht versteht. Immer wieder fällt der Name Nordenham.

»Jahrhundertfund!«, ruft der Moderator. »Historische Gewandung!« Er kommentiert weiter, während eine verwackelte Filmaufnahme eingeblendet wird, offenbar aus weiter Entfernung mit Zoom aufgenommen. Bene sieht ein Zelt, gerade werden Scheinwerfer aufgebaut, Leute in weißen Ganzkörperanzügen laufen durchs Bild. Und dort unten, am Boden … Ein klauenartiger Umriss. Es scheint ein Arm zu sein, eine gekrümmte Hand, die Finger starr und wie von einer ledrigen Textur überzogen. Eine Frau kniet daneben, mit Mundschutz und einer Art Pinsel in der Hand.

Unwillkürlich beugt Bene sich weiter vor. Was ist das für ein Stück Stoff, da am Handgelenk der uralten Moorleiche? Irgendetwas irritiert ihn daran. Die Aufnahme ist nicht scharf genug, um es genau erkennen zu können, aber … Da tritt plötzlich eine der Gestalten zur Seite und für einen Moment ist der ganze Oberkörper sichtbar. Etwas glänzt dort unvermutet auf.

Bene zuckt zusammen. Der übermotivierte Moderator wird wieder eingeblendet, doch Bene hört kein Wort mehr von dem, was er erzählt. Das Blut pocht in seinen Ohren. Er sieht noch immer den Brustharnisch vor sich und weiß – auch wenn die Kamera das gar nicht gezeigt hat –, dass dazu ein altertümlich anmutender Schwertgürtel gehört.

Claire / Montag, 28.02., 20:45 Uhr

Claire lässt die Tür hinter sich ins Schloss fallen und lehnt sich mit dem Rücken dagegen. Gemütlich warm ist es hier, doch sie macht keine Anstalten, ihren Mantel auszuziehen. Aus der Küche riecht es nach Tomatensoße und Gewürzen, das Geräusch von fröhlich klappernden Küchenutensilien dringt zu ihr herüber, doch Claire ruft nicht ihr übliches »Moin!«.

Sie steht einfach nur da. Für einen Moment lang schließt sie die Augen und gestattet den wirbelnden Gedanken in ihrem Kopf, die Führung zu übernehmen. Eine Leiche im Moor, im Schwimmenden Moor nahe Nordenham. Sämtliche Boulevardblätter sind schon vor Ort, schreiben von dem historischen Fund, der ungewöhnlichen Bekleidung. Claire hat nach dem ersten Schock in der Bibliothek nur wenige Minuten gebraucht, um sich einen Überblick über die Berichterstattung zu verschaffen. Viel Material gibt es noch nicht. Aber im Hintergrund auf einem der Bilder hat sie direkt den Campingplatz entdeckt, in dessen Nähe das Bootshaus ihrer Familie ist.

»Ich habe mir doch gedacht, dass ich etwas gehört habe.« Mara bringt den Duft des Tomatensugos mit sich, als sie Claire umarmt. »Was ist los, *askim*? Haben sie dich aus der Bib geschmissen, weil du wieder sämtliche Bibliothekare mit deinen Sonderwünschen herumgescheucht hast?« Sie sagt es mit einem Grinsen und gibt Claire dabei einen liebevollen Stups mit der Nase gegen die Wange.

Claire würde sich so gerne an ihr festhalten. Es wäre so tröstlich, die Umarmung zu erwidern, Mara an sich zu drücken, ihre beruhigende Wärme zu spüren, der sanften Rundung ihrer Schultern mit den Lippen zu folgen … Aber das darf Claire nicht. Denn dann würde sie unweigerlich damit herausplatzen, was passiert ist.

Stattdessen macht sie sich vorsichtig los. »Ich muss nach Hause.«

»Was? Aber …«

»So schnell wie möglich«, murmelt Claire und hastet zu ihrem Zimmer. Die zwei Taschen mit sämtlichen Büchern, die sie aus der Bibliothek mitgebracht hat, schleift sie hinter sich her. Als sie die Tür öffnet, fällt ihr Blick als Erstes auf ein Stück Papier, das über ihrem wie immer perfekt aufgeräumten Schreibtisch hängt. Zum ersten Mal in dieser Woche bekommt sie bei seinem Anblick kein Herzklopfen. Stattdessen spürt sie Übelkeit in sich aufsteigen. Dabei hat dieser Brief sie so glücklich gemacht. Seit sie den Umschlag aus dem Briefkasten gefischt hat, ungläubig die wenigen Zeilen überflogen und das Schreiben Mara dann laut vorgelesen hat, weiß sie, dass sich all die einsamen Stunden in der Bibliothek gelohnt haben. Sie kann die Zeilen mittlerweile auswendig, kennt jedes Detail des teuren Büttenpapiers, des Kanzleilogos mit den sich energisch nach vorne neigenden Initialen im Briefkopf.

Sehr geehrte Frau Hagenbrock,
hiermit teilen wir Ihnen mit, dass wir Ihrer Anfrage um ein Praktikum in den Sommersemesterferien gerne nachkommen.
Das Vorstellungsgespräch ist zu unserer vollen Zufriedenheit verlaufen.
Wir freuen uns darauf, Sie bald in unserem Team begrüßen zu dürfen.

Die Kanzlei Leukert & Miller in Frankfurt ist eine der bekanntesten in Deutschland. Über 200 Millionen Euro Umsatz haben sie im vergangenen Jahr erwirtschaftet. Und sie haben Claire als Praktikantin ausgewählt. Sie kann es immer noch nicht so richtig glauben.

Sie wird diese Stelle im August antreten. Außer …

Claire schüttelt den Kopf, um den Gedanken zu vertreiben.

Nein, das kann sie nicht zulassen. Sie zieht ihren dunkelgrauen Koffer unter dem Bett hervor, öffnet ihren Kleiderschrank und zerrt Blusen, ordentlich gebügelte Hosen und T-Shirts mitsamt Kleiderbügeln heraus. Nach kurzem Zögern hängt sie eine der weißen Blusen wieder zurück und greift stattdessen nach einer schwarzen.

»Was ist denn passiert?« Maras Stimme erklingt hinter ihr, der besorgte Unterton ist kaum zu überhören.

Claire dreht sich nicht um, sondern schichtet weiter ihre Kleidung in den Koffer. Ein schneller Blick in den Spiegel verrät, dass Mara dicht hinter ihr an der Wand lehnt. Die kurzen wuscheligen Haare stehen durch den Wasserdampf in der Küche in sämtliche Richtungen ab. Sie trägt ihre löchrigen Baggy Pants voller Flecken, die von ihren Acrylfarben oder auch von der Tomatensoße stammen könnten. Dazu einen rosa Pulli, der eine Schulter frei lässt. Sie ist einfach wunderschön. Claire starrt in den Spiegel, und plötzlich scheint Maras Gesicht zu verschwimmen, wird knochiger, der rosa Hauch von Leben auf ihren Wangen verblasst. Es wirkt, als würde sich etwas Dunkles vor ihre Augen schieben, bis Claire keine Iris mehr sieht, keine Wimpern, nur noch Schwärze. Wieder spürt sie die Übelkeit in sich aufsteigen. Hektisch blinzelt sie, bis Maras vertrautes Gesicht wieder zurückkehrt.

Sie muss ein paarmal schlucken, bevor sie antworten kann. »Es ist was vorgefallen. Ich kann jetzt nicht mehr dazu sagen.«

»Deine Eltern?«

»Nein.« Claire hastet zum Schreibtisch und sammelt die Standardwerke ein. Das BGB, die Grundrechte und das Strafrecht, der allgemeine Teil. Allein die drei Bücher haben zusammen eintausendfünfhundert Seiten. Aber ohne sie unterwegs zu sein, fühlt sich einfach falsch an. Sie stopft sie kurzerhand zwischen Hosen und Unterwäsche.

Mara zieht den Band von Brox/Walker wieder heraus und streicht ungläubig eine umgeknickte Seite glatt. »Deine heiligen Bücher?« Vorsichtig bettet sie den Band zurück in den Koffer. »Claire, was ist bloß los?«

Claire antwortet nicht. Das akkurate, weiß eingerichtete Zimmer ihres neuen Lebens wird plötzlich bedroht von den Fotos einer schlammigen Moorleiche, die sie sich immer wieder im Internet ansieht. Gegen die Bilder in ihrem Kopf helfen weder die hellen Holzmöbel noch die blau-weiß gestreifte Bettwäsche oder die Deko aus selbst gesammeltem Treibholz und Muscheln, die sie als Andenken von daheim mitgebracht hat. Claire fühlt sich plötzlich wie eine Fremde in diesem Zimmer. Dass Mara da ist, macht es eigentlich nur schlimmer. Sie darf sich jetzt keinen Moment der Schwäche erlauben.

Nach kurzem Zögern nimmt sie den Brief von der Wand und verstaut ihn vorsichtig im Außenfach des Koffers. Er wird sie daran erinnern, was auf dem Spiel steht. Auf dem Handy checkt sie schon mal die Abfahrtszeiten von Bus und Zug, während sie ins Bad läuft, und öffnet auch gleich noch drei unterschiedliche Nachrichtenseiten. Ein Experte für historische Kleidung wird zitiert. Noch mehr Aufnahmen von blinkenden Lichtern an Einsatzfahrzeugen. Den Hintergrund kennt Claire nur zu gut, dort liegt die Zufahrtsstraße zu ihrem Bootshaus. Fahrig wischt sie über den Screen, steckt das Handy dann doch weg.

In Claires Zimmer steht Mara immer noch mit verschränkten Armen, Wut im Blick. Claire tut, als sähe sie es nicht.

Hat sie alles? Auch die Handtasche und das Allergie-Notfallset mit dem Adrenalin-Pen, der Kortisontablette und dem Antiallergikum? Check. Claire belädt sich mit dem Gepäck, rollt den Koffer den Gang entlang und drückt mit dem Ellbogen die Klinke der Wohnungstür hinunter.

»Du lässt mich jetzt ernsthaft hier so stehen?« Mara klingt fassungslos, als sie ihr hinterherkommt.

Claire hält inne. Die blonden Haare fallen vor ihr Gesicht. Sie zögert, dann hebt sie den Kopf und lässt für einen kurzen Moment den Blickkontakt zwischen ihnen zu. Unausgesprochene Worte fliegen zwischen ihnen hin und her. Claire legt alles, was sie fühlt, denkt und fürchtet, in diesen Blick. Sie sieht, wie der Ärger in Maras Augen langsam weicht und sich in Besorgnis wandelt.

Claire beugt sich zu ihr und drückt einen Kuss auf Maras Lippen, die nach Tomatensoße schmecken. Dann dreht sie sich um und schiebt sich aus der Tür. »Ich muss gehen.«

Alice / Montag, 28.02., 21:15 Uhr

Wollte nur hören, ob bei dir alles okay ist, schreibt Alice ihrem Bruder. Damit er nicht gleich ausflippt, wenn er auf sein Handy schaut. Was eventuell passieren könnte, wenn er die sieben verpassten Anrufe von Alice sieht und die Nachricht hört, die sie bei einem ihrer Versuche leicht hysterisch auf seine Mailbox gequatscht hat.

»Anstrengenden Tag gehabt?« Ihr Vater sitzt am Küchentisch und schaufelt die Reste des Nudelauflaufs in sich hinein, während Alice ihm gegenüber an der Anrichte lehnt, damit er nicht allein essen muss. Er ist eben erst von der Baustelle nach Hause gekommen und offenbar am Verhungern.

»Hm?« Sie ist völlig in Gedanken.

»Du bist so still. Normalerweise redest du am Abend, als hättest du den ganzen Tag mit keinem Menschen ein Wort gewechselt und deshalb Nachholbedarf. Wem schreibst du denn so konzentriert?« Er steckt sich noch eine Gabel voller Auflauf in den Mund.

»Adrien. Er antwortet aber nicht.«

Ihr Vater schluckt seinen Bissen hinunter und führt bereits die nächste Ladung zum Mund. »Montagabend jobbt er doch in dieser Kneipe.«

Alice starrt ihn an. »Stimmt!« Das hat sie ganz vergessen. Und es bedeutet dann wohl auch, dass er immer noch in Hamburg ist und nicht unterwegs nach Nordenham gewesen sein kann, als vorhin dieser Unfall passiert ist. »Dann ist ja alles okay.« Kurz überlegt sie, ob sie ihrem Vater von der Straßensperrung und ihrer Sorge um Adrien erzählen soll.

Doch sie behält beides für sich. Ihr Vater würde es sowieso nicht verstehen. Er findet schon immer, Alice hätte mehr Fantasie, als ihr guttut.

Nun steht er auch schon auf und nimmt seinen leeren Teller.

Alice tritt zur Seite, damit er die Spülmaschine erreichen kann, und bereitet bei dieser Gelegenheit ihren Abgang vor. »Ich lese noch ein bisschen und haue mich dann auf's Ohr. Ich spüre jeden Knochen.«

Ihr Vater muss schmunzeln. »Du gewöhnst dich dran. Wahrscheinlich hast du jetzt schon mehr Muskeln als Adrien. Der sitzt den ganzen Tag in irgendwelchen Vorlesungen und rührt keinen Finger.«

»Deswegen jammert er auch immer so, dass sie ihn in der Kneipe zu sehr hetzen.« Alice grinst. »Gute Nacht, Papa!«

Damit macht sie sich auf den Weg die Treppe hinauf. Im Obergeschoss ist es grauenhaft still, seit Adrien weg ist. Abgesehen von seinem Zimmer und einem kleinen Bad ist sie ganz allein hier oben.

Sorry für die ganzen Anrufe, schreibt sie ihrem Bruder noch im Flur. *Bin auf dem Heimweg von Sehestedt an einer Unfallstelle vorbeigekommen und dezent durchgedreht.*

Seufzend schließt sie ihre Zimmertür und lässt sich in ihren heiß geliebten Ohrensessel sinken. Eine Ikea-Fundgruben-Errungenschaft, deren fehlendes Bein sie mit einem wenig dekorativen Holzklotz ersetzt hat. Er ist das neueste Stück in ihrem Zimmer und der Versuch eines Low-Budget-Makeovers. So sieht der Raum nicht mehr so sehr nach Kinderzimmer aus, obwohl die meisten Möbel tatsächlich noch aus dieser Zeit stammen. Nach dem Abi hat sie wenigstens eine kleine Veränderung gebraucht, wenn sie schon als Einzige zu Hause wohnen blieb. Ihr Bruder und all ihre Schulfreundinnen und -freunde bezogen unterdessen die erste eigene Wohnung oder zumindest ein Studentenzimmer.

Alice wollte das so: die Ausbildung, die Heimatnähe, alles davon. Aber manchmal fragt sie sich, ob sie weniger einsam wäre, wenn sie sich für einen Neuanfang entschieden hätte, so wie alle anderen.

Deshalb ist der neue Sessel so tröstlich, ihr höchstpersönlicher Cozy-Place. Hier hat sie alle Bücher aus dem Regal greifbar, es duftet nach dem Lavendelsäckchen im Kleiderschrank, und die Abendsonne scheint zum Fenster herein und genau auf den Sessel. Zumindest im Sommer. Jetzt herrscht draußen schon Dunkelheit.

Alice greift nach dem Knopf der Lichterkette, die sie über ihr Regal drapiert hat, und knipst sie an. Warmweiß, supergemütlich. Aber irgendwie will ihr Körper sich nicht so richtig entspannen. Von ihrem Kopf ganz zu schweigen. Jetzt hilft nur noch ein Buch. Sie wird lesen, bis sie müde wird, und dann zeitig ins Bett gehen. So wie meistens.

Sie blättert durch die Seiten des Wälzers, den sie gerade liest.

Natürlich hat sie beim letzten Mal wieder kein Lesezeichen zur Hand gehabt und versucht, sich die Seitenzahl zu merken. Irgendwo im letzten Drittel muss die Stelle gewesen sein. Sie hat wie immer schneller gelesen als die anderen in ihrer Buddyread-Gruppe und muss all ihre Nachrichten nachdrücklich mit *Achtung: Spoiler!* beginnen.

Bevor sie in der Geschichte versinkt, schnappt sie sich noch einmal ihr Handy, öffnet den Buddyread-Chat und schreibt: *Ich lese jetzt weiter. Haltet euch ran, wenn ich euch nicht alles verraten soll!*

Lorena antwortet beinahe sofort: *Bin heute mit Freunden im Kino. Komme erst wieder am Wochenende zum Lesen, sorry.*

Alice beißt sich auf die Unterlippe. Stimmt ja, andere Leute verkriechen sich nach Feierabend nicht mit einem Buch im Ohrensessel. Aber in Alices Leben sind Romanfiguren aktuell einfach die einzig verfügbare Gesellschaft. Ihre Arbeitskollegen gehen gerne mal was trinken, und Alice genießt die Abende mit ihnen. Aber jeden Tag würde sie Georgs Schenkelklopfer nicht verkraften. Außerdem ist sie nach acht Stunden auf der Baustelle immer noch ziemlich erledigt, und da hilft es auch nicht, dass ihr jeder versichert, an eine Vierzigstundenwoche müsse man sich nach dreizehn Jahren entspanntem Schülerdasein eben erst gewöhnen.

Viel Spaß, tippt sie gerade, da geht eine neue Nachricht von Adrien ein.

Sofort wechselt Alice in das entsprechende Chatfenster. Aber Adrien hat nur einen Link geschickt und ihn nicht weiter kommentiert. Und schon das darf er auf der Arbeit eigentlich gar nicht. Muss also wichtig sein.

Sie klickt darauf. Für irgendwelche Spam-Videos hat sie jetzt wirklich keinen Nerv. Sie wird sich den Anfang anschauen und

Adrien dann ein passendes und unverfängliches Emoji als Antwort schicken. Das geschmacklose Hawaiihemd des Nachrichtensprechers bestärkt sie auf den ersten Blick in diesem Plan. Doch die Schlagzeile, die soeben eingeblendet wird, lässt Alices Finger über dem Pause-Button einfrieren: *Jahrhundertfund bei Nordenham: mittelalterliche Moorleiche.*

Ein Schauer rieselt durch Alices Körper, vom Scheitel bis zu den Zehenspitzen ihrer auf die Sitzfläche gezogenen Füße. Die Vollsperrung. Die Polizei. Kein Unfall also, sondern ein Leichenfund.

Bene / Montag, 28.02., 23:40 Uhr

In der Kabine müffelt es nach feuchten Handtüchern und zu viel Deo, aber heute achtet Bene gar nicht darauf. Er streift nur seine Schuhe ab und klettert noch im Smoking hoch in sein Bett. Soll der Stoff doch knittern, egal!

Er schiebt die Vorhänge zur Seite, rollt sich auf die Matratze und greift nach einem Foto, das zwischen Aufnahmen seiner Eltern an der Wand hängt.

In seine Koje dringt nur schummriges Licht, doch er hat das Bild so viele Male betrachtet, dass er trotzdem jede Einzelheit erkennt. Da sind sie, alle fünf, auf der selbst organisierten Abschlussparty am Bootshaus. Zur Feier des bestandenen Abis und der letzten Aufführung ihres Stücks haben sie noch mal ihre Kostüme getragen: Damian, Claire, Bene, Alice und Tristan. Die beste Theatergruppe aller Zeiten! Bene sieht die lachenden Gesichter, Damian, der den Arm wie ein angetrunkener Rockstar um Claire gelegt hat und dessen Sonnenbrille so gar nicht zu seinem Kostüm passt. Claire, ungewohnt locker, das blonde Haar glänzt im Licht der Abendsonne. Er selbst, mit einem Beerpong-Becher in der Hand, die Krone mit all den Funkelsteinchen auf dem Kopf. Alice, klein und zart in ihrem Königinnengewand, von der ganzen Körperhaltung her Tristan zugeneigt.

Aber vor allem sieht er Tristan und den Brustharnisch, den er trägt. Das ist er, kein Zweifel, den hat er gerade eben in den Nachrichten gesehen, an einer Hunderte Jahre alten Moorleiche.

Es ist ganz still in der Kabine, still und düster. Bene blickt von dem Foto auf. Nur die kleine Lampe über der Tür brennt, ihr Lichtschein wird vom Spiegel über dem Waschbecken reflektiert. Bene starrt auf die glänzende Oberfläche.

Er beobachtet das Glitzern der Sonnenstrahlen auf den sanften Wellen. In seiner Hand hält er eine Flasche. Noch schön kühl, gerade aus dem Meer geholt. Bene nimmt einen Schluck und denkt, dass ihm noch nie ein Bier so gut geschmeckt hat. Heute ist einfach alles perfekt. Die Sonne brennt auf seine Schultern hinab, und seine Sonnenbrille verleiht allem einen leichten Sepiastich, der die Party noch epischer wirken lässt. Sie sitzen am Kiesstrand unweit des Grillplatzes, wo sie ihre Tische und Bierbänke aufgebaut haben. Der Platz gehört ebenso wie das Volleyballfeld zum Campingplatz, weshalb immer wieder Feriengäste mit einem Eis oder Handtüchern in der Hand vorbeischlendern und ihnen neugierig zusehen.

Jetzt kommt Claire vom Bootshaus ihrer Familie, das ein Stück entfernt auf Privatgelände steht, herangeschlendert. Die großen roten Becher in ihrer Hand sorgen für Begeisterungsrufe bei ihren Mitschülerinnen und Mitschülern. »Zeit für 'ne Runde Beerpong!«

Sie hat die Zipfel ihres bodenlangen Kleides in den Gürtel gesteckt, sodass sie jetzt ein improvisiertes Minikleid trägt. Der gelbe Adrenalin-Pen für ihre Bienengiftallergie lugt ebenfalls aus dem Gürtel. Sie beugt sich über den Tisch, um die Becher in Dreiecks-

formation aufzubauen. Bene sieht, wie Damian seinen Strohhut in den Nacken schiebt und sein Blick an Claires Beinen hängen bleibt. Ein leichtes Lächeln kräuselt seine Lippen. »Klärchen, ich darf doch in deinem Team spielen, oder?«

»Ganz bestimmt nicht, Schätzchen. Wenn es um Bier geht, bist du einfach ein Versager.«

Überraschenderweise muss Bene darüber so lachen, dass das Bier durch seine Nase schäumt. Urgh. Damian reicht ihm eine Serviette und flüstert ihm mit schwerer Zunge zu: »Claire hat aber auch schon ordentlich getankt. Versager hat sie mich noch nie genannt. Klingt vielversprechend, oder?«

»Geh dich mal abkühlen, Junge. Als Ausdruck der Wertschätzung hat sie das garantiert nicht gemeint«, antwortet Bene und muss wieder lachen.

»Was tuschelt ihr da?« Alice kommt heran und setzt sich neben Bene und Damian auf den Kiesstrand. Sie trägt noch immer ihre kunstvolle Isolde-Flechtfrisur. In den dunklen Haaren glitzert das Diadem. Bene zupft eine Möwenfeder von ihrer Schulter. Sie lächelt ihn an und lässt dann den Blick schweifen. »Wo ist denn …«

»… Tristan?«, vollendet Bene ihre Frage. »Hilft beim Grillen. Oder redet den Kohlen gut zu, dass sie langsam mal Feuer fangen.«

»Er will die lodernden Flammen der Leidenschaft entfachen? Dafür braucht es einen Fachmann!« Damian wuchtet sich hoch und stiefelt mit seiner Whiskeyflasche im Arm davon.

»Schade, die Flasche hätte er uns schon lassen können.« Alice klingt etwas sehnsüchtig.

»Da weiß ich was Besseres, komm!« Bene springt ebenfalls auf, richtet seine Krone und zieht Alice hoch. »Wir spielen mit Beerpong und zocken Claire ab. Ich hab Talent für dieses Spiel, du wirst sehen!«

Die Teams formieren sich. Tristan hat die Kohlen im Stich gelassen und wird von Bene mit Handschlag in seinem Team begrüßt. Damian ist ihm gefolgt und hat sich in Claires Gruppe geschmuggelt, lehnt jetzt aber halb an Eske, die es sich kichernd gefallen lässt. Er setzt ihr seinen Strohhut auf und tippt mit dem Finger auf ihre nackte Schulter. »Du bist hiermit markiert, Baby. Jetzt gehörst du mir.«

Claire rollt auf Eskes erneutes Gekicher hin die Augen und grinst Bene an. Er grinst zurück. Damian sieht sich immer gern in der Rolle des großen Verführers. Zum Glück fällt Claire auf so was nicht rein. Und Alice auch nicht.

»Hey, Rockstar!«, ruft er ihm zu. »Jetzt zeig mal, was du draufhast!«

Damian schielt in den Becher. »Hab ich euch nicht tausendmal erklärt, dass ihr die lieber mit Jacky-Cola vollmachen sollt? Dieses Billigbier schlägt mir auf die Stimmbänder!«

Claire nimmt ihm kurzerhand den Tischtennisball weg und zielt auf die gegnerischen Becher.

»Wenn er auf dem Tisch aufkommt, dürfen wir ihn abwehren, das weißt du, oder?«, ruft Bene zu ihr hinüber.

»Klappe, du willst mich bloß ablenken.« Claire wirft und trifft tatsächlich sofort in einen der hinteren Becher. Ihr Team jubelt und klatscht sie ab. Bene blickt Tristan und Alice an. »Wer trinkt?« Da keiner von beiden ein Wort sagt, fischt Bene den Ball heraus. Dann leert er den von Claire getroffenen Becher. Und im weiteren Spielverlauf auch den nächsten. Und den von Alice dann auch noch zur Hälfte, als sie zwischendurch Schluckauf bekommt.

Währenddessen reden seine beiden Teammates über ihre letzte Theateraufführung heute Nachmittag. Tristan nennt Alice scherzhaft Mylady wie im Stück und erzählt ihr von einer Verfilmung des Stoffs, die er gesehen hat. »Dieser König Marke kam aber bei Weitem nicht an Bene heran.«

»Kann er auch gar nicht.« Alices Stimme klingt warm. »Bene war der Beste! Aber du hast den Tristan auch so …«

Tristan unterbricht sie. »Das stimmt. Bene hat es immer perfekt geschafft, Marke nicht als den Bösewicht darzustellen, sondern richtig menschlich. Eine Person wie du und ich, die zweifelt und von diesen Zweifeln verfolgt wird, bis sie aus rasender Eifersucht schlimme Dinge tut und den eigenen Freund verrät.«

»… einen Freund, der ihn zuerst verraten hat, vergesst das bitte nicht, ja?«, ruft Bene nach hinten und leert den nächsten Becher.

»Einen Freund, der ihn zuerst verraten hat …« Benes eigene Stimme von damals scheint in der engen Kabine widerzuhallen, während er auf das Foto starrt. Er schüttelt den Kopf, um die Erinnerung loszuwerden, und löst seine schmerzhaft verkrampften Finger von der Metallstange des Bettgestells. Dann zieht er sein Handy aus der Tasche und öffnet WhatsApp. Er muss sehr weit nach unten scrollen, bis er auf ihre Gruppe von damals stößt: *Theater-Squad.*

»Alter, was wird das?« Noah steht plötzlich vor dem Stockbett und zupft an Benes herunterhängender Bettdecke.

»Du kannst dich jetzt nicht in deiner Höhle verkriechen. Wie wär's mit einem Absacker oben auf dem Sonnendeck? Letzte Nacht an Bord und so … Das muss doch gefeiert werden!«

»Ich komm später nach, geh doch schon mal vor.«

Bene hört, wie Noah vor sich hin schimpfend ein paar Flaschen aus dem kleinen Kühlschrank kramt und die Kabinentür hinter sich schließt. Er öffnet den Chat des Theater-Squads und liest die letzten Nachrichten. Sie sind über ein halbes Jahr alt. Alice hat am Tag nach der Party geschrieben: *Krasser Abend gestern! Habt ihr auch so Kopfweh?*

Bene hat ihr zugestimmt, und Damian hat ein Meme von einem Konter-Bier geschickt, das er als Bierhasser garantiert nicht getrunken hat.

Ein paar Wochen später hat Alice es noch mal versucht: *Wo seid ihr mittlerweile alle unterwegs?*

Bene hat mit einem Foto geantwortet, das ihn an Bord in der neuen Uniform zeigt. Sie haben ein paarmal hin- und hergeschrieben. Aber da von den anderen drei kein Wort kam, haben sie es schnell bleiben lassen. Warum eigentlich? Ist die ganze Freundschaft, der Zusammenhalt nichts mehr wert, wenn man nach dem Abi wegzieht? Hat Claire nur noch Jura im Kopf? Ist Damian in Bremerhaven komplett versumpft? Einzig, dass Tristan sich nicht melden würde, war Bene nach der Feier klar.

Er öffnet seine Kontakte. Sucht nach Tristans Nummer. Sein Daumen verharrt über dem Telefonhörer-Symbol. Er weiß, das ist Blödsinn, weiß, er wird nicht abheben. Wie auch? Trotzdem drückt er die Taste, und die Verbindung baut sich auf.

»Hallo.«

Bene zuckt zusammen und stößt sich den Kopf am Lattenrost über ihm. Er ist drangegangen!

»Nett von dir, dass du anrufst!«

Bene räuspert sich und will gerade einen Gruß herauskrächzen, als Tristan weiterredet: »Ich bin leider gerade nicht erreichbar, du weißt schon, Kopfhörer auf den Ohren oder Nase im Buch. Aber hinterlass mir doch eine Nachricht auf der Mailbox, hier kommt der … *Piiiiiep.*«

Stille. Bene starrt auf das Handy in seiner Hand. Nur eine Mobilbox Ansage. Er schafft es trotzdem nicht, den Anruf abzubrechen. Stattdessen lauscht er in die Stille hinein und spürt, wie die Sorge dabei immer größer und größer wird. Tristan, was macht er bloß gerade, sein bester Freund? Da ist wieder dieses Gefühl, dass etwas nicht stimmt. Ganz und gar nicht stimmt.

Plötzlich fliegt die Tür der Kabine mit einem Knall erneut auf. »Jetzt aber, Prinzessin. Genug gegammelt. Beweg deinen hübschen Hintern hoch auf Deck, die Jungs warten!« Noah winkt ihn mit einem neongrünen Knicklicht gebieterisch zu sich.

Bene legt das Handy zur Seite. Er schiebt die Sorgen ebenso wie die Erinnerungen mit aller Macht weg, rappelt sich auf und springt vom Stockbett. Party also.

Claire / Dienstag, 01.03., 07:10 Uhr

Claire atmet die salzige Luft in tiefen Zügen ein. Obwohl sie nur wenige Stunden geschlafen hat, ist sie hellwach. Die frühmorgendliche Kälte kriecht ihr unter den Mantelkragen, den sie in Ermangelung eines Schals hochgeschlagen hat. Hier am Weserstrand weht ein frischer Wind. Außer ihr und den Möwen ist kaum jemand unterwegs um diese Zeit, und sie ist froh darüber.

Gestern beim fieberhaften Packen und der überstürzten Abreise hat sie keinen Gedanken daran verschwendet, was sie tun wird, wenn sie erst angekommen ist. Jetzt liegen ihr Koffer und ihre sämtlichen Bücher in ihrem alten Zimmer, ihr Bargeld ist fürs Taxi draufgegangen, und sie hat keine Ahnung, wie es weitergehen soll. Heute Morgen hat sie sich ebenso heimlich aus dem Haus geschlichen, wie sie es gestern Nacht um 01:48 Uhr betreten hat. Keine Lust auf Elterngespräche. Aber der schneidende Märzwind treibt sie zur Villa zurück. Die Möwen haben einen verendeten Fisch entdeckt und zerren mit ihren gierigen Schnäbeln nun an den Teilen, die einmal seine Eingeweide waren. Claire glaubt, selbst auf die Entfernung den Gestank wahrzunehmen, und wendet sich schaudernd ab. Einen Kaffee, zumindest den braucht sie. Dann kann sie vielleicht klarer denken.

Claire streicht mit dem Handschuh über die Nase des steinernen Löwen, der die Auffahrt der Hagenbrock'schen Villa bewacht. Seine Tatzen sind mit Moos überwuchert, die Mähne bröckelt vor sich hin. Sie tätschelt seine Flanke, bevor sie das Tor aufschiebt, nur ein Stück, damit es mit seinem Quietschen nicht die ganze Nachbarschaft alarmiert.

Sie kann sich schon vorstellen, was dann passieren würde. Dann würden nämlich Vorhänge im gegenüberliegenden Haus zurückgezogen, und Frau Huber mit der spitzen Nase würde krächzen: »Na, so was! Klärchen ist wieder zu Hause!« Nein, das kann sie gerade überhaupt nicht brauchen. Zum Glück ist das Grundstück so zugewuchert, dass man sie von außen nicht mehr sehen kann, wenn sie die Auffahrt erst einmal betreten hat. Das Handy vibriert in ihrer Manteltasche. Claire wirft nur einen flüchtigen Blick darauf. Eine neue Nachricht von Mara und seit heute Nacht schon einige verpasste Anrufe von Alice. Den Grund kann Claire sich denken. Sie zögert einen Moment, doch dann beschließt sie, später zurückzurufen.

Claire schiebt sich durch den Spalt im Tor und geht mit langsamen Schritten dem Haus entgegen. Zuerst kommt sie an den ehemaligen Stallungen vorbei, dann läuft sie zwischen den Bäumen des Parks hindurch, bis die Villa in Sicht kommt. Ruhig liegt sie da, in den oberen Giebelfenstern spiegeln sich die ersten Sonnenstrahlen. Dort sind die Rollläden noch bis zur Hälfte herabgelassen wie die schweren Augenlider eines mächtigen, müden Tieres. Efeu rankt an den Wänden empor und verdeckt gnädig den abblätternden Putz.

Claires Urgroßvater hat die Villa gebaut mit dem Geld aus dem Handel in Bremerhaven. *Altes Geld,* das betonen ihre Eltern gerne. Sie sind keine Neureichen, sondern eine Dynastie mit erwähnenswerten Vorfahren. Zur Erinnerung an deren maritime

Großtaten prangt über der Eingangstür auch das hölzerne Modell eines stolzen Dreimasters. Mit geblähten Segeln und vollen Lagerkammern kehrt er in den Heimathafen zurück, um die Tresore der Hagenbrocks zu füllen. Schade, dass denen das Gold mittlerweile zwischen den Fingern zerronnen ist. Es gab zu viele Hagenbrocks, die das Geld lieber ausgegeben haben, als weiteres dazuzuverdienen.

Claire sucht den Schlüssel heraus und will gerade aufsperren, als unter ihrem Fuß etwas knirscht. Ein stechender Schmerz in ihrem Fußballen lässt sie zurückzucken. Verdammt! Sie hält sich mit einer Hand am Türrahmen fest und dreht mit der anderen ihren Fuß herum. Ein uralter, verrosteter Nagel mit einem Stück Holz daran steckt in ihrer Schuhsohle. Ganz automatisch wandert Claires Blick nach oben zum Dreimaster. Tatsächlich wird dieser nur noch von einer einzigen Halterung gestützt. Auf die andere ist sie gerade draufgetreten. Anscheinend hat der Sturm gestern nicht nur eine Moorleiche ans Tageslicht befördert, sondern auch die Befestigung des Schiffsmodells beschädigt.

Claire flucht und zieht den Nagel heraus. Etwas Blut klebt daran, aber der Schmerz ist auszuhalten. Zum Glück hat sie ihre Tetanus-Impfung erst kürzlich auffrischen lassen. Schnell sperrt sie die Tür auf und humpelt ein paar Schritte hinein. Sie hat keine Lust, dass ihr jetzt auch noch ein hundert Jahre altes Holzschiff auf den Kopf fällt.

Hinkend macht sie sich auf den Weg in die Küche. Ein aufgeregtes Bellen schallt ihr aus dem Speisezimmer entgegen. Sie öffnet die Tür und breitet die Arme aus, als eine irische Setter-Dame an ihr hochspringt, die jault und bellt und gar nicht mehr von ihr ablassen will. Claire muss lachen, als Vroni ihr Gesicht ableckt und dabei beinahe Claires Brille mit ihrer Schnauze hinunterstößt.

»Na, sieh mal einer an. Das ist ja eine Überraschung.« Ihr Vater lässt die Zeitung sinken. Er trägt Hemd, Pullunder und Krawatte, wahrscheinlich steht eine Sitzung des Stadtrats an.

»Jetzt wissen wir zumindest, warum Vroni heute Nacht so penetrant an der Schlafzimmertür gekratzt hat. Wann bist du denn gekommen?« Claires Mutter tunkt eine Ecke ihres Toasts in ihr aufgeschlagenes Ei. Wie jeden Morgen hat sie sich in ihren rosa Seidenmorgenmantel gehüllt. Erst nach dem Frühstück wird sich schick gemacht, bevor sie zum Kaffeetrinken mit einer ihrer Freundinnen, zur Planungssitzung einer Wohltätigkeitsveranstaltung oder zu einer Ausstellung aufbricht. »Wolltest du die Ferien über nicht in Göttingen bleiben und lernen?«

»Moin«, antwortet Claire nur. »Ich wollte niemanden wecken heute Nacht, hab ein Taxi vom Bahnhof genommen. Gibt's Kaffee?« Sie wehrt Vronis Zärtlichkeitsattacken ab und humpelt zur Eckbank, wo sie endlich den Schuh abstreift.

»Was ist mit deinem Fuß?«, fragt ihre Mutter.

»Anscheinend hat der letzte Sturm euren Dreimaster leckgeschlagen.« Claire zieht ihre Socke aus und mustert den roten Punkt an ihrem Fußballen. »Das müsst ihr sofort reparieren lassen! Der Nächste, der ein Stück abkriegt, verklagt euch!«

»Das Ding hat hundert Jahre gehalten, da hält es auch noch ein paar Tage mehr.« Ihr Vater raschelt ungerührt mit seinen Zeitungsseiten.

»Wie würde das denn aussehen, wenn man da neues Holz einschlägt? Total unpassend«, ergänzt ihre Mutter.

Claire beißt die Zähne zusammen, um keine scharfe Erwiderung zu geben. Sie will keinen Streit, nicht schon beim ersten gemeinsamen Frühstück.

»Du bleibst doch hoffentlich eine Weile, oder? Christoph von den Meyers hat sich neulich nach dir erkundigt. Er studiert jetzt

Medizin und will die Praxis seiner Eltern übernehmen. Ihr könntet mal zusammen ausgehen.« Frau Hagenbrock sieht Claire erwartungsvoll an.

»Ich muss lernen«, behauptet Claire. Sie krault die flauschigen Ohren der Hundedame. Vroni hat ihren Kopf auf Claires Knie gebettet und sieht sie aus lieben, vom Alter getrübten Augen an. Dabei schnauft sie genussvoll.

»Kind, jetzt leg doch endlich mal den Mantel ab.« Frau Hagenbrocks Blick verharrt auf dem dunkelgrünen Stoff. Sie mustert überrascht die aufgestickten Blumen. »Schön, dass du dich mal etwas farbenfroher kleidest. Immer diese weißen, unförmigen Blusen, die sind doch nichts für deine hübsche Figur. Wobei das hier schon fast exzentrisch wirkt, also, wenn du Christoph triffst, solltest du …«

Claire ignoriert ihre Ratschläge. Diesen Mantel wird sie auf keinen Fall aufgeben. Sie hat sich bei einer Shoppingtour durch die Göttinger Innenstadt in ihn verliebt, und Mara hat sie überredet, ihn auch tatsächlich zu kaufen. Claires Vater steht auf und schiebt ihr über die abgeschabte Mahagonitischplatte einen Stapel Briefe zu. »Deine Post.«

Sie schaut sie flüchtig durch. Bei allen wichtigen Stellen hat sie pünktlich mit Studienbeginn ihre Adresse umgemeldet, hier kommen nur noch Relikte ihres früheren Lebens an. So wie diese Einladung zu einem Benefizkonzert, das längst vorbei ist. Und diese Postkarte.

Claire weiß selbst nicht, warum sie ein Schauder durchläuft, als sie die Karte in der Hand hält. Darauf ist eine ihr unbekannte Skyline abgebildet, riesige, moderne Hochhäuser, Palmen, ein Koalabär, im Comicstil gezeichnet, der ihr unheimlich grinsend zuwinkt und ein Melbourne-Schild in der Hand hält. Melbourne? Wen kennt sie denn bitte in Melbourne? Claire dreht die Karte um. Fassungslos starrt sie auf die Schrift. Schwarzer Kugelschreiber, Großbuchstaben, ein Zitat, das sie nur zu gut kennt. Ihre Hand, in der sie die Postkarte hält, fühlt sich plötzlich eiskalt an. Wieder und wieder liest sie den kurzen Text. Und bleibt jedes Mal beim letzten Wort hängen:

»Der Welt will ich ein Weltkind sein,
Mit ihr verderben und gedeihn.«
Next stop: Australian Outback!
Herzliche Grüße an die liebe Brangäne sendet ...
TRISTAN

Damian / Dienstag, 01.03., 07:30 Uhr

Ein lauter Schnarcher aus seiner eigenen Kehle reißt Damian aus dem Schlaf. Benommen wälzt er sich vom Rücken auf den Bauch, um wenigstens weiterzudösen. Der Kater wird viel schlimmer sein, wenn er auch noch zu wenig Schlaf abbekommt. Seine Schulter stößt gegen einen unerwarteten Widerstand, und er öffnet widerwillig die Augen.

Für etwa eine Nanosekunde. Dann zwingt die unerwartete Helligkeit ihn dazu, sie wieder zuzukneifen. Welcher Idiot hat die Jalousien hochgezogen? Manchmal ist eine WG wirklich eine Strafe.

Vorsichtig wagt Damian einen zweiten Blick in das blendende Licht, und jetzt dämmert es ihm langsam. Nicht sein WG-Zimmer. Auch nicht das Sofa im Wohnzimmer, weil er es nicht bis in sein Bett geschafft hat. Das kam schon vor. Aber gestern war er eigentlich gar nicht so betrunken. Die Erinnerung kehrt langsam zurück, und er tastet mit einer Hand nach dem Widerstand, mit dem er eben kollidiert ist. Warm, weich, menschlich. Damian richtet sich mühsam auf. Romy liegt mit dem Rücken zu ihm, eingerollt wie ein Kätzchen und zugedeckt bis zum Kinn. Weil sie unter der Decke vermutlich genauso wenig anhat wie er. Nämlich nichts.

Gerade so widersteht er dem Impuls, das zu überprüfen. Damit würde er sie nur aufwecken. Bei ihm selbst ist an Schlaf allerdings nicht mehr zu denken. Seine Zunge ist ein trockenes, bitter schmeckendes Ungetüm, und er hat tierischen Durst. Das kommt dann wohl davon, wenn man nach zwei Flaschen Rotwein ohne Zähneputzen ins Bett geht.

Damian schiebt sich zur Bettkante und hievt sich auf die Beine. Kein Schwindel. Keine Kopfschmerzen. Bestens. Eine heiße Dusche, eine Zahnbürste, und er ist so gut wie neu, noch bevor Romy aufwacht.

Zielstrebig tapst er zum Badezimmer, das diesen Namen eigentlich kaum verdient. Es misst einen guten Quadratmeter und besteht zur Hälfte aus einer Duschkabine mit einem dieser Plastikvorhänge, die einem beim Duschen am Hintern kleben.

Er zieht die Tür hinter sich zu, ehe er das Wasser einschaltet, sich ein frisches Handtuch aus dem Unterschränkchen nimmt und, mit einem gewissen Sicherheitsabstand zum Duschvorhang, unter den warmen Wasserstrahl tritt.

Was für ein Abend gestern. Der Auftritt war wild, definitiv einer ihrer besten bisher. Nur der Anruf … Der gibt dem Abend einen komischen Beigeschmack. Damian dreht das Wasser heißer und lässt sich die Worte seiner Oma noch mal durch den Kopf gehen. Ein Ritter im Schwimmenden Moor. Früher war er mit seinem Opa dort spazieren, aber seine präsenteste Erinnerung an diese Location ist eine andere: die inoffizielle Abifeier vor acht Monaten. Am Bootshaus von Claires Familie, wobei diese Bezeichnung ziemlich hochtrabend für das kleine Häuschen am Meer ist. Wegen der Gezeiten liegt dort keine Segeljacht vor Anker, wie es eigentlich angemessen wäre für die Familie Hagenbrock, sondern lediglich ein Ruderboot. Etwas Besonderes ist das Bootshaus natürlich trotzdem. Die privaten Cottages liegen ein wenig abseits vom eigentlichen Campingplatz, direkt am Wattenmeer und keine hundert Meter vom Schwimmenden Moor entfernt.

Crazy. Vielleicht haben sie ihren Grill über dem feuchten Grab des angeblichen Ritters aufgestellt. Na gut, der Grill stand nicht direkt im Moor. Damian muss es wissen, weil er Grillmeister gespielt hat.

Damian hält sein Gesicht unter das plätschernde Wasser und greift nach Romys Duschgel. Süßer, vertrauter Pfirsichduft flutet die Nasszelle. Aber Damian nimmt ihn kaum wahr. Bei der Erinnerung an das Schwimmende Moor riecht er die salzige Luft, die dort mit jedem Windhauch vom Meer herüberweht. Obwohl er den Geruch der Nordsee schon hundertmal eingeatmet hat, verbindet er ihn untrennbar mit diesem Abend, der sein Leben in ein Vorher und Nachher teilt.

Er erinnert sich nur noch an Bruchstücke der Feier. An Beerpong, aber nicht daran, wer gewonnen oder wer wie viel getrunken hat. An Frau Lehmann, die vorbeigeschaut hat. An das Lagerfeuer und seine alte Westerngitarre, die an dem Abend eine heftige Schramme abbekommen hat. An ein paar andere Dinge, an die er lieber nicht denken will. Andererseits auch ein paar, an die er sich gerne genauer erinnern würde.

Er weiß nicht mehr, wer auf die Idee mit dem Nacktbaden gekommen ist. War er es selbst? Zutrauen würde er es sich. Es waren erstaunlich viele seiner Mitschülerinnen und Mitschüler dabei. Allen voran ausgerechnet Miss Tryhard Claire, die Damian und den Rest des Jahrgangs nach ein paar Pappbechern Gin mit einem filmreifen Strip beeindruckt hat. Daran, dass er ihr im Wasser anerkennend auf die nackte Schulter geklopft hat, erinnert Damian sich noch genau. Bei einer Person, die normalerweise so verklemmt und auf den Ruf der Familie bedacht ist wie Claire, kickt so eine Aktion auch einfach doppelt so hart wie bei jeder anderen. Und sehen lassen konnte Claire sich auf jeden Fall.

Dämlich vor sich hin grinsend schaltet Damian das Wasser ab und wickelt sich das Badetuch um die Hüfte. Er tritt auf Romys flauschigen Badteppich, der zwischen Dusche und Waschbecken liegt und damit den gesamten Raum ausfüllt, und greift nach seiner Zahnbürste, die neben Romys in einem Glas vor dem Spiegel steht. Seine rot, ihre gelb. Nur ein anständiges Duschgel muss er wohl endlich mal besorgen.

Alice / Dienstag, 01.03., 07:40 Uhr

Das Bild ist ein wenig zerknickt, weil sie darauf geschlafen hat. Aus Versehen natürlich. Sie hat es nach der Nachrichtensendung hervorgeholt und auf ihrem Bett sitzend immer wieder angesehen. Den ganzen Abend über hat sie probiert, Claire zu erreichen, während sie online verzweifelt nach mehr Informationen zu dem grausigen Fund im Schwimmenden Moor gesucht hat. Bis sie irgendwann darüber eingeschlafen ist.

Sie sind alle fünf auf dem Foto zu sehen. Damian, Claire, Bene, Tristan und sie selbst. Die Alice auf dem Bild wirkt mit dem langen Haar und dem roten Isolde-Kleid seltsam fremd. Aber ihn – ihn würde sie im Schlaf erkennen. Tristan. An ihrer Seite, wie er es nur in diesem Theaterstück und in Alices Träumen war. Das Haar fällt ihm verwegen in die Stirn. Er sieht aus wie ein Herzensbrecher, obwohl er im wahren Leben eher der schüchterne Typ ist. Verträumt. Poetisch. Einfühlsam. Die Rolle des Tristan war ihm wie auf den Leib geschrieben. Kein Wunder, dass ihn seitdem kaum noch jemand Michael genannt hat.

Als geborener Träumer und Poet passte er auch viel besser in das mittelalterliche Setting als in den banalen Schulalltag am Kleinstadt-Gymnasium. Einer von den Guten war er sowieso. Ein Typ, der es nicht nötig hat, zu lästern oder sich über andere lustig zu machen. Der mit allen zurechtgekommen ist, sogar mit den Lehrkräften. Selbst die Eltern seiner Freundinnen und Freunde waren immer ganz begeistert von ihm und seiner vernünftigen, ruhigen Art. Wahrscheinlich war Alice nicht die Einzige, die heimlich in ihn verliebt war. Aber sie war die Einzige, die mit ihm eine der größten Liebesgeschichten aller Zeiten aufführen und sich dabei ganz ihren Fantasien hingeben durfte.

Auf dem Foto ruht sein Arm auf Alices – na gut, Isoldes – Schultern. Die freie Hand hat Tristan sich theatralisch an die Brust oder, genau genommen, auf den Harnisch gelegt, den er unter dem schweren Umhang trägt. Beides gehört zu seinem Kostüm, das er zu jedem Auftritt und auch am Abend der Abifeier getragen hat. Als Joke, weil sie alle direkt von ihrer letzten Aufführung zum Bootshaus kamen. Zum Bootshaus von Claires Familie, ganz nahe bei jenem Moor, in dem man jetzt einen Toten gefunden hat. Mit einem Brustharnisch.

Dem Raum scheint jeder Sauerstoff zu fehlen. Alice hat die Informationen die halbe Nacht in ihrem Kopf hin- und hergewälzt, aber sie kommt einfach zu keinem anderen Ergebnis. Alles spricht dafür. Aber es darf einfach nicht wahr sein. Es kann nicht wahr sein. Es …

Alice fährt sich durch das stoppelkurze Haar. Nein. Moment. Es kann *tatsächlich* nicht wahr sein! Natürlich nicht.

Mit dem Foto in der Hand rennt sie zum Schreibtisch. An einer gespannten Leine darüber hängt ein knappes Dutzend Postkarten. Unter anderem eine von Adrien aus Südfrankreich. Eine von Georg vom Gardasee. Eine von ihrer Mutter aus dem Allgäu. Und eine von Tristan aus Ushuaia. Eine der ersten Stationen seiner Work-and-travel-Tour, die er am Tag nach der Abifeier angetreten hat. Sie zeigt zwei schmusende Magellan-Pinguine, in die Alice natürlich viel mehr hineininterpretiert hat, als sie es sollte. Denn auf der Rückseite befindet sich nur ein Zitat aus ihrem Tristan-Theaterstück und ein kurzer Gruß.

Aber jetzt ist sie so dankbar für diese Karte. So erleichtert. Mit wackeligen Beinen lässt Alice sich auf den Schreibtischstuhl sinken. Es ist nur ein verrückter und grauenhafter Zufall. Sie muss atmen, sich beruhigen. Und Claire anrufen. Oder Bene. Irgendjemanden der anderen. Jemanden, der in den letzten acht Monaten mehr Kontakt zu Tristan hatte als über eine lausige Postkarte. An die sie sich wie eine Ertrinkende klammert, weil sie immerhin der Beweis ist, dass der Tote aus dem Moor nicht Tristan sein kann.

Bene / Dienstag, 01.03., 17:50 Uhr

Bene blinzelt, als er von der gleißenden Sonne Südafrikas in die künstliche Flughafenbeleuchtung tritt. Gerade hat er im Taxi noch ordentlich geschwitzt, jetzt bläst ihm die Klimaanlage arktische Böen entgegen. Aber das ist er vom Schiff gewohnt. Schnell kramt er seinen Rollkragenpulli hervor und streift ihn über. Cape Town International ist der zweitgrößte Flughafen Südafrikas. Es ist viel los, und Bene muss sich erst einmal orientieren und herausfinden, ob er überhaupt am richtigen Terminal ist. Irgendwie haben die uniformierten Sicherheitsleute es geschafft, sich genau vor den Schildern auf Englisch zu platzieren. Afrikaans kann er nicht lesen.

Bene schultert seinen Rucksack und schlängelt sich zwischen den ganzen Familien und Pärchen mit ihren Kofferbergen hindurch. Zum Glück hat er nur seine beiden Rucksäcke. Das olivgrüne Monstrum, das noch aus der Bundeswehrzeit seines Vaters stammt, und den schwarzen Rucksack für Tagestouren, perfekt als Handgepäck geeignet. Doch aus eben diesem ertönt plötzlich eine säuselnde Stimme:

»Every night in my dreams
I see you, I feel you.«

Bene zuckt zusammen und zieht den Reißverschluss auf. Was hat Celine Dion in seinem Rucksack verloren? Großer Gott, ist es etwa sein Handy, das diese verstörend schmalzigen Töne von sich gibt? Die Umstehenden gucken schon komisch, eine junge Frau vor ihm in der Schlange dreht sich sogar um und setzt ein breites Grinsen auf.

»That is how I know you go on …«

Hastig nimmt Bene den Anruf an. Ein lautes Lachen ertönt an seinem Ohr. »Guten Tag, Hasi, ich musste dich doch gebührend verabschieden, gefällt dir dein neuer Klingelton?« Noah, wer sonst.

»Du hast sie echt nicht mehr alle.« Bene seufzt laut, muss dann aber selbst grinsen. Sie haben es gestern etwas übertrieben mit der Abschiedsparty. Noah hat Andrej dazu gebracht, den guten Stoff aus der Bar zu holen, und jetzt hat Bene wunderbare Erinnerungsfotos auf dem Handy, wie er gemeinsam mit Noah Szenen aus Titanic nachspielt. *Every night in my dreams* – in seinen Albträumen, allerhöchstens.

»Ich hab dich auch lieb. Also mach's gut, hat mich echt gefreut, mit dir zu arbeiten, Benebärchen! Vielleicht mal wieder, auf der

Queen Victoria oder so!« Noah macht ein Geräusch, das entweder ein Abschiedsschmatzer oder ein unterdrücktes Niesen sein könnte. So genau kann Bene es nicht identifizieren. Er schmatzt einfach mal zurück und legt schnell auf. Die Frau vor ihm mustert ihn noch immer. Sie trägt bunte Leggins und einen Oversize-Hoodie, in ihrer Haarmähne mit den hellen Strähnchen sitzen fette pinke Kopfhörer.

»Den Ohrwurm krieg ich so schnell nicht raus«, murmelt er und versucht sich an einem Lächeln.

»Macht nichts, *Titanic* ist doch ein Klassiker. Immer wieder gut.« Sie grinst ihn an. Bene ist von ihren leuchtenden Augen zu abgelenkt, um ihren offenbar gruseligen Filmgeschmack zu kommentieren. Spontan kommt ihm eine Eingebung. Er wird einen lässigen Spruch bringen – irgendwas in die Richtung, dass sie mit ihrem Lächeln Eisberge schmelzen könnte – und ihr dann gleich noch seine Handynummer geben. Ganz oldschool auf einem Zettel. Oder auf den Arm gekritzelt. Er braucht nur einen Stift.

Bene beginnt, in seinem Rucksack zu kramen, doch nicht sein Kuli gerät ihm zwischen die Finger, sondern etwas anderes. Flach, rechteckig, aus Karton. Bene weiß sofort, was er da gefunden hat, und plötzlich vergeht ihm jede Lust aufs Flirten. Wie erstarrt steht er da, mit der Hand im Rucksack.

Die Frau nickt ihm noch einmal zu und taucht mit einem Winken zwischen den Umstehenden unter, als keine Reaktion von ihm kommt.

Bene zieht die Postkarte aus dem Rucksack und dreht sie nachdenklich zwischen den Händen. Langsam steuert er eine ruhigere Ecke an, mit Blick auf die Anzeigetafel, die die nächsten Abflüge auflistet. Walvis Bay in Namibia, Istanbul, Dubai, London, Addis Abeba, Frankfurt am Main, Johannesburg. Na also, er ist richtig hier.

Bene hat einen Abenteuerurlaub gebucht, wenn er eh schon mal da ist. Einundzwanzig Tage durch Südafrika mit einer Gruppe junger Leute und einem lokalen Guide. Die Gruppe startet in Johannesburg mit einer Township-Tour. Dann zum White River, anschließend zum Krüger-Nationalpark und weiter durch die schönsten Stellen des Landes mit Safari, Barbecue und Wanderungen. Das hat er sich jetzt wirklich verdient. Endlich kann er selbst mal Urlaub machen, statt den Wünschen anderer Reisender nachzukommen.

Sein Flug geht in einer Stunde, er sollte langsam mal sein Gepäck aufgeben und beim Boarding Ausschau halten nach der Frau von gerade eben. Aber … Da ist diese Postkarte in seiner Hand. Er mustert die schwungvolle Unterschrift auf der Rückseite, liest das Zitat. Bilder steigen in ihm auf. Tristan, der während der Abiprüfung neben ihm sitzt und Bene ein beruhigendes Lächeln schenkt, während dieser vor Nervosität seinen Kugelschreiber zerkaut. Sie haben oft zusammen gelernt. Bei Bene zu Hause, weil es in dem Heim, in dem Tristan aufgewachsen ist, kaum einen ruhigen Platz gab. Benes Mutter hat sie mit Nervennahrung versorgt und ist ehrfürchtig auf Zehenspitzen durch die Wohnung geschlichen, wenn Tristan da war. »So ein höflicher, lieber Junge«, hat sie dann immer gesagt und Tristan beim Abschied Essen mitgegeben. Als hätte er im Heim hungern müssen. So ein Quatsch.

Benes Blick wandert erneut über die Abflugtafel. Frankfurt am Main, ein Direktflug nach Deutschland. Von da aus könnte er den ICE nehmen. Aber seinen Urlaub, den will er eigentlich nicht canceln.

Das Bild des beruhigend lächelnden Tristan wird von einem anderen verdrängt. Von einem Tristan, der blass und wütend aussieht und gleichzeitig diesen bittenden Blick in den Augen hat.

Am Abend der Party im Bootshaus, als … Bene schüttelt unwillkürlich den Kopf, um die Erinnerung zu verscheuchen.

Johannesburg. Frankfurt am Main. Die Entscheidung ist längst gefallen. Bene steuert den nächsten Schalter an. Auf dem Weg kommt er an einem Mülleimer vorbei, und es ist nur eine schnelle, kaum sichtbare Bewegung aus dem Handgelenk nötig.

Ein weißes, papierenes Rechteck segelt in einen südafrikanischen Müllsack.

Damian / Mittwoch, 02.03., 16:15 Uhr

Damian pustet sich eine Strähne seines langen Haars aus der Stirn. Zu mehr Bewegung fühlt er sich nicht fähig. Die Tage vor einem Auftritt sind von Proben und Lampenfieber geprägt. Von Last-minute-Änderungen des Line-ups, gerissenen Gitarrensaiten und vergessenen Textzeilen. Nebenbei läuft natürlich noch das Studium, auch wenn der Kopf voller Melodien und Rhythmen steckt. Die Erschöpfung spürt er meistens erst hinterher, wenn alles vorbei ist. Dann aber tagelang. Zum Glück haben sowohl er als auch Romy Semesterferien und müssen das Haus heute erst gar nicht verlassen.

Romy allerdings ist fleißig und sitzt am Computer. Das gleichmäßige Klacken der Tastatur neben ihm macht Damian erst recht schläfrig. Er streckt sich auf dem ein Meter vierzig breiten Bett aus, das Romy irgendwie in ihr Wohnheimzimmer gequetscht hat. Was gut ist, weil ihnen sonst nur Damians WG bliebe, und da hat man nie so richtig seine Ruhe. Nach über fünfzig Dates können sie sich auch kein Hotelzimmer mehr nehmen – das wirkt irgendwie lächerlich und geht auf Dauer auf den Geldbeutel.

Das Geräusch der klickenden Tasten hat aufgehört. Damian

bemerkt es erst, als Romy ihn anspricht. »Willst du nicht auch mal den Stundenplan für nächstes Semester angehen?«

»Gönn mir eine Pause«, brummt Damian. »Die letzten Tage waren stressig genug.«

Romy erwidert nichts. Damian kann sich auch so vorstellen, was sie denkt. Nämlich, dass sein Stress ihrer Meinung nach weniger mit dem Studium als mit seiner Musik zu tun hatte. Er hat gerade so das Mindestmaß an Credit Points auf die Reihe bekommen und dabei so wenig Zeit wie möglich in Hörsälen verbracht. Niemand weiß das so gut wie Romy, die die gleichen Vorlesungen und Seminare besucht wie er.

»Sag bloß, du hast deinen Stundenplan schon wieder fertig?«, seufzt er. Allein der Gedanke stresst ihn. »Ein paar der Seminare sind schon voll«, meint Romy, ohne auf seine Frage einzugehen. »Aber du könntest es mit der Warteliste versuchen. Wenn du reinkommst, können wir zusammen für die Prüfungen lernen.«

»No offence, aber ich kann mir was Schöneres vorstellen«, grummelt Damian. Dabei ist das eigentlich ein unschlagbares Angebot, weil Romy irgendwie den Dreh raushat, den umfangreichen Stoff auf das Wesentliche zu reduzieren, was Damian eine Menge Arbeit sparen würde.

Damian wälzt sich auf die Seite und sieht Romy an, die im Schneidersitz neben ihm auf dem Bett sitzt, das Notebook aufgeklappt auf dem Schoß. »Ich gebe zu, dass ich mit niemandem lieber lernen würde als mit dir«, neckt er sie. »Aber dabei freue ich mich besonders auf die Lernpausen.«

Romy schnaubt, aber ihre braunen Augen funkeln. »Die wirst du dir hart erarbeiten müssen.« Sie streckt die Hand aus und fährt ihm durch seine Haarsträhnen, sodass sie ihm nicht mehr ins Gesicht fallen. Fast automatisch schüttelt Damian sie wieder zurück nach vorne.

»Aber erst mal brauche ich Semesterferien«, erklärt er. »Würde dir übrigens auch nicht schaden. Ein bisschen feiern, ein bisschen ausschlafen …« Er gähnt demonstrativ. »Und ich hab überlegt, für ein paar Tage zu meinen Großeltern zu fahren. Du kennst doch meine Oma. Sie muss sich ab und zu selbst davon überzeugen, dass ich in einer reinen Männer-WG noch nicht verhungert oder im Dreck erstickt bin.«

»Im Fall deiner Mitbewohner eine berechtigte Sorge«, murmelt Romy. »Aber … Nein, ich kenne deine Oma eigentlich nicht. Nur das, was du von ihr erzählst. Aber ich würde sie schon –«

»Jaah«, fällt Damian ihr ins Wort. »Schade, dass du so viel Arbeit hast. Vielleicht klappt's ja beim nächsten Mal, dass du mitfährst.«

»Also eigentlich –«

»Versteh ich doch.« Damian richtet sich auf und drückt ihr hastig einen Kuss auf die Schläfe. »Ich weiß eh nicht, wie gut Oma das verkraften würde, wenn ich Frauen mit zu ihr nach Hause bringe. Sie ist noch nicht so richtig darüber hinweggekommen, dass ich jetzt erwachsen bin. Und vom Leben als Rockstar versteht sie auch nichts.« Er zwinkert Romy zu, die demonstrativ die Augen verdreht.

»Schon gut, du Rockstar. Übrigens bin ich nur *eine* Frau, soweit ich weiß.«

Dieses Mal ist es Damian, der nichts erwidert. Stattdessen streicht er Romy eine Strähne ihres dunklen Haars aus der Stirn, sodass der kleine Tunnel in ihrem Ohrläppchen zum Vorschein kommt. Damian platziert einen Kuss darauf und genießt es, dass Romy prompt erschaudert.

»Solltest du nicht langsam eine kleine Pause machen?«, fragt er schelmisch und will das Notebook von ihrem Schoß schieben.

Das Klingeln seines Handys hält Romy von einer Antwort ab.

»Bin gleich wieder bei dir.« Damian seufzt und angelt sich das Smartphone vom Nachttisch. »Hey, Oma, was gibt's Neues von eurem Ritter aus dem Moor?«, fragt er scherzhaft, doch das Grinsen fällt ihm aus dem Gesicht, als der Redeschwall seiner Großmutter über ihn hinwegspült.

»Kannst du dir das vorstellen?« Sie ringt ein wenig nach Luft. »Nur ein Kostüm, und das Fernsehen macht gleich so eine Geschichte daraus! Scheinbar hat ein besonders eifriger Polizist brühwarm weitererzählt, was sie da im Moor gefunden haben. Inklusive ihrer Vermutungen über das Alter der Leiche. Und bis ein Fachmann vor Ort war, sind die Presseleute bereits mit ein paar unscharfen Videoaufnahmen an die Öffentlichkeit gegangen und haben aller Welt erzählt, es handle sich um einen jahrhundertealten Ritter. Dabei liegt der arme Kerl erst seit etwa einem halben Jahr dort.«

Seit einem halben Jahr. Sechs Monate. Vielleicht sieben. Oder acht. Möglicherweise acht. Plötzlich erscheint ihm Romys Wohnheimzimmer eng und stickig. Er schwingt die Beine aus dem Bett, will sich aufrichten, schwankt aber und plumpst auf die Matratze zurück.

»Alles okay?«, fragt Romy alarmiert und ist sofort an seiner Seite. »Ist dir schwindlig?«

In Damians Ohren rauscht es. Er schüttelt stumm den Kopf. Dann fällt ihm seine Oma am Telefon wieder ein. »Ist ja verrückt«, krächzt er ins Telefon. »Weißt du was, das kannst du mir alles persönlich erzählen, ja? Ich hab eh überlegt, spontan bei euch vorbeizuschauen. Ich fahre gleich los.«

Er sieht, wie Romy ihn fassungslos anstarrt, doch er reagiert nicht darauf, bringt das Telefonat irgendwie zu Ende und legt schließlich auf.

»Was ist los mit dir, Damian? Du machst mir echt Angst.«

Romy sitzt neben ihm auf der Bettkante und klammert sich an sein Handgelenk. Ihr Griff tut beinahe weh, so fest hält sie ihn.

Benommen schüttelt er den Kopf, wie um einen bösen Traum loszuwerden. Nur bringt es nichts. »Ich muss zur Polizei«, murmelt er. »Wann fährt der nächste … Fuck, nein, das dauert viel zu lange. Marten muss mir den Bandbus leihen!«

Bene / Mittwoch, 02.03., 16:45 Uhr

»Da ist er! Da ist er!« Bene hört die vertraute Stimme seiner Mutter, bevor er ihre kleine, kugelige Gestalt am Bahnsteig in Hamburg erspäht. Sie steht auf den Zehenspitzen und hüpft immer wieder ein paar Zentimeter hoch, um mehr Übersicht zu erlangen. Währenddessen steht Benes Papa ganz ruhig da, hat aber ein Strahlen im Gesicht wie an Weihnachten.

Mit ein paar schnellen Schritten ist Bene bei ihnen und beugt sich hinab, damit seine Mama ihn umarmen kann. »Bist du groß geworden! Nein, groß warst du schon immer, aber du siehst so erwachsen aus! Allerdings auch müde, du musst dich zu Hause erst mal ausruhen …« Und schon beginnt sie, aufzuzählen, wie sie ihn zu verwöhnen gedenkt. Gleichzeitig drückt sie ihm seine dicke rote Daunenjacke in die Hand, worüber Bene ziemlich froh ist. Sein Gepäck enthält kein einziges Kleidungsstück, das für den schneidenden Wind hier im Norden geeignet ist.

Sein Vater klopft ihm währenddessen immer wieder etwas verlegen auf die Schulter und brummt: »Schön, dass du wieder zu Hause bist, Junge!« Er besteht darauf, Bene den Rucksack abzunehmen, und geht unter dem Gewicht erst mal in die Knie. Seine Mutter zeigt Bene derweil ein *Willkommen zurück, mien Jung*-Plakat, das die beiden für ihn gebastelt haben. Die Umstehenden werfen freundliche, aber auch irritierte Blicke auf die Familienszene.

Benes Mutter bemerkt es auch und zwinkert ihm zu. »Da sind die Leute wieder neidisch auf unsere kleine, bunte Familie.« Bene muss lächeln. Das haben sie früher oft gesagt, wenn Nachfragen kamen, ob seine Eltern denn wirklich seine Eltern seien. »Wir sind eine bunte Familie« klingt einfach viel schöner als »Ja, ich bin adoptiert, sonst noch Fragen?«.

Nachdem Bene ihnen ausreichend versichert hat, wie sehr er sich über ihr Schild freut, läuft er zwischen seinen Eltern zur Parkgarage. Er ist tatsächlich unfassbar müde. Weder auf dem Nachtflug noch im Zug ist er so richtig zur Ruhe gekommen. Nicht einmal mit lauter Musik auf den Ohren hat er die Gedanken betäuben können. Was soll er tun zu Hause? Welche Möglichkeiten hat er, um herauszufinden, ob es wirklich Tristan ist, dort im Moor? Das Bild einer moorgeschwärzten Hand schleicht sich immer wieder in seinen Kopf.

»Schade, dass dein Urlaub abgesagt wurde. Wir könnten stattdessen ein paar Ausflüge unternehmen. Im Schifffahrtsmuseum in Kiel warst du doch immer so gerne. Und wir machen auf jeden Fall mal Pizzasemmeln zusammen, wie früher!« Aufgeregt hüpft seine Mama neben ihm her. Dabei legt sie immer wieder eine Hand auf seinen Arm, als wolle sie ganz sichergehen, dass er auch wirklich wieder da ist. Das letzte dreiviertel Jahr muss schwer für sie gewesen sein.

Prompt meldet sich das schlechte Gewissen bei Bene. Er hat seine Eltern aus Südafrika angerufen und behauptet, sein Urlaub sei vom Veranstalter gecancelt worden. Den wahren Grund seiner vorzeitigen Rückkehr kann er ihnen nicht so einfach erklären.

Im alten, klapprigen Opel Astra fahren sie die zwei Stunden nach Nordenham. Währenddessen erzählt Bene vom Schiff und erinnert sich plötzlich daran, dass er am Flughafen in Frankfurt einen Strauß Blumen für seine Eltern erstanden hat, und zieht ihn aus dem Handgepäck. Die Tulpen sind etwas zerdrückt, aber schön bunt, und Benes Mutter nimmt sie ganz vorsichtig entgegen.

»Danke, mein Schatz. Du bist so lieb, warst du schon immer.« Sie schnieft ein wenig und drückt fest seine Hand.

Dann halten sie vor dem Wohnblock in Nordenham. Trist sieht er aus an diesem dunklen Märzabend, grau und eintönig. Jemand hat ein verzerrtes Logo des Basketball-Teams *Eisbären Bremerhaven* an die Hauswand gesprayt. Der Spielplatz liegt verlassen, eine Schaukel bewegt sich quietschend im Wind und jagt Bene einen Schauder über den Rücken.

»Wo ist denn meine Maschine?«, fragt er aus einer plötzlichen Eingebung heraus.

»Immer noch in der gemieteten Garage. Aber du wirst doch nicht in der Dunkelheit dahin wollen! Das kannst du morgen auch noch. Ich mach dir lieber gleich die Suppe warm. Ich muss später leider noch zur Arbeit und …« Sie verstummt. Bene weiß, dass sie am liebsten jede Minute mit ihm verbringen möchte, jetzt, wo er endlich wieder zu Hause ist. Wenn sie heute Nacht putzen geht, dann wird sie morgen wahrscheinlich einen Teil des Tages schlafen.

Benes Vater legt die Hand auf die Schulter seiner Frau. »Vielleicht möchte der Junge einen Moment für sich.«

Bene nickt. »Ich brauch nicht lange, Mama!« Er stülpt sich die Kapuze über den Kopf. Augenblicklich umgibt ihn kuschlige Wärme. Dann geht er los, überquert den Parkplatz und biegt um die nächste Hausecke. Eine Windböe greift mit eisigen Fingern nach ihm, und Bene beschleunigt seine Schritte.

Zwei Straßen weiter wird der Gehweg von Garagen gesäumt.

Nummer dreiundzwanzig sieht noch genauso aus wie immer: grauer Beton, hellgraues Tor. Bene tastet nach dem Schlüssel, der unter einem losen Pflasterstein versteckt ist, dreht ihn im Schloss und zieht das Tor auf. Da wartet sie, seine Aprilia, halb hinter Fahrrädern und einem Grill versteckt. Bene lächelt unwillkürlich und lässt die Hand über das rot-schwarze Schutzblech gleiten. Sie ist nur für eine Person zugelassen, aber manchmal ist Tristan verbotenerweise mitgefahren, wenn sie an einem warmen Sommerabend ans Meer wollten.

Bene sieht ihn vor sich: mit dem alten, superman-blauen Helm von Benes Vater, seinem abgewetzten Rucksack auf den Schultern, mit Proviant, Handtuch und dem unvermeidlichen Buch darin. Bene ist Schleichwege gefahren, um nicht erwischt zu werden. Den größten Löchern auf den Wegen ist er ausgewichen, um die Stoßdämpfer durch das zusätzliche Gewicht nicht zu sehr zu strapazieren.

Dann ist er meist schwimmen gegangen, während Tristan am Strand saß, mit einem seiner abgekauten Bleistiftstummel im aktuellen Buch herumkritzelte und Bene anschließend berichtete, was er gelesen hat. Für Bene war Tristan die absolute Gegenveranstaltung zu seinen anderen Freunden, mit denen er Breakdance-Moves geübt, Musik gehört, Bier getrunken und am Moped herumgeschraubt hat. In den Unterhaltungen mit ihnen ging es um alles, was sein alltägliches Leben ausmachte: Schule, Mädchen, Sport und Zocken. Mit Tristan dagegen hat er sich nicht einfach unterhalten. Mit Tristan hat er Gespräche geführt – echte, tiefgründige.

Bene pustet etwas Staub vom Lenker und wischt ein Spinnennetz weg. Nein, er kann nicht einfach nur abwarten. Er muss etwas unternehmen, gleich morgen. Bene zieht sein Handy aus der Tasche, um Alice zu schreiben.

Teil II

Lampenfieber

Alice / Donnerstag, 03.03., 09:40 Uhr

Ihre Springerstiefel knirschen auf dem Kies, der gegen den letzten Schnee auf den Bürgersteig vor dem Polizeikommissariat gestreut wurde. Ein paar Schritte vor, ein paar Schritte zurück. Knirsch. Knirsch. Aber Alice kann nicht aufhören, sich zu bewegen.

Sie ist viel zu früh hier angekommen, bringt es aber nicht über sich, sich einfach auf eine Bank zu setzen und auf Bene zu warten. Stattdessen behält sie den Eingang des Polizeigebäudes im Blick. Ein Polizeiwagen mit Oldenburger Kennzeichen steht am Straßenrand vor dem Gebäude. Ist jemand wegen der Moorleiche gekommen? Ein Beamter der Kriminalpolizei? Hat die ihren Sitz nicht in Oldenburg? Alice weiß es nicht. Aber bestimmt sind dadrinnen alle in Aufruhr, seit klar ist, dass es sich nicht um einen Toten aus dem Mittelalter handelt.

Alice geht es nicht anders. Sie hat es gestern auf der Arbeit erfahren und beim Streichen einen Fensterrahmen ruiniert. Georg war zuerst ziemlich angepisst, dann ziemlich besorgt, als er gesehen hat, wie heftig Alices Hände zitterten. Deshalb hat heute vermutlich auch niemand ihre Krankmeldung hinterfragt. Wegen Schwindel und Übelkeit. Beides ist wahr.

Sie umklammert mit ihren eiskalten Fingern die Postkarte in der Tasche ihres dunkelgrauen Mantels. Sie hat sie mitgenommen, um sie jedem vor die Nase zu halten, der zu behaupten wagt, es handle sich bei dem Toten um Tristan. Denn das kann einfach nicht sein. Es darf nicht. Es –

»Alice? Das ist doch Alice, oder?«

Alice fährt beim Klang der Stimme herum. Da ist er – Bene. Obwohl sie ihn seit acht Monaten nicht gesehen hat, ist sein Anblick ihr so vertraut. Er trägt sogar noch die gleiche rote Winterjacke wie zu Schulzeiten. Claire neben ihm macht das gewohnte Bild komplett.

»Claire! Bene!« Alice rennt regelrecht auf sie zu. Der Grund für ihr Treffen ist denkbar unschön, aber kurz schäumt dennoch Freude über das Wiedersehen in ihr auf. »Mann, wie lange hab ich euch jetzt nicht gesehen? Ihr hättet euch wirklich mal hier blicken lassen können in all den Monaten!« Sie drückt zuerst Bene, dann Claire stürmisch an sich. Ihr altes Theater-Squad. Wie viel Zeit sie mit ihnen auf und hinter der Bühne verbracht hat! Wie komisch, sie jetzt hier zu treffen nach so langer Zeit, in der sie kaum Kontakt hatten. Die Nachricht, die Bene ihr gestern Abend geschrieben hat, war die längste in den ganzen acht Monaten.

»Gut siehst du aus«, meint Claire, als sie sich aus Alices Umarmung gelöst hat. »Die Frisur steht dir.«

Alice fährt sich durch ihre kurzen Stoppeln und grinst. »Ja, nach dem Abi war es Zeit für eine Veränderung. Bei dir war es anscheinend die Brille.« Sie nickt in Richtung des dunklen Gestells, das in Claires blassem Gesicht wie ein Fremdkörper aussieht. »Nur unser Bene hat sich kein bisschen verändert.« Sie lächelt ihn an, und er lächelt zurück, wie er es immer tut.

Sein Bene-Lächeln, mit dem er sogar die düstere Rolle des Marke so gespielt hat, dass das Publikum nicht anders konnte, als ihn zu mögen. Neben ihm und seinem strahlenden Lächeln sieht Claire noch blasser aus. Und angespannter. Als wäre sie an jedem Ort lieber als hier.

»Wollen wir dann …« Bene lässt den Satz unvollendet und deutet nur vage in Richtung Polizeigebäude. Das Strahlen ist aus seinem Gesicht verschwunden.

Alice schüttelt den Kopf, zuckt die Schultern und sieht sich Hilfe suchend um. Als würde eine gute Antwort irgendwo in der Luft herumschwirren und es ihr ersparen, zuzugeben, dass sie selbst nicht so genau weiß, was sie hier eigentlich will. Stattdessen fällt ihr Blick auf einen Typen, der gerade auf der gegenüberliegenden Straßenseite aus einem ziemlich schief geparkten Kleinbus steigt und das Chaos perfekt macht. Und das Theater-Squad beinahe vollständig.

»Damian!«, entfährt es ihr.

Der Angesprochene zuckt zusammen, reißt den Kopf herum und blickt das Grüppchen überrascht an. Er rückt den grauen Herrenhut auf seinem Kopf zurecht und schlendert über die Straße auf sie zu. Einem Autofahrer, der für ihn bremsen muss, dankt er mit einem Tippen an die Hutkrempe.

»Was macht ihr alle hier?« Damian bleibt mit einigen Schritten Abstand zu ihnen stehen. Er hat sich am stärksten verändert, findet Alice. Vielleicht mit Ausnahme von ihr selbst. Dabei trägt er genau wie früher ausgeblichene Jeans, ein Bandshirt und den klassischen Friesennerz, der bei ihm schon immer wie ein Modestatement gewirkt hat. Nur sieht das alles heute falsch an ihm aus, weil er so todernst ist. So hat sie ihn noch nie gesehen.

»Das Gleiche wie du, schätze ich«, meint Bene leise. »Ich wusste nicht, dass du in der Heimat bist, sonst hätte ich dir auch geschrieben. Eigentlich hab ich nur auf Alice gezählt, weil sie ja hier wohnt. Aber sie hat mit Claire telefoniert und … Na ja, wir fanden alle, wir sollten der Polizei sagen, dass …« Bene schluckt, und Alice wendet hastig den Blick von ihm ab. Sind das Tränen in seinen Augen? Sie will nicht hören, was er andeutet.

Angestrengt starrt sie auf die Pflastersteine unter ihren vier Schuhpaaren. Ihre Docs, Benes weiße Turnschuhe, Claires Stiefeletten und Damians ausgelatschte Vans. Aber die Ablenkung hilft nicht, und die Worte platzen aus ihr heraus. »Es könnte auch jemand ganz anderes sein.« Sie hebt den Kopf und begegnet als Erstes Damians Blick. Er sieht sie verständnislos an. Die Hände hat er tief in den Taschen seiner gelben Regenjacke vergraben.

»Das versuche ich mir auch schon die ganze Zeit einzureden«, sagt Bene mit belegter Stimme. »Natürlich könnte es sein … Aber wie viele Leute wandern mit einem Harnisch durch das Schwimmende Moor? Und … der sah schon verdammt nach dem aus, den er getragen hat.«

»Er?«, wiederholt Damian.

Alice starrt ihn an und ist überrascht, Panik über sein Gesicht flackern zu sehen.

»Er … Du meinst … Tristan?« Damian gerät selten ins Stottern.

Die Blicke aller sind auf ihn gerichtet, aber niemand sagt etwas.

»Ich … Fuck.« Damian zieht die Hände aus den Jackentaschen, hebt den Hut an und fährt sich mit den Fingern durch das lange Haar. Auf seiner Stirn glitzern Schweißtropfen, und sein Gesicht hat jede Farbe verloren. Ist ihm schwindlig? Er wird doch jetzt nicht umkippen?

Bevor Alice reagieren kann, schiebt Bene ihn zur Eingangstreppe, drückt ihn auf die Stufen und geht neben ihm in die Hocke. »Ich … Verdammt, Damian«, murmelt er. »Ich dachte, du bist auch deswegen hier.«

Benommen schüttelt Damian den Kopf. »Fuck«, murmelt er noch mal kopfschüttelnd, »Tristan.«

»Was willst du hier, wenn du bis eben nicht einmal auf die Idee gekommen bist, dass es sich um ihn handeln könnte?« Claire ist deutlich weniger mitfühlend als Bene. Sie klingt beinahe misstrauisch.

Alice sieht zu Damian. Sie kann ihn nur zu gut verstehen.

Auch in ihrem Kopf dreht sich alles, und ihre Knie fühlen sich wackelig und weich an.

»Ich dachte nur …« Damian wischt sich über die Stirn. »Ich dachte … Der Zeitpunkt. Die Party. Ich wollte der Polizei … Nur damit sie wissen, dass es etwa zum Todeszeitpunkt des … der Person … Vielleicht ja auch nicht?«, stammelt er. »Es muss ja nicht an dem Abend passiert sein.«

»Muss es nicht, nein«, bestätigt Bene. »Aber du hast recht, wir sollten ihnen das alles sagen. Dass es eine Party gab und dass … jemand an diesem Abend einen Harnisch getragen hat.«

Damian / Donnerstag, 03.03., 10:10 Uhr

In Damians Kopf rauscht es. Tristan. Es war Tristan. Der Gedanke hämmert gegen seine Schädeldecke und macht es Damian unmöglich, dem Stimmengewirr um ihn herum zu folgen. Er presst die Hände neben sich auf die steinerne Treppenstufe und will sich in die Höhe stemmen, kommt dabei aber ins Straucheln und stürzt fast die Treppe hinunter. Jemand hält ihn am Arm fest, und Damians Gedanken überschlagen sich.

Weiche Hände an seiner nackten Schulter.

»Upsi, pass auf!« Eske ist selbst zu wackelig auf den Beinen, um ihn wirklich zu stützen. Trotzdem lässt sie seinen Arm nicht los, sondern schiebt Damian in Richtung Tankstelle. »Du hast Geld dabei, oder?«

Damian nickt und schlingt einen Arm um Eskes Schultern, damit er auf Kurs bleibt, während er die Schiebetüren ansteuert. Sie betreten den hell erleuchteten Innenraum der Tankstelle und stehen schließlich vor dem Regal mit dem Alkohol. Eske greift zielstrebig nach einer Flasche Berentzen-Likör. »Wildkirsche oder Apfel?«, fragt sie.

Damian schüttelt den Kopf. In seiner Kehle steigt Übelkeit auf, die nichts mit dem Schnaps zu tun hat, den er schon intus hat. Sie hätten nicht herkommen dürfen. Sie hätten am Bootshaus bleiben sollen, bei der Party, bei den anderen. Er presst sich die Faust an die Schläfe. Aber dafür ist es jetzt zu spät. Oder nicht? Er bekommt den Gedanken nicht richtig zu fassen.

»Jacky«, krächzt er und greift an Eske vorbei nach einer Flasche Jack Daniels. »Aber nimm ruhig Apfel und Kirsch. Is ja sonst nur noch Bier da.«

Sie balancieren ihre Ausbeute zur Kasse, und Damian überlässt es Eske, Scheine und Münzen aus seinem Geldbeutel abzuzählen. In seinem Kopf hallt immer noch der Knall wider. Die bloße Erinnerung an das Geräusch verursacht ihm Übelkeit.

»Oh, warte mal, das hier brauchen wir auch noch!« Mit vielsagendem Grinsen schnappt Eske sich eine Packung Kondome aus einem Regal direkt neben dem Tresen. »Oder hast du welche dabei?«

Damian zuckt die Schultern. Irgendwo vielleicht, aber eigentlich ist er davon ausgegangen, ihr zweiter geplanter Zwischenstopp wäre hinfällig. Scheinbar sieht Eske das anders.

Sie reicht ihm zwei der Flaschen und belädt sich selbst mit dem Rest. »Komm schon, du wolltest dir doch noch meinen Spezial-BH ansehen.« Sie kichert so sehr, dass sie beinahe über die Bordsteinkante vor den Zapfsäulen stolpert.

Damian klemmt sich die beiden Flaschen unter den Arm und hakt sich bei Eske unter, um sie festzuhalten. Oder sich. Er weiß es nicht so genau, aber alles um ihn herum scheint zu wanken. Und auch das hat nicht nur mit dem Alkohol in seinem Blut zu tun. Vielleicht sollte er einfach noch mehr trinken und alles vergessen, was heute Abend passiert ist. Wenn er das kann.

»Geht's, Mann?« Bene hält immer noch Damians Arm fest. »Du siehst echt übel aus.«

Damian nickt. Aber die Erinnerung ist immer noch so präsent, dass er sich ganz benommen fühlt, obwohl er im Gegensatz zu damals stocknüchtern ist. Die steinernen Stufen sind wie Schaumstoff unter seinen Füßen, als er sich von Bene zur Tür hinaufbugsieren lässt. Er ist froh, dass Bene auch in der Polizeistation die Führung übernimmt. Er spricht mit dem Beamten hinter der Glasscheibe, und die Worte brennen sich in Damians Gehirn ein, selbst durch das anhaltende Rauschen hindurch: »Wir haben möglicherweise Informationen zu der Moorleiche, die kürzlich gefunden worden ist. Es könnte sein, dass wir den Toten kennen.«

Bene / Donnerstag, 03.03., 10:20 Uhr

Die Kommissarin, die ihnen gegenübersteht, ist zwischen vierzig und fünfzig, hat ein freundliches Gesicht mit einigen Falten um die Augen, und ihre Haare sind so hellblond, dass man die grauen Strähnen darin kaum bemerkt. Allerdings ist ihr Blick ernst, als sie Bene und den Rest der Truppe in ihr Büro führt, zwei weitere Stühle organisiert und dann Platz nimmt. Sie stellt sich ihnen als Oberkommissarin Kathrin Menkewöll vor und bittet sie dann ihrerseits um eine Vorstellung.

Sie alle nennen ihre Namen. Alices Stimme zittert dabei leicht. Bene würde am liebsten ihre Hand drücken. Mit dem neuen Kurzhaarschnitt und ihrer weiten Stoffhose sieht sie anders aus als früher. Aber sie riecht noch genauso gut wie immer. Nach Urlaub in der Provence, blühenden Lavendelfeldern und Sonnenschein. Bene hat kurz die Augen geschlossen, als er sie beim

Wiedersehen umarmt hat, und für einen Moment den deutschen Winter ausgeblendet.

Als Claire sich vorstellt, hebt die Kommissarin kurz die Augenbrauen, fragt jedoch nicht nach. Klar, ihre Familie ist bekannt hier in Nordenham. Da eine kurze Stille eintritt, räuspert Bene sich. »Tristan ist in einem Heim aufgewachsen. Zwar hat er seine Mutter manchmal besucht, aber der Kontakt war nicht sehr eng. Und er wollte direkt am Tag nach der Abschlussparty zu einem Work-and-travel-Jahr aufbrechen. Es kann also sein, dass ihn niemand vermisst gemeldet hat.«

»Party? Wo und wann war das?«, fragt die Polizistin nach. Ihre Stimme klingt ruhig und sachlich, aber Bene glaubt, darin Anspannung mitschwingen zu hören.

»Wir haben am Bootshaus von Claires Familie gefeiert. Das ist direkt am Schwimmenden Moor.« Bene erklärt die Zusammenhänge. Frau Menkewöll nickt mehrfach. »Ihr Freund Tristan ist also direkt nach dieser Party am Moor abgereist oder verschwunden. Deshalb machen Sie sich Sorgen«, fasst sie zusammen. »Wie lautet sein Nachname?«

»Also eigentlich heißt er Michael. Tristan ist nur sein Spitzname. Sein richtiger Name ist Michael Hauser«, antwortet Bene.

»Haben Sie ein Bild von ihm?«, fragt die Polizistin.

Bene holt seinen Geldbeutel aus der Jackentasche und zieht das Foto heraus. Es hat ein paar Knicke abbekommen, seit er es von der Wand in der Schiffskajüte abgerissen hat, aber alles ist noch ganz gut zu erkennen. Er reicht es der Polizistin, die es behutsam entgegennimmt. Alice wirft ebenfalls einen Blick auf das Foto und dreht den Kopf schnell wieder weg. Doch nicht so schnell, als dass Bene die Tränen nicht gesehen hätte, die unaufhörlich aus ihren Augen kullern. Die Kommissarin setzt eine Lesebrille auf und mustert das Bild.

Claire räuspert sich. »Das Foto ist am Tag der Abschlussparty aufgenommen worden.« Ihre Stimme klingt rau, und erst jetzt fällt Bene auf, dass sie bisher kaum ein Wort gesprochen hat. »Wir fünf waren in der Theatergruppe des Gymnasiums. Unter der Leitung unserer Deutschlehrerin Frau Lehmann haben wir *Tristan und Isolde* auf die Bühne gebracht. Zu der Party haben wir noch ein letztes Mal unsere Kostüme getragen. Das hielten wir für einen witzigen Einfall.« Claire verstummt, und Bene fragt sich, ob sie dasselbe denkt wie er. Dass es jetzt überhaupt nicht mehr witzig erscheint, nichts davon.

»Ich verstehe.« Die Polizistin nimmt ihre Brille ab. Dann schießt sie plötzlich Fragen in den Raum. Wer alles dort war, wer wann wo Tristan zuletzt gesehen hat, wer welchen Eindruck von ihm hatte … Bene kommt kaum zum Nachdenken bei diesem Fragenfeuerwerk, und kurz drängt sich ihm der Gedanke auf, ob das Absicht ist, damit sie sich nicht erst gemächlich Lügen zurechtlegen können.

Meist antwortet er, manchmal Claire, selten Damian. Das Klappern der Tastatur gibt den Takt vor. Von Alice indes kommt kein Ton, nur ein leises, unterdrücktes Schluchzen, das irgendwann in einen Schluckauf übergeht.

»Und er hat sich nicht bei Ihnen gemeldet?«, fragt die Kommissarin schließlich. »Die ganzen acht Monate nicht? Kein Anruf, keine Nachricht über WhatsApp, kein neues Video auf TikTok?«

»Nein.« Bene antwortet so schnell, dass niemand sonst eine Chance hat, zu reagieren. »Er war aber auch nicht der Typ für so was. Er hat Social Media eher selten genutzt.« Bene verstummt. Er weiß nicht, wie er es erklären soll. Es klingt jetzt fast, so als wäre Tristan ein weltfremder Freak gewesen. Aber das war er eben nicht.

»Tristan *ist* …« Claire betont das Präsens so überdeutlich, dass

72

Bene zusammenzuckt, »… ein sehr selbstgenügsamer Mensch. Er kann sich in ein Interessengebiet vertiefen und darüber alles andere vergessen.«

Die Kommissarin mustert Claire einen Moment lang, als frage sie sich, weshalb diese neunzehnjährige Erstsemesterstudentin spricht wie eine konservative Politikerin in einer Talkshow.

»Das trifft es ganz gut«, kommt Bene Claire zu Hilfe. »Deshalb haben wir uns auch nicht groß gewundert, dass wir keine Fotos zu sehen bekommen haben. Auf einer Straußenfarm in Australien oder so hat man sicher Besseres zu tun, als Insta und Co upzudaten.« Er versucht sich an einem Lächeln, das gründlich misslingt.

Kathrin Menkewöll stellt noch einige Abschlussfragen. Schließlich verstummt sie, starrt auf ihren Computerbildschirm, auf dem sie vermutlich das Geschriebene liest, und nickt hin und wieder. In Bene steigt ein Gefühl der Leere auf. Jetzt ist er losgeworden, was er sagen wollte. Halb in der Hoffnung, dass die Polizei ihn auslachen würde, weil die Identität der Moorleiche längst feststeht und es auf keinen Fall Tristan sein kann. Aber diesen Eindruck erweckt die Kommissarin ganz und gar nicht.

»Wir werden Ihrem Hinweis nachgehen und uns dann gegebenenfalls wieder bei Ihnen melden. Danke, dass Sie gekommen sind!« Sie steht auf, hält dann aber plötzlich inne. »Oder hat jemand von Ihnen noch etwas hinzuzufügen?« Die Polizistin blickt aufmerksam in die Runde. Bene folgt ihrem Blick.

Claire sitzt mit vor der Brust verschränkten Armen an der Stuhlkante, als würde sie am liebsten jeden Moment aufspringen und gehen. Alice zerknüllt ein Taschentuch in ihren Händen. Für einen Moment begegnet sie Benes Blick, und er sieht ihre geröteten, angstvoll geweiteten Augen. Dann starrt sie wieder auf den Boden. Bene ist sich nicht sicher, wie viel sie von den Fragen überhaupt mitbekommen hat. Und Damian … Seine Augen sind unverwandt auf die Kommissarin gerichtet. Er hat sich leicht vorgebeugt, und Bene sieht, wie sich für einen Moment seine Lippen öffnen. Es sieht aus, als würde er etwas sagen wollen, doch dann fängt er Benes Blick auf und schließt den Mund wieder. Der Moment ist vorbei.

Was immer es war, es bleibt ungesagt.

Damian / Donnerstag, 03.03., 11:00 Uhr

Sie reden nicht, während sie das Polizeigebäude verlassen. Damian zieht den Reißverschluss seiner Regenjacke bis oben hin zu und folgt den anderen die Straße hinunter, statt zum Bandbus zurückzugehen. Auch an Alices glänzendem schwarzen Beetle laufen sie einfach vorbei.

Es ist komisch, auf den vertrauten Wegen zu gehen, vorbei an klinkerroten Fassaden, Grünstreifen und trostlos braunen Buchenhecken. An seiner Seite die Leute von damals, mit denen er hier so oft unterwegs war. Ihre Schule ist nur eine Straße weiter. Wie oft sind sie in der Mittagspause hier vorbeigekommen, auf dem Weg zu ihrem Stammlokal, wo sie gegessen und ihre Texte gelernt haben. Nur der, dessentwegen sie jetzt alle wieder hier sind, fehlt.

»Diese Frau Menkewöll«, bricht Alice irgendwann mit zittriger Stimme die Stille. »Ihre Fragen klangen fast so, als würde sie von einem Mord ausgehen.«

Damian schluckt den aufsteigenden Mageninhalt mühsam hinunter. Alice spricht genau das aus, was ihm schon die ganze Zeit durch den Kopf geht. Er findet auch, dass die Fragen der Kommissarin auf einen solchen Verdacht hingedeutet haben. Allein der Gedanke quetscht ihm den Brustkorb zusammen.

»Aber das würde ja heißen …« Alice schnieft leise, »dass jemand Tristan umgebracht hat, während wir ganz in der Nähe gefeiert haben.« Sie schlingt die Arme um ihren Körper. Bene reibt ihr flüchtig über den Rücken, aber genau wie der Rest von ihnen sagt er kein Wort, sondern läuft nur schweigend neben ihr her. Claire in ihrem wehenden, geblümten Mantel führt die Gruppe an. Oder läuft erfolglos vor ihr davon – es ist schwer zu sagen. Damian bildet das Schlusslicht. Seine Füße fühlen sich bleischwer an. »Der Gedanke ist schrecklich.« Alice erträgt die Stille offenbar nicht. »Und diese Befragung, die war auch schrecklich. Als stünden wir jetzt alle unter Verdacht. Dabei sind wir doch freiwillig gekommen!«

»Wie in einem schlechten Theaterstück«, stimmt Damian ihr zu, und weil er es nicht länger aushält und die Gelegenheit einfach zu gut ist, versucht er es mit einer Ablenkung: »Spielt ihr eigentlich noch? Theater, meine ich.«

Claire blickt über ihre Schulter zurück und sieht ihn an, als hätte er den Verstand verloren. Alice reagiert überhaupt nicht. Sie ist damit beschäftigt, ein Taschentuch aus der Verpackung zu friemeln und sich die vom Weinen hörbar verstopfte Nase zu putzen.

Bene schüttelt den Kopf. »Nicht so richtig«, erwidert er matt. »Aber so anders ist die Arbeit als Animateur manchmal gar nicht.«

»Als Musiker auch nicht.« Unwillkürlich muss Damian beim Gedanken an seine Band ein kleines bisschen grinsen. »Nur ohne die coolen Kostüme.«

Damian prallt gegen Alice, die direkt vor ihm abrupt stehen geblieben ist. Er will sie gerade fragen, was eigentlich ihr Problem ist, da platzt sie heraus: »Die Kostüme! Der Harnisch, der Umhang … Tristans Kostüm! Wir müssen einfach nachsehen, ob es wieder im Fundus an der Schule ist. Dann kann …«

»… er es nicht sein«, vollendet Bene leise. Der Gedanke lässt seine Miene augenblicklich entspannter wirken. »Gehen wir gleich hin!« Er deutet mit einem Kopfnicken in die Richtung, in die sie sich aus alter Gewohnheit ohnehin bewegt haben.

»Äh, Leute …« Auch Claire dreht sich jetzt zu ihnen um. »Ich bringe es euch nur ungern bei, aber wir können nicht einfach in unsere Ex-Schule einbrechen und uns durch den Theaterfundus wühlen.«

Bene lässt sich davon nicht beirren. »Dann fragen wir eben Frau Lehmann«, meint er schulterzuckend. »Die kann doch nachsehen, ob Tristan das Kostüm nach der Feier zurückgebracht hat. Wahrscheinlich leitet sie sogar immer noch die Theater-AG und weiß es auswendig.«

Er wartet nicht auf ihre Zustimmung, sondern setzt sich bereits in Bewegung und geht wie selbstverständlich voran. Dankbar, dass das ein anderer übernimmt, schließt Damian sich ihm an. Alice ist sowieso sofort dabei. In ihrem vom Weinen geröteten Gesicht leuchtet Entschlossenheit. Dieses Mal ist Claire die Letzte, die der Gruppe folgt. Eher widerwillig, wenn Damian nicht alles täuscht. Aber das ist jetzt egal.

Genau wie Alice und Bene kann er es gar nicht erwarten, ihre alte Schule zu erreichen. Gewissheit, Aufatmen, die Sicherheit, dass Tristan das Kostüm zurückgegeben hat und nicht acht Monate lang damit tot im Moor gelegen hat.

Damian setzt die Kapuze seiner Regenjacke auf, plötzlich fröstelnd. Das Bild von Tristan in Harnisch und Umhang steht ihm noch deutlich vor Augen. Lebendig. Mit diesem schmachtenden Romeo-Blick, den nur er draufhatte und dem alle verfallen waren.

»Habt ihr in den letzten Monaten echt gar nichts von ihm gehört?« Damian zieht sein Smartphone aus der Hosentasche. »Hat er ganz sicher nicht noch mal in die Gruppe geschrieben?«

Er muss die Suchfunktion bemühen, um das Theater-Squad zu finden. Die Nachrichten darin sind allerdings schnell gescannt.

»Bene, Alice, bei euch wird er sich ja wohl mal gemeldet haben!«

Bene schüttelt den Kopf, ohne zu zögern. Damian wartet darauf, dass er mehr dazu sagt, seine Verneinung irgendwie erklärt – immerhin war er früher Tristans bester Freund. Aber Bene läuft schweigend weiter.

»Alice!« Damian beschleunigt seine Schritte, um zu ihr aufzuschließen. Ihr laufen schon wieder die Tränen über das Gesicht. »Du hattest doch so einen Draht zu ihm. Hast du ihn echt nie angerufen? Oder ihm wenigstens geschrieben und gefragt, wo er gerade so unterwegs ist bei seinem Work-and-travel-Trip?«

Er bemerkt kaum, wie Alice unter Tränen den Kopf schüttelt, denn plötzlich schiebt sich eine Erinnerung in sein durcheinandergeratenes Gehirn. Regenwald, Vulkangipfel.

»Er hat mir eine Postkarte geschrieben!«, platzt er ungefiltert heraus. »Nicht so lange nach dem Abi. Aus Raro-was-auch-immer … Raro…tonga, glaube ich! Mit einem schrägen Zitat aus *Tristan und Isolde*!«

»Was?!« Claire ist stehen geblieben und sieht ihn scharf an, und auch Alice steht wie angewurzelt da und starrt mit glasigen Augen ins Leere. Sie tastet über ihren taillierten Mantel, greift in die Tasche und zieht ein zerknicktes Stück Papier heraus. Nein, kein Stück Papier. Eine Karte mit zwei Pinguinen darauf.

Damian will danach greifen, aber Claire ist schneller. Sie reißt sie Alice regelrecht aus den Händen. Ihre Augen fliegen über den Text und bleiben an Marke und Poststempel hängen. Über ihr Gesicht rasen die Emotionen regelrecht – und das will bei einer Eisprinzessin wie Claire wirklich etwas heißen. Aber Damian kann die Erleichterung, die sich auf ihren Zügen abzeichnet, gut nachvollziehen.

Ein raues Lachen bahnt sich den Weg aus seiner Kehle. »Er kann es gar nicht sein. Nicht, wenn zwei von uns nach der Feier noch Karten von ihm bekommen haben.«

»Drei von uns«, sagt Claire leise. »Mir hat er eine aus Melbourne geschickt. Erst vor ein paar Wochen. Ich hab sogar die Briefmarke gegoogelt. Die ist entweder wirklich aus Australien oder ziemlich gut gefälscht.«

Damian ist nicht der Einzige, dessen Blick automatisch zu Bene wandert. Bene, der Tristan immer am nächsten gestanden hat und der ihn schon am längsten kannte.

»Hast du auch eine bekommen?«, spricht Claire aus, was sie alle denken. »Eine Postkarte?«

»Ach so.« Bene lacht auf. Es klingt zu laut für die Stille, die eben noch zwischen ihnen geherrscht hat. »Ja. Ja klar, schon vor einer Weile. Hatte ich ganz vergessen.«

»Von wo?«, fragt Claire weiter.

»Osterinseln«, kommt es ohne Zögern von Bene. »Das ist gut. Aber … Gehen wir trotzdem noch zur Schule. Um ganz sicher zu sein.«

Claire / Donnerstag, 03.03., 11:15 Uhr

Als Claire das Schulgebäude vor sich sieht, verlangsamt sie ihre Schritte unwillkürlich. Lieber würde sie jetzt in Ruhe nachdenken: darüber, dass auch die anderen Postkarten bekommen haben. Und was das für sie bedeutet. Im ersten Moment hat sie Erleichterung verspürt, die Angst vor einem Psychopathen, der sich über sie lustig macht, ist verschwunden. Aber wieso bloß …

Weiter kommt sie mit ihren Gedanken nicht, denn je mehr sie sich der Schule nähert, desto präsenter wird die Vergangenheit.

Sie hat das Gefühl, Hunderte Claires neben sich zu haben, die tagtäglich diese Schule betreten und verlassen haben. Sie spürt das Gewicht des Rucksacks auf den Schultern – schon damals hat sie immer mehr Bücher mitgeschleppt als nötig. Und aus den veränderten Menschen neben ihr werden plötzlich wieder ihre Freundinnen und Freunde.

Damian mit zerrissener Jeans, ein Buch in der Hand, aus dem er lauthals den Theatertext vorträgt. Neben ihm Bene, der gutmütig lachend Damians Gitarre trägt und fragt, was sie für die nächste Klausur gelernt haben. Alice, die immer wieder erwartungsvolle Blicke auf Tristan wirft und denkt, dass niemand es merkt.

Und Tristan selbst. Mit einem Plastikbecher vom Kaffeeautomaten der Schule in der Hand, den er vorsichtig zwischen den Fingern balanciert. Die meisten Oberstufenschüler haben sich ihren Kaffee beim Bäcker geholt. Tristan nicht. Er hat die grässliche Plörre aus dem Automaten bevorzugt. Er hat immer den billigsten genommen und behauptet, der schmecke am besten.

Claire hat einmal angeboten, dass sie ihm beim Bäcker doch einen ausgeben könne, gerne auch öfter, falls der sonst zu teuer für ihn sei. Sie wird nie vergessen, wie Tristan sie angesehen hat. Mit einem Blick, der vielleicht ein wenig traurig war, vielleicht ein wenig beschämt, aber vor allem eins: stolz. Dann hat er gesagt: »Manchmal sind Freunde auch deswegen Freunde, weil sie etwas einfach akzeptieren, statt es unbedingt verbessern zu wollen.«

Claire hat nie wieder gefragt und stattdessen angefangen, ab und zu gemeinsam mit ihm den Automatenkaffee zu trinken. Sie glaubt, den Geschmack des künstlichen Röstaromas wieder auf der Zunge zu haben. So schlecht war der gar nicht, Tristan hatte recht.

Der Gong holt sie aus ihren Erinnerungen zurück. Als melodischer Dreiklang hallt er über den Pausenhof. Bene neben ihr seufzt, und es hört sich fast ein wenig sehnsuchtsvoll an. Die typischen Geräusche ertönen: Fußgetrappel, Türen, die aufgestoßen werden, Stimmen, die sich vermischen und überlagern. In Claires Ohren klingen sie schrill, zu laut, zu viel. Sie muss an das Gekreisch der Möwen denken, die heute Morgen am Strand den toten Fisch zerlegt haben, und würde sich am liebsten umdrehen und gehen.

»Pünktlich zur zweiten Pause, perfektes Timing würde ich sagen«, kommt es da von Damian, der ohne Gitarre und Textbuch viel weniger nach Damian aussieht. Aber zumindest seine Haare unter dem unsäglichen Herrenhut wirken ungewaschen, das tröstet Claire etwas.

Der Geruch von frisch aufgebackenen Brezeln umfängt sie, als Alice die Tür öffnet. »Wohin jetzt?«

»Lehrerzimmer«, kommandiert Damian.

»Hey, da ist sie doch, da drüben, auf der Treppe, oder?« Claire folgt mit dem Blick Alices ausgestrecktem Zeigefinger. Durch eine Horde winziger Fünftklässler, die mit ihren überdimensionalen Schulranzen ständig aneinanderstoßen, bahnt sich Frau Lehmann ihren Weg. Sie trägt eine blau-weiß gestreifte Bluse und eine weiße Jeans. Zuerst hat Claire den Eindruck, sie habe sich kein bisschen verändert. Die dunklen Haare, die schmalen Augenbrauen. Doch beim näheren Hinsehen sieht sie, dass die Schlüsselbeinknochen unter der hübschen Bluse hervorstehen und die sonst so glänzenden dunklen Haare strähnig auf ihre Schultern herabhängen.

»Huhu, Frau Lehmann, hallo!«, ruft Bene und winkt ihr enthusiastisch zu. Claire zuckt innerlich zusammen. Er hat es schon immer fertiggebracht, alle Erwachsenen so zu behandeln, als wären sie gern gesehene Onkel und Tanten. Selbst wenn der Physik-lehrer mit einem nicht angekündigten Test in den Klassenraum geschlichen kam, konnte er sicher sein, dass Bene ihn fröhlich begrüßte und ihm anbot, beim Austeilen zu helfen. Kein Wunder, dass er beim Lehrerkollegium so beliebt war, ebenso wie Tristan mit seiner ruhigen, aufmerksamen Art.

Für einen Moment sieht Frau Lehmann verwirrt aus. Claire kennt das von sich selbst, wenn sie Bekannten an überraschen-den Orten begegnet und ein paar Sekunden braucht, bevor sie den Zusammenhang herstellen kann. Dann kommt Frau Leh-mann mit schnellen Schritten und einem schmalen Lächeln auf sie zu. »Was tut ihr – ich meine, was machen Sie denn hier?« Ihre braunen Augen sind mit einem nicht ganz zum Hautton passen-dem Concealer untermalt. Bei genauem Hinsehen kann Claire ihre Kontaktlinsen erkennen. Frau Lehmann zwinkert immer wieder, als wollte sie den Fremdkörper aus dem Auge vertreiben.

Alle murmeln eine Begrüßung, selbst Alice, die noch immer rote Augen hat, piepst ein Hallo.

»Wir sind gerade zufällig in der Stadt, weil …«, setzt Bene an.

Ja klar, rein zufällig, haha.

Damian unterbricht ihn. »Und wollten Sie etwas fragen, wegen der Theatergruppe damals. Für unsere Abschiedsparty an Claires Bootshaus durften wir die Kostüme doch noch mal anziehen. Und wir haben ausgemacht, dass wir sie im Laufe der Woche dann in den Fundus zurückbringen. Ich weiß zum Beispiel noch, dass ich meines erst in die Reinigung geben musste, weil, ähm, Flecken drauf waren.«

Frau Lehmann sieht ihn an. Ihre Mundwinkel heben sich zu einem Schmunzeln. »Auf so einer Party kann von einem Würst-chen schon mal der Senf runtertropfen«, meint sie leise.

Claire muss sich ein Lachen verkneifen. Bene räuspert sich

überlaut, und Damian sieht irritiert aus. Er schiebt seinen albernen Hut zurecht. »Tja, ganz genau. Jedenfalls habe ich das Kostüm vorbildlich reinigen lassen und dann zurückgegeben. Aber wie war das bei den anderen? Wissen Sie vielleicht zufällig, ob Tristan letzten Sommer sein Ritterkostüm zurückgebracht hat?«

»Ach ja, da war was, stimmt.« Eine kurze Pause entsteht, als sie sich bückt, um irgendwelche Papiere in ihre Ledertasche zu stopfen. »Michael hat das Kostüm nicht zurückgebracht. Ich habe noch überlegt, wie ich ihn deswegen kontaktieren kann, aber dann kam etwas dazwischen und …« Sie macht eine ratlose Handbewegung. »Ich habe es wohl vergessen. Sie kennen das ja.«

»Natürlich.« Bene nickt verständnisvoll, auch wenn er enttäuscht wirkt.

Alice schnieft schon wieder.

»Sind Sie sich ganz sicher?«, fragt Damian und räuspert sich erneut.

Frau Lehmann bestätigt es noch einmal. Claire mustert ihre ehemalige Lehrerin zunehmend nachdenklich. Irgendwas irritiert sie an der Situation. Liegt es nur daran, dass sie sich hier in ihrer alten Schule wieder wie eine Schülerin fühlt?

»Tja, ich muss dann leider wieder.« Frau Lehmann deutet auf ihre Tasche. »Habe Klausuraufsicht.«

»Sollen wir Ihnen tragen helfen?« Bene natürlich.

»Nein, nein, das ist nicht nötig.« Sie wuchtet sich den ledernen Riemen über die Schulter, winkt noch einmal und hastet zur Treppe zurück.

Niemand spricht aus, was alle denken. Tristan hat sein Kostüm nicht zurückgebracht. Er hat es anbehalten. Bis heute.

Auch Bene scheint nichts dazu sagen zu wollen. Stattdessen blickt er Frau Lehmann mitleidvoll hinterher. »Die Arme. Das ist schon echt ein stressiger Job.«

»So stressig, dass sie ganz vergessen hat, dass sie eigentlich gerade in die andere Richtung unterwegs war, bevor sie uns gesehen hat«, kommt es trocken von Damian. Claire sieht seiner Miene nicht an, ob er belustigt ist oder nicht.

Alice / Freitag, 04.03., 10:10 Uhr

Ihr Ohrensessel war nie zuvor so unbequem. Alice kann sich einfach nicht entspannen, und das Buch, das sie mit ihrer Buddyread-Gruppe liest, lässt in der zweiten Hälfte auch eindeutig nach. Die anderen haben sie mittlerweile alle überholt, und den Gruppenchat will Alice gar nicht mehr öffnen, weil sie bei den vielen Fragen, die mit @*Alice* markiert sind, ein schlechtes Gewissen bekommt.

Bist du etwa schon fertig?

Erzähl doch mal, wie fandst du das Buch?

Alles okay bei dir? Muss ja ein furchtbares Ende sein, dass du gar nicht mehr spoilerst!

Mit einem frustrierten Schnauben wirft Alice das Buch auf den Teppich neben dem Sessel. Sofort bekommt sie wieder Gewissensbisse. Sie springt auf, sammelt das herausgefallene Lesezeichen und das Buch auf und legt beides behutsam auf die Sessellehne. Das arme Buch kann nichts für das Chaos in ihrem Kopf.

Ihr Blick fällt auf das untere Regalbrett, wo sie alle Lektüren ihrer Schulzeit verstaut hat. Direkt daneben stehen alle drei Theaterskripte. Das letzte sieht besonders zerlesen aus, weil Alice an Isoldes Text beinahe verzweifelt wäre. Zumindest zu Beginn. Je öfter sie die Worte gesprochen und die Szenen gespielt hat, desto mehr ist sie zu Isolde geworden. Hat die leidenschaftliche junge

Frau angezogen wie eine zweite Haut, hat ihren Tristan auf der Bühne mit Liebe überschüttet und immer öfter bemerkt, wie schwer es ihr fiel, ihn – also Michael – danach wieder als den Kumpel anzusehen, der er eigentlich war. Als wäre sie einen Teil von Isolde nie losgeworden. Genau wie er, der von Tristan den Namen behalten hat.

Auf ihren Lippen spürt Alice die unerwartete Muskelspannung eines Lächelns. Das Stück ist der Höhepunkt ihrer Schulzeit und vor allem ihrer Zeit in der Theater-AG gewesen. Aber was bleibt jetzt noch von dieser schönen Erinnerung? Sie vermischt sich auf düstere Art mit den verwackelten Aufnahmen eines Tatorts und dem Gedanken, der Alice seit dem Gespräch mit Frau Menkewöll keine Ruhe mehr lässt: Vielleicht hat jemand Tristan ermordet, und vielleicht war diese Person ganz in ihrer Nähe, mit ihnen auf der Party, jemand aus ihrem Jahrgang. Jemand, den sie kennt.

Ihre Finger zittern, als sie hastig das Skript aus dem Regal zieht, um diese Überlegungen abzuschütteln. Sie klappt es auf und ein gefaltetes Stück Papier segelt heraus: Die Einladung zu ihrer Tristan-Aufführung. Vorn der Schattenriss eines Liebespaars unter dem verschnörkelten Titel des Stücks. Die Daten ihrer Aufführungen. Auf der Rückseite die Zusammenfassung, die Alice selbst geschrieben hat:

Tristan ist ein Mann voller Ehre, Tapferkeit und Sensibilität. Als Neffe und Nachfolger des Königs von Cornwall, König Marke, besteht er in dessen Diensten viele Abenteuer. Er soll Markes Braut, die schöne Isolde, von Irland nach Cornwall bringen. Doch auf dem Schiff trinken die beiden, ohne es zu wissen, einen Liebestrank, den Isoldes Cousine Brangäne eigentlich Isolde und Marke in der Hochzeitsnacht verabreichen sollte. Tristan und Isolde verlieben sich unsterblich …

Sofort hat sie alles wieder vor Augen. Die dramatische Szene, in der sie und Tristan Claires Liebestrank trinken und ihr Schicksal damit besiegeln. Die Hochzeit Isoldes mit König Marke, verkörpert von Bene, der sie in eine besitzergreifende Umarmung zieht, aus der sie nicht ausbrechen darf. Und Tristan, mit dem sie sich heimlich trifft. Beobachtet hat sie nur das Publikum, das ganz still wurde, wie um das tragische Liebespaar nicht zu verraten. *Star-crossed Lovers.* Alice fand es schon immer schade, dass es keine gute Übersetzung dieser Wendung gibt. Tristans und Isoldes Liebe stand unter einem schlechten Stern.

Ihre Gefühle für den echten Tristan auch, das weiß sie jetzt. Er hat sie nie erwidert. Alles, was auf das Gegenteil hingewiesen und an das sie sich geklammert hat, war bloß Teil des Stücks. Sie hätte es eigentlich merken müssen. Spätestens, als er sich nach dem Abi einfach nicht mehr gemeldet und ihre Nachrichten eiskalt ignoriert hat. Es sei denn, dafür gab es einen anderen, viel schlimmeren Grund. Aber daran will sie nicht denken.

Sie starrt auf die Liste der Rollen auf der Einladung. Sie kann sich zu gut an Benes eifersüchtiges Wüten auf der Bühne erinnern. Nach den Proben war er regelrecht heiser, und alle anderen hatten Bauchschmerzen vor Lachen, weil diese Impulsivität so gar nicht zu Bene passte, er sie aber so glaubhaft spielte. Auch eine zweite Haut, die er übergestreift hat. Und Tristan? Warum hat er seine nie wieder ausgezogen? Weil ihm die Rolle als Tristan besser gefiel als das Leben als Heimkind Michael? Sie passte jedenfalls zu ihm. So unfassbar gut.

Das Klopfen an ihrer Zimmertür hält Alice davon ab, noch tiefer in Erinnerungen zu versinken. Sie schreckt auf und wird sich bewusst, dass sie immer noch auf dem Boden vor ihrem Bücherregal hockt. Ihr Vater steht im Türrahmen. Verwirrung im Gesicht.

»Eine Kommissarin hat für dich angerufen.« Seine Stimme dringt wie durch Watte zu Alice. »Hab ihren Namen vergessen.«

»Menkewöll«, flüstert Alice. *Sie* hat ihn nicht vergessen. Wie könnte sie? »Was … Was wollte sie?«

»Sie haben die Moorleiche identifiziert und haben ein paar Fragen an dich. Alice, was geht hier vor? Was hast du damit zu tun?«

Das Regal über ihr scheint zu kippen. Der ganze Raum samt ihrem Vater. Alice kauert auf dem Teppich und rührt sich nicht, während alles um sie herum zusammenfällt. Es gibt nur einen einzigen, plausiblen Grund, warum die Polizei weitere Fragen an sie haben sollte. Nur einen einzigen.

Bene / Freitag, 04.03., 10:30 Uhr

Bene sitzt auf einem Stuhl mit harter Plastiklehne. Heute ist er allein hier, ohne sein Squad, und die Atmosphäre ist spürbar anders als gestern. Etwas Lauerndes liegt in der Luft, obwohl die Kommissarin genauso nett lächelt, genauso normal aussieht. Diesmal sitzt sie nicht hinter ihrem Schreibtisch und tippt mit, sondern hat sich Bene gegenüber am Tisch niedergelassen. Zwischen ihnen auf der weiß lackierten Holzplatte liegt ein Aufnahmegerät.

»Kann ich Ihnen etwas anbieten, bevor wir beginnen? Einen Kaffee vielleicht?«

Ganz sicher nicht, Bene ist auch so schon nervös genug. »Ein Wasser wäre toll«, sagt er stattdessen.

Sie steht auf und stellt gleich darauf Flasche und Glas vor ihm ab. Bene öffnet sie sofort und gießt das Glas voll.

»Nach unserem letzten Gespräch haben sich weitere Fragen ergeben. Wir sind Ihrem Hinweis natürlich nachgegangen, und leider handelt es sich bei dem Toten tatsächlich um Michael Hauser. Ich möchte Ihnen hiermit mein Beileid aussprechen. Sie haben einen guten Freund verloren, das ist eine schlimme Erfahrung.« Sie sieht ihn prüfend an, und Bene fragt sich unwillkürlich, wie oft sie diese Wörter schon von sich gegeben hat. *Mein Beileid … Ein schlimmer Verlust … Tot, ermordet, gestorben.*

»Geht es Ihnen so weit gut, dass Sie meine Fragen beantworten können?«

Bene nickt. Wahrscheinlich sollte er jetzt von Gefühlen übermannt werden, aber er kann gerade gar nicht anders, als zu funktionieren.

»In Ordnung. Wir können jederzeit eine Pause einlegen, wenn Sie eine brauchen.«

»Danke. Aber wir haben es ja schon vermutet. Gestern waren wir noch in unserer alten Schule, haben nachgefragt, ob Tristan letzten Sommer sein Kostüm zurückgebracht hat. Aber dem war nicht so. Und dann … Na ja, die Hoffnung wurde immer kleiner.« Bene räuspert sich. »Wie ist er gestorben? Also … Ist er ertrunken? Betrunken ins Moor gefallen? Oder …«

Die Kommissarin zögert einen Moment, oder bildet er sich das nur ein? »Dazu kann ich Ihnen aktuell noch nichts sagen.« Sie lässt ihm keine Zeit, um in Spekulationen zu verfallen, will stattdessen noch einmal hören, wie er auf die Idee gekommen ist, der Tote im Moor könne Tristan sein. Sie befragt ihn über die Theatergruppe, Tristans Lebensumstände und leitet – ganz allmählich – zu Bene selbst über. Sie lässt ihn von der Arbeit an Bord erzählen, erkundigt sich nach seinen Schulleistungen und seinen Freundschaften. Bestimmt wird sie Claire, Damian und Alice dasselbe fragen und dann nach Widersprüchen suchen. Der Gedanke hinterlässt ein unangenehmes Gefühl. Bene trinkt einen großen Schluck Wasser.

»Haben Sie sich mal mit Michael gestritten? Das passiert in einer Freundschaft ja manchmal.«

Bene sieht geballte Fäuste, einen Klumpen Spucke im Sand. Tristans entsetzten Blick, seine eigene Wut, die rot glühend durch seine Adern schießt. Er räuspert sich. »Nein, wir haben uns immer gut vertragen.«

»Ganz sicher?«

»Ja. Sie können jeden fragen, das wissen alle. Wenn es mal einen Konflikt gibt, kann man darüber sprechen. Streit braucht es nicht, finde ich.«

»Also gab es doch Konflikte?«

»Nein.«

Sie belässt es dabei. »Hatte Michael – oder Tristan, wie Sie ihn nennen – möglicherweise einen Grund, seinem Leben ein Ende zu setzen?«

»Nein.«

»Warum waren Sie sich gleich so sicher, dass es sich um Tristan handelt? Wäre es nicht ebenso möglich gewesen, ein anderer hätte einen ähnlichen Brustpanzer besessen? Oder Tristan hätte seinen an dem Abend verloren, verliehen oder er wäre ihm gestohlen worden?«

Bene starrt sie an. Er öffnet den Mund, um ihr zu sagen, dass das schon sehr weit hergeholt klingt, da schießt ihm plötzlich ein Gedanke durch den Kopf. »Sie meinen, dass er seinen Tod nur vorgetäuscht hat?«

»Vorgetäuscht? Nein. Wieso sollte er?« Die Kommissarin sieht ihn irritiert an. Sie redet weiter, doch Bene hört nicht mehr zu.

Ein Ablenkungsmanöver. Eine entstellte Moorleiche, sicherlich kaum mehr erkennbar, aber ein unverwechselbares Kostüm dazu. Eine perfekte Kombination, wenn man verschwinden will, ohne dass jemand Fragen stellt. Und Tristan ist … Er könnte …

Was er Bene am Partyabend erzählt hat, seine Pläne. Bene umklammert sein Wasserglas, aber es ist, als halte er einen der roten Beerpong-Becher in der Hand. Er spürt den warmen Sand unter seinen Zehen und den herben Geschmack des Biers auf der Zunge …

Bene trinkt den letzten Becher aus. »Ich will Revanche. Beim nächsten Mal machen wir euch platt!«, sagt er mit einem Kopfschütteln und lässt sich auf die Bierbank fallen, während auf der anderen Seite des Tisches Claire, Eske und Damian jubeln.

»Platt ist ja wohl eher König Bene«, kommt es von Damian, der es irgendwie geschafft hat, seine Hand an Eskes unterem Rücken und ziemlich dicht über ihrem Hintern zu platzieren.

»Du hast recht. Frieden?« Bene wendet vorsichtshalber den Kopf ab, um nichts zu sehen, was nicht für seine Augen bestimmt ist. Dabei fällt sein Blick auf Alice. Sie geht gerade zur Musikanlage hinüber. Normalerweise wäre das nichts Besonderes, aber sie tut es mit einer Verstohlenheit, die Bene seltsam vorkommt. Sie beugt sich über Damians Handy, das mit den Boxen gekoppelt ist.

Claire stellt sich neben Benes Bierbank. »Was hat sie vor?«

»Keine Ahnung.« Bene beobachtet Alice mit einem Stirnrunzeln.

Alice fummelt am Handy herum, und plötzlich bricht die Musik ab. Nun blicken auch Damian und Tristan zu Alice. Während irritierte Stimmen laut werden, tauscht sie ihr Handy mit Damians. Ein neues Lied setzt ein.

I found a love for me

Oh, darling, just dive right in and follow my lead

Bene braucht einen Moment, bevor er es erkennt: Perfect von Ed Sheeran. Alice dreht sich mit einem nervösen Lächeln um, lässt ihren Blick über die Leute wandern, findet schließlich, wen sie gesucht hat.

»Ups, jetzt wird's romantisch«, kommt es trocken von Claire.

Alice setzt sich in Bewegung. Sie hat die Schuhe ausgezogen, ihr langes Kleid streift über den Boden.

»Sie wird doch nicht …?«

I will not give you up this time

But darling, just kiss me slow

Alle Augen ruhen auf Alice, wie sie unbeirrt zwischen ihren Mitschülerinnen und Mitschülern hindurchschreitet, nur ein Ziel vor Augen: Tristan. Der starrt sie nun ebenfalls an. Alice dreht sich im Takt zur Musik einmal um die eigene Achse, streckt die Hand schon aus der Entfernung nach Tristan aus und versinkt dann direkt vor ihm in einem vollendet anmutigen Hofknicks. Kein Wunder, für das Theaterstück hat sie das oft genug geprobt. Bene beißt unwillkürlich die Zähne zusammen.

Baby, I'm dancing in the dark with you between my arms

Barefoot on the grass, listening to our favourite song

»Dunkel ist es zwar noch nicht ganz, aber barfuß ist sie zumindest schon mal. Gelungene Inszenierung«, flüstert Claire Bene zu.

»Für Alice ist das ganz sicher kein Spiel«, murmelt er. Wie ihre Augen leuchten, noch strahlender als das Fake-Diadem auf ihrem Kopf. Aber Tristan scheint das nicht zu bemerken. Hilfe suchend sieht er sich um. Sein Blick bleibt an Bene hängen, der einen Moment lang zögert, ihm dann aber aufmunternd zunickt. Na komm schon, Junge, trau dich!

But you heard it

Darling, you look perfect tonight

Doch Tristan macht einen stolpernden Schritt nach hinten, statt auf Alice zuzugehen. Die ersten Leute um sie herum beginnen, zu kichern.

»Ich muss – hab was vergessen, kurz telefonieren … Also, ich muss kurz telefonieren.«

Damit dreht er sich um und bricht fluchtartig aus dem Kreis der Partygäste aus.

Alice bleibt wie festgefroren stehen, die Hand noch immer ausgestreckt – in die Leere hinein.

I don't deserve this

Darling, you look perfect tonight

Ihre Unterlippe beginnt, leicht zu zittern. Nein, das hat sie wirklich nicht verdient. Fluchend springt Bene auf. »Keine Ehre, der Kerl, so was von keine Ehre!« Soll er … Aber nein, das würde alles nur schlimmer machen. Er geht auf Alice zu und fährt die tuschelnden Leute an: »Genug geglotzt!« Dafür erntet er irritierte Blicke. Klar, sonst ist er immer die Freundlichkeit in Person. Aber er mag es nicht, dass über Alice gelacht wird. Immerhin halten die Lästermäuler jetzt ihre Klappe und suchen sich eine andere Beschäftigung.

Claire geht zu den Boxen, offenbar um Alices Handy zu entkoppeln, damit es das Lied nicht in Endlosschleife abspielt. Bene lächelt sie dankbar an, als stattdessen wieder Pink Floyd We don't need no education *brüllen.*

»Alles okay?«, flüstert Bene Alice zu.

»Klar.« Sie versucht sich an einem Lächeln, doch er sieht den Schmerz in ihren Augen. »War ja nur der vermutlich peinlichste Augenblick meines Lebens.«

Damian hat sich mittlerweile von Eske losgerissen. Er kommt herbeigeschlendert und legt ihr den Arm um die Schultern. »Alice-Mäuschen, nimm das nicht so ernst. War eine starke Aktion von dir, aber Tristan ist einfach ein menschenscheuer Typ. Der kann das nicht, große Gefühle in der Öffentlichkeit.«

»Meinst du?« Bene hört den Funken Hoffnung genau, der in Alices Stimme mitschwingt. Er sagt lieber nichts dazu.

Damian kennt solche Hemmungen offensichtlich nicht: »Sicher.

Versuch es lieber wann anders noch mal, wenn ihr allein seid. Oder schreib ihm ein Briefchen, über das er dann in Ruhe nachdenken kann. Du weißt schon, im stillen Kämmerlein, ohne Zuschauer und so.«

»Vielleicht hast du recht.«

»Klar hab ich recht! Ich bin schließlich Marjodo, der immer ahnt, was in Tristans Kopf so vor sich geht!« Er grinst und klopft ihr noch einmal auf die Schulter.

»Da kommt Frau Lehmann«, unterbricht Claire sie.

Bene dreht sich um und sieht, wie Frau Lehmann vom Campingplatz aus auf die Gruppe zusteuert. Sie trägt ein weißes Sommerkleid mit großen blauen Blüten darauf und in der Hand eine Kuchenform. Sie winkt schon von Weitem.

»Jetzt müssen wir nüchtern wirken!«, kommandiert Damian und befördert mit einer Handbewegung sämtliche Beerpong-Becher unter den Tisch.

»Du bist doch schon achtzehn, hast du das vergessen?«, fragt Claire spöttisch.

Damian kratzt sich am Kopf. »Ich kann doch nicht vor einer Lehrerin trinken. Das gehört sich nicht, oder?«

Bene und Alice geben ihm recht, und so räumen sie schnell etwas auf, bevor Frau Lehmann bei ihnen ankommt. Eske und die anderen Mitschülerinnen und Mitschüler, die nicht in der Theatergruppe waren, laufen derweil zu dem kleinen künstlichen Sandstrand am Campingplatz, wo sie Beachvolleyball spielen wollen.

»Dürfen wir Ihnen etwas zu trinken anbieten?«, fragt Bene. »Wir haben –«, Hilfe suchend blickt er sich um, »Cola. Und Wasser. Limo. Und was zum Mischen, also …«

»Waldmeistersirup. Für Saftschorle«, springt Claire ihm bei.

Frau Lehmann entscheidet sich für ein Wasser, das Bene ihr in einem Plastikbecher kredenzt.

»Ich habe noch was für euch.« Frau Lehmann lüftet die Haube über dem Kuchen. Theater-Squad steht in Zuckerschrift darauf. In der Mitte stecken fünf Kerzen im Schokoguss und Marzipanrosen, Zuckerschmetterlinge und bunte Kügelchen sind rundherum verstreut. »Ich habe einfach alles draufgehauen, was mein Backregal hergab.« Sie klingt zufrieden.

Alice klatscht begeistert in die Hände.

»Oh, so ein köner Schuchen!«, platzt Claire heraus und schlägt sich gleich darauf die Hände vor den Mund. »Schöner Kuchen!«

»Das kommt von der Waldmeister-Bow… -Limo!«, schnaubt Damian. »Spezialrezept!«

Frau Lehmann nickt todernst. »Waldmeister-Limo hat es echt in sich. Aber jetzt sind eure Kerzen dran. Wer hat ein Feuerzeug?«

Damian zündet alle Kerzen an, während Bene sich suchend umblickt. »Wo ist Tristan denn abgeblieben? Ich gehe ihn suchen.«

»Ich glaube, er ist Richtung Bootshaus gegangen«, meint Damian.

Alice schweigt.

Also joggt Bene los, den abschüssigen Kiesstrand hinunter und dann am Wasser entlang, weg vom Campingplatz in Richtung der privaten Bootshäuser. Er liebt es, die kleinen Steinchen unter seinen bloßen Füßen zu spüren, die von der Sonne so aufgeheizt sind, dass es fast ein wenig wehtut. Und dann das Wasser zu erreichen, winzige Wellenausläufer, die über seine Zehen schwappen und für Abkühlung sorgen.

Oben auf dem Spazierweg, der parallel zur Wasserlinie verläuft, erblickt er einen Mann. Was will der hier, so weit vom Campingplatz entfernt? Nein, Tristan ist das nicht, dafür ist der Typ zu groß, aber die Gestalt kommt ihm aus irgendeinem Grund bekannt vor. Bene hebt die Hand als Sonnenschutz über die Augen, um ihn besser sehen zu können. Der Mann steht bewegungslos da. Er trägt einen Hut und eine Sonnenbrille und ist damit kaum zu erkennen. Warum starrt er Bene so an? Hoffentlich fühlt er sich nicht durch die Musik gestört. Dass ein Ruhe liebender Spaziergänger die Polizei ruft, können sie definitiv nicht gebrauchen. Er wird die Musik leiser drehen, wenn er zurück bei den anderen ist. Aber jetzt muss er erst mal ihr verlorenes Schäfchen finden.

Bene sieht sich noch einmal nach dem Mann um, dann joggt er das letzte Stückchen zum Bootshaus. Schon von Weitem sieht er eine einzelne Gestalt auf der Veranda sitzen. Tristan lässt die Füße ins Wasser baumeln, doch seine Körperhaltung zeigt, dass er alles andere als entspannt ist. Bene winkt und geht über den Holzsteg zu ihm. Tristan grüßt ihn mit einem schiefen Lächeln.

»Hey, Bruder, was versteckst du dich hier? Drüben geht die Party!« Bene will sich lässig an die hölzerne Umrandung lehnen, doch die knackt so bedrohlich, dass er erschrocken zurückweicht. Scheint ganz schön morsch zu sein, definitiv keine Stütze für einen Mann seiner Statur. Nicht auszudenken, wenn er Claires geliebtes Bootshaus, von dem sie immer so schwärmt, demolierte.

Tristan schüttelt nur den Kopf. »Hast du es gewusst?«, fragt er, statt eine Antwort zu geben. »… dass Alice was von mir will?«

Bene seufzt. So intelligent Tristan auch ist, manchmal geht er mit Scheuklappen durchs Leben. »Wer hat es nicht gewusst, ist wohl eher die Frage.«

»Na toll.« Er klingt düster, befeuchtet immer wieder seinen Zeigefinger an seinem mitgebrachten Wasserbecher und malt damit Muster auf die Holzbohlen. Es ist das Wappen, erkennt Bene jetzt, das Tristan auf seinem Schild getragen hat.

Bene klopft auf Tristans Brustharnisch. »Edler Tristan, das ist aber nicht sehr ritterlich, sich hier zu verkriechen, während drüben die Freunde warten.«

»Mit meiner Ritterlichkeit ist es nicht weit her, fürchte ich.«

»*Dein König befiehlt es dir!*«

Tristan lächelt ein klein wenig. »Wollt ihr mich denn jetzt überhaupt noch dabeihaben? Alice ist doch bestimmt sauer.«

»*Du kennst sie doch. Sie macht sich eher Gedanken, ob sie dich für immer vergrault hat und was du nun von ihr denkst. Sei einfach nett zu ihr, nett und normal, dann wird das schon wieder.*«

Tristan nickt, und Bene reicht ihm eine Hand, um ihn hochzuziehen. Dann rennen sie um die Wette zurück in Richtung Campingplatz. Tristan gewinnt, weil Bene seine Krone festhalten muss. Schnaufend erreichen sie den Grillplatz, wo sie von Frau Lehmann und den anderen erwartet werden.

»*Eure Zukunft liegt vor euch. Wünscht euch was!*«, *flüstert Frau Lehmann mit Blick auf die Kerzen. Es klingt fast etwas geheimnisvoll, und Bene versucht, sich zu konzentrieren. Dicht neben ihm pustet Alice mit geschlossenen Augen die erste Kerze aus, dann Damian und Claire fast zeitgleich jeweils eine weitere. Auch Bene holt tief Luft. Gesundheit, Glück, ein neues Moped, ein eigenes Häuschen für seine Eltern, eine spannende Zeit auf dem Kreuzfahrtschiff … Was kann er sich sonst wünschen, das dem Augenblick gerecht wird? Er blickt in die Runde, und plötzlich weiß er, was er sich wirklich wünscht, mehr als alles andere. Er denkt fest daran, so fest, dass er unwillkürlich die Fäuste ballt, wie sein Alter Ego, der ruhelose König Marke. Mit einem mächtigen Schwall Luft bläst er die mickrige Kerze aus, sodass Tristans Flämmchen aufgeregt zittert.*

Jetzt ruhen alle Blicke auf Tristan, dem Letzten in der Runde. Er lächelt sie alle nacheinander an, die Kerzenflamme spiegelt sich in seinen dunklen Augen. Tristan setzt an, doch bevor er lospustet, flackert seine Kerze plötzlich und verlischt von selbst. Für einen Moment herrscht Stille. Dann zuckt Tristan die Schultern. »Wunschlos glücklich«, sagt er und grinst, aber Bene glaubt, etwas Wehmut aus seiner Stimme herauszuhören.

Es ist Damian, der die seltsame Situation auflöst. Er springt zum Grill hinüber und kehrt gleich wieder zurück. »Möchten Sie vielleicht mal von meinem Würstchen kosten?« Unschuldig hält Damian mit der Grillzange eine Bratwurst empor und wedelt damit vor Frau Lehmanns Gesicht herum.

Sie verzieht keine Miene. »Das klingt verlockend, aber seltsamerweise finde ich die Steaks gerade wesentlich attraktiver.«

»Hilf mir doch mal eben hier, Damian!«, ruft Tristan, der mittlerweile am Grill steht, und zieht Damian von ihr weg.

»Nein, wartet! Wisst ihr, was? Das müssen wir festhalten! Diese sorglose Zeit kommt nie wieder.« Frau Lehmann strahlt sie an und zieht ihr Handy heraus. »Stellt euch mal hier auf.« Sie deutet in Richtung der Hecke neben dem Volleyballfeld, das direkt an den Grillplatz angrenzt.

Sie reihen sich auf. Damian, der offenbar seine Grillzange samt Würstchen mit aufs Foto nehmen will, Claire mit ihrem geschürzten Gewand, Bene königlich in der Mitte neben Tristan und schließlich Alice, die kurz zu überlegen scheint, dann jedoch an Tristans Seite bleibt.

»Näher zusammen!«, befiehlt Frau Lehmann. »Uuuund jetzt will ich ein bühnenreifes Lachen sehen!«

Bene atmet tief ein und ganz von selbst erscheint ein breites Grinsen auf seinem Gesicht. Eigentlich hat sie recht. Dieser Moment kommt nie wieder. Sie haben so viel geschafft zusammen, hatten eine so gute Zeit. Jetzt werden sie sich in alle Winde zerstreuen, aber die Freundschaft wird bleiben, da ist Bene sich sicher.

»Ich maile euch die Fotos, heute Abend noch, wenn ich es schaffe.« Frau Lehmann nickt ihnen zu. »So, aber jetzt lasse ich euch in Ruhe feiern. Mit den Würstchen und der Waldmeister-Limo – und so.« Sie grinst. »Macht's gut, ihr Lieben, war schön mit euch!«

»Vielen Dank für alles!« Bene schnappt sich ein Stück Kuchen und zeigt ihr den Daumen hoch.

»Bis bald«, sagt nun auch Tristan und sieht sie mit seinem etwas schiefen, etwas traurigen Tristan-Lächeln an.

Sie zögert für einen Moment. Dann lächelt sie zurück. »Bis bald. Vergesst nicht, eure Kostüme zurückzubringen. Obwohl das eine Schande ist, sie stehen euch so gut!« Mit einem letzten Winken macht sie sich auf den Weg zum Parkplatz.

Vom Geruch der Steaks und Würstchen angelockt, kommt nach und nach der ganze Jahrgang zusammen. Sand rieselt aus Hosenbeinen, Gläser stoßen zusammen, der Duft nach Sonnencreme vermischt sich mit dem der mitgebrachten Salate. Bene isst und grinst. Plötzlich spürt er eine Hand auf seiner Schulter. Er dreht den Kopf und sieht Tristans Profil dicht neben sich.

»Hast du kurz Zeit? Zum Reden?« Wenn Bene es nicht besser wüsste, würde er denken, Tristan sei nervös. Aber das kann nicht sein. Sie haben das Abi geschafft, alles hinter sich gebracht, können heute ganz ausgelassen feiern. Bene wischt sich die Lippen mit einer Serviette ab. »Geht es wieder um Alice? Bro, ich hab dir doch gesagt …«

»Nein«, unterbricht Tristan ihn eilig. »Ich wollte nur noch was loswerden. Bevor wir uns dann längere Zeit nicht mehr sehen.« Die untergehende Sonne spiegelt sich in seinen Pupillen und lässt sie glänzen. »Lass uns kurz spazieren gehen, ja?«

»Okay.« Bedauernd schielt Bene auf sein Steak, stellt den Teller dann jedoch ab, markiert ihn mit seiner Sonnenbrille und läuft kurz darauf neben Tristan am Meeresufer entlang. Stillschweigend gehen sie diesmal nicht in Richtung Bootshaus, sondern lassen ihre feiernden Freundinnen und Freunde zurück, bis sie an dem kleinen künstlich aufgeschütteten Sandstrand des Campingplatzes ankommen. Einige Kinder im Grundschulalter reparieren eine halb zerstörte Sandburg. Tristan läuft weiter, bis sie außer Hörweite sind. Dann erst holt er tief Atem und bleibt dicht am Wasser stehen. »Wenn ich heute gehe, dann werden wir uns eine lange Zeit nicht mehr sehen.«

»Alter, ich weiß. Wir reisen doch beide um die Welt, nur eben nicht zusammen. Aber wir können doch telefonieren, schreiben, uns vielleicht sogar mal irgendwo treffen, wenn mein Schiff anlegt. Nach Australien schippert es ja auch.«

»Nein, du verstehst nicht …« Tristan klingt leicht atemlos. Immer wieder wirft er Blicke um sich, als fühle er sich beobachtet. »Ich werde untertauchen. Niemand darf wissen, wo ich bin.«

Bene sieht ihn verständnislos an. Was redet er da?

»Ich weiß, es ist schwer zu glauben. Aber es geht nicht anders.« Inzwischen ist Tristans Stimme zu einem Flüstern geworden.

»Hast du Verfolgungswahn? Was ist das für eine irre Story?«

»Mann, Bene!« Tristan packt ihn an den Schultern und schüttelt ihn. »Es ist mir ernst. Das stimmt wirklich!«

Bene starrt ihn an und verflucht sich, dass er so viel Bier getrunken hat. Die Rädchen in seinem Kopf greifen langsamer ineinander als normalerweise. »Was hast du gemacht? Ist irgendjemand hinter dir her? Oder, du hast doch nicht – irgendwas mit Drogen?«

»Nein.« Tristan sieht ihn unglücklich an. »Das ist es nicht.«

»Aber du kannst doch nicht ganz allein einfach verschwinden! Wozu?«

»Ich gehe nicht allein.«

Bene starrt ihn an, und plötzlich begreift er. »Eine Frau«, flüstert er. »Du hast jemanden kennengelernt.« Fast muss er ein wenig grinsen. Das ist typisch für Tristan, alles viel komplizierter zu machen, als es ist. Gut, es ist seine erste richtige Freundin, da ist ein bisschen Romantik angebracht. Aber gleich untertauchen zu wollen, das ist vielleicht etwas übertrieben. »Hat sie strenge Eltern?«, fragt Bene mitfühlend. »Mögen die dich nicht?« Kein Wunder, dass Tristan blind für Alices Annäherungsversuche war, wenn er eine ganz andere im Kopf hat.

Bene legt ihm den Arm um die Schulter. »Da findet sich eine Lösung, glaub mir. Du könntest der Mutter mal Blumen mitbringen und ganz beiläufig deine guten Noten erwähnen, das wirkt vertrauenerweckend. Und dann könnten wir …«

»Sie ist verheiratet«, platzt Tristan heraus.

»Wer? Die Mutter?«

Tristan muss nichts dazu sagen. Bene dämmert selbst, dass er gerade Blödsinn geredet hat. Langsam lässt er den Arm von Tristans Schulter gleiten.

»Sie ist verheiratet«, wiederholt Tristan und zögert. »Wir müssen abhauen. Ihr Mann darf uns nicht finden. Deshalb habe ich alles so vorbereitet, als würde ich ein Work-and-travel-Jahr machen. Als Deckung.«

Bene wiederholt Tristans letzten Satz stumm. Nein, er kann doch nicht über Monate hinweg so ein Lügengebäude aufgebaut haben. Doch nicht Tristan. Der stille, nachdenkliche, kluge Tristan. Sein Vorbild, sein Freund!

Als er bei diesem Gedanken angekommen ist, platzt es einfach aus Bene heraus: »Was machst du für einen Mist? Das ist so was von ehrlos, Mann! Eine Frau, die verheiratet ist? Ich glaub es nicht, ich glaub es einfach nicht!«

»Du kennst die Zusammenhänge doch gar nicht!« Tristan klingt verzweifelt. »Es ist nicht so einfach, es ist …«

Bene unterbricht ihn: »Such dir eine andere! Es gibt genug wunderbare Frauen, die keinen Ehering am Finger tragen.« Kurz taucht in Benes Kopf das Bild von Alice auf, mit ihrem Diadem auf dem Kopf, wie sie Tristan hinterhersieht. »Aber eine billige Affäre, geheimnisvoll tun und dann einfach abhauen? Wie feige ist das denn?

Das geht gar nicht!« Bei den letzten Worten spuckt er Tristan vor die Füße.

Der starrt auf die zähen Spuckefäden dicht neben seinem Schuh im Sand. Dann blickt er Bene an, wie er sich den Mund abwischt. »Es ist keine Affäre«, sagt er langsam. »Es ist viel mehr.« Hilflos zuckt er die Schultern.

Bene würde ihn am liebsten schütteln, diesen schmächtigen Kerl da vor ihm, in seinem Ritterkostüm. Also hat er nicht nur im Theaterstück den Herzensbrecher gegeben. »Und warum erzählst du mir das? Deine supergeheime Untertauchaktion noch schnell beichten, bevor du abhaust, oder was?«

»Weil ich deine Hilfe brauche.« Tristan schaut Bene eindringlich in die Augen. Mit diesem einen besonderen Blick. Wie schafft er es nur, gleichzeitig wütend, traurig und bittend auszusehen?

Bene lacht ungläubig auf. Es klingt künstlich. »Meine Hilfe?«

Tristan nickt. »Du bist doch mein bester Freund.«

»... war doch Ihr bester Freund, nicht wahr?« Die Kommissarin sieht Bene erwartungsvoll an. Krachend zerspringt das Wasserglas in seiner Hand. Scherben bohren sich in seine Haut. Er zuckt zusammen. Wasser läuft über den Tisch und tropft kalt auf seinen Oberschenkel.

Die Kommissarin springt auf. »Oh, da haben Sie wohl zu fest zugedrückt. Alles in Ordnung?« Sie tupft mit einem Taschentuch auf der Tischplatte herum. Ihr Ehering scharrt mit einem unangenehmen Geräusch über das Holz.

Bene rührt sich nicht. Er starrt auf das Blut, das auf den Tisch tropft und sich mit dem Wasser vermischt, Schlieren zieht, zu Mohnblumen aufblüht, die wieder verschwimmen. Der Schmerz in seiner Hand pulsiert im Rhythmus seiner Angst.

Der Duft, der Alice entgegenschlägt, als sie den kleinen Laden betritt, ist überwältigend. Süß, vertraut und doch irgendwie erstickend in seiner Intensität. Ein kleines Glöckchen bimmelt über ihrem Kopf, aber im Verkaufsraum bleibt es still. Sie ist allein. Allein mit Hunderten von Schnittblumen, Pflanzen in Töpfen und Tüten voll Blumenerde.

Gestern Morgen hat sie noch keinen Gedanken an Blumen verschwendet. Der Anruf von Frau Menkewöll hat alles aus den Fugen geworfen. Sie wurden alle vier befragt, einzeln dieses Mal. Auf dem Nachhauseweg vom Polizeikommissariat musste sie zweimal anhalten, weil sie ganz weiche Knie hatte. Die Einladung zur Trauerfeier kam am Abend und gab ihr den Rest. Das Zittern ihrer Hände hat seitdem nicht mehr nachgelassen und macht sich auch jetzt bemerkbar, als sie nach einer Nelke greift und mit den Fingern über die weißen Blütenblätter streicht.

Eine Trauerfeier. Gestern Morgen noch haben sie sich an die Hoffnung geklammert, dass das alles ein entsetzlicher Irrtum sein könnte. Und jetzt sucht sie Blumen für eine Trauerfeier aus. Für Tristan. Wer hätte gedacht, dass Alice ihm eines Tages Blumen kaufen würde? Sie nicht. Und wenn, dann hätte sie es sich so nicht vorgestellt.

Alice lässt den Blick über die bunten Sträuße im Schaufenster wandern. Ein Mann mit einer dunkelblauen Jacke bleibt draußen auf dem Bürgersteig stehen und betrachtet die Auslage ebenfalls, nur von der anderen Seite des Glases. Er hat den Schal gegen die eisige Kälte bis über das Kinn hochgeschlagen und trägt eine Mütze. Darunter sieht es fast so aus, als starrte er in den Innenraum des Blumenladens, statt nur die Sträuße zu begutachten. Durch die spiegelnde Scheibe ist es schwer zu sagen, aber Alice könnte schwören, dass sein Blick sie gefunden hat. Und an ihr festhält.

Ein Schauer fährt durch ihren Körper, und sie weicht unwillkürlich einen Schritt zurück, die Augen unverwandt auf den Fremden geheftet. Er folgt ihr mit seinem Blick. Macht einen Schritt, bis er direkt vor der Scheibe steht, so nah, dass Stirn und Nase fast das Glas berühren. Dunkle Brauen, glatt rasiert – Alice hat ihn noch nie gesehen. Aber er starrt sie an, als wüsste er genau, wer sie ist.

Der Mann vor dem Fenster reißt sich zuerst aus seiner Erstarrung. Er wendet sich ab und macht einen Schritt auf die Tür des Blumenladens zu. Alice reagiert instinktiv. Sie fährt herum, will Abstand zwischen sich und den Eingang bringen und knallt dabei gegen einen Tisch mit Gestecken und Blumen in filigranen Vasen. Eine besonders schmale gerät ins Wanken. Alice greift danach, ist aber nicht schnell genug. Glas splittert, Wasser spritzt auf die Tischplatte und Alices Hände, tränkt ihren Mantelärmel.

»Fassen Sie die Scherben nicht an!«

Alice fährt herum und erwartet, den Fremden in dunkelblauer Jacke zu sehen. Doch es ist ein junger Mann in einem dunkelgrünen Shirt mit dem Logo des Ladens darauf. Er greift nach Schaufel und Besen neben der Theke und beginnt, die gröbsten Scherben auf das Kehrblech zu sammeln.

Sie starrt den Blumenverkäufer an, reißt dann den Kopf herum und sieht zum Fenster hinaus. Straße und Bürgersteig sind verlassen, der Mann ist verschwunden. Trotzdem kann Alice den Blick nicht vom Fenster lösen. Warum hat er sie angestarrt? Und warum hat er den Laden nicht betreten? Weil der Florist aufgetaucht ist?

Alice spürt die Kälte, von ihrem nassen Ärmel ausgehend, durch ihren ganzen Körper kriechen. Wollte der Fremde zu ihr?

Weiß er vielleicht, dass sie eine Aussage zu Tristans Fall bei der Polizei gemacht hat? In einem potenziellen Mordfall. Wenn es tatsächlich einer ist, dann läuft Tristans Mörder immer noch frei herum. Irgendwo da draußen … Vielleicht hier in Nordenham.

»So, alles halb so wild.« Der Florist lächelt sie an. »Machen Sie sich keine Sorgen, Sie sind nicht die Erste, die gegen eine Vase stößt. Wie kann ich Ihnen denn helfen?«

Alice sieht in sein erwartungsvolles Gesicht … Und kann nicht sprechen. Ihr Blick fällt auf eine einzelne weiße Nelke auf dem Fußboden. Sie muss sie fallen gelassen haben. Hastig hebt sie die Blume auf und schließt die Finger um die weichen Blütenblätter. Sie riecht den erdig-süßen Duft des Blumenladens, die Stille rauscht in ihren Ohren.

»Möchten Sie Schnittblumen für einen Strauß aussuchen?«, lenkt der Florist ihre Aufmerksamkeit zurück und nimmt ihr die Nelke aus der Hand, ehe sie die zarten Blütenblätter endgültig zerdrücken kann. »Zu weißen Nelken passt Schleierkraut gut, oder als Farbtupfer –«

»Kranz«, krächzt Alice. Sie schluckt, umklammert mit der freien Hand den nassen Stoff ihres Mantelärmels und bündelt dann mit viel Konzentration Worte zu einem Satz: »Ich brauche einen Kranz für eine … eine …«

»Für eine Beerdigung?« Er tritt neben Alice an die Eimer mit unterschiedlichen Blumen. »Für diesen Zweck wäre die übliche Wahl tatsächlich Nelken oder Rosen. Wenn Sie möchten, auch Lilien oder Callas. Aufgrund der Temperaturen wären auch Chrysanthemen eine gute Alternative. Die bleiben auch bei Kälte lange schön auf dem Grab.«

»Kein Grab.« Alice schluckt erneut, aber der Kloß in ihrem Hals sitzt zu fest. Warum hat Tristans Mutter sich dazu entschieden, die Trauerfeier sofort zu machen? Die Polizei hat Tristans

Leiche noch nicht freigegeben – es wird also keine Beerdigung sein, sondern lediglich eine Gedenkfeier ohne Sarg, ohne Grab … ohne Tristan.

»Eine Urnenbestattung?«, fragt der Florist. »Dann empfehle ich ein etwas kleineres Format. Einen kleinen Kranz oder, wenn Sie möchten, auch ein Herz.«

Schnell schüttelt Alice den Kopf. Kein Herz. Bloß kein Herz.

»Vielleicht sagen Sie mir erst mal, an welches Budget Sie gedacht haben? Wegen der Größe und der Auswahl der Blumen.«

»Ich … weiß nicht. Ich glaube, ich brauche noch einen Moment.« Sie wendet sich ab und gibt vor, einen Ficus Benjamina zu betrachten, der in einer Ecke des Ladens steht. Kurz sieht sie auch noch einmal zum Fenster und der dahinterliegenden Straße. Mit immer noch zitternden Fingern zieht sie ihr Smartphone aus der Hosentasche und öffnet den Chat des Theater-Squads. Kurz schwebt ihr Daumen über der Tastatur. Es fühlt sich falsch an, diesen Chat zu benutzen. Wenn sie den anderen schreibt, wird die Nachricht auch auf Tristans Handy gesendet. Aber eine neue Gruppe ohne ihn zu gründen, das kommt auch nicht infrage.

Wie viel sollen die Blumen kosten?, fragt sie schlicht und knapp. *Und welche Farbe würdet ihr nehmen?*

Ob überhaupt einer von den anderen jetzt aufs Handy schaut und ihre Nachricht bemerkt? Aber da erscheint bereits die Information, dass Bene tippt.

Soll ich doch noch dazukommen?, bietet er an. *Ich kenne mich zwar nicht aus, aber gemeinsam finden wir schon etwas.*

Fast zeitgleich erscheint auch eine Antwort von Claire: *Für die Trauerfeier würde ich etwa fünfzehn oder zwanzig Euro pro Person vorschlagen. Wir werden ja vermutlich auch für die Beerdigung noch mal ein Gesteck oder so besorgen. Macht ein Budget von etwa sechzig bis achtzig Euro. Lass ein Band dazu bedrucken, auch wenn es extra kostet. Mit persönlichen Worten und unseren Namen.*

Band, persönliche Worte? Alice starrt auf das Display. Auch Damian tippt jetzt offenbar. Seine Antwort bringt sie allerdings nicht wirklich weiter: *Jo, klingt gut, was Claire schreibt.*

Alice beschließt, dass sie das auch so sieht, fährt sich unwillkürlich über die Wangen und kehrt zu den Eimern mit Schnittblumen zurück. Der Florist wischt gerade die Pfütze und die letzten Scherben auf und gibt ihr einen Moment, ehe er sich noch mal zu ihr wagt.

»Haben Sie sich entschieden?«, fragt er vorsichtig.

Alice nickt und nennt ihm Claires Vorgaben. »Rosen und Lilien, bitte«, fügt sie dann hinzu. Beide Blumen kamen in ihrem Theaterstück vor. Als *rosenrot* wird Tristans Mund im Text beschrieben – eine Betonung seiner Jugend und Schönheit. Damian hat sich damals geschüttelt vor Lachen. Aber lustig ist es jetzt gar nicht mehr. »In Rot. Die Rosen in Rot und die Lilien in Weiß, bitte.«

Der Florist, der bereits nach einigen kleinblütigen weißen Rosen gegriffen hat, hält inne. »Rote Rosen sind auf einer Beerdigung eher ungewöhnlich.«

Alice klappt den Mund auf und schließt ihn wieder. Wie wird es aussehen, wenn sie rote Rosen wählt? Jeder wird an ihren missglückten Versuch auf der Party denken, mit Tristan zu tanzen.

»Wenn Sie etwas mehr Farbe wünschen, wäre Gelb eine gute Alternative.« Der Florist greift bereits nach einigen Blüten.

»Nein.« Alice staunt selbst darüber, wie fest ihre Stimme klingt. »Rote Rosen und weiße Lilien. Die Blumen haben eine Bedeutung für uns.« Eine, die sie den anderen notfalls erklären kann. Falls Claire Fragen stellt, weil sie wahrscheinlich die Einzige ist, die bemerken wird, dass Alices Wahl ungewöhnlich ist.

»Und ein Band. Ich schreibe Ihnen auf, was darauf stehen soll.«
Sie fährt mit der Hand über den nassen Ärmelsaum und schluckt
ihr Unbehagen mühsam hinunter.

Der Florist reicht Alice Zettel und Stift. Wahrscheinlich wird
er auch an dieser eigenwilligen Wahl etwas auszusetzen haben.
Aber Alice weiß genau, was auf Tristans Kranz von seinen Freundinnen und Freunden, seinem Theater-Squad, stehen soll. Zwei
Sätze, die so irritierend für Fremde sein mögen wie rote Rosen
zu einer Trauerfeier. Aber er, er würde sie verstehen. Sie wie-
dererkennen. Weil er selbst sie am Premierenabend mit ernster
Miene als Trinkspruch zweckentfremdet hat. Hinter der Bühne,
als Frau Lehmann ihnen eine Flasche alkoholfreien Sekt über-
reichte, der beim Öffnen so stark schäumte, dass für jeden kaum
ein halbes Glas blieb. Sie lachten über seine Worte, und er lachte
auch. Und trotzdem wiederholten sie sie im Chor und ließen ihre
Gläser klirren.

Eins fortan in Glück und Not, eins im Leben und im Tod.

Damian / Sonntag, 06.03., 14:00 Uhr

Vor der Andachtshalle steht der Van eines Radiosenders, den Damian niemals hören würde. Außerdem lungern eine Handvoll
Journalistinnen und Journalisten am Eingang herum und reden
wahllos auf einige der Ankommenden ein. So stellt er sich seine
eigene Beerdigung vor, wenn er es als Musiker zu etwas bringen
wird. Aber Tristan war kein Rockstar, und die Aasgeier sind auch
nicht an seinem Leben interessiert, sondern an seinem grausigen
Tod.

Damian bricht der Schweiß aus, als er an der Reihe ist, die
Journalistinnen und Journalisten vor der Hallentür zu passieren.

Als wäre es der Sicherheitscheck am Flughafen und er hätte ein Klappmesser in seinem Schuh versteckt. Doch er betritt unbehelligt den Raum, den er noch nie von innen gesehen hat. Der Tag hat noch einmal Frost gebracht, aber hier drinnen ist es stickig. Die Halle ist zum Bersten voll. Trotz der kurzfristigen Ankündigung der Trauerfeier haben es erstaunlich viele Leute hergeschafft. Einige kennt Damian aus der Schulzeit, und manche von ihnen studieren mittlerweile am anderen Ende von Deutschland. Trotzdem sind sie gekommen, um Abschied von Tristan zu nehmen. Oder um das Spektakel hier live mitzuerleben.

Wenn er jetzt wieder geht, würde es keinem auffallen. Nicht bei diesen Menschenmassen. Aber da winkt ihm Bene zu, und die Chance ist vorbei. Er steckt in einem Anzug, der ihm ziemlich offensichtlich nicht gehört. Er spannt an den Schultern, und Ärmel und Hosenbeine sind ein wenig zu kurz. Der weiße Verband an seiner rechten Hand sticht neben dem tiefschwarzen Stoff besonders hervor. Was in aller Welt hat er denn da angestellt? Presst er die Lippen so fest zusammen, weil er Schmerzen hat, oder ist er etwa den Tränen nahe?

Verdammt, Damian hat keine Ahnung, wie er damit umgehen soll, wenn Bene wirklich anfängt, zu weinen. Zum Glück ist Alice schon bei ihm. Sie steht dicht neben ihm und sieht in ihrem akademisch anmutenden schwarzen Strickkleid klein und verloren aus. Wie ein Kind, das irgendwo vergessen wurde. Einzig Claire wirkt sehr sortiert. Sie trägt eine faltenfreie schwarze Bluse – wie immer auf alles vorbereitet, als hätte sie geahnt, dass sie bei ihrem Heimatbesuch eine Trauerfeier besuchen muss. Als Damian zu ihr tritt, fühlt er sich seltsam deplatziert in seiner einzigen dunklen Jeans und dem immerhin schwarzen Bandshirt. *Nirvana* steht darauf, neben dem typischen gelben Smiley mit den X-Augen. Nicht optimal, wenn er jetzt so darüber nachdenkt. Fuck, woher wissen die anderen, wie man sich auf einer Trauerfeier anzuziehen und zu verhalten hat?

»Sollen wir … auch nach vorne?« Okay, Alice klingt ebenfalls überfordert. Sie blickt zum Strom von Neuankömmlingen, der zur Frontseite der Halle strebt. Dorthin, wo vermutlich normalerweise der Sarg steht. Stattdessen liegen dort aufgetürmte Blumen. Kränze von Blumen, Schalen voller Blumen, Blumensträuße, einzelne Blumen. Wie in einem verdammten Blumenladen. Und dazwischen auf einem Tischchen ein gerahmtes Bild in Schwarz-Weiß. Seltsam blass im bunten Blütenmeer.

Damian fühlt sich steif, als er den anderen dorthin folgt. Als würde sein Körper lieber die andere Richtung einschlagen und möglichst viel Abstand zwischen sich und das Schwarz-Weiß-Foto von Tristan bringen. Tristan mit seinem verhaltenen Lächeln und diesen Augen, die einen immer durchleuchtet haben, als könnten sie einem die Gedanken an der Schädelinnenwand ablesen. Menschenkenntnis könnte man es nennen, vielleicht Einfühlungsvermögen. Jedenfalls hat Tristan immer mitbekommen, wenn bei einem von ihnen irgendetwas los war. Er würde jetzt vermutlich auch sehen, dass Damian am liebsten weglaufen würde.

Dass Alice direkt vor ihm zu weinen anfängt, hilft auch nicht gerade. Damian überlegt, ob er den Arm um sie legen und sie trösten soll. Macht man das nicht so? Normalerweise ist er nicht gerade berührungsscheu, aber das hier ist etwas anderes. Es ist schwer, man kann viel falsch machen. Zumindest fühlt es sich so an.

Bene erlöst ihn aus seinem Zwiespalt, indem er Claire den Vortritt lässt und neben Alice tritt. Er legt nicht den Arm um sie, sondern geht einfach nur neben ihr her und flüstert ihr etwas zu, das Alice mit einem stummen Nicken quittiert. Bei ihm sieht das Trösten ganz einfach aus.

Claire trägt den kleinen Kranz aus weißen Lilien und roten

Rosen, den Alice im Namen des Theater-Squads besorgt hat. Damian musste schlucken, als er das Zitat gesehen hat, das sie auf das Satinband hat schreiben lassen. Wie treffend, wie schön und wie schrecklich zugleich. Er sieht zu, wie Claire die Blumen zu der bereits vorhandenen Masse legt und kurz vor Tristans Bild stehen bleibt. Irgendwie ist Alice doch noch in Benes Armen gelandet und weint geräuschvoll an seiner Schulter, während diesem ebenfalls Tränen über das Gesicht laufen. Nur Damian steht da und weiß nicht, wohin mit sich.

Verdammt, was tut er hier? So viele ehemalige Mitschülerinnen und Mitschüler sind da, nicht wenige von ihnen weinen. Bei manchen von ihnen hatte Damian keine Ahnung, dass sie Tristan nahegestanden haben. Beliebt war er ja schon, aber abgesehen von seinen Freundinnen und Freunden aus dem Heim hat er sich eigentlich vor allem an das Squad gehalten. Hauptsächlich an Bene. Aber Damian war schon auch sein Freund. Oder? Was ist verkehrt mit ihm, dass er nicht weinen kann? Und fragen sich die anderen das nicht auch?

»Könntest du vielleicht kurz …?«

Er fährt zusammen und blickt in Eskes Augen. Eske, die er zuletzt auf der Abifeier am Bootshaus gesehen hat. Und zwar ziemlich viel von ihr, um genau zu sein. Er kommt nicht mal dazu, dämlich zu grinsen, da drückt sie ihm bereits ihr Smartphone in die Hände. Die Kamera-App ist geöffnet und auf Video eingestellt.

»Hier«, kommandiert Eske. »Einfach kurz filmen.«

Damian kapiert gar nichts, aber er tippt auf den roten Punkt und sieht Eske auf dem Display dabei zu, wie sie einen kolossalen Blumenstrauß direkt vor Tristans Foto niederlegt. Was zur …?

»Danke dir.« Eske schenkt ihm ein Lächeln, ehe sie das Handy wieder an sich nimmt. »Tja … Schön, dich auch hier zu sehen.«

Schön? Damian fällt keine Erwiderung ein. Er sieht sich nach den anderen um. Sie haben sich einen Platz am rechten Hallenrand gesucht. In der Reihe hinter ihnen sitzen einige ihrer ehemaligen Lehrerinnen und Lehrer. Damian erkennt die Schulleitung und Frau Lehmann. Natürlich ist sie hier, immerhin hat sie die Theater-AG ins Leben gerufen und geleitet. Der Typ neben ihr muss ihr Mann sein. Ganz sicher ist Damian sich nicht, aber soweit er weiß, ist Herr Lehmann einer der Trainer in Claires ehemaligem Schwimmverein.

Er nickt ihnen nur zu, ehe er sich neben Bene setzt. In der Reihe vor ihnen dirigiert eine Frau mit Haarband in den Locken eine Gruppe gemischten Alters auf ihre Plätze. Kinder und Jugendliche aus Tristans Wohngruppe? Vielleicht. Ein Mädchen, das fast in ihrem Alter sein müsste, wischt sich immer wieder über die Augen, sodass ihre Wimperntusche schon ganz verschmiert ist. Ihr Name fällt Damian nicht mehr ein, aber er glaubt, dass Tristan in der Mittelstufe mal eine ziemlich kurze, ziemlich peinlich endende Beziehung mit einem Mädchen aus dem Heim hatte. Sie macht einen echt erschütterten Eindruck.

Das ist allerdings noch lange nichts gegen Tristans Mutter, die als Erste ans Rednerpult tritt, um sie alle zu begrüßen und das wenige über ihren Sohn zu erzählen, das sie weiß. Damian ist sich sicher, dass es nicht viel sein kann, denn abgesehen von seinen ersten Lebensjahren hat Tristan nur einige Wochenenden im Jahr bei ihr verbracht. Und einfach waren diese Besuche für ihn vermutlich nicht gerade, weil Tristan in den Tagen danach immer besonders still und grüblerisch gewesen ist.

Damian hört nicht richtig zu. Er füttert die aufflammende Wut gegen diese Frau und ihre neue Familie, die Kinder, die im Gegensatz zu Tristan bei ihr bleiben konnten, den neuen Partner, der dem Stiefsohn offenbar auch nicht viel abgewinnen konnte.

Er nährt das Gefühl des Zorns, weil es ihm für die nächste Stunde etwas anderes zu tun gibt, als über die Dinge nachzudenken, die über Tristan gesagt werden. Über sein Leben. Über seinen Tod. Und über die Dinge, die nicht gesagt werden. Das sind die schlimmsten.

Claire / Sonntag, 06.03., 14:45 Uhr

Neben ihrem Squad kommt Claire sich wie ein Trauerfeier-Profi vor. Sie weiß, wie man einen angemessen ernsten Gesichtsausdruck aufsetzt, der nicht zu traurig ist, um die anderen Trauergäste nicht zu überfordern. Sie weiß, welche Blumenstraußgröße für welchen Bekanntschaftsgrad angemessen ist und wie man sein Beileid ausspricht.

Das alles hat sie von ihrem Vater gelernt, der sie seit ihrer Kindheit zu unzähligen Beerdigungen mitgenommen hat. Ganz beiläufig hat er sie den wichtigen Menschen aus Kultur, Wirtschaft und Politik vorgestellt, hat ebenso beiläufig ihre hervorragenden Noten erwähnt und dass die Familie große Hoffnungen in Claire setzt. *Meine kluge Tochter. Ein tolles Mädchen.* Ein tolles Mädchen, das das alte Geld der Hagenbrocks schnellstmöglich mit neuem auffüllen soll. Claire hat mitgespielt, doch sie hasst es, dass sie dieses antrainierte Verhalten nicht einmal jetzt abschütteln kann. So ist sie auch diejenige, die sich nach der offiziellen Zeremonie ganz automatisch auf Tristans Mutter zubewegt, die sehr jung und sehr hilflos aussieht. Sie stellt sich vor, lässt es aber so wirken, als wäre Frau Hauser selbst eingefallen, wie sie heißt. Die lächelt sie dankbar an.

»Schön, dass Sie kommen konnten.« Das sagt sie zu jedem Gast, als könnte sie sich an diesem Satz festhalten.

Plötzlich schiebt sich eine schmale Gestalt mit schwarz gefärbten Haaren vor Claire und ergreift Frau Hausers Hand, um sie innig zu schütteln. Claire blickt irritiert zur Seite. Eske. Dünner als früher und mit einer Menge Make-up im Gesicht, aber eindeutig ihre ehemalige Mitschülerin. Höflich tritt Claire zur Seite und entdeckt in diesem Moment halb hinter einer Säule verborgen einen jungen Mann, der die Szene mit einem Handy filmt. Mit wenigen Schritten ist sie bei ihm.

»Was soll das?«, fragt sie scharf. »Hören Sie sofort auf, zu filmen! Journalisten dürfen hier nicht rein!«

Er schaut sich Hilfe suchend um, und da ahnt Claire, was hier vor sich geht.

»Jeder trauert auf seine Weise!«, zischt Eske hinter ihr. »Ich sammle Erinnerungen. Es kann nicht jeder so eine Eisprinzessin sein wie du.«

Claire sagt nichts, doch sie zieht die Hagenbrock'sche Augenbraue empor, bis der Mann das Handy in seiner Hosentasche verschwinden lässt. Erst dann dreht sie sich um.

»War nett, dich wiedergesehen zu haben«, sagt sie zu Eske und lässt sie stehen. Stattdessen blickt sie sich suchend nach ihrem Squad um. Alice hockt noch immer schniefend auf ihrem Platz. Bene unterhält sich mit einigen Mitschülerinnen und Mitschülern und hat dabei ein wachsames Auge auf Alice. Nur Damian steht verloren herum, die Fäuste in den Taschen seiner zerlöcherten Jeans versenkt, das Gesicht so finster und zerknautscht wie der Nirvana-Smiley auf seinem T-Shirt.

Claire seufzt und geht auf ihn zu. »Komm, das Büfett wird gleich eröffnet.« Kurzerhand hakt sie sich bei Damian ein.

»Ich werde mir jetzt garantiert nicht die Fruchtschnitten und Sahnetorten auf Tristans Wohl reinhauen, während hier gleichzeitig Leute herumheulen, die ihn kaum kannten und sowieso immer als Nerd mit dem Literaturfimmel abgestempelt haben. Wie ich diese Scheinheiligkeit hasse!«, platzt es aus Damian heraus.

»Dann nimm dir wenigstens einen Kaffee. Glaub mir, du wirst froh sein, wenn du eine Tasse in der Hand hältst und beschäftigt wirkst.« Sie dirigiert ihn an ihrer Seite zum Nebenraum, in dem mehrere Tische aufgebaut und mit weißen Tischtüchern gedeckt sind. Zusammen suchen sie sich eine ruhige Ecke und stehen da mit ihren Tassen herum, die zumindest die Hände wärmen.

Geistesabwesend probiert Claire den Kaffee. Sie weiß bereits, als sie die Tasse an den Mund setzt, dass sie diesen speziellen Geruch kennt. Er schmeckt wie der aus dem Schulautomaten. Leicht angebrannt, als hätte er zu lange auf der Warmhalteplatte gestanden. Sie sieht sich wieder auf dem Boden sitzen, in der Cafeteria, eine ihrer sorgfältigen Unterrichtsmitschriften in der Hand und Tristan neben ihr, der sich über ihre Schulter beugt, mitlernt, und dabei diesen Kaffee in der Hand hält.

Und urplötzlich ist er da, der Kloß im Hals, der sich nicht herunterschlucken lässt. Das hier ist keine der unzähligen Trauerfeiern, die sie mit ihrem Vater besucht hat. Tristan, es geht hier um Tristan.

»Entschuldige mich bitte einen Moment«, flüstert Claire und hastet zum Ausgang. Sie stürzt aus der Tür auf der verzweifelten Suche nach frischer Luft und erntet dabei irritierte Blicke. Aber das ist ihr egal, sie muss raus hier, braucht einen Moment für sich, unbeobachtet. Sie stürmt den Parkplatz entlang, tritt in eine Pfütze und bespritzt ihre Schuhe und Strumpfhose mit eisigem Matsch. Dann taucht sie unter den bis auf den Boden hängenden Ästen einer Trauerweide hindurch. Sie lehnt sich an den Stamm und rutscht nach unten, bis sie im halb gefrorenen Gras sitzt. Es ist bitterkalt so ohne Jacke und in der nassen Strumpfhose, aber bei Weitem besser als inmitten des Stimmengewirrs zu stehen, den Geschmack des Automatenkaffees auf der Zunge und das Foto von Tristan im schwarzen Rahmen dazu.

Doch sie scheint nicht die Einzige zu sein, die es an die frische Luft gezogen hat. Prompt hört sie Schritte auf dem Weg. Zwei Personen nähern sich, in ein leises Gespräch vertieft. Claire lugt zwischen den Weidenzweigen hindurch. Sie sieht weiße Turnschuhe, unpassend genug für eine Trauerfeier.

Ein empörter Aufschrei ertönt: »Was ist das?«

Claire zuckt zurück und schiebt sich hinter den breiten Stamm. Die Stimme kommt ihr bekannt vor. Aber sie will ihre Ruhe und kein weiteres, unangenehmes Gespräch.

»Was meinst du?« Die Frau, die antwortet, klingt verwirrt. »Das ist ein Stück Kuchen, ich dachte mir …«

»Spinnst du? Willst du mich vergiften? Da sind Nüsse drin, ganz eindeutig!«

»Oh nein! Das war keine Absicht. Glaub mir bitte. Ich habe nur …«

»Nur?« Seine Stimme wird plötzlich gefährlich leise. »Du hast nur versucht, mir ein Stück Nussgebäck unterzuschieben. Du weißt genau, wie gefährlich das ist. War das etwa Absicht?«

»Wie kannst du nur so was sagen!«

Der Wind setzt die Zweige der Trauerweide in Bewegung, und Claire sieht zwei große, kräftige Hände, die sich um dünne Arme in einer Seidenbluse schließen, ihrer eigenen nicht unähnlich.

»Nicht! Du tust mir weh!« Die Stimme der Frau klingt tränenerstickt. »Es war keine Absicht, wirklich nicht.«

Doch der Mann drückt unbarmherzig zu. »Du willst mich wieder im Krankenhaus sehen, oder? Was, wenn da Haselnüsse drin sind und ich nicht schnell genug an meinen Adrenalin-Pen komme?«

»Es war ein Versehen, wirklich. Ich habe heute solche Kopf-schmerzen.« Ihre Stimme wird immer lauter und geht in einen Schrei über. »Es tut mir leid!«

»Gut.« Plötzlich lässt er sie los und greift nach dem Kuchentel-ler, dessen Inhalt er demonstrativ vor ihren Füßen ins Gras kippt. »Wie siehst du eigentlich aus? So kannst du nicht zur Trauerfeier zurück. Wasch dir dein Gesicht!« Damit entfernt er sich.

Claire hört leises Schluchzen und Geklapper, als die Frau in ihrer Handtasche herumsucht. Dann ein Schniefen. Die Frau sammelt so gut wie möglich die herumliegenden Gebäckstücke zusammen und wirft sie in einen Mülleimer. Dann wischt sie sich die Hände an einem Taschentuch ab. Claire späht hinter der Weide hervor, durch die herabhängenden Zweige sieht sie nur Bruchstücke des Geschehens. Die Frau geht zum Trauersaal zu-rück und zieht sich im Gehen die Ärmel ihrer Bluse tief hinunter, so als wollte sie etwas verstecken. Claire hat es vermutet, doch jetzt ist sie sich ganz sicher: Es ist Frau Lehmann, ihre ehemalige Deutschlehrerin.

Alice / Sonntag, 06.03., 15:45 Uhr

Alice hat das Gefühl, der Rollkragen ihres Strickkleids wird von Minute zu Minute enger und die Luft im Saal immer dicker und schwerer. Ein Abitreffen, schießt es ihr durch den Kopf. So ähn-lich wäre das gewesen, wenn sie sich vielleicht in einigen Mo-naten zum Einjährigen zum ersten Mal wieder getroffen hätten. Nur wäre Tristan bei ihnen gewesen. Hätte von den Ländern er-zählt, die er gesehen hat. Von den Pinguinen in Ushuaia. Von … Aber eigentlich kann er gar nicht in Ushuaia gewesen sein, wenn er seit der Nacht der Feier im Moor lag.

Alice atmet schneller, aber der Sauerstoff scheint ihr Gehirn nicht zu erreichen. Sie rafft ihre Handtasche an sich und durchquert den vollgestopften Raum. Sie macht einen Bogen um Eske, die sich mit zwei Jugendlichen aus dem Heim unterhält, weicht einer Gruppe ehemaliger Mitschülerinnen aus … und erstarrt. Ein paar Schritte neben den Glastüren, die nach draußen führen, stehen zwei Uniformierte, ein Mann und eine Frau. Alices Blick wandert über ihre aufmerksamen Mienen und hinunter zu den Dienstwaffen am Gürtel, und ihr Magen zieht sich zusammen.

Die Polizei hält es für nötig, zu Tristans Trauerfeier zu kommen. Und das auch noch bewaffnet. Alice schließt für einen kurzen Moment die Augen. Offenbar gehen Frau Menkewöll und ihr Team tatsächlich von einem Mord aus. Das sollte Alice nicht schockieren, weil sie es sich schon längst gedacht hat … Aber ihr Puls beschleunigt sich dennoch, und sie schiebt zwei Finger unter den Kragen ihres Kleides, das ihr mehr denn je die Luft abzuschnüren scheint.

Geht die Polizei davon aus, dass den Trauernden während der Gedenkfeier Gefahr droht? Stehen sie bei der Tür, um mitzubekommen, wenn jemand hier auftaucht, der nicht hergehört? Oder geht es um etwas ganz anderes: Vermuten sie den Mörder gar nicht dort draußen, sondern hier inmitten der Menschen, die Tristan nahegestanden haben? Aber von denen hätte doch niemand …

Fast verstohlen sieht Alice sich um. Ihr Blick fällt auf Eske, die selbst während ihrer Unterhaltung ein Auge auf die Uniformierten am Ausgang zu haben scheint. Ein paar Meter weiter bemerkt Alice einen Mann, der allein an der Wand lehnt und die Leute beobachtet. Das ist doch kein normales Verhalten auf einer Trauerfeier. Ob die Polizei das auch bemerkt hat? Und die Frau in der hinteren Bankreihe, die trotz der Wärme ihren Mantel anbehalten hat und gerade in dessen Tasche greift … Sucht die nur ein Taschentuch oder wird sie gleich eine Waffe herausziehen?

Alice atmet zittrig ein, aber es scheint kein Sauerstoff mehr in der abgestandenen Raumluft übrig zu sein. Sie stürzt so hektisch los, dass einige Leute sich nach ihr umdrehen. Bestimmt beobachten der Polizist und die Polizistin ihren Abgang ebenfalls mit Argwohn. Alice weiß es nicht, weil sie weder nach links noch nach rechts schaut, als sie die Tür aufreißt und nach draußen flüchtet.

Die Kälte brennt auf ihrem Gesicht und dringt durch die Maschen ihres Strickkleides, aber Alice kehrt nicht um. Beinahe rechnet sie mit weiterem Polizeiaufgebot, aber der Parkplatz ist menschenleer. Auch die Presse ist verschwunden. Alices Blick wandert die Straße hinab und fällt auf Bene, der zwei Häuser weiter auf einem Mäuerchen sitzt und dort so deplatziert aussieht wie das zu enge Outfit an ihm.

Alice atmet ein paarmal langsam und kontrolliert die eisige Luft ein, bis der Nebel in ihrem Kopf sich ein wenig legt. Dann gibt sie sich einen Ruck und geht zu Bene hinüber. Sie setzt sich neben ihn, gibt vor, ihr Kleid glatt zu streichen und ihr Haar zu sortieren, während er sich die Tränen aus dem Gesicht wischt. Von ihnen allen stand er Tristan am nächsten. Das ist immer so gewesen, und das hat man auch der Rede angehört, die Bene eben gehalten hat. Sie hat so viel besser eingefangen, wie Tristan war, als alle Worte seiner Familie oder des Pfarrers.

Alice öffnet den Mund, um Bene zu erzählen, was sie eben beobachtet hat. Und was es bedeuten muss – nämlich, dass die Polizei davon ausgeht, dass Tristans Mörder dort drinnen unter den Gästen der Trauerfeier sein könnte. Aber die Worte bleiben ihr im Hals stecken, als ihr bewusst wird, dass Bene einer dieser Gäste ist. Genau wie Damian, Claire und sie selbst. Sie alle stehen potenziell unter Mordverdacht, und in den Augen der Polizei könnte es jeder und jede von ihnen gewesen sein.

»Ist schwer zu glauben, dass er wirklich tot ist, oder?«, murmelt Alice stattdessen. »Ein Teil von mir glaubt immer noch, dass das alles eine schreckliche Verwechslung sein muss.«

Bene wendet ihr das Gesicht zu, und Alice ist überrascht, einen Funken Hoffnung darauf zu sehen. »Ich frage mich auch schon die ganze Zeit …« Bene stößt die Luft aus. »Tristan hat mir was erzählt, an dem Abend«, platzt es dann mit einem Mal aus ihm heraus. »Er wollte nicht nur für ein Jahr weg, sondern … länger. Ich frage mich die ganze Zeit, ob das alles hier einfach nur das ist, was wir glauben *sollen*. Verstehst du?« Er wartet keine Antwort ab. »Eine falsche Fährte, ein vorgetäuschter Tod, damit …« Die Stimme bricht ihm weg.

Stumm und zusammengesunken sitzt Bene neben ihr und starrt auf den Asphalt unter seinen Füßen. »Aber wozu sollte er so was tun?«

Bene schluckt hörbar. Weint er etwa? Alice spürt selbst die Tränen in ihren Augen brennen.

»Tristan hatte ein Geheimnis.« Seine Stimme klingt rau. »Ich … So genau weiß ich es selbst nicht. Ich hab ihn damals nicht mal ausreden lassen. Wenn ich einfach die Klappe gehalten und ihm zugehört hätte … Vielleicht hätte er mir dann von seinem Plan erzählt, und ich würde jetzt nicht denken, dass er …«

Alice spürt die Erkenntnis wie einen elektrischen Impuls durch ihren Körper fahren. »Vielleicht hast du recht!«

»Ähm … Ach ja?« Nun sieht er doch auf, überrascht und ein bisschen erschrocken. Aber die Hoffnung in seinem Blick kann Alice trotzdem sehen. Bene ist noch nie gut darin gewesen, seine Gefühle zu verstecken.

»Wir müssen mit den anderen reden! Du könntest tatsächlich recht haben. Immerhin haben wir ja ein Lebenszeichen von Tristan. Jeder von uns.«

Verständnislos starrt Bene sie an. Versteht er denn nicht?

»Die Postkarten«, entfährt es Alice. »Vier Postkarten! Endlich macht das Sinn! Bene, es passt alles zusammen. Was du gerade erzählt hast und … Los, komm mit! Wir müssen Claire und Damian finden!«

Bene / Sonntag, 06.03., 16:40 Uhr

Bene rechnet es Nika, dem jungen Besitzer und einzigem Angestellten seiner Imbissbude, hoch an, dass er keine Miene verzieht, als sie nacheinander eintreten: die sichtlich verheulte, aber aufgeregt quasselnde Alice, Claire mit einer großen Laufmasche in ihrer seidig glänzenden Strumpfhose und komplett versauten Wildlederstiefeletten, Damian im Rockstaroutfit und zuletzt Bene selbst im Anzug seines Vaters. Nika begrüßt Bene mit einem herzlichen Handschlag, als hätte er ihn erst gestern gesehen. Dann bringt er sie zum Tisch, an dem sie früher immer in den Freistunden saßen. Es ist der Tisch, der am nächsten an der improvisierten Heizung steht, direkt unter dem künstlichen, mit Glitzerschnee dekorierten Stechpalmenzweig, der das ganze Jahr über hängen bleibt.

»Wie schön, ein Heimatbesuch? Und ihr kommt gleich zu mir, das freut mich! Euer Tisch sieht aus wie immer, ich habe nichts verändert.« Hochzufrieden wischt Nika mit seinem Lappen über die abgeschabte Plastikplatte. Dann nimmt er ihre Bestellungen auf und notiert sich alles, ehe er innehält. »Wo ist denn eigentlich der Fünfte im Bunde, der Junge mit dem traurigen Lächeln?«

Bene räuspert sich. »Wir sind heute nur zu viert. Danke, Nika.«

Dieser nickt. Pfeifend schwingt er sich hinter die Küchentheke und beginnt, Salat durch die Luft zu wirbeln.

»Warum genau sind wir hier, abgesehen davon, dass es überall besser ist als bei der Trauerfeier?«, fragt Claire und schlüpft aus ihren Schuhen, um die bestrumpften Füße an die Heizung zu drücken. Sie sieht ungewohnt derangiert aus. Ist das ein Blatt in ihrem Haar? Was hat sie nach der Zeremonie bloß gemacht? Jetzt legt sie auch noch ihre Hände auf die Heizung. Bene schält sich aus seinem Jackett, um es Claire anzubieten, und zu seiner Überraschung akzeptiert sie es und legt es sich um die Schultern.

Bene überlegt kurz. »Weil wir uns mal in Ruhe unterhalten wollten. Ungestört«, sagt er schließlich.

Claire sieht ihn an, ihre Augen sind grau wie das Meer oder die Kieselsteine darin. Bene fühlt sich, als würde sie seine Gedanken lesen. Doch da beugt Alice sich vor und zwinkert verschwörerisch. »Uns ist eine Idee gekommen, die all das erklärt.« Sie nickt zu dem leeren Stuhl am Tischende. Tristans Stuhl.

»Nein, Moment mal, ich wollte gar nicht …« Bene spürt, wie er rot wird. Verzweifelt überlegt er, was er jetzt sagen soll.

Doch Alice kommt ihm zuvor. »Könnte Tristan seinen Tod nur vorgetäuscht haben? Vielleicht hat er uns die Postkarten geschickt, damit wir Bescheid wissen, damit wir es checken und uns keine Sorgen machen, versteht ihr?«

»Äh.« Damian sieht so verwirrt aus, wie Bene sich fühlt. Er muss Alice von dieser verrückten Theorie dringend abbringen. Aber es ist Claire, die das übernimmt. »Für die Postkarten hätte ich in der Tat auch gerne eine Erklärung. Aber warum hätte Tristan seinen Tod vortäuschen sollen?«

Da taucht Nika mit einem großen Tablett neben ihrem Tisch auf. Claire bekommt ihren Pfefferminztee und kann die Hände nun daran wärmen statt an der Heizung. Vor Alice landet ein bunter, vegetarischer Mischmasch aus Reis, Schafskäse, Pommes und Zaziki, und Damian fällt wie ausgehungert über seinen Teller Gyros her. Solange Nika in Hörweite ist, vernimmt man nur das scharrende Geräusch von Besteck auf den Tellern und das leise Klirren, wenn Claire ihren Tee umrührt.

Endlich kehrt er hinter seinen Tresen zurück, und Claire zischt sofort: »Warum also? Wie kommt ihr darauf?«

Bene senkt den Blick. »An dem Abend der Party, da hat Tristan mir etwas erzählt.« Nun ruhen alle Blicke auf ihm. Bene spürt, wie seine Hände feucht werden. Schnell legt er die Gabel zur Seite. »Ich kann jetzt nicht mehr dazu sagen. Aber vielleicht war es ein Fehler, dass wir der Polizei von den Postkarten erzählt haben. Falls Tristan untergetaucht ist, will er bestimmt nicht, dass jemand wegen der Postkarten nachforscht.«

»Geht's vielleicht noch etwas unkonkreter?« Damian klingt sauer. »Tristan hat dir etwas erzählt, das du wiederum uns nicht erzählen willst. Alles klar, sehr hilfreich das Treffen heute.« Lautstark schiebt er den nicht mal halb leer gegessenen Teller von sich. »Und schön, dass wir das jetzt erst erfahren. Ich weiß, ich hab mich nicht bei euch gemeldet. Ich war echt beschäftigt mit den Gigs und dem Studium, aber ich bin auch nicht der Typ, der auf Distanz Kontakte pflegt. Ihr dagegen …« Er nimmt Alice und Bene ins Visier, »… bei euch finde ich das schon ganz schön strange. Tristan liegt nun doch schon einige Monate in diesem Moor rum.«

»Was unterstellst du mir hier gerade?« Bene beißt die Zähne zusammen. »Ihr wisst doch, dass ich unterwegs war. Von Hamburg aus einmal um die ganze Erdkugel bis Kapstadt. Da hat man auch nicht überall Empfang, gerade an Seetagen.«

Alice scheint seine Rechtfertigung gar nicht zu hören. Sie starrt vor sich hin. »Nach dem Fiasko auf der Party könnt ihr euch ja denken, warum ich den Kontakt zu ihm nicht gesucht habe. Ich wollte mich nicht noch mal blamieren. Und ihr wart alle so … so … abwesend irgendwie, als wolltet ihr nichts mehr mit Nordenham und mir zu tun haben.«

Ganz unerwartet legt Claire ihre Hand auf die von Alice. »Ich wollte tatsächlich nicht mehr hierher. Aber das lag nicht an euch. Mir gefällt mein Leben in Göttingen. Das Studium und … Ich habe eine feste Freundin in Göttingen, mit der ich auch zusammenlebe. Sie heißt Mara.«

Bene braucht einen Moment, um diese Information zu verarbeiten. Auch Damians Augen sind so groß wie sonst nur beim Anblick einer Fender Stratocaster. Nur Alice sieht kein bisschen überrascht aus. »Wie schön, das freut mich so für dich!«, sagt sie herzlich.

Claire lächelt, doch sie lässt ihnen keine Zeit, weiter darüber nachzudenken. Stattdessen nimmt sie Bene wieder ins Visier. »Bene, ich kann schon nachvollziehen, dass du dich bei uns dreien nicht gemeldet hast. Ich hab mich ja auch in meinen Jura-Büchern verbuddelt und nichts von mir hören lassen. Aber ich dachte immer, Tristan und du, das ist eine Freundschaft fürs Leben.«

Dachte ich auch, schießt es Bene durch den Kopf. *Bis …* Er räuspert sich. »Tristan wollte untertauchen, wie gesagt! Ich bin davon ausgegangen, dass er seinen Plan durchgeführt hat und sich deshalb nicht meldet.«

Claire sieht ihn zweifelnd an, fragt jedoch nicht mehr nach, sondern sagt stattdessen: »Es ist eigentlich völlig egal, was er dir erzählt hat. Denn der Tote ist definitiv Tristan.« Claire blickt von einem zum anderen. Resignation gräbt sich in die Züge aller. »Tristan wurde per DNA-Abgleich identifiziert. Ich habe vorhin mit seiner Mutter gesprochen. Sie hat mir erzählt, dass sie einen Wangenabstrich bei ihr gemacht haben, um sicherzugehen.«

Bene hat es befürchtet, aber seit dem Gespräch mit der Kommissarin war da ein Funke Hoffnung in ihm. Ein winziges Fünkchen, zugegeben, aber er hat nicht geahnt, dass es so brutal erstickt werden würde. Seine Rede für die Trauerfeier hat er nur deshalb schreiben können, weil es ihm insgeheim wie ein Spiel vorkam. Er hat dabei ständig an das letzte Gespräch mit Tristan gedacht, an dessen Blick, als er sagte: *Ich werde untertauchen. Niemand darf wissen, wo ich bin.*

Aber jetzt ist diese winzige Chance dahin. Er stützt den Kopf in die Hände. DNA-Beweis. Eindeutiger geht es wohl kaum.

Nur Damian scheint das nicht akzeptieren zu können. »Aber die Postkarten! Die Postkarten, wer hat die dann geschrieben?«, fragt er drängend.

Bene öffnet den Mund, um etwas zu sagen, doch Alice kommt ihm zuvor. »Der Mörder natürlich.«

Alice / Sonntag, 06.03., 17:15 Uhr

Alice spürt den Druck auf ihrer Brust leichter werden, nachdem sie die Worte ausgesprochen hat. Die anderen drei starren sie an – Bene beunruhigt, Claire aufgeregt und Damian nachdenklich.

»Vielleicht denkt diese Menkewöll-Frau das auch«, meint er. »Sie hat meine nämlich einkassiert, nachdem ich ihr davon erzählt habe.«

»Ja, ich weiß.« Alice schluckt. »Meine auch. Sie wollte auch alles ganz genau wissen. Ob ich die Schrift kenne, ob sie so aussieht wie die von ... von Tristan.«

»Tut sie ja eigentlich schon«, meint Damian mit schwerer Stimme. »Die Großbuchstaben und ... Also mir kam sie jedenfalls nicht fremd vor.«

Alice spürt Unbehagen in sich aufsteigen. Es schleicht sich ein Gedanke in ihren Kopf, den sie einfach aussprechen muss: »Was, wenn … Was, wenn der Mörder Tristan so gut kannte, dass es für ihn kein Problem war, seine Schrift nachzumachen? Er wusste jedenfalls, dass Tristan nur in Großbuchstaben geschrieben hat.«

»Ich weiß nicht …« Bene streckt die Hand nach ihr aus und legt sie auf ihren Arm. Erst jetzt bemerkt Alice, wie sehr ihre Finger zittern. Das Gewicht von Benes Berührung tut gut. Sie starrt hinunter auf ihre Hände. Und tatsächlich beruhigt ihr Herzschlag sich ein kleines bisschen. Oder wechselt zumindest den Rhythmus.

»Jemand aus dem Heim oder aus der Schule also?«, greift Claire den Faden wieder auf. »Jemand, der mit dem Theaterstück zu tun hatte – wegen der Tristan-Zitate. Wir können eine Liste anlegen. Wer war bei der Technik dabei, wer bei den Aufführungen. Hatte da jemand ein Motiv? Hatte Tristan Feinde? Und was ist vor allem mit Eske? Die hat sich vorhin ja wohl wirklich seltsam verhalten!«

Damian nickt. Ausnahmsweise liegen er und Claire mal komplett auf einer Wellenlänge. »Man könnte die Schriften vergleichen. Das kann doch nicht so schwer sein. Zählt so etwas vor Gericht?«

»Vor Gericht?« Alice schluckt. Das alles nimmt gerade Ausmaße an, die ihre Kapazitäten völlig übersteigen. »Meint ihr nicht, dass die bei der Polizei genau das bereits gemacht haben? Es muss doch noch was anderes geben, was wir tun können.«

»Wir könnten auch erst mal raus zum Moor fahren«, springt Bene ihr bei. »Und zum Bootshaus. Quasi den Tatort sichten.«

»Unser Bootshaus ist *kein* Tatort!«, braust Claire auf.

»Es ist jedenfalls eine bessere Spur als die Karten, die wir gar nicht mehr haben, weil die Polizei sie uns abgenommen hat.«

Über Claires Gesicht huscht ein Grinsen. »Alle, bis auf meine«, eröffnet sie ihnen. »Zu dem Thema sind wir bei meiner Befragung gar nicht gekommen.«

Alice greift so abrupt nach Claire, dass Benes Hand einfach von ihrem Arm rutscht. »Hast du sie dabei?«

Claire schüttelt den Kopf. »Die trag ich doch nicht mit mir herum.« Sie schaudert sichtlich. »Wer weiß, wer diese Dinger geschrieben hat.«

»Wir finden es heraus!« Nun kann Alice nicht mehr an sich halten. »Das sind wir Tristan schuldig! Dass wir nicht einfach so akzeptieren, dass er jetzt tot ist. Dass wir nachforschen und herausfinden, wer das zu verantworten hat!«

Niemand sagt etwas darauf, aber es widerspricht ihr auch niemand. Also fährt Alice fort: »Wir treffen uns morgen Abend wieder hier. Neunzehn Uhr. Und Claire bringt ihre Postkarte mit.«

Damian nickt, Claire greift beherzt nach ihrer Handtasche. Nur Bene sitzt regungslos da und starrt auf die Plastiktischplatte. Dieses Mal ist es Alice, die ihre Hand auf seine Schulter legt. »Wir finden heraus, was passiert ist«, flüstert sie, während Claire und Damian bereits in ihre Jacken schlüpfen. »Das willst du doch auch, oder?«

»Ja«, erwidert Bene, ohne zu zögern. »Natürlich. Aber ich hab auch Angst.«

Alice fühlt, wie ihr Herz ganz weich wird. Sie drückt Benes Schulter zaghaft. Noch lieber würde sie ihn umarmen. »Ich auch«, gesteht sie. »Aber ich sage mir, dass es ein bisschen wie bei einem Horrorfilm ist. Die Realität kann gar nicht noch schrecklicher sein als das, was ich mir ausmale.«

Sie hofft nur, damit behält sie recht.

Teil III

Nach allen Regeln der Kunst

In der Hagenbrock-Villa herrscht niemals völlige Stille. Wann immer Claire dort allein ist, macht sich das Haus bemerkbar. Es wirkt manchmal fast so, als produzierte es Geräusche, damit sie sich nicht so einsam fühlt. So auch jetzt, derweil ihre Eltern im Seeteufel speisen, mit der Bürgermeisterin und deren Familie. Claire ist froh, nicht dabei zu sein. Sie lauscht stattdessen dem Atmen der Villa. Eine alte Standuhr tickt. Ein Zweig kratzt am Fenster. Eine Bodendiele knarrt. Holzkäfer klopfen im Gebälk.

Sind das wirklich nur die Käfer? So laut und dumpf? Claire horcht mit zunehmendem Argwohn. Oder ist da jemand draußen, vor der Villa?

Besorgt ruft Claire nach Vroni. Die alte Setter-Dame stakst die Treppe hinauf und legt sich dann mit einem Seufzer quer über Claires Füße. Wenn sie nicht bellt, kann kein Eindringling da sein, oder? Halt suchend greift Claire in Vronis dickes warmes Fell. Heute hält sie es schlecht aus, allein zu sein. Die Ereignisse auf der Trauerfeier stecken ihr noch in den Knochen, der Geschmack des Kaffees, die Klaviermusik in Moll, Benes stockend vorgetragene Rede und das unsichere, um Verzeihung flehende Gesicht von Tristans Mutter. Und dann der Zwischenfall mit den Lehmanns. Claire hält nichts davon, Eheprobleme in die Öffentlichkeit zu zerren, deshalb hat sie den drei anderen auch nichts davon erzählt. Aber etwas an der Szene bereitet ihr Bauchschmerzen. Vielleicht der Zorn in Nils Lehmanns Stimme, vielleicht die Reaktion Frau Lehmanns, die Claire ahnen lässt, dass sie schon mehrere solcher Situationen erlebt hat. Vielleicht sogar viele. Muss man da nicht was tun? Helfen? Irgendwie?

Claire kennt Nils Lehmann über ihren Schwimmverein. Er ist einer der Trainer dort, der mit dem meisten Enthusiasmus, vielleicht auch mit dem größten Ehrgeiz für seine Schülerinnen und Schüler. Claire war nicht in seiner Gruppe und hatte wenig Kontakt mit ihm, aber jetzt im Nachhinein fühlt es sich unangenehm an, dass er sie im Badeanzug gesehen hat. Sie hätte ihn nie als einen bösartigen Tyrannen eingeschätzt.

Sie blickt hinaus in die Dunkelheit. Wie mag es sich anfühlen, wenn der Feind nicht da draußen ist, sondern mit dir im selben Haus wohnt, mit dir am Tisch sitzt, dein Bett teilt?

Die Fensterscheibe wirft ein blasses Abbild ihrer selbst zurück, sie sieht aus wie ein Geist. Unwillkürlich schaudert Claire und reibt sich die Arme. Nach der Trauerfeier und dem spontanen Treffen bei Nika hat sie vor Kälte gezittert. Zu Hause ist sie dann sofort in ihren Schlafanzug geschlüpft. Zusätzlich liegt eine blaue Fleecedecke um ihre Schultern, und jetzt hat sie noch Vroni zur Verstärkung geholt.

Doch plötzlich dringt ein bedrohliches Knurren unter dem Schreibtisch hervor. Claire blickt hinunter. Vroni kauert auf dem Boden, ihr Nackenfell sträubt sich, und sie starrt unverwandt in Richtung des Fensters.

Da hört Claire es auch. Ein leises Scharren von draußen, ein Knirschen wie von Schritten auf dem Kiesweg, der um die Villa führt. Vronis Knurren geht in wütendes Bellen über. Claire springt auf und rennt hinunter ins Erdgeschoss. Vroni folgt ihr auf dem Fuß. Claire versucht, durch die großen Fenster im Wohnzimmer etwas zu erkennen. Sind ihre Eltern schon zurück? Die Außenbeleuchtung funktioniert seit Monaten nicht, doch ein blasser Mond lugt hinter Wolkenfetzen hervor. In dessen Licht sieht Claire die zitternden Silhouetten der Bäume. Kauert da jemand zwischen den Büschen?

Zögernd öffnet sie die Terrassentür und schließt sie sofort wieder hinter sich, damit Vroni nicht entwischt. Eine Böe schneidet kalt durch ihren Pyjama und die Decke um ihre Schultern.

Claire tastet sich vorwärts. Steine drücken sich ungehindert in ihre Fußsohlen, und ihre Socken sind sofort klatschnass. »Hallo?« Ihre Stimme klingt nicht so sicher, wie sie es sich wünschen würde. »Ist da jemand?« Drinnen heult Vroni verzweifelt. Claire setzt einen Fuß vor den anderen, den Blick fest auf die undurchdringliche Dunkelheit unter dem Haselstrauch gerichtet. »Hallo?«

Plötzlich spürt sie einen scharfen Hieb am Hals. Instinktiv duckt sie sich weg. Ein Zweig, vom Wind getrieben, peitscht über sie hinweg. Claire hält die Hand schützend vors Gesicht und sprintet zurück zum Haus.

Als sie an der Terrassentür ankommt, glaubt sie, für einen Moment das Geräusch knackender Zweige zu hören. Dann Schritte, die sich entfernen. Das ist zu viel. Claire flüchtet in die Villa und wirft die Tür hinter sich zu. Sie reißt Vroni in die Arme und beruhigt sich erst, als die Setter-Dame zu wedeln beginnt und Claires Gesicht ablecken will. Offenbar ist die Gefahr vorbei, was auch immer das gerade war. Warum sollte jemand vor ihrem Haus lauern? Wer kann das gewesen sein? Claire drückt die Hand auf die schmerzenden Kratzer an ihrem Hals, während sie mit Vroni im Schlepptau wieder in ihr Zimmer zurückkehrt.

Sie braucht Ablenkung, sofort, sonst wird sie den Rest des Abends zusammengerollt unter ihrer Bettdecke verbringen und bei jedem Geräusch von draußen zusammenschrecken. Claire setzt sich an den Schreibtisch. Alice hat recht, es muss doch herauszukriegen sein, wer ihnen diese Postkarten geschickt hat!

Claire klappt ihren Laptop auf und öffnet nach kurzem Nachdenken die Startseite von Instagram. Am Computer hat sie mehr Übersicht und kann schneller lesen als an ihrem Handy. Der erste Name, der ihr in den Kopf kommt, ist Eske. Hat sie deren Insta-Profil überhaupt schon mal gesehen? Claire scrollt durch die Liste der Menschen, denen sie folgt. Kein Name, der auf Eske schließen ließe. Aber wenn sie hier aktiv ist, dann folgt sie doch bestimmt … Claire ruft Damians Feed auf und scrollt langsam nach unten. Zuletzt hat er ein Foto von sich selbst auf der Bühne gepostet, er scheint zu headbangen, während er gleichzeitig seine Fender bearbeitet. Neunundsechzig Likes hat er dafür bekommen. Claire schaut sich die Nicknames an. Eine *Rrrrromy* hat das Foto mit einer Flamme und einem Herzchen kommentiert. Damian hat nicht darauf geantwortet. Und … bingo. *Esk_alation* hat ebenfalls ein Like dagelassen.

Claire ruft *Esk_alation*s Seite auf, mustert das winzige Profilbild und entscheidet, dass es sich bei der schwarz gekleideten Lady, die mit einem schwarzen Spitzenhandschuh ihr halbes Gesicht verdeckt, durchaus um Eske handeln könnte. Das aktuellste Reel, erst heute gepostet, beweist das. Denn es zeigt einen Zusammenschnitt verschiedener Szenen der Trauerfeier. Die Trauergäste von hinten während der Zeremonie, Eske, die mit todtrauriger Miene einen riesigen Blumenstrauß vor Tristans schwarz-weißes Porträt legt, und anschließend wieder Eske, die Tristans Mutter umarmt und sich mit der Hand über die Augen fährt, so als weinte sie.

Claire presst die Zähne aufeinander. Eske, diese verdammte Heuchlerin! Was hat sie noch gleich zu Claire gesagt? *Jeder trauert auf seine Weise.* Klar, und Eskes Trauer wird sicherlich durch die Vielzahl an Views gemildert. Dann entdeckt Claire die Caption. Sie ist ungewöhnlich gehoben formuliert, gerade für jemanden wie Eske, und wirkt wie ein Fremdkörper auf der sonst eher zwangloseren Plattform.

> Tristans Mutter und ich im innigen Gespräch über den Menschen, der uns beiden so viel bedeutet hat. Sie bereut es nun, dass sie so wenig Zeit mit ihrem Sohn verbracht hat, ihn gar als Kind ins Heim abgeschoben hat. Ein richtiges Zuhause, das hat Tristan sein Leben lang vermisst. Sosehr wir es auch versucht haben, ersetzen konnten wir Mitschüler eine intakte Familie natürlich nicht. Heute nun der offizielle Abschied von diesem wunderbaren Menschen. Tristan, du lebst in unseren Herzen weiter! #tristan #derknabeimmoor

Ungläubig starrt Claire auf den kurzen Text. Hoffentlich hat Tristans Mutter kein Instagram. Es war sicher keine einfache Entscheidung damals vor zwanzig Jahren, ihr Kleinkind abzugeben und den Behörden zu melden, dass sie selbst überfordert war. Das hat Tristan auch niemals verurteilt. Claire weiß, was ihn daran viel mehr geschmerzt hat: nämlich, dass seine Mutter ihn nie zu sich zurückgeholt hat. Nicht, als sie vor zehn Jahren geheiratet hat, nicht, als sie mit ihrem neuen Mann das Haus bezogen hat, nicht, als Tristans Halbgeschwister auf die Welt kamen. Das hat er seiner Mutter nicht verziehen, dass sie ihm das Gefühl gegeben hat, nicht gut genug zu sein. Dass er sich bei jeder Familienfeier, bei jedem erzwungenen Wochenende wie ein Eindringling gefühlt hat. Bis er irgendwann freiwillig weggeblieben ist.

Claire hat manchmal mit ihm darüber gesprochen, ganz beiläufig, zwischen Textabfragen und Kaffeepause. Das waren vielleicht die intensivsten Gespräche – kurz, herausgerissen aus dem Kontext, eingeleitet durch die simple Frage: »Wie schlimm war es diesmal?« Sie weiß, wie es ist, wenn man sich der eigenen Familie fremd fühlt. Aber Eske, die weiß all das nicht!

Wut kocht in Claire hoch, und sie entscheidet sich innerhalb weniger Sekunden, ihr diesmal nachzugeben. Sie will sich nicht mehr ängstlich und traurig und hilflos fühlen. Sie braucht diese Wut. Sie klickt auf das Papierflieger-Symbol und tippt eine Nachricht an Eske. *Schamgefühl hast du offenbar überhaupt keins, schade.*

Claire schickt es ohne Unterschrift ab. Eske wird trotz ihres anonymen Accounts wissen, von wem die Nachricht kommt. Die Hündin zu Claires Füßen schnauft besorgt. Claire atmet ein paarmal tief durch und lauscht nach draußen, bevor sie die weiteren Posts überfliegt. Ein Foto von Tristan in seinem Ritterkostüm, darunter eine Auflistung der Rollen, die er in der Theatergruppe gespielt hat. Claire erinnert sich gerne an das fiebrige Leuchten in seinen Augen, wenn er als Sherlock Holmes in *Der Hund von Baskerville* eine neue Spur aufgenommen hat.

Das nächste Bild hat Eske aus der Abizeitung abfotografiert. Es zeigt Tristan lächelnd, als er gerade von einem Buch hochblickt. Eske hat auch seinen Steckbrief veröffentlicht. Hier hat jede Abiturientin und jeder Abiturient den eigenen Geburtstag sowie Hobbys, Vorlieben und Zukunftspläne angegeben. Bei Claire stand dort natürlich *Jura <3!*. Bei Tristan dagegen liest sie: *Zögere nie, weit fortzugehen, hinter alle Meere, alle Grenzen, alle Länder, allen Glaubens.* Ein Zitat von Amin Maalouf. Eske hat den Satz rot eingekreist und mit einem Pfeil markiert. Die Bildunterschrift lautet:

Tristan war auf seine Weise schon immer eine tragische Persönlichkeit. Sehr begabt, aber ein stiller Träumer und Poet, der schnell zum Außenseiter wurde. Dazu seine belastende

Familiengeschichte. Hat er womöglich hier, in der Abizeitung, vor aller Augen bereits angedeutet, was er wirklich vorhatte?

Darunter verweist sie auf den Link zu ihrem Blog: *Der Knabe im Moor.* Claire runzelt die Stirn. Sie folgt dem Link und findet sich auf einer Internetseite, die in düsteren Farben gehalten ist. Schlammgrün, dunkelrot, nachtschwarz. Ein Video ist eingebunden. Im Hintergrund ertönt leise ein dissonantes Streichorchester. Zuerst taucht ein Foto von Tristan auf, wie er auf der Bühne kniet, den Blick auf zwei verschwommene Gestalten im Hintergrund gerichtet.

Claire erinnert sich an die Szene. Tristan sieht gerade seine geliebte Isolde Hand in Hand mit König Marke aus der Kammer treten, in der die Hochzeitsnacht stattgefunden hat.

Immer näher zoomt die Kamera an Tristan heran, bis sein kummervolles Gesicht den ganzen Bildschirm ausfüllt. Dann meldet sich eine Frauenstimme zu Wort, die Verse rezitiert. Claire kennt die Ballade, hat sie im Deutschunterricht auswendig gelernt:

O schaurig ist's über's Moor zu gehen,
Wenn es wimmelt vom Heiderauche,
Sich wie Phantome die Dünste drehn
Und die Ranke häkelt am Strauche.

Das Foto des Bühnen-Tristan verblasst und wird ersetzt von einem Ausschnitt einer Nachrichtensendung, unscharf zwar, doch deutlich sichtbar – sowohl das flatternde Absperrband als auch die Einsatzkräfte. Claire weiß, was jetzt kommt, hat es ja selbst in den Nachrichten gesehen, und doch findet sie nicht schnell genug das Stopp-Symbol, um sich den Anblick des bewegungslosen Körpers am Boden zu ersparen.

Claire spürt, wie ihr Mund trocken wird. Schnell schaltet sie den Ton aus, pausiert das Video und scrollt weiter, bis sie auf die eigentlichen Blog-Einträge stößt. Vroni winselt leise und schleckt Claires Knöchel mit ihrer rauen Hundezunge ab. Sie beachtet es gar nicht. Ihre Augen fliegen über die Zeilen.

Die Party im Bootshaus – spielte Tristan hier seine letzte, tragische Rolle?

Die Polizei hat sich offensichtlich in den Wochenendmodus verabschiedet, denn in den letzten zwei Tagen gab es für die Öffentlichkeit keine weiteren Infos über den Knaben im Moor. Aber ich bleibe natürlich Tag und Nacht für euch dran und kann euch direkt von einer Theorie berichten, die möglicherweise ein ganz neues Licht auf die Geschehnisse im Schwimmenden Moor wirft. Denn bei den Planungen unserer inoffiziellen Abifeier war es Tristan, der die Idee hatte, im Bootshaus einer Mitschülerin zu feiern. In enthusiastischen Worten malte er uns die Vorteile dieses einsamen Ortes aus: das ruhige Wogen der Wellen, der warme Sand, das einst so stolze Bootshaus als Zufluchtsort bei Regen – und nebenan das Naturschutzgebiet mit seiner idyllischen Moorlandschaft.

Doch hatte Tristan möglicherweise einen geheimen Grund, ausgerechnet diesen abgelegenen Ort zu favorisieren? Bereitete er sich womöglich darauf vor, seine letzte große, tragische Rolle zu spielen?

Denn eins spürte ich schon damals: Tristan trug eine schwermütige Todessehnsucht mit sich herum. Wirklich nah fühlte er sich nur seinen Büchern und seinen Gedichten, die er mit schwarzer Tinte in seine Hefte schrieb. Im Theaterstück *Tristan und Isolde* spielte er die Rolle seines Lebens, konnte sich offenbar kaum davon lösen, sodass er sogar auf der Abifeier in seinem Kostüm erschien. Doch leider sahen seine »Freunde«

nicht, was uns heute so klar erscheint: dass Tristan hier seinen Abschied inszenierte! Es kann nur spekuliert werden, was in dieser Nacht geschah, als alle Flaschen geleert, alles aufgeräumt, die Party vorbei war. Gewiss ist nur: Der Knabe ging ins Moor – um nicht mehr wiederzukehren.

O schaurig ist's über's Moor zu gehen, wenn es wimmelt vom Heiderauche!

Damian / Montag, 07.03., 09:10 Uhr

»Nimm dir doch noch eine Scheibe Toast, Schätzchen.« Seine Oma wartet gar nicht ab, ob er ihrer Aufforderung Folge leistet oder nicht, sondern legt Damian die goldbraune Weißbrotscheibe direkt auf den Teller. Gegen die Fenster prasselt der Regen, aber in der altmodischen Küche seiner Großeltern ist es gemütlich, und der Duft von starkem Schwarztee liegt in der Luft. »Wo Opa doch extra diesen furchtbar ungesunden Nugataufstrich besorgt hat, den du so magst.«

Offenbar soll Damian das Nutellaglas auch direkt an einem einzigen Morgen leeren und den gleichen Bauch ansetzen wie sein Opa.

»Ich koche noch mal eine Kanne Tee«, verkündet seine Oma zufrieden, als sie sieht, dass Damian die fünfte Toastscheibe bestreicht. Wenn es sie glücklich macht. Es hat sowieso keinen Sinn, ihr zu sagen, dass ihm der Tag gestern auf den Magen geschlagen ist. Allein bei der Erinnerung an die Trauerfeier steigt Übelkeit in Damian auf, und er lässt sich extra viel Zeit beim Streichen.

»Du bist so tapfer.« Eine faltige Hand drückt seine Schulter. Niemand kennt ihn so gut wie seine Oma, so viel steht fest. Er hat fast seine gesamte Kindheit und Jugend bei seinen Großeltern verbracht, weil seine Eltern zuerst mit der Arbeit und später mit ihrer Scheidung gut beschäftigt gewesen sind. Nach der Schule ist er mit dem Bus hierhergefahren. Seine Oma hat gekocht und ihm bei den Hausaufgaben geholfen, und er war eigentlich immer traurig, wenn seine Mutter ihn am Abend abholen kam. In die Heimat zurückzukehren, bedeutet für Damian deshalb: ein Besuch bei seinen Großeltern. Die Wohnung, in der seine Mutter mittlerweile lebt, war sowieso nie sein Zuhause, und sein Vater ist schon vor Jahren nach Hannover gezogen.

»Bleibst du noch ein paar Tage? Es wäre mir gar nicht recht, dich so traurig allein in deiner Wohnung zu wissen.«

»Es ist eine WG, Oma.« Damian schluckt die Gefühle, die in ihm aufsteigen wollen, hastig hinunter. »Da ist man nie wirklich allein.«

»Allein und einsam sind zwei Paar Schuhe«, verkündet sie, während sie die Zuckerdose mit den groben Kandisbrocken auffüllt, die sie Kluntjes nennt und extra für Damian kauft. Sie selbst trinkt ihren Tee nämlich ungesüßt.

»Erzähl mir ein bisschen was von deiner Musik.« Sie setzt sich auf ihren Platz zurück und sieht ihn erwartungsvoll an. Ihre Ablenkungsstrategie ist offensichtlich, aber gerade deshalb muss Damian lächeln. »Und was ist mit deinen Freunden? Spielen die auch Gitarre?«

»Nee, der Gitarrist bin ich. Marten spielt Schlagzeug, Seraphina E-Bass und Elton Hammondorgel.«

»Orgel! Ich wusste nicht, dass es in dieser Musikrichtung auch Orgeln gibt. Sind die nicht ein bisschen groß für Auftritte an unterschiedlichen Orten?«

Die Antwort bleibt Damian vorerst erspart, weil in diesem Moment sein Opa in Pantoffeln und Schlafanzug in die Küche tappt. Er hat die Zeitung unter den Arm geklemmt und wirkt brummig wie immer am Morgen. Das legt sich nach der ersten Tasse Schwarztee, die er auch sofort serviert bekommt – mit dem kleinsten Stück Kluntje aus der Dose.

»Danke dir«, sagt er knapp und schlägt seine Zeitung auf.

Während er liest, versucht Damian sich daran, seiner Oma zu erklären, was eine Hammondorgel ist und für welchen Sound sie sorgt. Vielleicht sollte er seine Großeltern einfach mal zu einem ihrer Auftritte einladen. Er könnte sie mit dem Bandbus abholen. Von Nordenham nach Bremerhaven ist es nur eine halbe Stunde. Oder wäre das schräg? Vermutlich ein bisschen, aber sie würden sich ziemlich sicher darüber freuen.

»Meine Güte«, murmelt sein Opa in diesem Moment und hält Damian damit davon ab, seine Idee laut auszusprechen.

»Ist schon wieder etwas passiert?« Alarmiert beugt auch seine Oma sich über die aufgeschlagene Zeitung. Damian widmet sich in der Zwischenzeit wieder seinem angebissenen Stück Toast, obwohl er wirklich nicht mehr hungrig ist. Kauend sieht er zu, wie seine Großeltern lesen und schließlich einen Blick austauschen. Normalerweise würde er nachfragen, aber nach gestern steht ihm der Sinn wirklich nicht nach noch mehr schlechten Nachrichten.

Doch als sein Opa wortlos die nicht einmal halb gelesene Zeitung zusammenfaltet und hinter sich auf die Anrichte legt, wird Damian misstrauisch. »Was steht denn Furchtbares drin?«, versucht er zu scherzen. »Dass du gleich die ganze Zeitung verbannst.«

»Nur das Übliche«, brummt sein Großvater und konzentriert sich stattdessen auf seinen Tee.

»Darf ich?« Ohne eine Antwort abzuwarten, kippt Damian seinen Stuhl und angelt sich die Zeitung. »Du brauchst sie ja gerade eh nicht.«

»Aber du liest doch sonst auch keine Zeitung!«, protestiert seine Oma sofort und verstärkt damit das ungute Gefühl in Damians Bauch. Sie versuchen, etwas vor ihm zu verheimlichen.

Kaum hat er die Zeitung aufgeschlagen, weiß er auch, was. *Moorleiche wurde Opfer eines Gewaltverbrechens*, titelt das Lokalblatt. Damian bereut es schlagartig, so viel Toast gegessen zu haben. Die fünf Scheiben wollen sich einen Weg zurück nach oben bahnen, und Magensäure brennt in seinem Hals.

»Quäl dich doch nicht.« Seine Oma will nach der Zeitung greifen, doch Damian hält sie fest. Seine Augen huschen über den Artikel, ohne dass mehr als einige Schlagworte zu ihm durchdringen. *Erste Obduktionsergebnisse, Schwere der Verletzungen, vermutlich Einwirkung von Gewalt, kein natürlicher Tod ... möglicherweise Tötungsdelikt.*

Jetzt ist es offiziell: Tristan ist nicht einfach betrunken ins Moor gestolpert, wie alle insgeheim angenommen – fast gehofft – haben. Also doch ein Mord. Oder aber ...

Die Schwere der Verletzungen. Damian schiebt seinen Stuhl ruckartig zurück und will ins Badezimmer flüchten. Doch so weit schafft er es nicht, ehe sein Mageninhalt in seinem Hals nach oben steigt. Er stolpert zur Spüle und übergibt sich auf das glänzende Chrom.

»Um Himmels willen, Schätzchen!« Seine Oma stürzt zu ihm, will ihm die Haare aus dem Gesicht streichen, auf den Rücken klopfen, ihm vielleicht gut zureden, doch Damian schüttelt die Berührung ab.

»Ich brauche ... Luft«, keucht er, wischt sich mit dem Handrücken über den Mund und taumelt zur Tür wie ein Betrunkener. Aber er braucht mehr als das. Abstand. Er braucht Abstand zu seiner Familie, zu diesem Haus, diesem Ort, der ganzen Stadt und dem Moor, in dem alles angefangen hat.

Er greift nach der Regenjacke am Garderobenhaken. In der Tasche ist der Schlüssel zum Bandbus. Damian hält sich nicht mit Erklärungen oder einem Abschied auf. Er schlüpft in seine Vans und flüchtet nach draußen in den strömenden Regen, bereit, so viel Distanz zwischen sich und die Realität zu bringen, wie es eben nötig ist.

Claire / Montag, 07.03., 18:40 Uhr

Der alte Mercedes der Hagenbrocks röhrt vor sich hin und knirscht seltsam, als Claire auf dem Weg zur Wohnung von Benes Familie in den vierten Gang schaltet. Die Scheibenwischer kämpfen quietschend gegen den abendlichen Regen an. Wenn das Auto noch ein Jahr durchhält, können sie ein historisches Kennzeichen dafür beantragen. Dann ist er offiziell ein Oldtimer und damit ein weiteres Statussymbol. So funktioniert vieles bei Claires Familie. Man lässt die Dinge niemals erneuern und stellt es dann als Absicht dar.

Mit dem Bootshaus läuft es genauso. Beim Gedanken daran beißt Claire die Zähne aufeinander und muss sich dann dazu zwingen, die Muskeln wieder zu lockern. Sonst zieht sich die Verspannung über Hals und Schultern, bis ihr alles wehtut. An einer Ampel nimmt sie kurz die Hände vom Lenkrad, um ihren Nacken zu massieren. Dabei fällt ihr Blick auf die in einer Klarsichtfolie eingepackte Postkarte aus Melbourne, die sie auf das dunkelrote Leder des Beifahrersitzes gelegt hat. Dieser gruselige Koala. Vorsichtshalber hat sie die Karte nur mit Handschuhen angefasst und in die Tüte gesteckt. Wobei sie mittlerweile durch so viele Hände gegangen ist – Postbote, Claires Eltern, Claire selbst –, dass die Chance auf Fingerabdrücke wahrscheinlich gleich null ist. Aber zumindest können sie bei dem geplanten Treffen bei Nika die Schrift analysieren und auch die Briefmarke und den Poststempel genauer anschauen. Claire hat extra ein Buch über Briefmarken aus aller Welt aus der Bücherei ausgeliehen und auf ihrem Handy den Link zu einem Expertenforum gespeichert.

Seit Claire Eskes Blog gelesen hat, fragt sie sich, ob ihre ehemalige Mitschülerin hinter den Postkarten stecken könnte. Offensichtlich hat sie ein ausgeprägtes Interesse an Tristan. Ist das erst seit seinem rätselhaften Tod so? Oder hat dieser Fanatismus vielleicht schon während der Oberstufe bestanden, und sie haben es nur nie gemerkt?

Claire atmet tief durch und zwingt sich, ihre Aufmerksamkeit wieder auf die Straße zu richten. Es herrscht kaum Verkehr, doch die Sicht ist bei Dunkelheit und Regen wirklich nicht die beste. Eine Böe treibt eine Plastiktüte die Straße entlang, und Claire bremst noch mehr ab, bis sie nur noch mit dreißig Stundenkilometern unterwegs ist. Macht nichts, sie ist ohnehin früh dran.

Wieder wandern ihre Gedanken zurück zu ihrem aktuell drängendsten Problem. Vielleicht sollte sie mal mit Eske sprechen, sie vorsichtig fragen, woran sie sich erinnert. Und dabei ihre Abscheu über Eskes sensationsgeile Berichterstattung möglichst nicht zeigen. Hätte sie doch diese bissige Nachricht nicht geschrieben. Claire schüttelt den Kopf über sich selbst. Wenn es um ihre Freundinnen, Freunde und insbesondere um Tristan geht, lässt sie ihr sonst so zuverlässig arbeitender Verstand offensichtlich öfter mal im Stich.

Claire erreicht das Hochhaus am Mittelweg im Süden der Stadt, in dem Bene mit seinen Eltern wohnt. Sie parkt vor den Müllcontainern, die heute eh niemand mehr leeren wird, und holt den Schirm aus dem Handschuhfach. Sie atmet tief ein, be-

vor sie die Autotür aufstößt, und steht gleich darauf im prasseln-
den Regen. Natürlich klemmt das Autoschloss wieder, und Claire
muss den Schlüssel mit Gewalt herumdrehen. Ihr Vater würde
Zustände bekommen, wenn sie das Auto in dieser Gegend offen
ließe. Der Saum ihrer marineblauen Stoffhose ist bereits durchnässt. Fluchend sprintet sie zum Hauseingang, der zumindest
etwas Schutz vor den riesigen Tropfen bietet.

Sie drückt den Klingelknopf bei *Mahleke* und wartet, bis ein
Summen ertönt. Der Aufzug ist offenbar gerade in Benutzung,
also lehnt sie den Schirm neben den Briefkästen an die Wand
und macht sich an den Aufstieg der elf Stockwerke. Im Treppen-
haus kurz vor Benes Wohnung zieht ein silbern gerahmtes Poster
an der Flurwand Claires Aufmerksamkeit auf sich. *Een Fründ
mag de anner mitbrengen!,* steht da, Plattdeutsch für: *Freunde von
Freunden sind immer willkommen!* Claire muss lächeln. Das ist
doch mal eine nette Begrüßung, bestimmt hat Frau Mahleke das
aufgehängt.

Als sie sich Benes Wohnungstür zuwendet, ist sie noch immer
außer Atem und stößt nur ein kurzes »Moin. Ich bin hier, um
Bene abzuholen« hervor.

»Claire, wie schön, Sie zu sehen!« Frau Mahleke steht im Türrahmen, der in einem angenehmen Hellblau gestrichen worden
ist, und wirkt ebenfalls ganz atemlos. Ob sie auch gerade erst
heimgekommen ist? Oder ist sie aus irgendeinem Grund nervös
wegen Claires Besuch? »Nett, dass Sie Bene mitnehmen, bei diesem Wetter. Ich habe Nachtschicht und brauche leider das Auto.«
Sie verstummt verlegen. Claire ist es etwas peinlich, gesiezt zu
werden, nachdem sie den Mahlekes während der Schulzeit schon
so oft begegnet ist. Aber offenbar findet Benes Mutter, dass sie
nun erwachsen ist und sich das so gehört.

»Bene ist leider noch nicht ganz fertig, aber er wird gleich da sein.« Frau Mahleke sieht sie erwartungsvoll an. »Kommen Sie doch herein.«

Im schmalen Flur steht auch Herr Mahleke bereit, um Claires Hand zu schütteln, nur um gleich darauf wieder in der Küche zu verschwinden. »Ich setze Tee auf.«

Claire hört Wasser rauschen und Benes Stimme durch eine geschlossene Tür am Ende des Ganges. »Komme gleich!«

»Der Junge hat mir den Wocheneinkauf abgenommen. Als er nach Hause kam, war er total durchnässt. Da habe ich ihn in die heiße Dusche geschickt«, erklärt Frau Mahleke und wirft einen gerührten Blick auf die Badezimmertür. »Aber kommen Sie doch hier ins Wohnzimmer!« Sie führt Claire in die gute Stube und bietet ihr den offensichtlich wärmsten Sofaplatz nahe an der Heizung an. Nebenbei zupft sie ein verwelktes Blatt vom Ficus ab und streicht die Tischdecke glatt.

Im Gegensatz zu Sofa, Möbeln und Wänden, die in eher gedeckten Farben gehalten sind, strahlt die Tischdecke in Pink und Sonnengelb. Eine Schildkröte ist darauf gedruckt, die zwischen Hibiskusblüten herumschwimmt. Ungewöhnlich, aber sehr fröhlich. Claire wirft einen Blick auf die Familienfotos. Eines davon zeigt die Mahlekes auf dem Abiball, alle drei sehr schick mit Kleid und Smoking. Frau und Herr Mahleke recken den Kopf, wahrscheinlich um neben Bene nicht ganz so klein auszusehen.

»Sicherlich sind Sie sehr stolz auf Bene«, sagt Claire.

»Ja, natürlich! Wie alle Eltern auf ihre Kinder.« Frau Mahleke nickt energisch.

Claire ringt sich ein Lächeln ab. Ob ihre eigenen Eltern diese Frage auch so klar beantworten würden? Um nichts erwidern zu müssen, setzt sie sich auf den angebotenen Platz, mit ausgestreckten Beinen, damit der Hosenstoff besser trocknen kann.

»Furchtbar, diese Tragödie mit Michael, nicht?« Frau Mahleke lässt sich Claire gegenüber in einem Ledersessel nieder und sieht sie aufmerksam an. Offenbar kommt sie jetzt zu dem Thema, über das sie eigentlich sprechen will. »Wissen Sie, er war so oft hier. Manchmal jeden Tag. Die Jungs haben zusammen gelernt und an Benes Moped herumgeschraubt. Sie dachten, ich wüsste nicht, dass sie es getunt haben, oder wie man das nennt. Aber natürlich wusste ich es.« Sie beugt sich verschwörerisch nach vorne. »Man muss die Kinder auch mal machen lassen. Vertrauen hatte ich ja, dass sie nichts Schlimmes anstellen.«

Claire lächelt und nickt zustimmend. Benes Mutter ist einfach süß.

»Michael hat immer so gerne meine Hallig Knerken gegessen. Ich hab ihm oft welche eingepackt, wenn er gegangen ist. Möchten Sie auch?« Sie reicht Claire eine gläserne Keksdose.

Claire nimmt einen hellgelben, runden Keks und beißt hinein. Ihre Schneidezähne treffen mit einem lauten Klacken auf den steinharten Teig.

»Vorsicht, sie sind nicht besonders weich«, warnt Frau Mahleke unnötigerweise. »Die müssen so sein, weil sie von Seefahrern früher mit an Bord genommen wurden und dort ewig halten mussten. Wir stippen sie in Tee oder Kaffee, dann lassen sie sich besser essen.«

Claire nickt und kaut und kaut und nickt.

»Bene ist ganz durcheinander wegen dieser ganzen Sache. Er macht sich Vorwürfe, dass er nicht früher gemerkt hat, dass Michael verschwunden ist.« Frau Mahleke wirft einen schnellen Blick hinter sich, und als niemand im Türrahmen erscheint, spricht sie schnell weiter. »Natürlich hätte er gar nichts tun können, er war ja selbst unterwegs. Aber trotzdem quält ihn der Gedanke, dass der arme Michael monatelang da draußen lag, ich weiß es.« Sie räuspert sich. »Sie wirken wie ein besonnener

Mensch auf mich, Claire. Und ich dachte mir, vielleicht glaubt er Ihnen mehr. Vielleicht könnten Sie ihm das noch mal sagen. Dass es nicht seine Schuld ist, was auch immer da draußen im Moor geschehen ist.«

Claire starrt auf den Teppichboden zu ihren Füßen. Nein, Benes Schuld ist das alles definitiv nicht. Trotzdem fühlt sie sich nicht in der Lage, etwas darauf zu antworten. Sie kann nicht die Therapeutin spielen, wenn sie selbst dieser ganzen Situation nur entkommen möchte. Und über Gefühle redet sie schon überhaupt nicht. Schlimm genug, dass sie welche hat, das nimmt die Objektivität, macht es so viel schwieriger, die richtigen Entscheidungen zu treffen.

Zum Glück tritt in diesem Moment Herr Mahleke ein und erspart Claire die Antwort. Schwungvoll stellt er ein Tablett mit einer Teekanne und mehreren Porzellantassen auf dem Tisch ab, doch dabei schwappt etwas Tee aus der Kanne und durchnässt die bunte Hibiskus-Tischdecke. Claire springt auf, um zu helfen, und auch Frau Mahleke stürzt auf den Tisch zu. »Oje, schnell abtupfen! Hoffentlich schadet das dem Stoff nicht.« Erklärend fügt sie hinzu: »Die Decke hat Bene uns als Geschenk von seiner Weltreise mitgebracht. Sie ist aus Raro-irgendwas.«

»Rarotonga. Cook Islands«, berichtigt Benes Vater, der ein Handtuch auf dem nassen Fleck auslegt.

Claire starrt die Mahlekes an. Rarotonga. Irgendwas drängt da an die Oberfläche ihres Bewusstseins, eine Erinnerung. Sie ist es gewohnt, auswendig zu lernen, kann schnell viele Informationen abspeichern, und sie ist sich sicher, dass sie dieses Wort erst kürzlich gehört hat. Während sie ganz automatisch mit einem Küchenpapier auf der Decke herumtupft, denkt sie fieberhaft nach. Wo war sie, was hat sie gemacht, als dieser Ort erwähnt wurde? Kann das auf der Trauerfeier gewesen sein? Sie spürt den heißen

Tee an ihrer Hand, denkt an die Kälte draußen, sucht nach einem Zusammenhang. Nein, nicht die Trauerfeier, sondern …

»Bereit zur Abfahrt!« Mit einem knallorangen T-Shirt, Jeans und einer Baseballcap auf dem Kopf kommt Bene ins Zimmer. Seine rote Winterjacke, die mit dem Oberteil eine wilde Farbkombination abgibt, trägt er unter dem Arm.

»Da bist du ja, Junge!« Frau Mahleke springt auf und zupft an seinem T-Shirt herum. »Wieso hast du denn das genommen? Das andere ist doch frisch gebügelt.«

»Lass doch, Mama«, wehrt Bene ab, »wir gehen in einen Imbiss, nicht in die Oper.« Er lächelt Claire über Frau Mahlekes Kopf zu. Doch als er Claires nachdenklichem Blick begegnet, erstirbt sein Lächeln.

Damian / Montag, 07.03., 19:08 Uhr

Damian spürt Romys Haut auf seiner. Sie hat sich in seinen Arm gekuschelt, ihr Kopf ruht in seiner Ellenbeuge, und ihr Körper schmiegt sich nahtlos an seinen. Ihr nackter Rücken an seinem Bauch, seine Nase in ihrem dunklen Haar, das nach ihrem Pfirsichduschgel riecht. Vor dem einzelnen Fenster wird es bereits dunkel, und in Romys Wohnheimzimmer brennt nur die kleine Nachttischlampe mit dem gemusterten Schirm, der warmweiße Schnörkel an die Wände malt. Die Wärme hat sich in Damian so breitgemacht, dass für all die anderen Gefühle nur noch eine kleine, finstere Nische bleibt.

»Erzählst du es mir jetzt?«, fragt Romy. Es ist gut, dass sie ihn dabei nicht ansehen kann. Trotzdem spürt sie vermutlich, wie Damian zusammenzuckt. Nach einer winzigen Pause fährt sie fort: »Warum du so schnell wegmusstest und jetzt so plötzlich wieder aufgetaucht bist.« *Und warum du dich zwischendurch kein einziges Mal gemeldet hast.* Das sagt sie nicht, aber es ist, als könnte Damian den unausgesprochenen Gedanken durch ihren Hinterkopf hindurch hören.

»Ein Freund von mir ist gestorben«, hört Damian sich selbst sagen. Er kann sich kaum auf seine Worte konzentrieren, weil er zu sehr damit beschäftigt ist, das, was in der dunklen Ecke seiner Seele lauert, im Auge zu behalten. Damit es dort bleibt und ihn und Romy nicht bei lebendigem Leib verschlingt. »Ein Schulfreund. Vermutlich ist er schon seit kurz nach dem Abi tot.«

Romy wälzt sich auf den Rücken, sodass sie ihn aus dem Augenwinkel betrachten kann. Ihr Kopf bleibt auf seinem Arm, und er kann ihre Miene nicht lesen. »Und du hast es erst jetzt erfahren?«

Damian nickt. »Er wurde erst jetzt gefunden. Die Ermittlungen laufen noch.« Jetzt muss er aufpassen, was er sagt. Und was er nicht sagt. »Sie denken … Vielleicht Mord. Totschlag. Oder ein Unfall.« Er zuckt hilflos mit den Schultern, und Romy hebt den Kopf von seinem Arm.

Sie richtet sich auf, die Stirn gerunzelt. Misstrauisch? Oder einfach mitfühlend? »Das klingt schrecklich.«

Wieder ein Nicken von Damian.

»Deswegen warst du so durch den Wind.« Romy streckt die Hand aus und fährt mit den Fingern durch sein Haar, streicht es ihm aus dem Gesicht, wie nur sie es darf. Die Berührung tut so gut und ist gleichzeitig so schmerzhaft, weil er weiß, dass er sie nicht verdient hat. Romy ahnt nicht, was für ein Mensch er ist. Was für ein Monster.

Aber Damian bringt es nicht fertig, sich ihr zu entziehen. Wie ein trockener Schwamm saugt er ihre Zuneigung auf, jeden Tropfen. Mit Romy ist alles so einfach. War es von Anfang an. Sie

147

haben sich an der FH kennengelernt und festgestellt, dass sie den gleichen Musikgeschmack haben. Sie waren auf einem Konzert, hatten Sex und dachten, es wäre etwas Einmaliges. Aber dann trafen sie sich wieder. Und wieder. Das einzig Komplizierte daran ist, dass Romy ihn als ihren Freund bezeichnet, während er das Wort »Freundin« bisher nicht über die Lippen gebracht hat.

»Bleibst du heute Nacht hier?« Romy lässt die Frage beiläufig klingen. Sie küsst seine Schläfe – noch etwas, das niemand sonst dürfte. »Ich will nicht, dass du damit ganz allein bist.«

Damian spürt, wie ein Grinsen seine Mundwinkel anhebt. »Jetzt klingst du wie meine Oma.«

Romy verzieht das Gesicht, deshalb beeilt er sich zu sagen: »Das ist ein Kompliment. Meine Oma ist der beste Mensch auf der Welt. Du würdest sie mögen.«

»Stellst du sie mir denn irgendwann vor?« Sie wird nicht lockerlassen, das weiß Damian. Er kann sie noch so oft hinhalten, sie wird immer wieder fragen.

Gerade sucht er nach einer ausweichenden Antwort, da vibriert sein Handy in seiner Hosentasche. Er muss seine Jeans erst vom Boden angeln, um den Anruf entgegenzunehmen.

»Damian?« Großartig, Claires Stimme. Er hätte besser zuerst auf die Nummer sehen sollen.

»Genau der«, knurrt er zur Antwort.

»Dann sieh zu, dass du deinen Hintern herschwingst. Wir haben eine Verabredung, schon vergessen?«

Das hat er tatsächlich. Trotzdem verneint er und setzt zu einer Ausrede an: »Ehrlich gesagt, bin ich gerade in Bremerhaven und –«

»Das heißt, wir sollen uns hier eine halbe Stunde lang die Beine in den Bauch stehen?«, unterbricht ihn Claire. »Du hättest wenigstens kurz schreiben können, dass du dich verspätest.« Sie seufzt. »Dann gehen wir schon mal rein. Beeil dich, ja? Aber fahr vorsichtig mit diesem Ungetüm.«

Dieser Zusatz nimmt ihm den Wind aus den Segeln. So ein Spruch passt normalerweise eher zu Alice. Claire ist nicht so der mütterliche Typ, der darauf besteht, dass man sich meldet, wenn man zu Hause angekommen ist, oder so. Aber die Sache mit Tristan hat ziemlich offensichtlich auch die Eiskönigin erschüttert.

»Klar«, versichert Damian nur. »Aber ich brauche ein paar Minuten länger. Ich muss erst noch bei meinen Großeltern vorbeifahren.«

Kaum hat er aufgelegt, begegnet er Romys verletztem Blick. Er holt tief Luft, wohl wissend, dass seine nächsten Worte sie mehr als besänftigen werden. Aber das ist gar nicht der Grund, warum er die Frage stellt. In Wahrheit tut er es in erster Linie für sich. Weil er nicht weiß, wie er sich der Lage in Nordenham allein stellen soll.

»Ich muss noch mal zurück, fürchte ich.« Er schluckt. »Würdest du ... Würdest du vielleicht mitkommen? Nur für ein paar Tage?«

»Mitkommen?« Kurz entgleisen ihr die Gesichtszüge. »Im Ernst?«

»Nur, wenn du nichts anderes vorhast.«

Romy verdreht die Augen. »Es sind Semesterferien.« Sie hebt einen Mundwinkel. »Ich packe ein paar Sachen ein.«

»Klar, mach das.« Er ist froh, dass sie sich dem Schrank zuwendet und ihm somit nicht am Gesicht ablesen kann, wie ernst ihm seine nächsten Worte sind: »Ich freu mich, dass du mitkommst.« Da fällt ihm noch etwas ein. »Allerdings muss ich heute Abend noch mal weg. Ich geb dir den Schlüssel und beschreib dir, wo mein Zimmer ist, dann kannst du dich schon mal ins Haus schleichen. Meine Großeltern sitzen um die Zeit eh vor dem Fernseher.« Er wirft einen Blick über die Schulter. Romy sieht nicht begeistert aus, aber sie sagt nichts, obwohl seine Bitte ihr merkwürdig vorkommen muss.

»Und du gehst … wohin?«, fragt sie betont beiläufig.

»Ein paar Freunde treffen.« Damian schluckt. »Ehemalige Mitschüler. Wegen der Sache mit … Irgendwann stelle ich sie dir vielleicht vor, okay?« Nur ganz sicher nicht heute. Heute muss er einfach nur dieses Treffen hinter sich bringen. Die Gespräche über die Postkarten und über den Zeitungsartikel, den bestimmt auch die anderen gelesen haben.

Alice / Montag, 07.03., 19:55 Uhr

»Bullseye! Und du bist raus!« Bene zeigt Alice übermütig das Loser-L, was diese mit einem Lachen kommentiert.

»Was hast du dem denn in die Cola gemischt, Nika?«, fragt sie über die Schulter, während sie ihre eigenen Dartpfeile ablegt.

Nika zuckt die Achseln. »So hat er sich nicht mehr aufgeführt, seit er hier seinen Achtzehnten gefeiert hat und ich ihm seinen ersten Korn Sour gemixt habe.«

»Erwähn das Zeug nicht mal!« Bene verzieht das Gesicht. »Ich hab noch nie etwas so Grauenhaftes getrunken.«

»So grauenhaft, dass du ihn mit drei Bier hinunterspülen musstest«, erinnert ihn Claire. »Ich musste dich nach Hause fahren. Und bis zur Haustür stützen!«

»Ich erinnere mich.« Bene lässt sich auf seinen Stuhl sinken und leert sein Colaglas in einem Zug.

»Ach wirklich?«, fragt Claire unschuldig und setzt sich ihm gegenüber. Sie zieht den Zettel zu sich, auf dem Bene die Spielstände notiert hat. Claire hat darauf bestanden und Nika um

Papier und Stift gebeten. Nun studiert sie das Ergebnis mit gerunzelter Stirn.

»Du hast haushoch verloren«, erklärt Bene grinsend. »Dazu hätten wir gar keine Liste gebraucht.«

»Dafür nicht«, murmelt Claire, ohne ihn anzusehen. »Aber du hast dich gut geschlagen, Alice. Wenn Damian jetzt auch endlich mal auftauchen würde …« Sie seufzt, zieht ihr Handy aus der Tasche und tippt auf dem Display herum. »Übrigens habe ich ein bisschen recherchiert. Wegen Eske.«

Alice setzt sich auf den freien Stuhl neben Bene. »Echt? Und hast du was rausgefunden?«

»Nichts, was euch gefallen wird.« Claire legt ihr Smartphone auf die Tischplatte und schiebt es zu Alice hinüber. Bene rückt dicht neben sie, um über ihre Schulter hinweg mitzulesen. Alice würde seine Nähe vielleicht ablenkend finden, wenn die Worte, die sie da zu sehen bekommt, nicht so alarmierend wären.

»Die hat doch ein Rad ab!«, entfährt es ihr, als sie den kompletten Text überflogen hat. »Tristans letzte Rolle? Glaubt sie, das ist alles nur ein Spiel?«

Sie sieht zu Bene, dessen Miene wie versteinert ist. »Kein Spiel. Suizid.« Er schluckt hörbar. »Ich hab auch schon darüber nachgedacht«, gibt er zu. Leise, kaum hörbar. »Aber es passt nicht. Es passt einfach nicht, und ich glaube … Wir hätten gemerkt, wenn er so was vorgehabt hätte. Oder?« Das letzte Wort hört sich fast flehend an. Er schaut zu Claire, dann zu Alice, deren Blick er festhält, als wollte er sie zu einer Antwort zwingen.

Aber ihr Mund fühlt sich ausgetrocknet an, ihre Kehle wie mit Schleifpapier bearbeitet. Tristan soll freiwillig ins Moor gegangen sein? Mehr noch als Eskes dreiste Behauptung schockiert sie Benes Geständnis, dass ihm der Gedanke auch schon gekommen ist.

»Ich kann es mir nicht vorstellen«, erbarmt sich schließlich Claire. »Tristan war ein Träumer. Von mir aus ein Melancholiker. Aber er war weder depressiv noch selbstmordgefährdet. Was auch immer ihm passiert ist, ich glaube nicht, dass er es hat kommen sehen. Und schon gar nicht, dass er es bewusst herbeigeführt hat.« Ihre Stimme ist fest, aber ihre Miene ist ganz weich. Ungewöhnlich weich für Claire, und kurz schließt sie die Augen, wie um aufsteigende Tränen zurückzudrängen. Als sie sie öffnet, ist ihr Blick wieder klar. »Ah, und jetzt sind wir auch endlich vollzählig«, stellt sie nüchtern fest.

Alice folgt Claires Blick zur Tür, die soeben hinter Damian ins Schloss fällt. Von seinem Friesennerz tropft der Regen, und sein unvermeidlicher Herrenhut ist durchweicht. Dafür scheinen die blondierten Strähnen darunter kaum Wasser abbekommen zu haben.

Damian hängt die Jacke an einen der Haken neben der Tür, behält den Hut aber auf, ehe er Nika und dann jeden von ihnen mit Handschlag begrüßt. Er lässt sich auf den freien Platz neben Claire fallen und bestellt eine Coke Zero. »Habt ihr schon irgendwas besprochen?«, fragt er, als Nika wieder hinter dem Tresen verschwunden ist.

»Nein, aber wir haben eine sehr aufschlussreiche Runde Darts gespielt«, erwidert Claire zufrieden. Alice wird heute nicht schlau aus ihr. Als Damian nicht aufgetaucht ist, war sie wirklich angepisst. Aber offenbar haben ihre und Benes Blödeleien sie aufgeheitert.

Claire zieht die sorgfältig eingetütete Postkarte aus ihrer Handtasche, streicht die Plastikhülle glatt und legt sie auf den Tisch. Mit dem Motiv nach oben.

»Also … Dürfen wir sehen?«, fragt Damian. »Oder wozu sind wir hier?«

»Du fandst unser Treffen ja anscheinend nicht besonders wichtig.« Sie verstummt, als Nika mit Damians Coke Zero und einem neuen Glas für Bene kommt und beides vor ihnen auf den Tisch stellt.

»Zeig schon her«, meint Damian, als sie wieder unter sich sind, und greift nach der Postkarte. Claire lässt es zu und gibt ihnen allen einen Moment, in dem sie sich über das Stück Papier beugen und die Worte darauf lesen.

Alices Augen fliegen über den Text. Ein Tristan-Zitat, wenige Grußworte, die Unterschrift. Die gar nicht Tristans sein soll. Ein anderer hat seinen Namen geschrieben, als wäre es sein eigener. In böser Absicht? Eine andere Begründung fällt Alice beim besten Willen nicht ein, schon gar nicht nach dem Artikel, der heute Morgen in der Zeitung war. Sie drückt mit den Händen die Folie glatt und starrt die Briefmarke an. Gestempelt ist sie. Aber tatsächlich in Melbourne? Oder am Ende einfach nur in Hamburg oder Bremen? Ganz in der Nähe? Das müsste herauszufinden sein, oder?

»Schaut euch die As an«, platzt Claire schließlich heraus. Offenbar kann sie nicht länger für sich behalten, was ihr durch den Kopf geht. »Kommen die euch nicht auch bekannt vor? Wir haben uns von den Großbuchstaben blenden lassen. Die waren typisch für Tristan. Aber dieses A kennen wir auch. Nur eben nicht von Tristan.«

Alice sucht ein A, dann ein weiteres, alle. *Australian Outback. An Brangäne. Tristan.* Der Buchstabe wurde in einem Zug geschrieben, das fällt ihr sofort auf. Ihre Fingerspitzen zucken, malen den Schwung in der Luft nach. Ihr A sieht anders aus, aber es stimmt: Die Schrift ist ihr nicht fremd. Hat Tristan seine As in einem Zug geschrieben? Will Claire das damit sagen? Dass da doch noch ein Fünkchen Hoffnung ist?

»Verdammt, Claire, wir sind hier nicht vor Gericht«, knurrt Bene auf eine für ihn völlig untypische Art.

Claire entgegnet nichts, sondern schiebt nur die Karte zur Seite und greift nach einem anderen Papierstück. Ihre Punkteliste von eben. Alices Blick huscht zum Ergebnis, dann hoch zu ihren Namen über den drei Spalten: *Claire, Alice, Bene.* Keine Großbuchstaben. Aber das A. Alice starrt ihren eigenen Namen an. Das A in einem Zug.

»Sagt dir Aussageverweigerungsrecht etwas?« Claires Augen sind auf Bene gerichtet. Unverwandt, als würde sie jede Regung in seinem Gesicht genau studieren. Auch Alices Blick schnellt zu ihm, wartet auf ein Lachen oder auf wütenden Protest. Auf irgendetwas. Aber Bene macht offenbar von dem Recht Gebrauch, das Claire so selbstzufrieden erwähnt hat.

»Was, du meinst, jetzt sprechen oder für immer schweigen?«, mischt Damian sich ein, der den Ernst der Lage entweder noch nicht begriffen hat oder ihn bewusst herunterspielen will.

»Ich dachte eher an: Sie haben das Recht zu schweigen, wenn Sie sich selbst belasten müssen«, korrigiert Claire, ohne Damian anzusehen.

Und das tut Bene. Er erwidert Claires Blick und schweigt.

»Nicht dein Ernst jetzt, oder?« Damian zieht Karte und Liste zu sich heran. »No offence, Mann, aber das ist echt … Fuck, das ist heftig.« Er zieht sich den Hut vom Kopf, um sich durch das Haar zu fahren. Zum ersten Mal fällt Alice auf, dass seine Rockstarmähne sich an den Schläfen vorzeitig zu lichten beginnt, aber sie kann nicht mal darüber schmunzeln. Am liebsten würde sie aufspringen und Bene schütteln – wenn das nicht so albern wäre, weil sie winzig ist und er ein richtiger Bär.

»Dann hast du …«, piepst sie stattdessen. »Dann wusstest du die ganze Zeit … Wie konntest du nur?!«

Ausgerechnet Bene. Bene, bei dem sie sich so sicher gefühlt hat, so geborgen, so verstanden! Von dem sie dachte, er wäre der Einzige, der ihre Trauer und ihren Schmerz annähernd verstehen kann. Ihre verzweifelte Hoffnung, dass diese Karten bedeuten, dass Tristan noch lebt. Dabei wusste er die ganze Zeit, dass sie nichts – rein gar nichts – zu bedeuten hatten. Weil er sie eigenhändig geschrieben und mit Tristans Namen unterzeichnet hat.

»Wir hätten es eigentlich schon längst kapieren müssen«, ergreift Claire schließlich wieder das Wort. »Wir hätten nur die Schiffsroute googeln müssen. Ushuaia. Melbourne. Rarotonga. Deine hübsche bunte Tischdecke hat dich verraten, Bene. Ein Mitbringsel für deine Eltern aus Rarotonga. Ich wusste sofort, dass ich den Namen erst kürzlich gehört habe. Aber die Frage, die ich mir schon die ganze Zeit stelle, ist: Warum?« Claire greift nach ihrem Wasserglas und klammert sich daran fest. »Warum, Bene, hast du in Tristans Namen Postkarten geschrieben, wenn nicht, um zu vertuschen, dass er selbst nicht mehr fähig war, sich bei irgendeinem von uns zu melden?«

Alice spürt nackte Angst in ihrer Brust aufsteigen. Sie weiß, was Claire damit andeuten will, aber sie will es nicht hören. Nicht einmal denken. »Hör auf!«, fährt sie ihre Freundin an. »Du glaubst doch nicht … Du willst doch nicht sagen, dass …«

»Das ist verdammt weird«, wirft Damian ein. »Und jetzt sag endlich was, Mann!« Er schiebt die eingetütete Postkarte so heftig in Benes Richtung, dass sie von der Tischplatte rutscht und auf dem Fußboden landet.

Wie in Zeitlupe bückt Bene sich und hebt sie auf. Legt sie auf den Tisch zurück, ohne sie anzusehen. Dann stößt er die Luft aus und nickt. »War klar, dass es irgendwann rauskommt. Ist vermutlich auch besser so.«

Unwillkürlich rutscht Alice ein Stück von ihm weg. Sie sieht zu Claire, die Bene mit aufgerissenen Augen anstarrt. Keine Spur mehr von Selbstzufriedenheit.

»Dann gibst du es zu?«, flüstert sie. »Du hast die Postkarten geschrieben? Du hast Tristan …«

»Er wollte untertauchen.« Bene fährt sich über das Gesicht, wie um Tränen wegzuwischen, die da gar nicht sind. »Ich hab dir davon erzählt, Alice.«

Alice zuckt zusammen. Davon erzählt? Sie hat den Faden verloren, in ihrem Kopf dreht sich alles.

»Nach der Trauerfeier«, beharrt Bene flehentlich. »Tristan hat mir am Bootshaus anvertraut, dass er untertauchen will. Er wollte, dass ich ihm helfe. Dass ich Postkarten von den unterschiedlichen Häfen verschicke, damit es so aussieht, als wäre er wie geplant in der Weltgeschichte unterwegs. Dabei wollte er nicht nur ein Jahr lang reisen, sondern … ganz weg. Mit einer Frau.«

»Was?«, platzt es aus Alice heraus.

Bene seufzt. »Er hat sich in eine verheiratete Frau verliebt und wollte mit ihr abhauen. Hat ziemlich verzweifelt gewirkt. Ich … Ich hätte nachfragen sollen. Aber ich war … Ich hab den Moralapostel gespielt, statt ihm zuzuhören. Hab ihn angebrüllt und so. Später hat's mir leidgetan. Ich hab ihm am nächsten Tag geschrieben und mich entschuldigt. Aber er hat nicht geantwortet. Weil er sich eine neue Nummer zugelegt hat, dachte ich.« Wieder fährt er sich über das Gesicht, und dieses Mal glänzt seine Haut tränenfeucht. »Ich war ein furchtbarer Freund. Nach so vielen Jahren war das unser letzter gemeinsamer Abend, und ich hab …« Ihm bricht die Stimme weg. Intuitiv streckt Alice die Hand nach ihm aus und legt sie auf seinen Arm. Durch den Stoff seiner Sweatjacke spürt sie, wie angespannt Benes Muskeln sind. Sie starrt

156

ihn an, und als er den Kopf herumreißt, um ihren Blick zu erwidern, sieht er überrascht aus. Alice kann es ihm nachfühlen. Müsste sie nicht wütend sein? Angst vor ihm haben? Aber alles in ihr sagt ihr, dass Bene nicht lügt. Dass nicht mehr hinter dieser Geschichte steckt, schon gar nicht das, was Claire zu glauben scheint. Bene hätte Tristan niemals etwas angetan. Niemandem. Keiner Fliege. Er ist immerhin Bene!

»Was hätte ich machen sollen?«, presst er heraus. »Er hat mich um einen Gefallen gebeten, und ich hab mitgespielt. Hab die verdammten Karten geschrieben und abgeschickt, damit niemand checkt, dass er nicht wie geplant backpacken ist, sondern mit seiner … seiner Freundin irgendwo ein neues Leben anfängt. Ich wusste doch nicht … Ich hab doch genauso wenig wie ihr geahnt, dass …«

»… dass du damit einen Mord deckst.« Claires Stimme klingt kühl, aber als Alice den Kopf zu ihr dreht, sieht sie, dass sich auch in ihrer Miene Schmerz widerspiegelt, während sie den Blick immer noch nicht von Bene wendet. »Dann hast du selbst gar keine Karte bekommen?«

Bene schüttelt den Kopf.

»Und auch der Polizei nichts von einer Karte erzählt?«, fragt Claire weiter.

»Nein. Aber das werde ich. Ich werde Frau Menkewöll alles sagen.«

»Du weißt aber, wie das dann aussehen wird«, gibt Claire zu bedenken.

Von Bene kommt nur ein Schulterzucken.

»Natürlich ist es immer noch besser, wenn sie es von dir erfahren«, lenkt Claire hastig ein. »Früher oder später hätten sie es vermutlich rausgefunden. Immerhin haben sie Alices und Damians Postkarten einkassiert. Um ehrlich zu sein, wundert es mich, dass sie es nicht schon längst herausgefunden haben. Aber wahrscheinlich haben sie diesen Karten keine allzu große Bedeutung beigemessen. Sie haben –«

Ruckartig schiebt Alice ihren Stuhl zurück. »Ich muss kurz … Bin gleich wieder da«, murmelt sie, schon halb auf dem Weg in Richtung Toiletten. Sie kann die Blicke der anderen drei im Rücken spüren, aber sie kehrt nicht um. Sie kann sich das alles jetzt nicht anhören. Sie glaubt Bene, und offenbar tun die anderen das auch. Und die Polizei? Alice weiß es nicht, aber an Benes Stelle hätte sie ziemlich Schiss, demnächst in U-Haft zu sitzen.

Dieser Gedanke allein reicht, um ihr die Luft abzuschnüren. Aber da ist auch noch die Neuigkeit, die beinahe zwischen all den Enthüllungen untergegangen wäre. Die Neuigkeit, die für die anderen zu unwichtig war, um weiter nachzuhaken. Und sie will nicht unsensibel sein und Fragen zu etwas stellen, das außer ihr niemanden aus der Bahn wirft, während es so viel wichtigere Dinge zu besprechen gilt.

Trotzdem kann sie die Erkenntnis nicht einfach zur Seite schieben und so tun, als würde es gar nichts in ihr auslösen, dass Tristan offenbar eine Freundin gehabt hat. Eine Affäre mit einer verheirateten Frau noch dazu.

Alice betritt den winzigen Waschraum, in dem es nur eine einzige Toilettenkabine gibt. Aus dem rahmenlosen Spiegel über dem Waschbecken schaut ihr das eigene blasse Gesicht entgegen. Dunkel geschminkte Augen, stoppelkurzes Haar. Sie hat sich immer gefragt, ob Tristan sie schön fand als Isolde. Seine Isolde. Was hätte sie für ein Kompliment aus seinem Mund gegeben, für einen einzigen bewundernden Blick, nicht auf der Bühne, wo er die Augen nicht von ihr wenden konnte, sondern nach der Vorstellung, wenn sie ihre Rollen abstreiften und wieder sie selbst wurden. Alice und Michael statt Isolde und Tristan.

Wahrscheinlich sollte sie erleichtert sein, jetzt, da sie weiß, dass es nicht an ihr lag. Tristans Herz war vergeben. Natürlich hat er Alice nie bemerkt. Nur sie war so verliebt, so besessen von ihm, dass sie nie auf die Idee gekommen wäre, dass es eine andere geben könnte. Eine, von der sie nichts wusste.

Gott, wie lächerlich sie sich gemacht hat! Dieser inszenierte Moment auf der Feier am Bootshaus. Ed Sheeran! Was hat sie sich nur dabei gedacht?

Sie spürt beinahe wieder die Hitze des Sommerabends. Oder ist es das Blut, das ihr bei dieser Erinnerung in die Wangen steigt? Sie schließt die Augen und hört das Lachen und Flüstern ihres Jahrgangs. Hört Damians tröstende Worte. *Versuch es lieber wann anders noch mal, wenn ihr allein seid. Oder schreib ihm ein Briefchen …*

Also hat sie einen zweiten Versuch gewagt. Sie hat sich Tristans Handy geschnappt und ihm ein Sprachmemo aufgenommen. Für später, wenn er unterwegs sein würde, irgendwo in der Weltgeschichte. Zum Nachdenken hätte er da alle Zeit der Welt gehabt.

Alice erinnert sich genau daran, wie ihre Finger gezittert haben, wie sie vom Aufnahmeknopf gerutscht sind und wie sie beinahe mit Tristans Handy erwischt worden wäre, ehe sie es zurück in seine Tasche stecken konnte. Im Bootshaus von Claires Familie war das, während draußen am Lagerfeuer Damian und ein paar andere Betrunkene lauthals »Alice, Alice, who the fuck is Alice« gegrölt haben.

Als die Postkarte mit den Pinguinen ankam, hat Alice geglaubt, Tristan hätte ihre Nachricht entdeckt. Zwei kuschelnde Pinguine – die schickt man doch nicht jedem!

Aber Tristan hat ihr Memo vermutlich nie zu hören bekommen. Und auch keine Pinguin-Postkarte für Alice ausgesucht.

Nein, das war Bene. Ob absichtlich oder völlig gedankenlos … Welche Rolle spielt das jetzt schon noch?

Bene / Dienstag, 08.03., 16:30 Uhr

Bene sitzt vor seinem Computer und bemüht sich halbherzig, ein paar Doom-Dämonen mit seinem Flammenwerfer abzufackeln. Es sieht nicht gut für ihn aus. Die Biester haben offenbar wenig Lust, von ihm gegrillt zu werden, und außerdem lässt seine Konzentration zu wünschen übrig.

Jetzt ist er tot. Kein Wunder, bei der schwachen Performance. Besser, er lässt es für heute bleiben, bevor er seine Statistik komplett zugrunde richtet. Bene seufzt und fährt den Computer herunter. Seine Hände sind noch immer etwas zittrig, das hält an, obwohl es nun schon einige Stunden her ist, dass er Frau Menkewöll in ihrem Büro auf der Polizeiwache gegenübersaß und gebeichtet hat. Er hat ihr alles erzählt, was passiert ist, hat von Tristans Plan gesprochen, unterzutauchen, und von seiner Affäre mit einer verheirateten Frau. Und er hat berichtet, dass Tristan Bene gebeten hat, ihn zu decken, indem er in seinem Namen Postkarten verschickt. Die Kommissarin hat sich genau erklären lassen, wie er es geschafft hat, Tristans Schrift nachzuahmen, und ihn darum gebeten, vor ihren Augen einen Postkartentext zu entwerfen. Das hat Bene getan, und sie hat das Schriftstück zum Vergleich einbehalten.

Dann wollte sie noch wissen, wer Tristans Geliebte sein könnte, ob er eine Vermutung habe. Wieder und wieder hat sie danach gefragt. Dabei hat sich ein schriller Ton in ihre Stimme eingeschlichen, anscheinend misst sie dem große Bedeutung bei. Aber da Bene seit Wochen und Monaten darüber nachdenkt und auf keine plausible Erklärung gekommen ist, hat sie ihn bald gehen lassen. Sie hat allerdings hinzugefügt, dass er die Stadt nicht verlassen dürfe und darauf achten solle, telefonisch erreichbar zu bleiben.

Jetzt steht er also tatsächlich unter Mordverdacht. Falls es Mord war, was der Zeitungsartikel von gestern zumindest nahelegt. Schwere Verletzungen sind darin beschrieben. Immer wenn Benes Gedanken an dieser Stelle ankommen, sucht er hastig nach Ablenkung. Er hält es nur schwer aus, darüber nachzudenken, hat das Gefühl, kaum Luft zu bekommen. Schnell öffnet er das Fenster neben dem Schreibtisch und lässt die kalte Luft ins Zimmer strömen. Was ist Tristan nur zugestoßen? Was hat er gemacht, ganz allein da draußen im Moor? Wobei, allein kann er ja nicht gewesen sein. Irgendjemand war bei ihm.

Bene starrt auf den dunklen Bildschirm und sieht sein Spiegelbild darin, das ziemlich unglücklich dreinschaut. Was kann er jetzt tun? Seine Mutter hat sich noch mal hingelegt, mit zunehmendem Alter steckt sie die Nachtschichten immer schlechter weg. Sein Vater ist mit dem Auto bei der Reparatur. Eingekauft hat Bene gestern erst, zu putzen gibt es auch nichts, und die Wäsche hat er heute Morgen schon erledigt.

Da fällt ihm wieder ein, was Claire gestern über Eske erzählt hat. Schon ist er am Handy und öffnet seinen Instagram-Account. Suchen muss er gar nicht. Gleich das erste Foto, das ihm angezeigt wird, wurde von Eske gepostet. Verblüfft erkennt Bene sein eigenes Gesicht. Arm in Arm mit Tristan lächelt er in die Kamera, beide halten sie ihr Abizeugnis hoch, Benes hochgereckter Daumen zeigt, was er damals dachte: Wir haben es geschafft, Schule ist vorbei, let's get the party started!

Darunter steht:

Mittlerweile hat die Polizei bekannt gegeben, dass Tristans
Körper schwere Verletzungen aufweist. Aber wer hat ihn
ermordet? Es fällt auf, dass ausgerechnet Tristans beste
Freunde sich in Schweigen hüllen. Hat einer von ihnen Tristan
ermordet? Ich stelle sie euch vor, damit ihr euch selbst ein Bild
machen könnt:
Verdächtiger Nummer eins: Bene Mahleke, Tristans
angeblicher bester Freund. Seltsam, dass er nie bemerkt hat,
dass sein Kumpel seit acht Monaten tot ist, oder?

Bene verzieht das Gesicht. Schlimm genug, dass die Polizei ihn
nun verdächtigt. Auf eine öffentliche Diffamierung könnte er
wirklich verzichten. Er sollte Eske anrufen. Ob sie noch zu Hause
wohnt? Vielleicht kann er ihr klarmachen, wie viel Schaden sie
mit ihrer unprofessionellen Berichterstattung anrichten kann.
Erst mal nimmt er ihre Beiträge genauer unter die Lupe.

Als Nächstes folgt ein kurzes Reel.

Verdächtige Nummer zwei: Alice Brinkmann, Tristans
hingebungsvolle Schauspielpartnerin. Hat sie die
Bühnenumarmungen womöglich mehr genossen, als sie
sollte?

Man sieht Tristan und Isolde auf der Bühne, das Bild ist etwas
verwackelt, doch sie gehen Hand in Hand nach vorne, um sich
den Abschlussapplaus abzuholen. Sie verbeugen sich strahlend,
und Tristan deutet einen Handkuss bei Isolde an.

Bene ballt die Fäuste. Eske, dieses ehrlose Miststück. Er muss
irgendwie verhindern, dass Alice diesen Schmutz zu sehen bekommt!

Verdächtiger Nummer drei: Damian Förster, Tristans musikbegeisterter Kumpel. Rockstars schlagen gern mal über die Stränge. Hat er an dem Abend zu viel getrunken und ist gewalttätig geworden?

Bene zieht die Augenbrauen hoch. So ein Quatsch, was Glaubwürdigeres ist ihr wohl nicht eingefallen! Ausgerechnet Damian will sie ans Messer liefern. Dabei fand sie ihn früher doch immer ganz toll. Lief nicht sogar am Abend der Party was zwischen den beiden? Umso übler, dass sie ihn jetzt als Verdächtigen präsentiert.

Fehlt nur noch … Ja, der neueste Post ist Claire gewidmet.

Es ist ein Boomerang-Video, das mit einem kurzen Text unterschrieben ist.

Verdächtige Nummer vier: Claire Hagenbrock, Vorzeigeschülerin und zukünftige Star-Juristin. Hier seht ihr sie am Partyabend, kurz vor Tristans Tod. Stille Wasser sind offenbar ganz besonders tief.

Dann setzt die Musik ein. Bene erkennt Sidos Stimme, bevor der Text zu ihm durchdringt:

Komm, Baby, strip für mich, zieh dich aus, strip für mich,
Ich hab auch ganz bestimmt genügend Scheine mit für dich.
Komm her, ich strip für dich, guck hin, ich strip für dich,
Wenn ich auf dir wipp, steck die Scheine in den Slip für mich.

Das Video in Slow Motion zeigt eine Frau mit langen hellblonden Haaren. Sie steht in Unterwäsche auf einem hölzernen Steg, wirft das Haar nach hinten – nun sieht man ihr Gesicht – und streift lasziv ein schwarzes Strumpfband von ihrem Oberschenkel ab. Im Hintergrund ist das dunkelgrün gestrichene

Holz des Bootshauses zu erkennen. Vor dem Dunkel der Hütte und des dämmrigen Himmels leuchtet ihr Körper umso weißer. Ihre Brüste sehen über der schmalen Taille sehr groß aus, quellen förmlich aus dem violetten BH. Zu ihren Füßen bauscht sich ihr Theater-Kleid. Der Boomerang-Effekt ist so eingesetzt, dass sie mit den Fingern immer und immer wieder die schwarze Spitze des Strumpfbands ein Stück weiter hinunterschiebt, dann das Ganze rückwärts – sie rollt das Strumpfband wieder hoch und lässt die Haare vors Gesicht fallen – und dann dasselbe noch mal vorwärts. Und noch mal. Und noch mal. Bene kann einfach nicht glauben, was er da sieht. Das Video muss vom Wasser aus gemacht worden sein. Einer ihrer Mitschüler – oder eine Mitschülerin – hat während des Nacktbadens gefilmt und das Video Eske zugespielt. Aber natürlich sieht man nicht die anderen angetrunkenen Gestalten, die im Wasser toben und johlen. Man sieht nur Claire.

Komm, Baby, strip für mich, strip für mich, strip für mich.
Wenn ich auf dir wipp, steck die Scheine in den Slip für mich.

Immer und immer wieder streift Claire das Strumpfband ab, dazu Sidos geistloser Refrain, bis Bene es nicht mehr erträgt. Geschockt sucht er nach dem richtigen Button, um den Inhalt zu melden. Hoffentlich reagiert Instagram schnell und sperrt das Boomerang-Video. Aber wer weiß, wie viele Tausend Male es bereits ausgespielt wurde. Bene schüttelt hilflos den Kopf. Er muss Claire anrufen, sofort!

Claire / Dienstag, 08.03., 16:40 Uhr

Irgendwo in der Villa klingelt ein Telefon. Claire beachtet es nicht. Mit ruhiger Hand legt sie ihre Blusen weiter zusammen und verstaut sie vorsichtig im Koffer. Sie wird heute Abend den Zug zurück nach Göttingen nehmen und Mara überraschen. Dann kann sie auch die unzähligen Fragen beantworten, die Mara ihr während der letzten Tage gestellt hat. Hoffentlich ist sie nicht mehr sauer über Claires überstürzte Abreise und ihre wortkarge Kommunikation, die sie trotz schlechten Gewissens auf das Nötigste beschränkt hat:

Bin gut angekommen. Liebe dich. Und: *Passt so weit.*

Damit ist jetzt Schluss. Seit Claire weiß, dass Bene die Karten geschrieben hat, fühlt sie sich so viel freier, so viel zuversichtlicher. Sie wurden nicht von einem Mörder versendet, der ein perfides Spiel mit ihr spielt, zumindest das konnte sie klären. Bliebe sie länger, würde sie womöglich nur neugierige Fragen auf sich ziehen. Jetzt hält sie nichts mehr hier außer den anderen, die aber früher oder später auch alle ihr Alltagsleben wieder aufnehmen werden. Und Vroni wird sie vermissen, die auf Claires Bettdecke liegt und mit traurigen Augen jede ihrer Bewegungen verfolgt.

Das Telefon schrillt noch immer durchs Haus. Bestimmt ist es der Pfarrer oder die Bürgermeisterin oder eine von Mutters Freundinnen. Claire kann das egal sein. Sie wird heute mit Mara zur Feier ihrer Rückkehr einen Wein aufmachen und dann vielleicht in der Küche tanzen, bis sie im Bett landen.

Plötzlich herrscht Stille. Na also. Claire faltet ihre Socken zusammen und schiebt sie in die Lücken zwischen den Hosen und der Unterwäsche. Jetzt noch der Praktikumsbrief, den wird sie vorsichtig transportieren, damit er nicht knittert und auch in Göttingen wieder den Ehrenplatz in ihrem Zimmer einnehmen kann. Was freut sie sich auf diese Wochen in Frankfurt! Sie wird so unfassbar viel lernen, echten Anwältinnen über die Schulter schauen und vielleicht sogar einer zuarbeiten dürfen. Claire nimmt sich fest vor, im Sommer alles dafür zu tun, dass sie die beste Praktikantin des Jahres sein wird! Ach was, aller Zeiten!

Eine erneute Klingelattacke reißt sie aus ihren Zukunftsträumen. Das gibt's doch nicht. Wer ist da bloß so hartnäckig? Langsam geht Claire auf die Treppe zu, lauscht. Es klingelt und klingelt. Ah, bestimmt ist es Christoph Meyer. Vielleicht kann er sie doch nicht zum Bahnhof mitnehmen und will ihr absagen. Wenn's läuft, dann läuft's. Nun springt Claire die Treppen regelrecht hinunter.

»Claire Hagenbrock, ja bitte?«, meldet sie sich.

»Claire! Gott sei Dank, dass ich dich erreiche! Du bist nicht ans Handy gegangen.« Das kann nur Bene sein. Wenn er aufgeregt ist, redet er immer so schnell. »Hast du heute Nachmittag schon auf Instagram geschaut? Auf Eskes Profil?«

»Nein, ich packe gerade. Wieso?«

Bene zögert einen Moment, dann sprudeln Worte aus ihm heraus, dringen durch den Telefonlautsprecher in Claires Kopf. Worte, die sich zu Sätzen verbinden, und doch nicht wirklich bei ihr ankommen.

Langsam nimmt sie das Telefon herunter, drückt die rote Taste. Sie wankt in ihr Zimmer, mit jedem Schritt steigt die Angst davor, was sie erwartet. Wo ist ihr verdammtes Handy? Hektisch wirft Claire die Kleidungsstücke, die sie gerade eben noch so sorgfältig gepackt hat, wieder aus dem Koffer. Da ist es, unter ihrem Schal auf dem Fußboden. Die nächsten Sekunden durchlebt sie wie in Zeitlupe. Sie wischt die sieben verpassten Anrufe von Bene weg. Dann öffnet sie die App, und mehr muss sie gar nicht tun, denn das Boomerang wird ihr gleich an erster Stelle angezeigt. Stumm starrt sie auf die Video-Claire, folgt ihren Bewegungen, blickt auf das Strumpfband, das seit diesem Abend verschollen ist, und hört diese furchtbare Musik, die alles noch viel, viel schlimmer macht.

Ihr Name wird erwähnt. Ihr Gesicht ist zu sehen – die Panik flutet durch ihren Magen und schickt Wellen der Übelkeit durch ihren Körper, bis Claire der kalte Schweiß ausbricht. Was kann sie bloß tun? Bene hat gesagt, dass er es gemeldet hat. Vielleicht verschwindet es gleich, vielleicht, wenn sie die Seite neu lädt …

Was sie dann tut, geschieht mehr aus Gewohnheit, weil sie es so viele Male getan hat. Sie öffnet den Browser und tippt *Claire Hagenbrock* in das Suchfenster. Rasend schnell bauen sich Seiten auf, Verlinkungen, die sie noch nie gesehen hat. Onlineportale unterschiedlichster Zeitungen. Claire braucht nur die Schlagzeilen zu überfliegen, um zu wissen, dass sie ruiniert ist.

Das Heißeste, das Nordenham zu bieten hat
Unter Mordverdacht: von wegen kühle Blonde
Möchten Sie nicht auch von dieser Juristin Beistand erhalten?
Das Model und der Moormord
Sexy Verdächtige im Mordfall Tristan
Alkohol, Bootshausparty und ein Striptease – was geschah in der Nacht, in der ein Nordenhamer Abiturient zu Tode kam?
Der Knabe im Moor – hat SIE ihn auf dem Gewissen?

Auf gut Glück öffnet Claire den letzten Link. Das Onlinemagazin hat einen Screenshot aus Eskes Video veröffentlicht. Darunter sind nur ihre Initialen angegeben, doch im Fließtext werden sie alle aus dem Theater-Squad mit vollem Namen genannt, und natürlich kann jeder die Verbindung ziehen.

Die Übelkeit steigt erneut in ihrer Speiseröhre empor. Claire hustet und merkt dabei, wie hektisch ihre Atmung geht. Sie darf jetzt keine Panikattacke bekommen. Sie muss überlegen, was sie tun kann, irgendwas! Da beginnt das Handy in ihrer Hand zu vibrieren. Ein eingehender Anruf von einer unbekannten Nummer. Moment, die Vorwahl kennt sie, das ist aus … Claire meldet sich diesmal nicht mit ihrem Namen. Sie flüstert nur. »Ja?«

»Claire Hagenbrock?« Eine weibliche Stimme. Sehr geschäftsmäßig klingt sie.

Claire räuspert sich. »Ja.«

»Leider muss ich Ihnen mitteilen, dass Leukert & Miller ihr Angebot, Sie im Sommer als Praktikantin zu beschäftigen, zurückzieht.«

Claire bringt keinen Ton heraus.

»Haben Sie das verstanden?« Die Stimme klingt ungeduldig.

Claire nickt, obwohl die Frau das nicht sehen kann. »Warum?«, fragt sie dann, während sie bereits weiß, dass sie die Antwort kennt.

Ein kurzes, schnelles Auflachen. »Niemand will in einem Fall, bei dem es um Millionen geht, mit der heißesten Jura-Studentin Nordenhams zusammenarbeiten. Und bei uns geht es immer um Millionen.«

»Ich verstehe.« Mehr bringt Claire nicht heraus, während all ihre Hoffnungen, all ihre Träume wie ein Kartenhaus um sie herum zusammenstürzen.

»Hören Sie zu: Es tut mir leid, in was für eine Sache Sie da reingeraten sind. Ihr Nachname ist wegen Ihrer Familie bekannt in der Branche, was an sich hilfreich für Ihre Karriere wäre. Aber ein handfester Skandal ist da besonders fatal, weil er viel besser im Gedächtnis bleibt. Dass die *Hagenbrock-Tochter* was angestellt hat, habe ich direkt von allen Seiten gehört, als die ersten Meldungen online gingen.« Die Frau klingt nun etwas weniger forsch, ihre Stimme nimmt einen menschlicheren Klang an. »Ihre Referenzen waren großartig, Ihr Auftreten beim Vorstellungsgespräch stilvoll, und wir waren alle sicher, dass Sie das Zeug dazu haben, richtig gut zu werden. Aber solche Schlagzeilen würden selbst einen Starjuristen ins Wanken bringen. Und davon sind Sie ja noch weit entfernt. Ich würde Ihnen den Tipp geben, Ihren Namen zu ändern. Vielleicht die Haare färben. Und dann zu hoffen, dass Sie in den Jahren, bis Sie das zweite Staatsexamen in der Tasche haben und sich bewerben, niemand mehr erkennt.«

Claire will gerade eine Frage formulieren, da wird die Stimme wieder merklich kühler: »Aber bei uns brauchen Sie es nicht mehr zu versuchen. Guten Abend.«

Damian / Dienstag, 08.03., 18:50 Uhr

»Und das soll schmecken?« Romy dreht die Likörflasche in den Händen. Berentzen mit Mango-Vanille-Geschmack. »Gib's zu, als du den probiert hast, hattest du vorher eine Flasche Wodka und deine Geschmacksnerven waren schon hinüber.«

Damian nimmt ihr die Flasche ab. »Nein, Vanille ist nice, ehrlich. Aber wir können ja zur Sicherheit noch einen Klassiker nehmen.« Er greift nach der Sorte Wildkirsche. »Jetzt noch Schokolade?«

»Berentzen Schoko?« Romy zieht beide Augenbrauen und einen Mundwinkel hoch, und Damian muss grinsen. »Nein, Schokolade als Tafel, nicht als Likör. Aber wir können auch Mon Chéri nehmen, wenn wir uns so richtig die Kante geben wollen.«

Romy geht nicht auf seinen Witz ein. »Vergiss die Sachen für deine Oma nicht.«

»Würde ich niemals wagen.« Damian lotst Romy durch den kleinen Supermarkt, in dem sich nicht viel verändert hat, seit er zum letzten Mal vor seinem Auszug den Wocheneinkauf für seine Großeltern erledigt hat. Er findet das Regal mit den Konserven sofort und sucht die gewünschten Gläser und Dosen zusammen.

»Du, Damian?«

»Mhm?« Er schiebt eine falsch einsortierte Dose zur Seite, auf der Suche nach weißen Bohnen. Die vollgestopften Metallregale und die schmalen Gassen dazwischen lassen den Laden irgendwie ramschig wirken. Wenn man auf der einen Regalseite gegen die Waren drückt, fällt mit etwas Pech im Flur nebenan etwas hinunter.

»Hast du eigentlich vor, noch länger zu bleiben?«, fragt Romy zögerlich, während sie drei Gläser Champignons in den Einkaufswagen stellt. »Nicht, dass es mir nicht gefallen würde, endlich deine Familie kennenzulernen!«, fügt sie schnell hinzu. »Ich hab nur das Gefühl … Na ja, vielleicht würde dir ein bisschen Abstand von allem guttun und …« Sie beendet den Satz nicht, sondern greift betont konzentriert nach dem letzten Glas Silberzwiebeln.

Durch die entstandene Lücke im Regal kann Damian zusehen, wie ein Mann in der Nebenreihe seinen Einkaufskorb abstellt und sich zu einem der unteren Regalböden bückt. Suppennudeln und Lasagneplatten, wenn sich auch dort nichts geändert hat. Aber Damian kann seine These nicht überprüfen – dazu ist die Lücke im Regal dann doch zu klein.

»Und?«, fragt er verspätet, als Romy keine Anstalten macht, weiterzusprechen.

»Und ich dachte eben, ein bisschen Alltag würde dir guttun. Ein paar Bandproben, mal wieder feiern gehen. Statt dich in deinem alten Kinderzimmer zu betrinken.« Sie nickt in Richtung der beiden Berentzenflaschen. »Das sieht dir gar nicht ähnlich, und ich hab einfach das Gefühl, hier zu sein, zieht dich runter und –«

»Dass Tristan tot ist, zieht mich runter.« Damian merkt selbst, dass seine Stimme hart klingt. Er sieht Romy nicht an, sondern gibt vor, das Kleingedruckte auf zwei unterschiedlichen Gurkengläsern zu vergleichen. Dabei weiß er genau, welche Sorte seine Oma haben will. Die mit den Paprikastückchen.

Romy schweigt eine Weile. Der Typ in der Nebenreihe raschelt mit einer Nudelpackung herum. Was macht er denn da? Abtasten, ob auch alle intakt sind?

»Wie … Wie nahe standest du ihm eigentlich? Tristan? War er so was wie dein bester Freund?«, fragt Romy schließlich sehr leise.

Das hier ist der falsche Ort, um über Tristan zu sprechen. Und der falsche Zustand. Damian würde am liebsten eine der Likörflaschen öffnen und einen großen Schluck daraus nehmen.

Stattdessen zuckt er mit den Schultern, ohne sich dabei vom Konservenregal abzuwenden. »Nein. Sein bester Freund war immer Bene.«

Sie haben keinen Grund, noch länger in diesem Supermarktgang zu stehen, aber Damian studiert weiterhin konzentriert die Etiketten der Essiggurken. Nebenan scheint der Fremde das Gleiche bei den Nudeln zu machen, denn er verharrt immer noch unverändert hinter der Silberzwiebellücke.

»Bene?« Romy runzelt die Stirn und versucht vermutlich, sich das Foto ins Gedächtnis zu rufen, das in Damians Zimmer bei seinen Großeltern am Schrank klebt. Das Foto, das Frau Lehmann an jenem schicksalshaften Abend von ihnen fünf in ihren Kostümen geknipst hat. Romy ist seinen alten Freundinnen und Freunden bisher ja nie begegnet.

»Der Große mit der protzigen Krone. Dunkles Shirt. Niceguy-Lächeln.«

»Der die Postkarten geschrieben hat?«

Innerlich zuckt Damian zusammen. »Hmm, ja, genau der. Bescheuerte Idee von Tristan. Bene steckt ganz schön in der Scheiße. Die Polizei hat sein Handy durchgecheckt, und er darf die Stadt erst mal nicht verlassen.«

»Aber du glaubst nicht, dass er … Na ja, dass er Tristan …«
Romy lässt den Satz unvollendet. Sie nestelt an ihrem Tunnel-
ohrring herum und starrt an Damian vorbei zur leeren Stelle im
Regal.

»Schwachsinn, nein. Bene ist einer von den Guten. Richtig gut.
Ekelhaft gut. Der Typ ist so anständig – wenn du ihn kennen
würdest, müsstest du über deine eigene Frage lachen.« Ein häss-
liches Gefühl flutet Damians Brust. Als nähme es ihm die Luft
zum Atmen. »Er hat Tristan an dem Abend damals sogar noch
einen Vortrag gehalten, weil der zugegeben hat, dass er was mit
einer verheirateten Frau hat. So einer ist Bene. Einer mit Werten
und so.«

»Okay. Ich … Ich wollte auch nicht …«

»Schon okay.« Damian hört nur noch mit halbem Ohr zu.
Selbst die Enge in seiner Brust rückt in den Hintergrund. Was
macht der Kerl hinter dem Regal, bitte? Er hat sich seit Minuten
nicht mehr bewegt, steht einfach nur da und …

Damian greift nach Romys Arm und nickt in Richtung Lücke.
»Der Typ hört uns zu«, flüstert er nahezu lautlos. *Zu* lautlos offenbar, denn Romy sieht ihn irritiert an und fragt viel zu laut: »Was?«

Ein kurzer Blick zum Regal – weiterhin keine Regung. Damian
sieht immer noch das gleiche Stückchen dunkelblaue Regenjacke
samt weißem Reißverschluss. Bei dem Anblick fühlt er Unbehagen in sich aufsteigen. Er lässt Romy los, greift nach dem Einkaufswagen und manövriert ihn aus dem Gang heraus. Wenn
er jetzt geschickt abbiegt, kann er vielleicht einen Blick auf den
heimlichen Lauscher erhaschen.

Doch an der Stirnseite kommt ihm eine ältere Frau mit Rol-
lator entgegen, und Damian muss wohl oder übel ausweichen.

»Was ist los, Damian?« Romy beeilt sich, ihm zu folgen.

Er antwortet nicht, sondern biegt scharf um die nächste Ecke, um einen Blick in den Nebengang zu werfen. Doch der ist leer. Verdammt.

»Was war das denn?« Romys Stimme ist ein wenig höher gerutscht. Aber sie sieht sich nicht nach dem fremden Typen um, sondern starrt ihn, Damian, an. Er hat ihr Angst gemacht mit seinem Verhalten, dämmert es Damian.

»Schon okay.« Er stößt die Luft aus, blickt noch einmal über die Schulter, legt dann aber einen Arm um Romy und bugsiert sie und den Einkaufswagen in Richtung Kassen. »Machen wir, dass wir nach Hause kommen.«

»Und die Schokolade?«

»Mir reicht der Likör«, versichert Damian hastig. Er will schnell nach draußen, vielleicht sieht er dann, wie der Typ mit dem weißen Reißverschluss den Markt verlässt. Er will sein Gesicht sehen, wissen, wer sie eben belauscht hat. Wer ist so interessiert an Bene und Tristan?

Unter Hochdruck räumt Damian alle Artikel auf das Band und bezahlt, während Romy die Einkäufe in zwei mitgebrachte Stofftaschen räumt. Dabei sieht er sich immer wieder nach den anderen Kunden um, aber eine blaue Jacke mit weißem Reißverschluss sieht er nirgends.

Draußen hält der ungemütliche Nieselregen an. Romy schlägt ihre Kapuze hoch und hastet zum Bandbus, damit sie ins Trockene kommen. Die Einkäufe sind viel zu schnell verstaut, also nimmt Damian den leeren Einkaufswagen an sich, um ihn in aller Ruhe zurückzubringen, während Romy schon einsteigt.

Der feine Regen durchnässt sein Haar, dagegen hilft auch sein Hut nur bedingt. Viel langsamer kann er beim besten Willen nicht mehr gehen. Er stellt den Wagen ab, friemelt umständlich am Schlitz für den Chip herum, macht sich schließlich auf den Weg zurück zum Bandbus.

Die Schiebetüren zum warm beleuchteten Vorraum des Supermarkts öffnen sich genau in dem Moment, als Damian die Fahrbahn überquert. Er bleibt einfach stehen und starrt den Mann an, der heraustritt. Weiße Turnschuhe, blaue Regenjacke mit weißem Reißverschluss. Sein Gesicht kann er nicht sehen, nur sein Profil, weil auch er jetzt in Richtung des Wagenhäuschens geht.

Wie festgewachsen steht Damian mitten auf der Straße, bis der Typ endlich seinen Einkaufswagen abgestellt und den Chip entnommen hat. Er hebt die Tüte mit seinen Einkäufen hoch und dreht sich um.

Auf die Entfernung ist es schwer zu sagen, aber Damian ist sich beinahe sicher, dass er den Mann schon einmal gesehen hat. Mehr von ihm als das Stückchen Jacke durch die Lücke im Regal. Die Frage ist nur: Wo?

Damian rührt sich nicht. Er schaut dem Kerl zu, wie er in einen schwarzen BMW steigt und den Motor startet. Ein Scheinwerferpaar leuchtet auf, erfasst das Stückchen regennassen Asphalt vor dem Wagen. Langsam macht Damian einen Schritt rückwärts, dann noch mal zwei, bis er am Heck des Bandbusses steht und nicht mehr mitten auf der Fahrbahn. Aber er macht keine Anstalten, einzusteigen. Er starrt den schwarzen BMW an und wartet, bis er an ihm vorbeifährt. Doch die blendende Helle der Xenon-Scheinwerfer lässt keinen weiteren Blick auf den Fahrer zu.

»Spinnst du?« Romy reißt die Autotür auf. »Das Auto hätte dich gerade fast überrollt! Und ganz nass bist du auch schon!«

Benommen umrundet Damian den Bus und setzt sich auf den Beifahrersitz. Romy hat recht. Obwohl es nur nieselt, rinnen mittlerweile kleine Bäche von seiner gelben Regenjacke, und sein Hut ist ein durchweichtes Stück Stoff auf seinem Kopf.

»Musste nur was überprüfen«, nuschelt er und steigt endlich in die zum Bandbus umfunktionierte Familienkutsche. Romy lehnt sich zu ihm rüber und schaltet die Sitzheizung an. Damian würde ihre Fürsorge süß finden, wenn er nicht immer noch so beschäftigt damit wäre, sich das Hirn zu zermartern, woher er den blaujackigen Lauscher kennt.

Sie schweigen während der gesamten Fahrt. Vor dem Haus treffen sie schließlich Damians Opa an, der im knallgelben Friesennerz und mit Gummistiefeln dabei ist, das Vogelhaus im Vorgarten mit Körnern zu befüllen.

»Dunnerlüchting, ihr seid ja ganz durchweicht! Seht zu, dass ihr ins Trockene kommt!«

Romy lacht. Die Anspannung der Fahrt scheint von ihr abzufallen. »Sollen wir Ihnen nicht lieber helfen? Sie werden ja auch ganz nass!«

»Das bisschen Regen«, wehrt er ab. »Ich bin ja nicht aus Zucker.« Er wirft Damian einen bedeutungsvollen Blick zu. »Dein Mädchen aber vielleicht schon. Also, sei ein Gentleman und bring ihr ein Handtuch und einen heißen Tee, wenn ihr drinnen seid.«

»Wird gemacht, Opa«, verspricht Damian. »Ein wärmendes Getränk für die Dame ist kein Problem.«

Romy rollt die Augen, und Damians Opa zwinkert ihr zu. Die beiden verstehen sich prächtig. Nicht nur die beiden, um genau zu sein. Auch seine Oma ist schockverliebt in Romy. Das war Damian schon klar, als er gestern Abend zurückkam und Romy vertieft in eine Runde Halma mit seinen Großeltern vorgefunden hat, statt versteckt in seinem Zimmer. Er hätte wissen müssen, dass sein Opa trotz seines fortgeschrittenen Alters Ohren wie ein Luchs hat und dass es absolut unmöglich ist, sich unbemerkt in sein Haus zu schleichen. Die Erfahrung hat Damian schon in der Schulzeit oft genug gemacht, wenn er bei seinen Großeltern übernachtet hat und es mal wieder später als vereinbart geworden ist.

Damian holt Romy wie versprochen ein Handtuch und trock-net auch seine eigenen Haare notdürftig ab. Den Hut legt er auf die Heizung, auch wenn er sich ohne immer ein bisschen nackt fühlt. Dabei kennt Romy sein kleines Haarproblem natürlich längst, hat aber noch nie ein Wort darüber verloren.

Einen Tee macht er selbstverständlich nicht – zum Aufwär-men haben sie immerhin etwas viel Besseres. Sie öffnen beide Sorten, damit Romy vergleichen kann, und natürlich findet auch sie Mango-Vanille besser. Keine Überraschung.

Mit der Kirschlikörflasche in der Hand lehnt Damian sich an das Bettgestell hinter sich. Romy sitzt dicht neben ihm auf der Luftmatratze auf dem Boden, die seine Oma ihnen gebracht hat, weil das Gästezimmer – das schon immer mehr Damians Reich gewesen ist – ja nur ein einziges Bett von gerade mal neunzig Zentimetern hat. Sie haben sie in dem Glauben gelassen, in ge-trennten Betten zu schlafen.

»Funktioniert die noch?«, fragt Romy irgendwann mit einem Nicken in Richtung der Akustikgitarre, die neben dem Kleider-schrank an der Wand lehnt.

»Logo.« Damian hievt sich auf alle viere und greift nach der Gitarre. Sie ist ziemlich verstimmt, aber das bekommt er schnell hin. Dann beginnt er einfach zu spielen, ein Lied nach dem an-deren, und dazu zu singen, obwohl seine Zunge sich zunehmend schwerer anfühlt. Er hat aber auch schon einiges getrunken – stimmlich merkt er das sofort, weshalb vor den Auftritten von Area 52 auch Abstinenz angesagt ist.

»Schön.« Romy lehnt den Kopf an seine Schulter. Sie verträgt weniger als er und dreht unter Alkoholeinfluss entweder auf oder wird unglaublich müde. Heute scheint Letzteres der Fall zu sein. »Ich fühl das so, wenn du singst«, murmelt sie. »Alles. Das Lied gerade war so traurig.« Sie wischt sich über die Augen.

Damian erwidert nichts. Er legt die Gitarre auf den Fußboden und schlingt einen Arm um Romy. Ihr warmer Körper neben seinem fühlt sich gut an. Vertraut. Aber gegen die Traurigkeit, die sich in ihm selbst breitgemacht hat, kommt nicht einmal sie an. Natürlich hat Romy es gefühlt – weil es echt war, weil er die Worte selbst so empfunden hat.

He walks on, doesn't look back
He pretends he can't hear her
Starts to whistle as he crosses the street
Seems embarrassed to be there

Der Songtext geht ihm nicht aus dem Kopf. So ein uraltes Lied, in dem es um etwas ganz anderes als seine momentane Situation geht. Um Armut, Obdachlosigkeit. Um das Nicht-helfen-Wollen. Und um das Wegschauen. Und zumindest das kennt Damian nur zu gut.

»Was, wenn es meine Schuld war?« Die Worte fallen irgendwie aus seinem Mund, obwohl seine Zunge so schwer und träge ist. Er kann keines davon mehr einfangen. Angespannt wartet er auf Romys Reaktion.

»Was … Was meinst du? Was soll deine Schuld gewesen sein?«

»Tristan«, presst Damian zwischen den Zähnen hervor. Er starrt den Hals der Gitarre an, die Saiten verschwimmen vor seinen Augen.

»Damian?« Romy richtet sich auf, sieht ihn an, aber er kann ihren Blick nicht erwidern. Die Gitarre. Konzentriere dich auf die Gitarre, verdammt. Trotzdem tropft eine Träne über sein Gesicht. Dann noch eine. Es ist wie mit den Worten: Er kann sie nicht zurücknehmen.

»Dein Freund wurde aller Wahrscheinlichkeit nach ermordet. Wie kann das deine Schuld sein?«

Ihre Stimme klingt weich. Er will ihr glauben, so gerne.

177

»Was, wenn doch? Wenn ich …« Er ringt nach Luft und Worten gleichermaßen. »… wenn ich etwas übersehen habe? Etwas hätte tun können? Ich … Ich hab ihm nicht geholfen, Romy. Vielleicht hätte ich es aber gekonnt!« Nun flattert sein Blick doch zu ihr. Sie starrt ihn an, Sorge im Gesicht.

»Hast du etwas gesehen? In der Nacht damals?«

Damian presst die Lippen aufeinander. Die Worte müssen drinnen bleiben, sie dürfen nicht raus.

»Damian! Wenn du … Das musst du der Polizei melden! Wenn du etwas … oder jemanden gesehen hast. Vielleicht hilft es ihnen, herauszufinden –«

»Nein.« Mit seinem Schweigen ist es nicht weit her. Es muss der Alkohol sein, der ihm jede Selbstbeherrschung raubt. »Das ändert auch nichts mehr. Tristan ist tot.« Noch mehr Worte und noch mehr Tränen. Er spürt Romys Arme um seinen Hals, ihr Haar unter seinem Kinn. Wie sie sich an ihn schmiegt. Ohne nachzudenken, drückt er sie an sich, hält sie fest und vergräbt das Gesicht in den dunklen Strähnen, die schon bald nass von seinen Tränen sind.

Irgendwann löst Romy sich von ihm und sieht ihn an. Er erwartet, dass sie ihm erneut sagen wird, dass er zur Polizei gehen muss. Vielleicht wird er es dann tun. Wenn sie ihm keine Wahl lässt, ihm die Entscheidung abnimmt und ihn dazu zwingt, das Richtige zu tun.

Aber Romy öffnet den Mund nicht, um zu sprechen. Sie lehnt sich näher zu ihm und küsst ihn. Damian küsst sie zurück, und noch nie hat ein Kuss sich so gut, so überlebenswichtig angefühlt. Er versinkt darin, krallt die Finger in Romys Haar und zieht sie näher und näher zu sich.

Keine Worte mehr. Keine Tränen. Nur Berührungen, überall auf seinem Körper, und wunderbare Leere in seinem Kopf. Er konzentriert sich nur auf Romy. Sieht nur Romy, spürt nur Romy, schiebt alles andere weit, weit weg.

Erst als sie nebeneinanderliegen und Romy sich an seine Schulter kuschelt, kehren die unerwünschten Gedanken zurück.

»Und wenn es doch meine Schuld war?«, flüstert er.

Doch er bekommt keine Antwort. Romy muss eingeschlafen sein. Wie ein Stein vermutlich, wie er sie unter Einfluss von Alkohol kennt.

Aber Damian fühlt sich nicht müde. Er greift nach seinem Handy, will irgendein stupides Spiel herunterladen und sich damit beschäftigen. Doch da ist eine Nachricht von Bene, frisch eingetroffen.

Ich hole Claire ab, will nicht, dass sie heute allein ist. Kommst du auch?

Als Erklärung folgt ein Link zu einem Blog. Damian hat Mühe, den langen Text zu fokussieren. Weiß auf Schwarz, nicht gerade hilfreich. Aber die Bilder sorgen dafür, dass er sich zusammenreißt. Eines davon zeigt ihn. Eines Bene und eines Alice. Claires ist ein verschwommener Screenshot wie aus einem Video. Und er weiß genau, wann diese Szene aufgenommen wurde.

»Shit«, murmelt er, während er den Text überfliegt und nur die Hälfte davon wahrnimmt. Mordverdacht? Eben noch hat er selbst nach seiner Schuld an all dem gefragt, aber das hier … Das ist …

Übelkeit steigt in seiner Kehle auf, und er muss aufstoßen. Ein scharfer und zugleich süßer Geschmack breitet sich in seinem Mund aus. Nach Schnaps und Vanille. Er muss zu Bene und den Mädels, sehen, wie es ihnen damit geht. Für Claire geht wahrscheinlich gerade die Welt unter. Gut von Bene, sie von zu Hause wegzuholen.

Damian stemmt sich auf die Beine. Romy vergisst er dabei

glatt, ihr Kopf rutscht unsanft von seinem Arm auf die Matratze, aber sie macht nur ein schmatzendes Geräusch und dreht sich zur Seite, um weiterzuschlafen. Umso besser, er will sie eigentlich nicht unangekündigt mit zu Bene bringen.

Stattdessen schreibt er ihr eine Nachricht, ehe er das Haus verlässt und sich auf den Weg macht. Zu Fuß, es sind nur ein paar Minuten, und wenn Damian eines weiß, dann, dass er sich in seinem Zustand nicht mehr hinters Steuer setzen sollte.

Alice / Dienstag, 08.03., 22:15 Uhr

»Sorry, hat ein bisschen gedauert, ich war schon im Schlafanzug!« Alice platzt in Benes Zimmer und bereut ihren übertrieben hektischen Auftritt sofort.

Claire sitzt, an die Wand gelehnt, auf der bunten Tagesdecke von Benes Bett. Eine Sammlung benutzter Taschentücher liegt neben ihr, und sie sieht so gar nicht nach Claire aus. Ihr Haar ist zerzaust, und die Säume ihrer Hose sind schmutzig.

Damian ist ein Spiegelbild ihrer Haltung. Er hockt vor dem Kleiderschrank auf dem Boden, den Hinterkopf an einige der Festivalbändchen gedrückt, die Bene an die Tür geklebt hat. Er hält eine halb leere Berentzenflasche wie ein Baby im Arm, sein Hut fehlt. Und genau wie Claire sieht er aus, als hätte er geheult.

Aber Alice hat keine Zeit, sich über ihn den Kopf zu zerbrechen. Sie sucht Blickkontakt zu Bene, der gerade von der Bettkante aufspringt. Wenigstens er sieht nicht so aus, als hätte er geweint, und Alice fällt unwillkürlich ein Stein vom Herzen.

»Bist du okay?«, fragt sie leise und atemlos.

»Jetzt schon.« Bene hebt einen Mundwinkel. »Du kannst mir beim Babysitten helfen.«

»'s hab ich gehört«, kommt es von Damian, und Bene nickt, als wollte er sagen: »Siehst du?«

Alice entscheidet sich, dass Claire zwar das akutere Problem hat, sie Bene aber besser entlasten kann, wenn sie sich erst mal um Damian kümmert. Der ist nämlich dazu übergegangen, ein paar der Theater- und Konzerttickets vom Schrank zu pulen, die unter den bunten Festivalbändchen kleben.

»Fürs nervöse Pulen ist das Etikett auf der Flasche da, weißt du?« Alice setzt sich im Schneidersitz neben ihn auf den Boden.

»Echt jetzt?« Damian sieht sie an, als hätte sie ihm soeben verkündet, dass es den Osterhasen doch gibt.

»Probier's aus. Bene wird es dir danken, wenn du seine Wall-of-Memories heil lässt.«

Damian widmet sich daraufhin tatsächlich der Berentzenflasche. Alice wirft einen kurzen Blick auf das aktuell noch intakte Etikett: Mango-Vanille, igitt.

»Geht's dir nicht gut?«, fragt Damian und hält in seiner neuen Tätigkeit inne.

»Ähm …« Alice sieht ihn fragend an. Sie ist hier nicht diejenige mit den rot geheulten Augen. Aber das sagt sie natürlich nicht. »Alles okay, danke.«

Damian mustert sie immer noch und lehnt sich dabei gefährlich weit vor, sodass Alice Angst hat, dass er ihr jeden Moment in die Arme fallen wird, samt der offenen Flasche voll pappsüßem Likör. »Du siehst so komisch aus«, beharrt er. »Deine Augen sind so … klein.«

»Könnte daran liegen, dass ich ungeschminkt bin.« Alice rollt die Augen. »Kein Kajal«, spezifiziert sie, als Damian sie weiter betrachtet. »Keine Mascara. Meine Güte, Damian, du hast mich doch vorher schon ohne Make-up gesehen! Jetzt tu nicht so, als wäre mein Anblick so schockierend! Ich starre dich auch nicht an, weil du deinen Hut vergessen hast und ich deine gar nicht mehr so geheimen Geheimratsecken sehen kann.«

Ein leises Lachen von Bene lässt Alices plötzlich aufgeflammten Ärger verfliegen. Damian scheint ziemlich betrunken zu sein – sie sollte ihn einfach reden lassen. »Also … Was ist los bei dir?«, fragt sie ruhiger. »Brauchst du irgendwas, kann ich –«

»Essen«, verkündet Damian. »Der ganze Scheiß macht hungrig.«

»Pizza.« Bene nickt. »Ich bestelle ein paar Pizzen. Wie früher.« Er tauscht einen Blick und ein halbes Lächeln mit Alice. »Kann ich dich kurz mit den beiden allein lassen?«

»Kein Problem«, erwidert Alice schnell und hofft, dass sie damit den Mund nicht zu voll genommen hat. Damian hat bereits wieder von seiner Flasche abgelassen und friemelt jetzt an Alices Armband herum.

»Etikett, Damian«, erinnert sie ihn. »Es ist noch ein Stück dran.« Damit macht sie sich von ihm los und klettert zu Claire auf das Bett, während Bene mit einem entschuldigenden Blick aus dem Zimmer huscht, um die Pizza zu ordern.

»Hey, Süße.« Alice setzt sich neben das Häufchen Elend, das zu Schulzeiten eine ihrer besten Freundinnen war. Claires Gesicht ist fast vollständig hinter einem Vorhang aus hellblondem Haar verborgen. Die grobe dunkle Brille lässt ihre Haut noch blasser als sonst wirken, und sie schaukelt ganz leicht vor und zurück, ohne es vermutlich selbst zu bemerken.

»Eske hat einen kolossalen Knall«, plappert Alice drauflos. »Von wegen Mordverdächtige. Wenn sich hier jemand verdächtig verhält, dann ja wohl sie.«

»Wusstest du, dass es ein Video von mir gibt?«, fragt Claire, ohne sie anzusehen.

Alice schluckt. Claires Stimme klingt heiser. Noch mehr als

sonst. Jeden würde es treffen, wenn so ein Müll im Netz landet, aber Claire … Alice kennt niemanden, der so auf einen makellosen Ruf bedacht ist wie Claire. Wegen ihrer beruflichen Pläne, ihres Ehrgeizes, ihrer Familie. Für sie muss das die Hölle sein.

»Nein«, erwidert Alice mit einiger Verzögerung. »Ich war beim Schwimmen nicht dabei, weißt du noch?«

»Ich war dabei«, wirft Damian ein. »Wilde Aktion.«

»Das ist nicht hilfreich, Damian.« Alice wirft ihm einen bösen Blick zu, doch Damian bemerkt es nicht einmal.

»Aber da hat einer gefilmt«, fährt er unbeirrt fort. »Max. Oder Tobi. Vielleicht war's auch Xander. Eske jedenfalls nich.«

»Ich frag mich, woher sie es dann hat.« Alice stößt die Luft aus. »Überhaupt die ganzen alten Fotos und Videos. In der Schule ist sie jedenfalls nicht mit dem Handy herumgerannt wie auf der Trauerfeier.«

»Die Leute schicken ihr den ganzen Kram«, erwidert Claire, immer noch heiser. »Die finden das super, was sie da macht. Wollen alle ihre fünfzig Cent dazu beitragen und geben ihr immer neues Material. Und Eske ist blöd genug, dass es ihr ganz egal ist, dass das illegal ist.«

»Die hellste Kerze auf'm Kuchen war sie noch nie«, kommt es von Damian.

»War dir egal, als du auf der Abifeier mit ihr in die Kiste gestiegen bist«, faucht Alice und bringt ihn damit zum Schweigen. »Die Frage ist, was unternehmen wir dagegen?«

»Gegen was?« Bene kommt wieder ins Zimmer und wirft sein Smartphone auf ein Regalbrett in seinem Bücherregal. Viel steht nicht darin. Alice erkennt eine Handvoll Lyrikbände und die Theaterskripte aus der Schulzeit. *Tristan und Isolde* natürlich auch. Deutlich mehr Platz nimmt ein selbst gebautes Modell-U-Boot ein.

»Eske«, erklärt Claire nur knapp. »Wir könnten sie anzeigen. Aber was bringt das?«

»Teeren und federn«, schlägt Damian vor.

»Wir könnten auch irgendeinen Dreck über sie ausgraben und im Internet verbreiten«, überlegt Alice laut. »Oder notfalls was erfinden.«

Bene klappt den Mund auf, aber sie weiß schon, was er sagen will.

»Na gut, nichts erfinden, du hast recht. Was machst du da, Damian?«

Damian verrenkt sich umständlich auf dem bunten Teppich, um an sein Smartphone in der hinteren Hosentasche zu kommen, und scheint dann am Entsperren des Displays zu scheitern.

»Blödes Teil«, knurrt er und wischt immer wieder über den Lockscreen. »Gib mir deins, Alice. Ich weiß Dreck über Eske. Ich stell es gleich in den Status. Schade, dass ich kein Foto von ihrem komischen BH dazu hab.«

»Ein Foto von … was?«, fragt Bene alarmiert.

»Ihrem Still-BH.«

»Wie bitte?« Claire streicht ihren Haarvorhang ein paar Millimeter zurück, um Damian anzusehen. »Warum sollte Eske einen Still-BH tragen?«

Damian gibt ein dreckiges Lachen von sich. »Weil der zwei Stofflagen hat und man was dazwischen verstecken kann. Einen Spicker zum Beispiel. So hat sie das Mathe-Abi –«

»Will ich es wissen?«, fragt Claire.

»Wenn nich, solltest du in den nächsten vierundzwanzig Stunden nich in meinen Status schauen.« Er startet noch einen Versuch, sein Handy zu entsperren und wirft es schließlich auf den Teppich neben sich. »Oder in den von Alice. Gib schon her!«

»Nein.« Bene sagt das Wort mit so viel Bestimmtheit, dass sofort alle Augen auf ihm ruhen. »Mann, Damian, das ist so was von ehrlos, das ist dir klar, oder? Du willst dich doch nicht ernsthaft auf dieses Niveau herabbegeben!«

Damian rollt die Augen, so gut er das in seinem Zustand noch hinbekommt. »Du hast echt'n Problem mit deiner Ehre und so«, knurrt er. »Ich hab Romy schon gesagt, als Mordverdächtiger bist du 'ne Niete.«

»Romy?«, fragt Alice, ehe Bene irgendetwas erwidern kann.

Damian schindet Zeit, indem er einen Schluck aus seiner Berentzenflasche nimmt. »Meine Freundin«, erklärt er dann knapp. »Hübsches Mädel«, fügt er nach einer Weile hinzu. »Heiß. Und nett. So wie du, Mann, mit Ehre und so. Sie mag mich trotzdem.«

Alice spürt ihr Herz für einen Moment ganz weich werden. Damian hält sich vielleicht für den großen Rebellen, aber er ist eigentlich ein ziemlicher Schoßhund. Dass er das selbst nicht kapiert, macht es eigentlich nur noch putziger. Nie im Leben traut sie ihm einen Mord zu. Oder Claire. Oder Bene. Dem am allerwenigsten.

Nein, dass Eske es auf sie abgesehen hat, kann doch eigentlich nur bedeuten, dass sie von sich selbst ablenken will. Oder dass sie ein ziemlich armseliges Leben hat und die Langeweile mit wilden Verdächtigungen zu füllen versucht. »Sollen wir einfach mal mit ihr reden?«, schlägt sie vor. »Mit Eske?«

»Reden?« Claire schnaubt. »Und höflich fragen, warum sie so eine Scheiße verbreitet?«

Alice spürt Verzweiflung in sich hochkochen. »Hast du eine bessere Idee?«

»Keine legale«, erwidert Claire.

»Geht nicht, weil Ehre«, mischt Damian sich wieder ein. »Frag Bene.«

»Ach, halt die Klappe.« Bene wirft ein Kissen nach Damian,

der nach wie vor viel zu betrunken ist, um das Geschoss kommen zu sehen. Es klatscht ihm ungebremst ins Gesicht. Die Flasche rutscht ihm aus den Händen und ein scharf-süßer Geruch füllt Benes Zimmer, als der restliche Likör sich über den Teppich ergießt.

Damian flucht, und Bene springt auf, um einen Lappen zu holen. Bis er den größten Schaden behoben und Damian als Ersatz eine Dose Bier angeboten hat, sind auch die Pizzen angekommen, und die Kabbelei von eben ist vergessen. Damian steigt auf Limo um und schaufelt Unmengen von Salamipizza in sich hinein. Alice pult Schinkenscheiben von einem Stück Pizza Hawaii – sie haben sich alle viel zu lange nicht gesehen, und Bene kann nicht ahnen, dass sie mittlerweile Vegetarierin ist. Sogar Claire knabbert an einem Stück Pizza und bekommt wieder ein bisschen Farbe im Gesicht.

»Und was machen wir jetzt in echt?«, nimmt Alice sich irgendwann ein Herz und stellt die Frage, die ihr schon die ganze Zeit durch den Kopf geht. »Nicht nur wegen Eske, sondern … Na ja insgesamt.«

»Was soll'n wir schon mach'n?«, fragt Damian mit vollem Mund. »Warten, bis sich alle wieder eingekriegt haben!«

»Ich fürchte, da hat er recht«, kommt es ausgerechnet von Claire. »Vielleicht ist es am besten, wenn ich einfach zurück nach Göttingen fahre und …« Sie verstummt. Wahrscheinlich, weil sie selbst nicht weiß, wie sie den Satz beenden sollte. Und was? So weitermachen wie bisher? Das kann keiner von ihnen einfach so. Wegen Tristan. Wegen der Verdächtigungen. Wegen der Ungewissheit.

»Und wenn wir wenigstens zum Moor rausfahren?« Bene legt sein angebissenes Stück Pizza in eine der mittlerweile leeren Schachteln.

»Und was tun?«, fragt Alice zurück. »Uns umschauen, ob wir irgendeinen Hinweis finden, was wirklich mit ihm passiert sein könnte?« Die Worte schnüren ihr die Kehle zu, aber Alice spürt auch, dass ihr der Gedanke gefällt. Nicht unbedingt der, herumzustochern und Detektiv zu spielen – das wäre sowieso eher kindisch. Aber der, zum Moor zu fahren.

»Wenigstens irgendwie … Abschied nehmen«, murmelt Bene und spricht ihr damit so sehr aus der Seele, dass sie ihn am liebsten umarmen würde. Sie sieht ihn an, und ihre Blicke verhaken sich. Halten einander fest.

»Wir können Blumen mitnehmen«, flüstert Alice. »Ich glaub, das würde ihm gefallen.«

Bene nickt. »Guter Plan.« Irgendwie ist seine Hand über die bunte Tagesdecke gewandert und liegt jetzt direkt neben der von Alice. Es wäre so leicht, die Finger auszustrecken und ihn zu berühren. So leicht, dass Alice es tut.

Über Benes Gesicht huscht eine Regung. Schrecken? Mindestens Überraschung. Aber er zieht die Hand nicht zurück. Während Damian Pizza mampft und Claire ins Leere starrt und keiner von beiden irgendetwas von dem mitzubekommen scheint, was direkt vor ihrer Nase passiert, verhaken sich Alices und Benes Finger wie zuvor ihre Blicke.

»Dann morgen?«, will Bene wissen.

»Morgen was?« Alices Kopf ist seltsam leer gefegt.

»Fahren wir zum Moor. Mit Blumen.«

Die Ernüchterung sackt in ihren Magen wie ein Stein. Blumen niederlegen für Tristan. Für ihren alten Freund. An dessen Tod sie vier laut Eske Schuld tragen sollen. Der Boden der Tatsachen ist hart und kalt. Aber Benes Hand in ihrer ist warm, und Alice hält sich daran fest.

Der Nieselregen hat sich über die letzten Stunden verdichtet und peitscht gegen das Visier des Motorradhelms, den Bene ihr gegeben hat. Claire klammert sich an ihm fest, während sie auf seiner Aprilia durch die nachtschwarzen Straßen brausen. Wahrscheinlich ist es verboten, dass sie mitfährt. Aber was macht das schon? Jetzt kann ihr doch so ziemlich alles egal sein. Sie ist fast dankbar für den Wind, der an ihrem Mantel zerrt, und den Regen, der ihre Jeans durchnässt. Denn ihre Hände sind mittlerweile so klamm, dass sie sich ganz darauf konzentrieren muss, nicht abzurutschen. Dadurch hat sie wenigstens für einen Moment Ablenkung von den Fragen, die sie seit heute Nachmittag fortwährend verfolgen. Wie soll es weitergehen?

Wird ihre Zukunft wirklich ruiniert sein, wie die Frau am Telefon prophezeit hat? In Claire steigt Abscheu auf, wenn sie an diese Zukunft denkt. Dass sie mit einem neuen Namen und einem dunkel gefärbten Pagenschnitt auf Stellensuche geht und dabei jede Sekunde hoffen muss, dass niemandem ihr Gesicht bekannt vorkommt. Nein, das kommt überhaupt nicht infrage. Eher würde sie Jura aufgeben, auch wenn das Studium immer ihr allergrößter Traum gewesen ist. Oder ins Ausland gehen, irgendwohin, wo niemand von dem Skandal gehört hat. Claire atmet tief durch und gräbt ihre Finger in Benes Motorradjacke. Sie muss sich ihre Optionen genau überlegen, aber nicht hier auf einem Moped, das auf dem nassen Fahrbahnbelag regelrecht um die Kurven rutscht.

Mit einem Aufheulen bringt Bene die Aprilia dicht vor der Hofeinfahrt zur Hagenbrock'schen Villa zum Stehen. Erst als er ihr ein Zeichen gibt, dass er die Maschine sicher hält, wagt Claire es, abzusteigen. Bene hilft ihr, den Helm zu öffnen, und packt ihn direkt in seinen Rucksack. Dann streift auch er seinen Helm ab, obwohl er es nicht müsste. Sie stehen im Regen, Tropfen perlen an Benes Motorradkombi herab, und das Licht einer entfernten Straßenlaterne wirft einen verwaschenen Schein auf sein Gesicht. »Kommst du klar?«

Claire sieht die Sorge in seinen Augen. Ein unvermittelt warmes Gefühl drängt die Kälte in ihrem Körper zurück. Plötzlich hofft sie, dass Alice früh genug merkt, was sie an Bene hat – oder haben könnte. Die beiden haben sich schon immer gut verstanden. Aber Bene war für Alice bloß der Freund im Hintergrund, derjenige, der neben Tristans geheimnisvollem Genie nie ihre Aufmerksamkeit gewinnen konnte. Vielleicht ändert sich das jetzt, Claire hofft es sehr.

»Claire?«

Endlich nickt sie und versucht sich an einem Lächeln. Ihr Haar hängt nass in ihr Gesicht. Sie streift es nicht zurück. Wenn sie so leicht Benes Emotionen in seinen Augen lesen kann, lässt sie ihre lieber verborgen. Um ihre Angst vor allem, was jetzt auf sie zukommt, zu verstecken.

»Danke fürs Chauffieren.« Sie klopft zweimal auf das Seitenblech. »Komm gut heim.«

Er nickt, legt ihr kurz seine Hand auf die Schulter und drückt sie. Dabei schenkt er ihr sein Bene-Lächeln. »Es wird alles gut. Alles, hörst du?«

Dann schwingt er sich wieder auf sein Moped, startet den Motor und schaltet den Scheinwerfer an, der ein Lichtbündel durch das Dunkel der Straße schickt. Claire schaut sich nicht mehr um. Sie öffnet das Tor und wirft nur einen kurzen Seitenblick auf den Steinlöwen, der in der Dunkelheit ein furchterregender Torwächter ist. Dann rennt sie durch den Park bis zur Haustür.

Kaum hat sie den Schlüssel umgedreht und die Schuhe abgestreift, um keine Wasserlache auf dem Parkett zu hinterlassen, ist schon Vroni bei ihr und leckt Claires Hände ab. Claire beruhigt sie flüsternd und wuschelt ihr durchs Fell. Unter der Tür zum Salon dringen Licht und leises Gemurmel hervor. Wenn Claire Glück hat, gönnen sich ihre Eltern einen Fernsehabend und haben sie nicht gehört.

»Claire, bist du das? Komm doch bitte einen Moment herein.« Natürlich hat sie kein Glück. Die Stimme ihres Vaters klingt angespannt. Wahrscheinlich hat ihn irgendeiner seiner Politiker-Freunde informiert, was das ehemalige Vorzeigetöchterchen verbrochen hat. Für einen kurzen Moment erlaubt Claire es sich, die Augen zu schließen und die Stirn gegen die kühle Wand zu lehnen. Sie will da nicht reingehen und ihnen gegenüberstehen. Ihrer sicherlich verbissen schweigenden Mutter und ihrem Vater, der hektisch sämtliche Möglichkeiten der Schadensbegrenzung durchgehen wird, die Claire selbst allesamt schon verworfen hat.

»Claire?« Nun ruft auch ihre Mutter.

Nein, sie kann dem nicht entkommen. Sosehr sie sich auch wünscht, sich jetzt die Bettdecke über den Kopf zu ziehen und zu weinen. Claire strafft die Schultern. Wie hat ihre Großmama immer gesagt? »Kopf hoch, wenn der Hals auch dreckig ist.« Der Dreck auf ihrer Kleidung ist nichts gegen den Schmutz, den das Internet jetzt mit ihr in Verbindung bringt. Sie öffnet die Tür und betritt den Salon.

Ihre Eltern sitzen ungewohnt dicht nebeneinander auf dem meterlangen, wahnsinnig unbequemen Sofa unter dem Familienporträt. Ihr Vater trägt ein seltsames Outfit, bestehend aus seinem Pyjama und einem Jackett, das er sich offensichtlich schnell übergeworfen hat. Ihre Mutter ist noch alltagstauglich gekleidet, hat jedoch ihre Hand mit der ihres Mannes verschränkt und drückt sie so fest, dass seine Finger ganz weiß davon werden.

190

Der Blick ihrer Mutter wandert über Claires Gestalt. Die Haare, die strähnig hinunterhängen, der grüne Mantel, dunkel vor Nässe, und die schlammbespritzten Wildlederschuhe, die sie in der Hand trägt. Bene hat auf dem Weg die eine oder andere Pfütze mitgenommen. Sie öffnet den Mund, um etwas zu sagen, doch da …

»Claire!« Jemand nähert sich rasch von der Seite.

Claire wendet sich um und erstarrt.

Mara!

Zum ersten Mal in ihrem Leben sieht sie Mara in einer Jeans ohne Löcher und einer Bluse. Anscheinend hat sie sich schick gemacht, um in Claires Leben einzubrechen. Sogar das dichte schwarze Haar ist sorgfältig gebürstet, sodass die gepiercten Ohren kaum auffallen.

»Claire.« Mara bleibt befangen vor ihr stehen, und Claire denkt sich, dass heute schon zu viele Leute ihren Namen gesagt haben. Sie schafft es nicht, eine Begrüßung über die Lippen zu bringen, obwohl da die Frau vor ihr steht, die sie liebt.

Da streckt Mara die Hand aus und streicht Claires nasses Haar hinter ihr Ohr. Eine kleine Geste, doch so intim, dass es unmissverständlich ist. »Ich dachte, ich schaue besser mal nach dir. Du bist so schnell aufgebrochen am Dienstag. Also bin ich spontan losgefahren, und unterwegs kamen dann die News im Nachrichtenfeed, das Video von dir …« Sie stockt. »*Askim*, ich bin für dich da, das weißt du, oder?«

Claire nickt, ohne etwas zu sagen.

Leiser fährt Mara fort: »Deine Eltern haben mich reingelassen, aber es war schwierig, die Situation zu erklären.«

Kein Wunder. Bis heute haben Claires Eltern Maras Namen noch nie gehört, geschweige denn gewusst, dass sie mit jemandem zusammenlebt.

»Ich hab dich so vermisst!« Mara umarmt Claire und hält sie ganz fest, obwohl sie an deren nassen Mantel gerade ihre Bluse durchnässt. Claire hält noch immer die Schuhe in der Hand, von denen es aufs Parkett tropft. Sie spürt Maras warmen, lebendigen Körper und fühlt sich neben ihr wie eine Eisskulptur. Unfähig, etwas zu sagen, unfähig, die Wärme anzunehmen, unfähig zu irgendeiner Reaktion. Über Maras Schulter hinweg blickt sie in die Gesichter ihrer Eltern.

Die Augenbraue ihres Vaters wandert empor, und er hüstelt wiederholt, wie um die Stille zu unterbrechen, während er gleichzeitig nicht weiß, was er sagen soll. Ihre Mutter starrt Claire nur an, und Claire sieht den Unglauben in ihren Augen. »Claire?«

Bene / Dienstag, 08.03., 23:35 Uhr

Ruckartig zieht Bene das Garagentor zu. Mit einem hallenden Dröhnen rastet es ein. Hoffentlich hat er niemanden geweckt. Es muss schon beinahe Mitternacht sein. Jetzt erst spürt er die Müdigkeit. Vorhin auf seiner Maschine war er zu konzentriert. Zuerst, um Claire sicher heimzubringen, die keine geübte Mitfahrerin ist, und anschließend, um selbst bei dem Regen und den plötzlichen Böen aus den Seitenstraßen nicht mit dem Moped wegzurutschen. Aber jetzt merkt er, dass er durchnässt ist und seine Motorradkombi sich derart mit Regen vollgesogen hat, dass sie noch schwerer als sonst auf seinen Schultern liegt.

Bene findet es eigentlich schön, wieder zu Hause zu sein. Dort, wo er aufgewachsen ist, ist der beste Ort überhaupt. Es erfüllt ihn mit einer stillen Zufriedenheit, die altvertrauten Wege zu gehen oder durch die Straßen zu fahren. Und wie gerne würde er das Zusammensein mit seinen Freundinnen und Freunden genießen, sogar unter diesen furchtbaren Umständen. Er hat sie vermisst, während er auf See war. Wie sehr, das merkt er immer stärker. Claire heute so völlig mutlos zu sehen, ist kaum auszuhalten. Am liebsten würde er etwas tun, um ihr zu helfen. Dafür sind Freunde schließlich da! Der einzige Weg scheint über Eske zu führen. Unfassbar, welche Schlammschlacht sie eröffnet hat. Welches Ziel verfolgt sie damit bloß? Vermutlich rechnet sie nicht mit einem direkten Gegenangriff. Soll er …?

Tristan wüsste, was zu tun wäre, daran hat Bene heute schon öfter gedacht. Aber Tristan fehlt. Er fehlt so furchtbar. Bene starrt auf die Tropfen, die in einem dichten Netz vom nachtschwarzen Himmel fallen. Auch Damian ist sichtlich durch den Wind. Obwohl er natürlich nie zugeben würde, dass er traurig ist. Selbst wenn er aussieht, als hätte er seit Tagen kaum geschlafen und sich von Energydrinks und Zigaretten ernährt.

Und auch hier wüsste Tristan, was zu tun wäre. Selbst wenn er sich nur schweigend neben Damian auf den Boden gehockt und etwas auf dessen Gitarre herumgeklimpert hätte. Damian hätte sich danach besser gefühlt, so war es immer.

Und Bene … Er kann ihn nicht ersetzen, niemandem gegenüber. Nur bei Alice … Kurz fährt Bene sich durchs Haar, das durch den Helm ganz platt gedrückt ist, und schlägt den Kragen seiner Jacke hoch, um sich wenigstens ein wenig gegen die eiskalten Tropfen zu schützen. Bei Alice wünscht er sich das manchmal so sehr, dass es fast wehtut.

Er schüttelt den Kopf, wie um den Gedanken loszuwerden. Dann will er losjoggen, Richtung Hochhaus, doch eine Bewegung am Ende der Garagenreihe lässt ihn innehalten. Ein dunkler SUV rollt die Straße entlang, beinahe lautlos. Blendend helle Scheinwerfer schicken ihm kaltes Xenon-Licht entgegen. Bene runzelt die Stirn. Die Straße ist kein Durchgangsweg, hierher kommen eigentlich nur Leute, denen eine der Garagen gehört. Aber der Autofahrer macht keine Anstalten, auszusteigen oder zu parken. Er rollt nur ganz langsam auf Bene zu. Jetzt kann er das Modell besser erkennen. Es ist ein schwarzer BMW X5, bullig und bedrohlich.

Bene bleibt einen Moment stehen und macht eine fragende Geste mit den Händen. Vielleicht hat sich jemand verfahren oder braucht Hilfe. Doch der Fahrer reagiert nicht. Er muss ihn genau sehen, seine Scheinwerfer sind direkt auf Bene gerichtet, sodass dieser geblendet ins Licht blinzelt. Vielleicht zwanzig Meter von ihm entfernt hält das Auto an, doch der Motor läuft weiter, und niemand steigt aus.

In Bene kommt langsam ein Gefühl der Bedrohung auf. Er hat das Gefühl, dass jemand im Auto sitzt, der ihn trotz der Dunkelheit und seiner dicken Motorradkombi mit Blicken durchbohrt.

Sein Mund wird trocken. Rasch wendet er sich um und geht los, mit schnellen Schritten, aber nicht so schnell, dass es nach Weglaufen aussehen würde. Sein Zuhause ist nicht weit entfernt, Bene muss nur vor zur Kreuzung und dann die schmale Straße entlang, die an die Gartengrundstücke der neuen Einfamilienhäuser grenzt. Dann kommt schon die Zufahrt zum Hochhaus. Er riskiert einen kurzen Blick über die Schulter. Der BMW rollt langsam hinter ihm her. Angestrengt starrt Bene in den Innenraum. Die Scheibenwischer arbeiten heftig, und drinnen sorgt nur der bläuliche Schein der Armaturen für etwas Helligkeit. Genug, um den Umriss eines Menschen hinter dem Steuer zu erahnen, doch viel zu wenig, um jemanden zu erkennen. Bene geht schneller.

Im Laufen zieht er den Reißverschluss seiner Motorradjacke auf und tastet nach der Innentasche.

Verdammt, er hat sein Handy nicht dabei. Es muss zu Hause

in seinem Zimmer liegen. Aber wen sollte er auch anrufen, jetzt um diese Uhrzeit?

Er hat die Kreuzung erreicht und überquert die Straße. Ein klein wenig Hoffnung hat er, dass der SUV jetzt in die andere Richtung weiterfährt. Oder dass hier andere Menschen unterwegs sind, wenigstens das. Aber Nordenham liegt bereits im Schönheitsschlaf. Hat sich völlig dem Märzwetter und der Dunkelheit ergeben. Nicht einmal ein Spaziergänger mit Hund, niemand, der von der Nachtschicht kommt oder nicht schlafen kann.

Bene biegt in die linke Straße ein. Sie ist schmal und hat keinen Bürgersteig. Er steigert sein Tempo und merkt, dass seine Motorradstiefel nicht dafür gemacht sind. Sie scheuern an Zehen und Ferse.

Als er auf einige nasse Blätter tritt, rutscht er weg und knallt mit den Knien auf den Boden. In diesem Moment hört er den Motor hinter sich ganz deutlich. Die Xenon-Lichter streifen ihn wieder und werfen seinen scharf umrissenen Schatten vor ihn auf den Boden. Bene beißt die Zähne zusammen und rappelt sich auf.

Er dreht sich um und zuckt zusammen.

Nah ist der BMW, viel näher, als er dachte. Unerbittlich schiebt das Auto sich näher und näher an Bene heran. Trotz der Kälte bricht ihm der Schweiß aus.

»Was soll das? Lassen Sie mich in Ruhe!«, bricht es aus ihm heraus. Aufgebracht gestikuliert er in Richtung des SUVs und spürt gleichzeitig seine eigene Hilflosigkeit. Er blinzelt gegen das Licht der Scheinwerfer an.

Was will der Kerl? Ihn überfahren? So was gibt's doch nicht, nicht hier in einer Kleinstadt nahe der Nordsee!

Ist es Tristan auch so ergangen? Stand er ebenso allein da wie Bene jetzt? Vor einem Menschen, der sich versteckt hielt, gegen den er nicht kämpfen konnte?

Bene ballt die Fäuste. Nein, seine Leiche wird man nicht aus dem Moor fischen. Er duckt sich abrupt seitlich weg und durchbricht die Hecke zum nächsten Gartengrundstück. Nasse Zweige schlagen ihm auf Stirn und Wangen. So gut es geht, schützt er mit seinem Unterarm das Gesicht. Jetzt wäre der Helm praktisch, aber den hat er natürlich in der Garage gelassen.

Kommt der Fahrer hinterher? Bene rennt zwischen buschigen Sträuchern und Bäumen hindurch. Im Haus bellt ein Hund. Im Obergeschoss gehen Lichter an. Bene schlägt sich durch die zweite Grundstücksbegrenzung – zum Glück wieder eine Hecke, kein Zaun – und läuft jetzt auf der Parallelstraße zu jener, auf der der SUV wartet. Eine perfekte Abkürzung, wie erhofft. Jetzt kann er schon sein Hochhaus vor sich sehen. Für einen Moment bleibt er stehen, lauscht. Folgt ihm jemand?

Bene zwingt sich, seinen keuchenden Atem zu verlangsamen. Blätter und Äste hängen an seiner Kombi. Bene zupft sie ab, als hätte er alle Zeit der Welt. Dabei hämmert sein Puls, und seine Hand zittert bei jeder Bewegung. Nichts rührt sich, selbst der Hund im Nachbarhaus hat sich wieder beruhigt. Anscheinend hat er den irren SUV-Fahrer abgehängt.

Mit einem tiefen Seufzer wendet Bene sich um und steuert auf das Haus zu. Gleich ist er da. Dann wird er ausnahmsweise den Aufzug nehmen, in der Wohnung endlich die Stiefel ausziehen, die seine Haut mit jedem Schritt weiter aufscheuern, und sich ein heißes Bad einlassen. Sein Vater schläft sicher schon, und seine Mutter hat Nachtschicht. Das ist gut, so muss er zumindest niemandem erklären, warum er so aufgewühlt ist. Schon jetzt kommt ihm das Erlebnis seltsam unwirklich vor: verfolgt von einem großen, schweren Auto mit einem unbekannten Fahrer. Weshalb? Bene hat keine Feinde, niemanden, mit dem er eine Rechnung offen hat.

Er geht an den Mülltonnen vorbei und kramt schon mal den Schlüssel aus der Innentasche der Kombi. In diesem Moment blenden vor ihm Scheinwerfer auf. Ein dunkles Auto steht mitten auf der Zufahrtsstraße.

Bene starrt den BMW an. Noch vor wenigen Augenblicken war das Haus als sein Zufluchtsort so nah. Aber jetzt verschwindet das Gefühl von Sicherheit mit einem Schlag – offenbar weiß sein Verfolger nur zu gut, wo Bene wohnt.

Teil IV

Die Bretter, die
die Welt bedeuten

Claire / Mittwoch, 09.03., 17:15 Uhr

Alices kleines Auto ist wie ein Kokon aus Freundlichkeit und Wärme für Claire, die zum ersten Mal an diesem Tag das Gefühl hat, wieder leichter atmen zu können. Und das, obwohl sie unterwegs zum Moor sind, wo Claire absolut nicht hinwill. Aber sie will auch definitiv nicht zu Hause sitzen. Eigentlich hat sie sogar die Stunden gezählt, bis Alice in der Theater-Squad-Gruppe ihren Arbeitsschluss verkündet hat. Dann konnte Claire endlich die Tür der Villa hinter sich schließen, um sich mit den Blumen für Tristan im Arm neben dem Steinlöwen zu platzieren und auf das Summen des Motors zu warten. Mara hat sie derweil zu einer neuen Ausstellung des Kunstvereins Nordenham geschickt. Claires Eltern haben nach einer zähen Diskussion gestern Abend schließlich akzeptiert, dass sie einige Tage bleibt.

Mittlerweile dämmert es, aber zumindest hat der Regen aufgehört. Nur die Fahrbahn glänzt noch feucht im Licht der Scheinwerfer. Alice hat sie alle der Reihe nach mit ihrem schwarzen Beetle eingesammelt und schaut nun konzentriert auf die Straße, die nach Westen Richtung Jadebusen führt. Die Blumen hat Claire sicher im Kofferraum verstaut.

»Was stellt ihr euch eigentlich vor, was wir im Moor finden sollen?«, fragt Claire leise in die Runde.

Bene hat gemeinsam mit ihr auf der Rückbank Platz genommen. Auf seiner Wange prangt ein Kratzer, der gestern noch nicht da war. Er blickt sie ernst an. »Eine Erklärung. Für all das.«

Die wird es dort bloß nicht geben, denkt Claire.

»Vielleicht entdecken wir ja etwas, das die Polizei übersehen hat. Etwas, dem sie keine Bedeutung beigemessen haben, weil sie Tristan nicht so gut kennen wie wir. Einen Hinweis, den nur wir verstehen können.« Alice klingt fast aufgeregt. Sie fährt etwas zu schnell, wie Claire mit einem Blick auf den Tacho bemerkt.

Claire sagt lieber nichts dazu. Das erledigt Damian, der auf dem Beifahrersitz lümmelt und im Takt der Musik mit den Fingern aufs Armaturenbrett trommelt: »Ich will hier ja niemandem seine Illusionen rauben, aber ich für meinen Teil habe eher mit einer coolen Verabschiedungsparty gerechnet als damit, ein blutverschmiertes Messer aus einem Moorloch zu bergen.«

»Bitte sag, dass du keinen Alkohol in deinem Rucksack hast!« Bene klingt schockiert.

Damian zieht den Reißverschluss des Rucksacks auf und kramt umständlich darin herum. »*Nein, es war kein Wein darin, obwohl es ähnlich aussah.*« Er rezitiert auswendig, zieht dann ein Reclambüchlein hervor und hält es triumphierend empor. »*Es war der fortgesetzte Schmerz, das pausenlose Herzeleid …*«

Kein Alk, aber was ebenso Wärmendes für Herz und Geist. Claire muss lächeln, als sie an die Szene denkt, in der Tristan und Isolde unwissentlich den Liebestrank trinken.

Alice wirft ihrem Beifahrer einen verschmitzten Seitenblick zu. »*Ich trank nach langem Widerstreben und gab ihn Tristan, und er trank, wir beide wähnten, es wär Wein!*«, erwidert sie prompt.

Nun räuspert sich auch Claire. Die Zeilen kommen ihr wie von selbst von den Lippen: »*Weh euch, Tristan und Isolde, der Trank ist euer beider Tod!*«

Bene zögert ebenfalls keine Sekunde: »*Mein Herz, es sah sie lächelnd an, doch meine Augen riss ich los. Denn meine Treue, meine Ehre, sie forderten mich sehr.*«

Kurz ist Claire irritiert, weiß jedoch nicht, weshalb.

»Bene, du hast ja Tristans Text geklaut!«, sagt Alice dann, und es klingt vorwurfsvoll.

Claire blickt zu Bene hinüber. Seine Miene verdüstert sich. Dann schüttelt er den Kopf und bemüht sich um ein Lächeln. »Ach, stimmt. Ich kann so ziemlich alle Rollen auswendig. Und das war immer meine Lieblingsstelle.«

»Meine auch«, antwortet Alice und schaut kurz in den Rückspiegel, wo sie offenbar Benes Blick sucht. Claire sieht ihr trauriges Lächeln. Sie scheint zu überlegen, ob sie noch etwas sagen soll, wechselt dann aber das Thema. »Wie geht's euch heute eigentlich nach dem ganzen Trouble gestern?«

Damian fühlt sich offenbar überhaupt nicht angesprochen. Er wirft nervöse Blicke zu Alice hinüber. Anscheinend ist ihm ihr Fahrstil nicht geheuer.

Claire murmelt auf Alices Frage hin nur etwas Unverständliches. Sie hat keine Lust, zu erzählen, was gestern Abend beim Nachhausekommen noch passiert ist. Nicht jetzt, in dieser Freundschaftsblase, die sich ein klein wenig nach heiler Welt anfühlt.

Dafür räuspert Bene sich und erzählt, was ihm gestern Nacht zugestoßen ist. Ein Mr X in einem fetten Auto. Eine Verfolgungsjagd – und als er dem Wagen dann am Parkplatz gegenüberstand, hat der die Lichter noch einmal aufgeblendet, und Bene hat einen Bogen geschlagen und ist ins Haus gerannt … Kurz steigt in Claire der Verdacht auf, dass er die Story erfunden hat, um nach der Postkartenenthüllung von sich abzulenken.

Aber da berichtet Damian überraschend, dass er gestern im Supermarkt belauscht wurde. »Von einem Typen, der später in so einem protzigen SUV davonfuhr. Meinst du, das war der gleiche?«

»Belauscht? Wobei denn?« Claire runzelt die Stirn.

Damian dreht sich zu ihr herum. »Ich hab Romy von euch

erzählt, nur nette Sachen, ehrlich! Als ich bei den Gurken stand, hab ich auch von Bene gesprochen, glaub ich.«

Bene rüttelt an Damians Sitzlehne. »Dein Glück, dass du nicht Cornichons gesagt hast!«

Claire muss lachen, Damian auch. Nur Alice klingt alarmiert. »Was hast du da bitte Spannendes erzählt? Dass er dann nachts gleich bei Bene auftaucht?«

»Puuh, kein Plan … So genau hab ich mir das doch nicht gemerkt.« Er zuckt hilflos die Achseln. »Ich denke darüber nach. Und konzentrier du dich lieber aufs Fahren, Alice!« Damian deutet auf die dunkle Straße. »Es macht mich ganz nervös, wenn du ständig zu mir schaust.«

Alice seufzt und bremst etwas ab.

»Aber der ungebetene Zuhörer war ein Mann? Definitiv ein Mann?«, vergewissert Bene sich. »Konntest du das Nummernschild erkennen?«

Damian rollt mit den Augen. »Ich habe nicht drauf geachtet. Konnte ja nicht wissen, dass der Typ dann nachts auf Killer macht. Und selbst wenn, hätte ich es mir nicht so einfach merken können. Ich bin nicht so ein Superhirn wie Claire oder Tristan. Oder du, Bene, der einfach alle anderen Rollen mit auswendig gelernt hat.« Er verstummt und rutscht unruhig auf seinem Sitz hin und her.

»Das bist du tatsächlich nicht.« Claire lehnt sich nach vorne, um ihm aufmunternd gegen die Schulter zu boxen. »Aber du hättest es fotografieren können«, rügt sie. »Im Gegensatz zu Bene hattest du dein Handy sicherlich dabei.«

»Wenn der Typ mir noch mal vor die Augen kommt, vermassle ich es nicht, okay, Leute?« Damian seufzt und nimmt seinen Hut ab, um sich durch die Haare zu wuscheln. Vermutlich ist das ein Vertrauensbeweis.

»Willst du es nicht Frau Menkewöll melden, Bene?« Alices Stimme klingt besorgt.

Bene schüttelt den Kopf, was nur Claire sehen kann. »Das habe ich auch überlegt. Aber wahrscheinlich würde sie bloß denken, dass ich das erfunden habe, um nach der Postkartenstory wieder auf die Unschuldsseite zu wandern.«

Claire fühlt sich ertappt. »Das ist schon verdammt komisch. Ich meine: Wer macht so was? Und warum?«

»Und woher weiß derjenige, wo ich wohne?«, ergänzt Bene. »Ist euch anderen auch was aufgefallen? Vielleicht spioniert er uns ja alle aus?«

»Mir ist tatsächlich etwas Ähnliches passiert.« Alice klingt zögerlich. »Als ich den Kranz für die Trauerfeier gekauft habe, da kam so ein Typ am Blumenladen vorbei. Und als er mich drinnen gesehen hat, ist er stehen geblieben und hat mich angestarrt. Richtig lange. Ich hab mich so unwohl gefühlt, dass ich zurückgewichen bin und dabei eine Vase umgestoßen habe. Danach war der Mann dann verschwunden.«

»Ein übereifriger Journalist?«, fragt Claire. Beim Gedanken daran wird ihr übel.

»Übereifrig? Der hätte mich beinahe überfahren!«, schnaubt Bene.

»Vielleicht war das im Auto ja Eske.« Claire spürt Alices besorgten Blick im Rückspiegel auf sich.

»Sind Eskes Eltern nicht immer einen Dacia gefahren?«, fragt Bene.

Damian nickt. »Und wie gesagt, das im Supermarkt war ein Mann. Und bei Alice ebenfalls. Das war doch bestimmt immer derselbe. Welchen Grund sollte Eske auch für so was haben?«

»Welchen Grund hat sie denn für ihre Hetzaktion auf Instagram und ihrem Blog? Ist sie morgens aufgestanden und hat beschlossen, mein Leben zu zerstören, einfach so?« Claires Frage bleibt unbeantwortet.

Als niemand etwas sagt, dreht Claire den Kopf, um aus dem Fenster zu blicken. Die Gegend ist ihr so vertraut, dass sie jede Biegung der Straße, jedes Schild, jeden Busch kennt. Sie hat so viele Sommertage an diesem Strand neben dem Schwimmenden Moor verbracht.

Zuerst siebzehn Jahre lang mit ihren Eltern, die immer gern mit ihren Touren zum Bootshaus geprahlt haben: »Wie angenehm das bei der Hitze doch ist. Wie ein kleiner Urlaub. Und man ist ja so schön für sich!«

Auf den rauen Brettern über dem Meer waren sie tatsächlich sehr viel entspannter als zu Hause oder in der Öffentlichkeit. Ihr Vater hat Lakritze gemampft und dabei Groschenromane verschlungen, die Claire ihm vor dem Wochenende immer im Zeitungsladen kaufen musste. Und ihre Mutter hat mit Claire Mühle gespielt und ihr Schwimmen und Tauchen beigebracht.

Und dann, sobald sie den Führerschein hatte, ist Claire auch selbst oft nach der Schule hinausgefahren. Allerdings nie in dem halsbrecherischen Tempo, das Alice gerade vorlegt, sondern ganz gemütlich mit dem alten Familien-Mercedes. Mit ihren Ordnern, Büchern und Textmarkern natürlich, um in Ruhe lernen zu können. Erstaunlicherweise haben das Gezanke der Möwen und das leise Rauschen der Wellen ihr dabei geholfen. So wie die Lernpausen, die sie mit Schwimmen ausgefüllt hat, egal, bei welchem Wetter. Denn lange gab es nur zwei Orte, an denen Claire zur Ruhe gekommen ist: in ihrem Bett, mit einer schnarchenden Vroni auf der Daunendecke, und im Wasser. Irgendwann ist dann ein dritter Ort dazugekommen. Ein ganz besonderer: Mara.

Claire versteht selbst nicht, warum ausgerechnet dieser Wohlfühlort, der ihr doch mittlerweile der wichtigste ist, sie hier nicht mehr beruhigen kann. Vielleicht liegt es an dem nervösen Lauschen gestern, als sie mit Mara im eiskalten Gästezimmer lag und glaubte, direkt vor der Tür eine Diele knacken zu hören. Oder daran, dass Claires Eltern Mara den ganzen Tag über hartnäckig gesiezt haben. Dass Mara ohne ihren farbbekleckstem Kittel und ihr fröhliches Summen wie ausgewechselt wirkt. Befangen irgendwie, fast ängstlich. Sie ist jedes Mal zusammengezuckt, als die Schläge der Standuhr durch den Treppenaufgang hallten.

Sie sollten nach Göttingen zurückkehren. Beide. Schnellstmöglich, weil Claire nicht erleben will, dass die Hagenbrock'sche Kühle auch auf ihrer Beziehung Eiskristalle wachsen lässt.

Aber nach Göttingen zurückzukehren, zu den Kommilitoninnen, Kommilitonen und Lehrenden, von denen bestimmt einige die Schlagzeilen mitbekommen haben … Das kann sie auch nicht. Noch nicht. Noch fühlt sie sich zu verwundbar, zu unsicher, um deren Blicke auszuhalten.

Wo könnten sie dann hin? Ein Urlaub vielleicht? Aber wovon sollen sie den bezahlen? Claire überlegt, ob sie das Geld, das sie bereits vorab von ihren Eltern für die Miete in Frankfurt bekommen hat, nehmen kann. Das Praktikum wird sie nun ja niemals antreten. Doch eine Bewegung lenkt sie ab.

Claire starrt angestrengt zum Straßenrand. Tatsächlich, da bewegt sich etwas zwischen den Bäumen, etwas Dunkles, Schmales. Es kommt auf sie zu, schnell, viel zu schnell.

Claire öffnet den Mund, um Alice zu warnen, doch im selben Moment schreit diese schon »Fuck!« und tritt hart auf die Bremse. Claire spürt, wie ihr Körper nach vorne fliegt. Der Gurt schneidet scharf in Bauch und Hals, hält sie mit eisernem Griff fest. Die Luft entweicht mit einem Zischen aus ihrer Lunge. Das Auto rutscht auf der nassen Fahrbahn weiter. Sie sind immer noch viel zu schnell.

»Nein! Nein!«

Sie begreift nicht, wer da schreit, so furchtbar panisch und außer sich. Aber sie sieht, wie Damian sich aus seinem Gurt windet und sich halb auf Alices Seite über das Lenkrad wirft. Seine Augen sind weit aufgerissen.

»Nein!« Er verreißt das Steuer so ruckartig, dass das Auto in eine Kurve schlittert, und nun schreien auch Alice, Bene und vielleicht Claire selbst, als ein Baum auf sie zurast.

Alice versucht, Damian wegzustoßen, dreht verzweifelt am Lenkrad. Der Wagen schlingert und rutscht, die Bremsen scheinen zu blockieren. Ein Straßenbegrenzungspfosten blitzt weiß vor ihnen auf, sie rammen ihn um, und ein furchtbares Knirschen ertönt. Die Scheinwerfer fangen in schneller Folge Baumstämme ein, die wie betrunken an ihnen vorbeischwanken. Übelkeit steigt in Claires Kehle hoch, doch sie schafft es nicht, die Augen zu schließen.

»Nicht! Nein! Tristan!«, gellen Damians Schreie in ihren Ohren. Er klammert sich am Lenkrad fest.

Ein heftiger Schlag erschüttert das Auto, Claires Kopf prallt gegen das Fenster, und für einen Moment zuckt ein Blitz vor ihren Augen auf, erklingt ein schriller Ton, und sie hat das Gefühl, zu kippen, zu fallen.

Dann herrscht plötzlich Stille.

Damian / Mittwoch, 09.03., 17:30 Uhr

Ein scharfer Schmerz zieht in Damians Kehle, brennt in seiner Brust, macht ihm das Atmen unmöglich. Kommt das hektische Keuchen von ihm? Es zerreißt die Stille immer wieder, setzt aus, setzt ein, lässt Panik in ihm emporkriechen.

Er will sich umsehen, aber der Gurt blockiert und hindert ihn daran, sich umzudrehen. Etwas Weißes versperrt ihm die Sicht nach vorne. Der Airbag? Woher kommt der? Hat der Aufprall ihn ausgelöst? Und warum steht das Auto so schief? Der Gurt schneidet ihm in die Halsbeuge, und sein eigenes Gewicht drückt ihn gegen die Tür, die ihm viel zu nah erscheint.

»Alice? Alice bist du okay?« Benes Stimme, aufgeregt, von irgendwo. Eine andere Stimme kommt dazu, vielleicht auch zwei, er kann sie nicht verstehen, die einzelnen Klänge nicht auseinanderhalten. In seinem Kopf hämmert es. Laute Musik mischt sich hinein. Måneskin, die davon singen, wie leise und brav sie doch sind. Der Bass dröhnt in Damians Ohren, die Stimmen der anderen vermischen sich mit dem Lied.

»Tanz mit mir!« Eske drückt sich an ihn, sie ist genauso leise und brav wie Måneskin, deren Lied aus den viel zu kleinen Boxen dröhnt, die jemand am Steg zum Bootshaus aufgestellt hat. Den tiefen Tönen sind sie nicht gewachsen, weshalb sie scheppern. Aber das scheint außer Damian niemand zu bemerken. Eske schon gar nicht. Sie hat nur Augen für ihn und gibt ein wohliges Geräusch von sich, als er die Arme um ihre Taille legt. Oder eher um ihre Hüfte. Na gut, um ihren Hintern – zumindest platziert er da seine Hände.

Eskes schwarzer Rock ist seitlich geschlitzt. Für den Strand ist er viel zu elegant, aber die Aussparung im Stoff gefällt Damian. Er tut ihr den Gefallen und wippt zur Musik, während seine Hand den Schlitz im Rock nutzt, um ihre Kurven unter dem Stoff zu ertasten, von denen Eske einige zu bieten hat. Ihre Hüften stoßen aneinander, weil sie keinerlei Rhythmusgefühl hat.

»Vielleicht zieht ihr euch einfach gleich aus!«, brüllt Tobi, der nicht weit von ihnen auf der Wiese zwischen Meer und Moor liegt und seine Bierflasche festhält. Ein Großteil des Jahrgangs hat sich

mittlerweile hierher zurückgezogen – vermutlich, weil sich die Getränkevorräte direkt beim Bootshaus von Claires Familie im kalten Meerwasser und so in unmittelbarer Reichweite befinden und weil sie hier im Gegensatz zum Grillplatz auf dem Campingplatzgelände unter sich sind.

»Warum nicht?« Damian lässt Eske los und greift nach dem Kragen seines Shirts. »Is doch wieder Flut, oder?« Damian blinzelt auf das Meer hinaus. Das Bootshaus mit seinem Holzsteg ist ein richtiges Postkartenmotiv. Die Sonne ist direkt dahinter um Untergehen, der Himmel ein spektakuläres Feuerwerk aus Rot und Orange. Das Wasser scheint ebenfalls in Flammen zu stehen, und sie sind nicht die Ersten, die auf die Idee gekommen sind, eine Runde zu schwimmen: Benes Kopf ragt einige Meter vom Ufer entfernt aus dem Wasser. Er zieht seine Bahnen, vermutlich, um seine Gedanken zu sortieren – dafür war Sport schon immer seine erste Wahl. Irgendwas ist ihm vorhin gehörig aufs Gemüt geschlagen. Vielleicht die Sache mit Alice und Tristan, wer weiß. Jedenfalls hat er seit dem Abendessen ziemlich miese Stimmung verbreitet und vor allem Tristan kaum eines Blickes gewürdigt. Es schadet definitiv nicht, wenn er sich eine Runde abkühlt.

Damian fokussiert, so gut es geht, wieder Eske. Sie sieht ihn erwartungsvoll an, also lässt er sich nicht länger bitten und zieht sich das Shirt über den Kopf. Tobi und ein paar andere johlen, und Damian lässt sich dazu hinreißen, es wie ein Lasso über seinem Kopf zu schwingen und im hohen Bogen ins Gras zu werfen.

»Nacktbaden?« Auf Eskes Vorschlag folgt ein Kicheranfall.

Damian antwortet nicht, sondern macht sich an der Kniebundhose seines Kostüms zu schaffen. Er fühlt sich angenehm leicht und überdreht. Anders als Tobi hat er kein Bier in sich hineingekippt, sondern Whiskey, also das gute Zeug. Und das gute Zeug in seinem Blut sagt, dass Nacktbaden eine großartige Idee ist.

»Ausziehen, ausziehen«, skandieren Max und Xander, die ganz in der Nähe sitzen.

»Mitmachen, mitmachen!«, ruft Damian zurück. Er kämpft immer noch mit seinem Hosenknopf. Verflixtes Ding, sitzt viel zu fest für seine unkoordinierten Finger.

Xander lässt sich nicht zweimal bitten. Er hievt sich auf die Beine und schlüpft aus seinen Jeans. Ein T-Shirt hat er schon lange nicht mehr an. Wahrscheinlich meint er, ein Körper wie seiner müsse gezeigt werden. Eingebildeter Muskelprotz.

Damians Blick fällt auf ein anderes Grüppchen direkt am Steg des Bootshauses. Tristan und Claire, die Bene beim Schwimmen zusehen. Oder zumindest zugesehen haben, denn jetzt beobachten sie Damian und die anderen oben auf der Wiese, die sich aus ihren Klamotten schälen. Eskes schickes Kleid landet im Gras, und Damian vergisst für einen Augenblick beinahe den störrischen Hosenknopf. Eske trägt einen spitzenbesetzten Tanga und einen sportlichen und echt gut sitzenden BH.

Sie bemerkt seinen Blick, und ein Grinsen stiehlt sich auf ihr Gesicht. »Das ist ein ganz besonderes Modell. Wenn du besonders nett zu mir bist, erzähle ich dir vielleicht irgendwann, was er Besonderes kann.«

Wenn es nach Damian geht, hat das allerdings erst mal Zeit. Wichtiger ist, dass der so besondere BH da landet, wo auch Eskes Kleid liegt: im Gras. Wo auch die alberne Kniebundhose hingehört, wenn er nur endlich den Knopf aufbekommen würde.

»Brauchst du Hilfe?«, spöttelt Tobi, der sich nun ebenfalls seines Shirts entledigt. Das übernimmt dann allerdings doch lieber Eske, mittlerweile splitternackt. Mit einem einzigen Handgriff hat sie den widerspenstigen Knopf geöffnet. Um Zeit wettzumachen und weil Tobi, Max und Xander schon auf dem Weg ins Wasser sind, schlüpft Damian gleich aus Hose und Boxershorts in einem. Gemeinsam mit Eske macht er sich auf den Weg zum Ufer hinunter. Das letzte Stück müssen sie langsam machen, weil der Kiesstrand ziemlich steil ist und man leicht abrutschen kann.

»Ähm …« Bene hat das Schwimmen eingestellt und steht jetzt im Wasser, das offenbar auch dort draußen nicht besonders tief ist. »Ihr habt was vergessen!«, ruft er ihnen zu. Gegen das Licht der untergehenden Sonne ist es schwer zu erkennen, aber Damian ist sich fast sicher, dass Bene einen roten Kopf bekommt.

»Was?« Damian sieht an sich runter. »Ich hab keine Badehose dabei und quetsch mich nachher doch nicht mit tropfnasser Unterwäsche in meine Jeans zurück. Ganz schlechte Idee. Das scheuert doch.«

Eske schüttelt sich vor Lachen. Sie muss sich an Damians Schulter festhalten, um auf dem groben Kies nicht zu stolpern.

Die Nordsee ist trotz der sommerlichen Hitze kühl. Max will einen Rückzieher machen, aber Xander und Tobi packen ihn und werfen ihn ins Wasser. Sie johlen, und am Ufer stimmt jemand eine ziemlich schiefe Variante von Justin Biebers Cold Water an.

Bene hat sich mittlerweile auf den Weg zurück an Land gemacht. Er trägt eine Badehose – war ja klar, dass er im Gegensatz zum Rest von ihnen vorbereitet war. Vermutlich hat er seine Klamotten im Bootshaus deponiert und ist jetzt auf dem Weg dorthin, um sich wieder anzuziehen.

»Vergiss es!«, ruft Damian und stürzt sich in die Flut, um zu ihm zu schwimmen. Was nicht ganz einfach ist, weil ihm das Wasser so nah am Ufer nur bis knapp über die Hüfte reicht und er sich die Knie am Nordseegrund anschlägt. »Du schwimmst jetzt mit uns! Und ihr kommt auch rein! Gaffen kann jeder!« Er gestikuliert in Richtung von Claire und Tristan auf ihrem sicheren Platz auf dem Steg.

Tristan schüttelt lachend den Kopf, schnappt sich seinen Plastikbecher und steht auf. Kurz tastet er mit den Händen über seine

Hosentaschen, dann sagt er noch etwas zu Claire und schlendert vom Steg aufs Festland.

Damian hat es indessen zu Bene geschafft und nimmt ihn ohne Umschweife in den Schwitzkasten. Für etwa eine Sekunde, denn Bene kann sich wehren und dreht den Spieß um. Was zwar Damians Absicht, aber offenbar nicht ganz durchdacht war, denn er schluckt bei diesem ungleichen Kampf eine ordentliche Portion Salzwasser. Zum Glück kommen ihm kurz darauf Max und Tobi zu Hilfe, und gemeinsam tragen sie den sich halbherzig sträubenden Bene ein Stück ins Wasser zurück. Xander ist bescheuert genug, die Aktion mit seinem Handy zu filmen, das er aus irgendeinem Grund mit ins Wasser gebracht hat. Wenn das Gerät nur nicht baden geht.

»Was ist jetzt, Claire? Kommst du auch rein oder kannst du nicht schwimmen?«, versucht Damian es noch mal, während die anderen eine ausgewachsene Wasserschlacht beginnen. Claire prostet ihm nur mit ihrem Becher zu und lässt weiter die Beine unter dem Geländer des Stegs hindurch baumeln.

»Eine gute Gastgeberin lässt ihre Gäste nicht allein schwimmen!«, grölt Xander, und ein paar Zuschauende am Ufer beginnen, Claires Namen zu rufen. Milky Chance dringen mittlerweile aus den Boxen und heizen die Stimmung zusätzlich an. Eine Stimme übertönt kurzzeitig die anderen Geräusche. Es klingt wie ein zorniger Aufschrei, und Damian sieht sich um. Stört sich jemand an ihrer Aktion oder gar an Claires Beteiligung? Aber nein, im Gegenteil: Ein Grüppchen hat sich am Ufer gebildet und gafft. Die wütenden Stimmen scheinen von anderswo zu kommen. Weiter weg. Damian reckt den Hals, um herauszufinden, welche seiner Mitschüler gerade nichts Besseres zu tun haben, als einen Streit vom Zaun zu brechen. Aber dort, wo er die Kämpfenden vermutet, irgendwo in Richtung Salzwiesen und Moor, versperren ihm die Büsche die Sicht.

»Claire! Claire! Claire!«, beginnen die Zuschauenden an Land und im Wasser zu skandieren. Ihre Stimmen und das Klatschen übertönen die anderen Geräusche mühelos, und auch Damian sieht wieder zu Claire, die tatsächlich den Becher weggestellt und sich erhoben hat. Sie wird doch nicht … Offenbar doch. Zum rhythmischen Klatschen ihrer Mitschülerinnen und Mitschüler zieht sie sich das Brangäne-Kleid über den Kopf. Die Streithähne am Ufer sind vergessen, obwohl noch ein- oder zweimal die unverkennbaren Geräusche einer Schlägerei durch die Anfeuerungsrufe für Claire dringen.

Die muss heute schon ordentlich tief in die Gin-Flasche geschaut haben, mit der Damian sie vorhin gesehen hat. Sie scheint richtig Spaß daran zu haben, sich extralangsam und lasziv ihres Strumpfbands zu entledigen. Das Teil hat sie im Kostümfundus der Schule entdeckt und beschlossen, dass es die perfekte Ergänzung zu ihrem Kleid ist. Wer hätte gedacht, dass es tatsächlich noch jemand zu sehen bekommen würde.

Zur Krönung der Show springt Claire vom Geländer des Stegs ins Wasser und wird dort mit ungewöhnlicher Begeisterung begrüßt. Nur Eske beteiligt sich nicht am Applaus für Claire, sondern schlingt die Arme um Damians Hals. Was ihm nicht ganz unrecht ist. Er schenkt ihr seine Aufmerksamkeit mit voller Hingabe – die Gaffer und Streithähne am Ufer und die Wasserschlacht im Meer rücken in weite Ferne.

Erst als ihn ein Schwall kaltes Wasser im Gesicht erwischt, löst er sich von Eske. »Nehmt euch ein Zimmer!« Xander grinst ihn an. »Eure Show ist nicht jugendfrei.«

Eske sieht sich mit gespielter Sorge um. »Na, so was, gar keine Jugendlichen da«, meint sie schnippisch, ehe sie den Blick wieder auf Xander heftet. »Nur ein eifersüchtiges Kleinkind.«

Aus irgendeinem Grund findet Damian das über die Maßen

witzig. Er kann gar nicht mehr aufhören, zu lachen. »Hast du sein Gesicht gesehen?«, prustet er, obwohl Xander noch direkt neben ihnen steht. »Ich wünschte, ich hätte ein Foto davon. Das is witzig, oder, Eske? Is es doch?«

»Jaja, schon gut.« Eske hakt sich bei ihm unter. Zwei Schwankende, die sich aneinander festhalten. »Lass uns rausgehen, jetzt ist mir kalt.« Sie wirft Xander noch einen vernichtenden Blick zu, ehe sie Damian ans Ufer bugsiert.

Das kalte Wasser hat die Leichtigkeit in seinem Kopf vertrieben. Er braucht dringend noch einen Drink. Weil er noch zu nass ist, um seine Klamotten anzuziehen, bahnt Damian sich so, wie er ist, einen Weg durch die Menge, um sich etwas zu trinken zu organisieren. Eske folgt ihm zu den Stelzen des Bootshauses, wo die Kästen mit Limo und einige Flaschen Bier zum Kühlen im seichten Wasser stehen. »Wo ist denn das gute Zeug?«, murrt er. »Hat das alles Claire intus, oder wie?«

»Das würde einiges erklären.« Eske tritt kichernd neben ihn und inspiziert ebenfalls die Getränkekästen. Sie trägt wieder ihr Kleid, was ziemlich schade ist. »Wir könnten ja schnell Nachschub holen.« Bedeutungsvoll hebt sie die Augenbrauen. »Und uns unterwegs ein Zimmer nehmen, wie Xander vorgeschlagen hat.«

»Das Auto tut's auch.« Die Idee ist gut. Mehr Alkohol und Eske – warum nicht? Damian geht zum Strand zurück und sammelt seine Klamotten ein. Sein T-Shirt kann er nicht finden, aber es geht auch ohne, wie man bei Xander gesehen hat.

Der Autoschlüssel befindet sich zum Glück noch in seiner Hosentasche. Ebenso der Geldbeutel. Damian checkt auf dem Weg zum Parkplatz, wie viel Geld er dabeihat. Für zwei oder drei Flaschen Jacky müsste es schon reichen.

Am Grillplatz, den sie grade passieren, sitzt noch ein kleines Grüppchen aus ihrem Jahrgang, das die Nacktbadeaktion offenbar verpasst hat und sich mit ein paar Urlauberinnen und Urlaubern vom Campingplatz unterhält. Dahinter erstrecken sich die Wohnmobilstellplätze und eine Reihe kleiner Bungalows – weniger schick als die privaten und viel dichter beieinander. »Wart mal!« Eske hält ihn an der Schulter fest. »Kannst du überhaupt noch Auto fahren?«

»Logo.« Damian macht sich von ihr los. »Ist ja nicht weit zur Tanke. Und ich hab gerade ein kaltes Bad genommen. Das macht klar im Kopf.«

Wenn man erst mal das Auto findet, aber schließlich gelingt ihnen auch das. Der Innenraum riecht vertraut, nach Zigarettenrauch und einem Minzduftbäumchen. Eskes süßes Parfüm mischt sich hinein – fremd, aber irgendwie aufregend. Damian berührt flüchtig ihre Hand, bevor er den Motor startet und den Rückwärtsgang einlegt.

»Das Licht«, erinnert Eske. Ihre Stimme klingt ein bisschen nervös, aber sie überspielt es hastig mit einem Kichern.

Richtig, mittlerweile ist die Sonne weg, und es ist ganz schön dunkel geworden. Der erste Schalter aktiviert den Scheibenwischer – vielleicht ist sein Kopf nicht ganz so klar, wie er eben noch dachte –, aber dann flammen die Scheinwerfer auf. Mit den Pedalen hat Damian keine Probleme. Autofahren ist wie Klavierspielen, das verlernt man nicht.

Als er den Fuß von der Kupplung nimmt, macht das Fahrzeug einen kleinen Satz. Ganz langsam manövriert Damian sie vom Parkplatz – ganz ohne einem einzigen parkenden Fahrzeug zu nahe zu kommen.

Wer sagt's denn. Auf der Straße, die vom Campingplatz zum Deich führt, gibt er wieder Gas. Die mondbeschienenen Salzwiesen fliegen an ihnen vorbei. Dahinter liegt in der Ferne nur noch das Moor. Der Straßenbelag ist nicht der neueste: Es ruckelt und knirscht, und ab und zu holpern sie über ein Schlagloch.

»Wo sind denn die Schafe?« Eske starrt aus dem Beifahrerfens-
ter. »Hoffentlich weit weg von der Straße.«

»Die schlafen um die Zeit«, winkt Damian ab. »Und ist da nicht
eh ein Zaun drum? Wäre doch voll gefährlich sonst.«

Es geht durch die Senke mit dem Hochwasserwarnschild und
dann steil bergan. Dafür muss man das Pedal ordentlich durchtre-
ten. Oder runterschalten. Der Motor heult auf. So ein Mist. Warum
läuft keine Musik, um das zu kaschieren? In Damians Auto läuft
sonst immer Musik. Gerade noch so fängt sich das Auto und ruckelt
über die Kuppe des Deichs.

Auf einmal eine Bewegung. Damian will bremsen, aber da knallt
es schon. Ein Ruck geht durch das Auto und presst Damian kurzzeitig in den Sitz. Eske schreit auf, Damian reißt das Lenkrad herum
und schafft es nur mit Mühe, auf der Spur zu bleiben. Sie rollen
den Hang hinunter und bleiben am Fuß des Deichs stehen. Der
Motor erstirbt.

»Was war das?« Eskes Stimme klingt zittrig in der Stille.

Bene / Mittwoch, 09.03., 17:50 Uhr

Was Damian da gerade ausgesprochen hat, ist einfach unvorstell-
bar.

»Du hast ihn überfahren? Du hast Tristan getötet?« In Benes
Kopf dreht sich alles, und er weiß nicht, ob er die Worte nur gedacht oder aus sich hinausgeschrien hat. Doch offenbar ist Letzteres der Fall, denn Damian zuckt zusammen. Blut läuft aus seiner
Nase. Er drückt die Nasenflügel mit einer Hand zusammen, so
gut es geht. Der Airbag vor ihm war monströs aufgebläht und ist
mittlerweile in sich zusammengesunken. Über die Windschutzscheibe zieht sich ein Sprung, offenbar haben sie einen größeren

Ast gestreift. Auch Alice ist vom Airbag aufgefangen worden. Anscheinend steht sie unter Schock, denn sie sagt kein Wort, nestelt nur ziellos an ihrem Sicherheitsgurt herum.

Wie lange sitzen sie schon so da? Ein paar Minuten vielleicht. Gleich nachdem das Auto so merkwürdig schief im Graben zum Stehen gekommen ist, wollte Bene mit dem Handy Hilfe rufen und sich außerdem um Claires Stirnwunde kümmern, doch dann hat Alice Damian am Arm gepackt und gefragt, was los ist, warum er so geschrien hat. Und Damian hat angefangen, zu reden. Zuerst ist Bene nicht mitgekommen. Könnte an einer Gehirnerschütterung liegen, hat er gedacht. Doch dann hat er gecheckt, was Damian da erzählt. Dass der Unfall ihn an einen anderen Unfall erinnert hat. Und alles, was damit zusammenhängt.

»Wir dachten doch, dass es ein Schaf war!«, verteidigt er sich.

»Aber es war kein verdammtes Schaf! Sondern ein Mensch! Eine andere Erklärung gibt es doch gar nicht. Du hast ihn überfahren, besoffen überfahren!«, schreit Bene.

»Einen Menschen hätten wir doch gesehen. Wir dachten, es war ein Schaf. Oder nur ein großer Stein.« Damian redet weiter vor sich hin, ohne auf Benes Wut einzugehen. Seine Stimme stockt immer wieder und bricht. Doch er verstummt nicht. »Ich bin doch nie auf die Idee gekommen, dass es jemand von uns gewesen sein könnte. Erst als Tristan im Moor gefunden wurde, nicht weit von der Unfallstelle, und klar wurde, dass er seit der Party dort liegen muss, da habe ich die Verbindung gezogen.«

»Du hast ihn auf dem Gewissen! Jetzt ist auch klar, woher er die schweren Verletzungen hatte. Kein Wunder, wenn du ihn besoffen anfährst und dann abhaust, ohne ihm zu helfen!«

»Wir dachten, es war ein Schaf.« Damian wiederholt stur diesen Satz. »Wir dachten doch, dass es ein Schaf war. Nur ein Schaf.« Dabei beginnt er, zu weinen. Bene wird mit einem Mal bewusst, dass Damian noch nie in seiner Gegenwart geweint hat. Jetzt hält er die Hände vors Gesicht, und seine Schultern schüttelt es vor unterdrücktem Schluchzen. »Wir dachten, es war ein Schaf.«

Doch Bene ist so zornig, dass er keinerlei Mitleid empfinden kann. Er donnert seine Faust von hinten gegen Damians Sitz, der zusammenzuckt, sich abschnallt, die Autotür aufreißt und sich ins Gras erbricht. Er würgt und schluchzt gleichermaßen. Schwer atmend lehnt er sich dann wieder in den Sitz zurück. Bene wendet den Blick ab.

Claire presst immer noch ein Taschentuch an ihre Stirn, doch es färbt sich langsam rot. Da ist Blut auf ihrer Wange und ihrer weißen Bluse. Bene streift seinen Pulli ab und reicht ihn ihr hinüber. Claire nickt ihm zu, knüllt den Stoff zusammen und drückt nun den Pulli gegen den Kopf. Sie ist erstaunlich ruhig, obwohl sie Schmerzen haben muss. »Ihr seid also nicht ausgestiegen, um zu schauen, wen oder was ihr da angefahren habt?«, fragt sie.

»Nein. Ich hatte Angst«, flüstert Damian. »Versteht ihr, ich wollte meinen Führerschein nicht verlieren. Wenn ich ein Schaf angefahren hätte und wir hätten die Polizei gerufen oder den Bauern, dem das Schaf gehört, und die hätten auf einem Alkoholtest bestanden …«

Bene krampft die Finger um die Haltestangen von Damians Kopfstütze. Er würde ihn am liebsten schütteln, nein, schlagen, richtig auf ihn eindreschen. Ihm klarmachen, welche Tragödie er verschuldet hat. Denn offenbar kapiert er das nicht. Er tut so, als wäre es normal, aus Angst vor einem Führerscheinentzug ein Menschenleben zu opfern.

»Auch auf dem Rückweg habt ihr nicht angehalten?« Claires Miene ist undurchdringlich. »Um mögliche Spuren zu beseitigen?«

»Es war nichts zu sehen. Beim Zurückfahren habe ich ganz

genau auf die Straße geschaut. Aber da war nichts. Am Auto hat man auch nichts gesehen. Also nicht mehr als vorher. Die Rostlaube war ja eh voller Dellen. Da konnte ich nicht sagen, ob neue dabei waren. Ich dachte, vielleicht habe ich das Schaf nur gestreift. Und es war nicht schlimm. Dass es danach weitergelaufen ist.«

»Aber es war kein Schaf. Es war Tristan. Und er hat sich dann schwer verletzt ins Moor geschleppt und ist dort gestorben.« Alice stößt einen Laut aus, eine Mischung aus einem Schluchzen und einem Aufschrei. »Seine letzten Minuten, ganz allein. Er muss furchtbare Angst gehabt haben.«

Bene würde sie am liebsten in den Arm nehmen, aber er sitzt hinten und kann ihr nur die Hand auf die Schulter legen.

Damian starrt mit stumpfem Blick vor sich hin.

»Das kann ich dir einfach nicht glauben, Damian. Sorry, aber …« Claire stößt den Atem aus. »Wenn Tristan durch den Unfall nur verletzt gewesen wäre, hätte er mit dem Handy doch Hilfe rufen können. Das hat er offenbar nicht getan, also kann er nicht mehr bei Bewusstsein gewesen sein und sich logischerweise auch nicht aus eigener Kraft irgendwo hingeschleppt haben. Und klar, du warst besoffen. Aber Eske war doch dabei. Eske, die nüchterner war als du und die uns jetzt alle verdächtig machen will. Ihr habt ihn gefunden auf dem Rückweg und ihn gemeinsam zurücktransportiert, oder? Vielleicht sogar ins Moor geschmissen, damit eure Schuld nicht rauskommt!«

»Nein!« Damian schüttelt wild den Kopf und hält dann mit einem Schmerzenslaut wieder inne. Er greift sich an den Kopf. Sein Nasenbluten setzt erneut ein. »Ich hätte natürlich den Notruf gewählt, wenn ich gewusst hätte, dass es ein Mensch war. Das glaubt ihr mir doch, oder?«

Die Frage hängt schwer im Inneren des Autos. Niemand antwortet. Und das ist eigentlich Antwort genug.

Mit einem Ruck stößt Claire die Autotür auf, schnallt sich ab und steigt aus.

»Wo gehst du hin?«, fragt Bene alarmiert.

Sie blickt noch einmal ins Auto und reicht Damian dann kommentarlos ein Taschentuch und eine Flasche Wasser aus ihrer Handtasche. »Ein Taxi bestellen, das uns nach Hause bringt oder vorsichtshalber in die Notaufnahme. Und einen Abschleppwagen brauchen wir auch. Sorry, aber ich verspüre keine große Lust, noch länger mit euch hier in einem Graben festzusitzen und mir halb gare Storys anzuhören. Du bist ja sicherlich im ADAC, oder, Alice?« Ohne auf eine Antwort zu warten, zieht sie ihr Handy aus der Manteltasche und klettert ein Stück den Hang hinauf.

Nun schnallt sich auch Bene ab und beeilt sich, hinauszukommen. »Sei vorsichtig, Claire, wenn du dich neben die Straße stellst. Die Autofahrer sehen dich in der Dämmerung sicher schlecht mit deinem dunkelgrünen Mantel«, ruft er ihr hinterher und wird sich gleichzeitig der Ironie dieser Aussage bewusst, nach dem, was Damian gerade erzählt hat. Er läuft um das Auto herum, um Alice beim Aussteigen zu helfen. Ihr Beetle sieht nicht gut aus. Ein Reifen ist platt, die Front ist eingedellt, und auf der Windschutzscheibe prangt der Kratzer, den er von innen schon erspäht hat. Dabei haben sie wahnsinniges Glück gehabt, nur im Graben gelandet zu sein. Und nicht auf der Gegenfahrbahn in einem entgegenkommenden Auto oder an einem Baum.

»Was war das eigentlich, was da über die Straße gelaufen ist?«

»Ein Hase.« Alice klingt erschöpft. Ihr kurzes Haar steht wild ab. Das Gesicht ist blass, sodass ihre Augen noch größer wirken. »Er hat es aber rechtzeitig auf die andere Straßenseite geschafft.«

Ein Hase. All das wegen eines Hasen. »Willst du auch aussteigen?«, fragt Bene besorgt. »Ein bisschen Bewegung ist vielleicht nicht verkehrt, für den Kreislauf.« Er nimmt ihre Hände in seine und reibt behutsam darüber. Ihre Finger sind eiskalt. »Oder hast du Schmerzen? Ist dir beim Aufprall was passiert?«

»Ich glaube nicht.« Sie sieht verwirrt aus. »Ich habe bloß das Gefühl, irgendwie neben mir zu stehen.«

»Das ist der Schock. Du hast aber genau richtig reagiert. Wenn Damian nicht ausgerastet wäre und versucht hätte, das Lenkrad herumzureißen, dann wären wir wahrscheinlich trotz der abrupten Bremsung auf der Straße geblieben. Dann wäre gar nichts passiert.«

Alice lässt sich von Bene aus dem Auto helfen. Sie schluckt mehrfach. »Ich bin zu schnell gefahren. Ich wollte im Moor sein, bevor es richtig dunkel ist.«

»Ich weiß doch.« Bene sucht nach Worten, doch ihm fällt nichts Tröstliches ein. Schuldbewusst blickt er zu Damian hinüber, der die Hände an den Kopf presst, sich auf dem Beifahrersitz ansonsten aber nicht rührt. Elend sieht er aus. Doch Bene kann sich nicht überwinden, zu ihm zu gehen.

Alice streicht geistesabwesend mit dem Finger über eine Delle im Kotflügel.

»Das wird wahrscheinlich nicht ganz billig«, sagt Bene schnell. »Hoffentlich zahlt die Versicherung. Ist ja so was wie ein Wildschaden. Oder wir könnten zusammenlegen.« Er verstummt. Viel Erspartes hat er nicht, Damian auch nicht, soviel er weiß. Und bei Claire ist er sich nicht so ganz sicher. Sie wohnt in einer Villa, aber was heißt das schon.

»Das Auto ist mir egal. Ich kann mit dem Bus auf die Arbeit fahren. Aber Tristan …« Alice starrt Bene an. Ihre Pupillen sind riesig. »Es ist so unnötig, dass er tot ist. Und wie er gestorben ist. Ich halte das nicht aus.« Plötzlich laufen Tränen ihre Wangen hinunter. »Wenn Damian doch nur angehalten und den Notruf gewählt hätte.«

Bene gibt sein Bestes, Alices Tränen wegzuwischen. Doch irgendwann zieht er Alices Gesicht einfach gegen seine Brust. Er steht nur in Jeans und T-Shirt da, weil er Claire seinen Pulli gegeben hat. Der Wind zieht durch den dünnen Stoff und lässt ihn frösteln. Aber um nichts in der Welt würde er sich jetzt von der Stelle bewegen.

Schließlich verebbt Alices Schluchzen langsam.

Irgendwann hören sie Claire zurückkommen, die ihnen zunickt. »Es dauert etwas. Aber sie schicken jemanden los.« Dann stehen sie zu dritt neben dem Beetle. Bene kickt einen Stein herum. Das Gras ist nass unter seinen Turnschuhen. Alice hat die Arme um sich geschlungen, wie um sich selbst zu wärmen. Und Claire presst wieder den Pulli an ihre Stirn und starrt auf das Feld, das hinter dem Graben beginnt. Dunkelheit breitet sich übers Land. Niemand sagt mehr etwas.

Nur Damian bleibt im Auto sitzen. Mit den Händen vor dem Gesicht, zusammengekrümmt über dem schlaffen Airbagstoff. Sein Atem klingt röchelnd durch die Stille, wahrscheinlich vom Nasenbluten.

»Hat das Wasser geholfen? Brauchst du noch ein Taschentuch?«, fragt Bene schließlich doch und beugt sich hinunter, um Damian besser sehen zu können. Der antwortet nicht. Als Bene ihn an der Schulter berührt, pendelt Damians Kopf plötzlich zur Seite. Er ist bewusstlos.

Claire / Mittwoch, 09.03., 19:50 Uhr

Wieder sitzt Claire auf dem Rücksitz. Den schwarzen Beetle haben sie gegen ein cremefarbenes Taxi getauscht. Doch diesmal hat sich Alice zwischen Bene und sie gequetscht. Niemand wollte auf dem Beifahrersitz Platz nehmen. Dort, wo eben noch Damian saß, der jetzt mit einem Krankenwagen auf dem Weg in die Klinik ist. Hoffentlich ist er dort gut aufgehoben. Sie hätte gleich den Notruf wählen sollen, als Damian sich übergeben hat und das Blut aus seiner Nase kam. Wer weiß, was das für Folgen haben kann! Falls er einen Schädelbasisbruch hat oder so, zählt da nicht jede Sekunde?

Claire hat das Gefühl, alles falsch gemacht zu haben. Aber diese plötzliche Offenbarung von Damian, was am Partyabend geschehen ist, hat sie zu sehr geschockt. Sie hat ein paar Minuten gebraucht, um sich von dem Unfall zu erholen und Damians Geschichte zu verarbeiten. Hoffentlich waren es nicht ein paar Minuten zu viel.

Sie spürt ein leichtes Zittern an der Stelle, an der Alices und ihr Körper sich berühren. Alice ist definitiv fertig mit den Nerven. Als der Abschleppwagen kam, hat sie kaum ein vernünftiges Wort herausgebracht. Deshalb hat Claire für sie notiert, zu welcher Werkstatt der Beetle kommt, und Bene hat noch den Fahrzeugbrief aus dem Handschuhfach herausgesucht.

Das Taxi riecht nach kaltem Rauch. Die Sitze erinnern Claire an den alten Mercedes ihrer Eltern, und sie legt die Hand neben ihrem Oberschenkel auf das kühle Leder. Die Wunde an ihrer Stirn hat endlich aufgehört, zu bluten, und so muss sie Benes Pulli nicht mehr ständig dagegendrücken. Allerdings pocht es noch immer unangenehm, und Claire fragt sich, ob sie damit nicht vielleicht zum Arzt sollte. Wenn, dann erst morgen, heute auf keinen Fall mehr.

»Wen soll ich zuerst nach Hause fahren?«, fragt der Taxifahrer. Er ist ein junger Kerl, ungefähr in ihrem Alter, mit einem seltsamen Schnurrbart, dessen Enden fast bis zum Kinn hinunterhängen. Claire hat das Gefühl, dass er sie immer wieder im Rückspiegel mustert. Wahrscheinlich weil sie aussieht wie ein Zombie, blass, mit Ringen unter den Augen, und dann auch noch das getrocknete Blut im Gesicht.

»Also? Wer möchte zuerst?«, wiederholt der Mann.

Da Claire und Bene weiter still bleiben, nennt Alice mit leiser Stimme ihre Adresse. Gedankenverloren dreht sie einen zerknitterten Geldschein in den Händen und streicht ihn immer wieder glatt. Als sie vor Alices Häuschen halten, drückt sie Claire den Schein in die Hand. Bene klettert zuerst aus dem Auto, um Alice herauszulassen, und reicht ihr eine Hand, damit sie leichter aussteigen kann. Claire hört, dass sie noch ein paar geflüsterte Worte wechseln.

»Sicher?«, fragt Bene. »Es wäre kein Problem.« Wahrscheinlich hat er gerade angeboten, bei ihr zu übernachten, falls sie nachts Albträume hat. Auf dem Fußboden neben ihrem Bett selbstverständlich oder auf dem Sofa im Wohnzimmer. Claire seufzt leise. Doch Alice will offenbar allein sein, denn Bene steigt kurz darauf wieder ein.

»Können Sie als Nächstes an einer Apotheke halten?«, fragt Claire den Taxifahrer. Sie checkt auf dem Handy, welche Apotheke heute Abend Notdienst hat, und gibt die Adresse durch. Sie braucht zumindest ein großflächiges Pflaster und etwas Desinfektionsmittel. Der Verbandskasten bei ihren Eltern ist garantiert schon seit vierzig Jahren abgelaufen.

»Klar, kein Problem.« Der Mann klingt fröhlich. Kein Wunder, sicherlich freut er sich über die vielen Umwege, die er fahren darf. Das Taxameter zählt schließlich mit. Die elektronischen Ziffern sind in Rot gehalten, damit man auch ja den Blick nicht davon abwenden kann. Claire späht darauf, während ihre Gedanken auf Wanderschaft gehen.

Es weist alles darauf hin, dass Damian Tristan angefahren oder sogar überfahren hat. Aber eine Frage lässt Claire keine Ruhe: Wie ist es dazu gekommen? Wieso war Tristan überhaupt auf der Straße unterwegs, ganz allein und ein ganzes Stück entfernt von der Party? Es wirkt fast so, als hätte er plötzlich beschlossen, den weiten Weg nach Hause zu laufen.

Aber weshalb? Allein mit dem Auto braucht man gute zwanzig Minuten vom Schwimmenden Moor nach Nordenham. Wie lange läuft man dann? Mehrere Stunden? Das ist in der Dunkelheit ja auch ziemlich gefährlich, spätestens auf der Landstraße wären die Autos dann mit hundert Stundenkilometern an ihm vorbeigerast. So weit ist er allerdings gar nicht gekommen. Claire schluckt, als ihr bewusst wird, dass der Ablauf des Partyabends ihr nach wie vor alles andere als klar ist. Weshalb hat Tristan bloß niemandem etwas gesagt, als er aufgebrochen ist?

Gedankenverloren starrt sie nach vorne.

»Wegen mir musst du deine Wunde übrigens nicht bepflastern. Sieht gefährlich aus, nicht so nach bravem Mädchen. Ich mag das.« Der Fahrer zwinkert Claire im Rückspiegel zu. Als niemand antwortet, hüstelt er und stellt dann das Radio an.

Kurz darauf halten sie schon an der Apotheke, und Claire steigt aus, um die Apothekerin rauszuklingeln.

Rauchgeruch umhüllt sie, als sie wieder ins Taxi steigt, und im Radio läuft die Werbung eines Supermarktriesen. »Zu dir oder zu mir?«, fragt Claire in Benes Richtung und versucht sich an einem Lächeln.

»Zu dir natürlich! Ich lass dich in diesem Zustand doch nicht allein nach Hause fahren.« Bene wirft einen misstrauischen Blick nach vorne und nennt dem Taxifahrer den Straßennamen.

Wieder begegnet Claire dem Blick des Taxifahrers im Spiegel. Sein Schnurrbart zittert, wenn er den Mund zum Lächeln verzieht. Energisch dreht sie den Kopf zur Seite und tut so, als würde sie aus dem Fenster sehen. Straßenlaternen, die ein oranges Licht verbreiten. Eine Katze, die über den Gehsteig huscht und auf ein Gartentor springt.

Das Geplapper im Radio ist so lange bloßes Hintergrundgeräusch gewesen, dass Claire erst aufmerksam wird, als Bene sie anstupst.

»… keine weiteren Informationen, ob die Polizei durch den neuen Fund im Moor weitere Anhaltspunkte über den Tathergang erhalten hat …«

»Was? Was ist gefunden worden?«, fragt Claire laut.

Der Taxifahrer zuckt zusammen.

»Sein Rucksack. Mit dem Handy drin, glaube ich«, erklärt Bene. »Ich habe aber auch nicht alles mitbekommen.«

»Sssscht!«, fährt Claire ihm über den Mund. Sie lauscht angestrengt. »Machen Sie das lauter!«, befiehlt sie dann.

Es dauert einen Moment, bis der Taxifahrer kapiert, dass er gemeint ist. Dann dreht er die Lautstärke hoch.

»… Leiche war vor Kurzem entdeckt worden. Den polizeilichen Ermittlungen zufolge lag der junge Mann dort seit einer Schulabschlussparty im vergangenen Juli.« Die Radiosprecherin wiederholt die Fakten, die Claire schon kennt. Warum hat sie nur den Anfang verpasst, warum hat sie nicht zugehört? Sie entsperrt ihr Handy und ruft verschiedene Nachrichtenseiten auf, die viel zu lange laden.

»Aber was hat die Polizei jetzt noch gefunden? Was genau? Im Rucksack muss doch noch mehr gewesen sein als nur das Handy, oder nicht? Haben sie sonst noch was erwähnt?«, fragt sie Bene.

Ein roter Tropfen landet auf ihrem Blusenkragen. Verdammt, jetzt fängt auch die Wunde wieder an, zu bluten. Reflexartig drückt Claire ihren Unterarm gegen die Stirn. Die Bluse ist eh hinüber.

Bene sieht sie mitfühlend an. »Keine Ahnung. Aber das werden wir sicher bald erfahren. Dieses ständige Warten auf Neuigkeiten, die dann doch immer nur schlecht sind, macht mich fertig.«

Claire ignoriert ihn. Sie spürt ihren Puls nicht nur in der Wunde, sondern im ganzen Körper. Die Polizei hat sich also nicht mit dem Leichenfund zufriedengegeben. Sie haben das Moor noch mal durchkämmt. Aber warum ist der Rucksack dann so spät gefunden worden? Kann das am Schwimmenden Moor selbst liegen? Dass die regelmäßigen Flutungen durch das Meerwasser Gegenstände an eine andere Stelle spülen?

Sie beugt sich zum Taxifahrer nach vorne. »Haben Sie was mitbekommen? Was genau gefunden wurde?«

»Der Rucksack von diesem Toten im Moor.«

»Ja, der Rucksack. Aber was sonst noch?«

»Lady, du bezahlst mich fürs Fahren, nicht fürs Radiohören.«

Bene überbrückt die Distanz zwischen ihnen und drückt Claires freie Hand. »Wir finden das schon noch raus.« Dann flüstert er: »Denkst du, sie haben was gefunden, das Damian belasten könnte?«

Claire zögert für einen Moment. »Ich wünsche mir, dass es nicht so ist. Aber ich kann Damian einfach nicht glauben, dass sie nicht ausgestiegen sind, um nachzuschauen. Und wenn sie ausgestiegen sind, dann müssen sie was mit der Leiche gemacht haben. Ich befürchte einfach …«

Sie unterbricht sich selbst, als der Taxifahrer in die Auffahrt zur Villa Hagenbrock einbiegt und dicht vor dem Tor anhält. »Danke!« Sie reicht Bene das Geld von Alice und legt noch mal zwanzig Euro drauf.

Währenddessen dreht sich der Taxifahrer nach hinten um. Er grinst Claire an. »Bist du nicht diese Studentin? Die beim Strippen gefilmt wurde? Gar nicht schlecht, das Video!« Er streicht seinen Schnurrbart zurecht und glättet sein Haar. »Können wir noch ein Foto zusammen machen, bevor du aussteigst?«

Alice / Mittwoch, 09.03., 20:00 Uhr

Die Treppe hinauf zu ihrem Zimmer scheint kein Ende zu nehmen. Alice spürt jede Stufe, jeden Schritt in ihrer Wirbelsäule. Vielleicht hätte sie auf Benes Rat hören und in die Notaufnahme gehen sollen. Der Aufprall ist doch ganz schön heftig gewesen. Aber schlimmer als die Schmerzen in ihren Gliedern ist das Rotieren ihrer Gedanken. Sie braucht ihr vertrautes Zimmer, ihr gemütliches Bett, ein weiches Kissen, um hineinzuweinen.

Zum Glück schläft ihr Vater schon, und sie muss ihm heute nichts mehr erzählen. Es reicht, wenn sie ihm morgen beibringen muss, dass das Auto Schrott ist. Wie soll sie eigentlich zur Arbeit kommen? Wenn sie morgen überhaupt arbeiten kann. Und wenn nicht, wie soll sie das Georg schon wieder erklären?

Alice drückt die Türklinke hinunter und betritt ihr Zimmer unter dem Dach. Aber auch das hilft nichts. Nichts kann das ausradieren, was Damian ihnen gestanden hat. Und nichts die Bilder verbannen, die seitdem in ihrem Kopf ablaufen, immer und immer wieder.

Es summt in ihrer Tasche. Alice zieht ihr Handy heraus und will es ausschalten. Doch das Dropdown-Menü zeigt an, dass es sich um eine Nachricht von Bene handelt. Also lässt Alice sich auf die Bettkante sinken und öffnet den Chat.

Hey, wollte nur wissen, ob du so weit okay bist. Mein Handy ist die ganze Nacht an, falls du reden willst.

Ein winziges Tröpfchen Wärme breitet sich in Alice aus. Bene, fürsorglich wie immer, obwohl in ihm der gleiche Aufruhr wie in ihr herrschen muss. Kurz überlegt sie, ob sie ihn wirklich anrufen soll. Vielleicht ist seine Nachricht gar kein selbstloses Angebot, sondern eine Bitte. Seine Stimme zu hören, würde die Finsternis für eine Weile zurückdrängen.

Bene tippt immer noch. Es dauert eine Weile, bis seine zweite Nachricht auftaucht: *Sie haben eben im Radio gebracht, dass Tristans Rucksack im Moor gefunden wurde. Nicht weit von da, wo er lag. Sie checken jetzt bestimmt sein Handy … Bis vorhin hätte ich gehofft, dass sie dann endlich was herausfinden.*

Alice blinzelt den Tränenschleier vor ihren Augen weg. Sie liest die Nachricht noch einmal und dann ein drittes Mal. Etwas irritiert sie daran. Aber was?

Sie starrt auf das Smartphone in ihrer Hand, ohne den Chatverlauf zu sehen. Sie spürt die glatte Rückseite in ihrer Hand, und eine Welle der Aufregung flutet durch ihren Körper.

Das Smartphone landet mit einem dumpfen Aufprall im Gras. Instinktiv bückt Alice sich danach und hebt es auf.

»Ähm … Tristan?« Ihre Stimme klingt brüchig, verflixt. Weder hat Tristan sie gehört noch scheint er bemerkt zu haben, dass ihm beim Aufstehen das Handy aus der Tasche gerutscht ist. Alice räuspert sich und setzt an, seinen Namen noch einmal lauter zu sagen, damit er stehen bleibt, aber sie bringt keinen Ton heraus. Eigentlich will sie gar nicht, dass er sich zu ihr umdreht.

Sie wird nie seinen Blick vergessen, als sie vorhin vor ihm stand und ihm die Hand entgegengestreckt hat, während Ed Sheeran davon gesungen hat, barfuß im Gras zu tanzen.

Panisch, fluchtbereit, schockiert. Als hätte sie ihm ein Messer statt ihrer Hand entgegengestreckt. Was für eine bescheuerte Idee. Sie hat es sich so romantisch vorgestellt – wahrscheinlich hat sie zu viele Liebesromane gelesen. Dabei hätte sie wissen müssen, dass Tristan nicht der Typ für so eine Aktion ist. Ausgerechnet Damian hat ihn besser durchschaut als sie: Tristan ist jemand, der im stillen Kämmerlein über Dinge nachdenken muss. Ihn so mit ihren Gefühlen zu überrumpeln, noch dazu vor aller Augen, war der falsche Weg.

Alice schließt die Finger fester um sein Handy. Sie weiß, wie sie es anstellen kann. So hätte sie es von Anfang an machen sollen. Ohne Ed Sheeran und ohne unerwünschtes Publikum. Vielleicht ein bisschen ungewöhnlich und auch nicht halb so romantisch wie ein Tanz im Gras, aber sie wird Tristan Zeit geben, um seine Gedanken zu sortieren. Genug Zeit.

Mit einem letzten Blick hinüber zu Tristan schiebt sie sein Smartphone in ihre Hosentasche. Sie sieht sich um und überlegt, wo sie hingehen soll. Um sie herum wimmelt es von ihren Mitschülerinnen und Mitschülern. Sie sitzen im Gras, trinken, unterhalten sich und lachen miteinander. In einiger Entfernung stehen Damian und seine neuste Eroberung Eske. Offenbar wollen sie schwimmen gehen, denn Damian zieht sich gerade das Shirt aus und wirft es ins Gras.

Hier wird sie keine Ruhe für die Umsetzung ihres Vorhabens finden, genauso wenig wie drüben am Campingplatz.

Dann also in die andere Richtung. Querfeldein, weg vom Meer, vom Campingplatz und vom Bootshaus. Zum Schwimmenden Moor, dort ist es einsam und still. Idyllisch, ja geradezu inspirierend. Genau der richtige Ort.

Am Rande des Moors findet sie einen umgestürzten Birkenstamm – der perfekte Platz zum Nachdenken.

Das Handy wiegt schwer in ihrer Hand. Eigentlich bräuchte sie es nicht, um Damians Rat zu folgen. Sie könnte Tristan auch einfach schreiben. Keinen Brief vielleicht, aber eine Text- oder Sprachnachricht könnte sie ihm von ihrem eigenen Handy aus schicken. Sie könnte sie morgen absenden, wenn er schon unterwegs ist. Dann hätte er alle Zeit der Welt, um über ihre Gefühle nachzudenken, und müsste Alice dabei nicht unter die Augen treten. Aber vermutlich würde er sich verpflichtet fühlen, ihr irgendwie zu antworten, und das wäre dann doch wieder blöd.

Nein, so ist es viel besser. So findet er die Nachricht vielleicht nicht sofort, sondern erst irgendwann im Lauf seiner Reise. Oder nie. Alice mag den Gedanken, dass auch ein wenig Schicksal dazugehört. Dann kann sie sich, wenn sie nichts von ihm hört, immer noch einreden, er hätte ihre Nachricht noch gar nicht gefunden.

Sie entsperrt den Bildschirm und ist heilfroh, dass dazu keine PIN nötig ist. Typisch Tristan. Er verwendet sein Handy nicht ausgiebig genug, um so eine Sicherheitsvorkehrung für nötig zu halten.

Der Messenger ist geöffnet und zeigt neue Nachrichten in zwei Chats. Hastig minimiert Alice das Fenster und swiped sich durch die Icons auf dem Homescreen, bis sie findet, was sie gesucht hat. Sie öffnet die Sprachmemo-App und drückt, ohne länger nachzudenken, die Aufnahmetaste.

»Hey, Tristan. Hier ist …« Ihre Stimme wackelt, und sie muss sich räuspern. »Isolde«, vollendet sie den Satz dann anders als geplant. »Ich wollte dir noch sagen, wie wahnsinnig toll du deine Rolle gespielt hast. Ich hab echt gerne mit dir auf der Bühne gestanden. Also, ich war gerne deine Isolde, und du warst wirklich großartig in deiner Rolle und …« Nein, das hat sie schon gesagt. Atmen, Alice, atmen. Sie blinzelt in den Sonnenuntergang und schluckt ein paarmal, ehe sie weiterspricht. »Ich hab dir auf der Bühne so oft meine unsterbliche Liebe erklärt, und jetzt bekomme ich keine zwei sinnvollen Sätze zusammen, ist das zu fassen? Ich … Weißt du, mit dir auf der Bühne zu sein, das war …« Wieder stockt sie. Vermutlich hätte sie sich die Worte doch vorher zurechtlegen sollen. Ob sie noch mal von vorne anfangen soll? Oder wirkt es dann auswendig gelernt? Besser, sie spricht einfach weiter: »… das war für mich irgendwie auch so eine Art … Na ja, so was wie ein Liebestrank. Das wollte ich dich nur wissen lassen und …« Eigentlich ist jetzt alles gesagt – nicht zu viel und nicht zu wenig. Genug, damit Tristan weiß, was sie für ihn empfindet. Aber nicht so viel, dass er sich zu einer Antwort gezwungen fühlt, wenn er ihr keine geben kann oder will. Eigentlich könnte sie den Aufnahmeknopf einfach loslassen. Aber da sind noch Worte. Worte, die nicht ihre sind, aber die ihr so leicht über die Lippen kommen, weil sie sie ihm schon so oft gesagt hat – unzählige Male auf der Bühne von Isolde zu Tristan, aber heute zum ersten Mal ganz echt von Alice zu Michael: »Wohin, woran auch immer ich denken mag, da ist nicht dies, da ist nicht das. Da bist nur du und die Liebe.« Dann lässt sie den Aufnahmeknopf los und springt von ihrem Baumstamm.

Jetzt aber schnell zurück, bevor sie kalte Füße bekommt und die Aufnahme gleich wieder löscht, weil sie doch direkter geworden ist als eigentlich geplant. Hoffentlich sucht Tristan sein Handy noch nicht. Wenn sie es geschickt anstellt, kann sie so tun, als hätte sie es eben erst im Gras gefunden. Es ihm zurückgeben, ohne ihm in die Augen zu sehen. Keine große Sache.

Die Wiese ist jetzt verlassen, der gesamte Jahrgang scheint unten am Kiesstrand zu sein. Ein paar von ihnen sind sogar im Wasser, der Rest steht am Ufer und schaut zu. Es dauert auch nicht lange, bis Alice herausfindet, was genau es dort zu sehen gibt, denn Damian kommt in diesem Moment aus dem Meer gewatet – splitterfasernackt und gefolgt von einer ebenso nackten Eske.

Fassungslos sieht Alice zu, wie Damian sich ungerührt einen Weg an den anderen vorbei zu den Getränkekisten am Fuß des Bootshauses bahnt und diese inspiziert.

»Wo ist denn das gute Zeug?«, fragt er laut. »Hat das alles Claire intus, oder wie?«

Aus irgendeinem Grund findet Eske das ziemlich witzig. Alice macht einen Bogen um die Schaulustigen am Ufer und geht zum Bootshaus. Vom Steg aus kann sie erkennen, dass Damian und Eske keineswegs allein nackt baden waren: Ein halbes Dutzend ihrer Mitschülerinnen und Mitschüler tummelt sich noch im Wasser, darunter auch – ist das zu fassen? – Claire und Bene. Letzterer allerdings als Einziger mit Badehose, was irgendwie witzig ist und ein bisschen süß. Smart sowieso. Alice will lieber nicht daran denken, wie Claire morgen zumute sein wird, wenn sie ihren Rausch ausgeschlafen hat. Am besten wäre es, wenn Claire sich morgen an diese Aktion gar nicht mehr erinnert, die so gar nicht zu ihr passt und dem Alkohol geschuldet sein muss, der heute schon in Strömen geflossen ist.

Ob sie Claire aus dem Wasser holen soll? Nein, dafür ist es jetzt schon zu spät. Außerdem hat Alice gerade ein anderes Problem: Tristan scheint sich weder unter den Schwimmenden noch unter den Zuschauenden zu befinden. Sie will sich gerade abwenden, als Claire sie entdeckt.

»Hey, Alice!« Sie schwimmt mit beeindruckend koordinierten Kraulbewegungen zum Steg und stemmt sich daran aus dem Wasser. Sie hat tatsächlich nichts an, scheint das aber schleunigst ändern zu wollen, denn sie schlüpft, klitschnass, wie sie ist, in ihr Kleid, das auf den morschen Holzbohlen liegt.

»Oder wolltest du auch gerade reinkommen?« Claires Lächeln ist ein klein wenig verlegen.

Alice schüttelt den Kopf. »Ich schwimm nicht so gern«, meint sie vage. Zumindest nicht nackt unter Einfluss von Alkohol. »Ich hab mich ja dafür vorhin schon zum Affen gemacht.« Sie schluckt. »Wo ist eigentlich Tristan?«

Claire klemmt sich den Adrenalin-Pen wieder in den Gürtel und verstaut das Tütchen mit dem Antiallergikum in ihrem Ausschnitt. Selbst betrunken und nach einer spontanen Nacktbadesession organisiert wie immer. Das Haar fällt ihr nass auf die Schultern und verfärbt den Stoff ihres Kleides dunkel. »Keine Ahnung. Vielleicht vor der Show hier geflüchtet.«

Ja, das würde ihm ähnlichsehen. Alice beschließt, einfach zu warten, bis er wieder auftaucht. Am Ufer hat das Interesse an den Badenden mittlerweile abgenommen, und die Leute zerstreuen sich wieder. Ein kleines Grüppchen ist auf dem Weg zurück zum Grillplatz, mit Feuerholz und den langen Stäben zum Grillen von Würstchen und Marshmallows im Gepäck.

»Wollen wir auch?«, fragt Alice mit einem Nicken in Richtung Grillplatz. Von dort aus hätte sie die Umgebung im Blick, sodass sie Tristans Rückkehr kaum verpassen könnte. Obwohl es langsam ziemlich dunkel wird.

Claire nickt und schlüpft in ihre Schuhe. Gemeinsam schlendern sie hinüber und setzen sich zu den anderen an das noch recht klägliche Feuer. Sie reden über das Theaterstück und über das alte Bootshaus, spötteln gutmütig über Bene, der irgendwann auch aus dem Wasser kommt und sich zu seiner nassen Badehose ein Shirt überzieht. Irgendwann kehren Damian und Eske mit einigen Flaschen Berentzen und Jacky vom Parkplatz zurück und werden grölend am Lagerfeuer begrüßt. Mittlerweile züngeln die Flammen munter vor sich hin und erhellen die wachsende Runde. Damian überlässt es Eske, den Alkohol unter die Leute zu bringen. Er selbst schnappt sich, oberkörperfrei, wie er immer noch ist, eine der Flaschen und sucht sich einen Platz auf der anderen Seite des Feuers – fast als hätten die beiden Streit gehabt. Im Gras sitzend, fördert er von irgendwoher eine Gitarre zutage und beginnt, zu spielen: Smoke on the Water und Sweet Home Alabama. Ein Chor aus

Betrunkenen singt inbrünstig mit, aber Damian übertönt sie alle mit seiner kratzig-tiefen Stimme.

Als er schließlich Who the Fuck Is Alice anstimmt, hat Alice genug. Tristan ist immer noch nicht aufgetaucht, und das Handy in ihrer Tasche macht sie zunehmend nervös. Was, wenn Tristan längst bemerkt hat, dass es fehlt, und es jetzt sucht?

Alice schiebt sich zwischen Claire und Bene hindurch, hinaus aus dem Kreis am Lagerfeuer. Die Luft ist abseits des Lichtkreises merklich kühler, riecht aber auch hier noch nach Rauch und verkohlten Marshmallows. Alice wählt den Kiesweg zwischen Strand und Gras. Sie wird Tristans Handy einfach im Bootshaus in seinen Rucksack stecken – kein Problem. Er wird sich vielleicht wundern, dann aber sicher zu dem Schluss kommen, dass er einfach nur nicht richtig nachgesehen hat. Wenn er irgendwann in den nächsten Wochen oder Monaten Alices Nachricht findet, wird er eins und eins zusammenzählen können. Aber für den Moment ist nichts verdächtig daran.

Die Bohlen des Stegs knarzen unter ihren Füßen. Der Grillplatz ist zu weit entfernt, der Schein des Feuers dringt nicht bis hierher vor. Alice kann in der Dunkelheit nicht erkennen, welche Bretter noch halbwegs in Ordnung sind und welche schon brüchig. Das ganze Bootshaus müsste dringend renoviert werden. Claires Familie hat doch eigentlich genug Geld, aber aus irgendeinem Grund lassen sie das Haus total verfallen. Schade eigentlich, denn es ist wirklich ein schönes Plätzchen. Sogar elektrisches Licht gibt es im Inneren. Alice ist dankbar, als sie auf den Schalter drücken kann, nachdem sie die Tür aufgestoßen hat. Eine nackte Glühbirne flammt an der Decke auf. Besonders hell ist sie nicht, aber sie tut ihren Zweck.

Im Inneren des Bootshauses befinden sich lediglich ein alter Schrank voller Badesachen, ein Kasten Wasser und zwei Paar

Gummistiefel. Direkt in der Ecke neben der Tür steht ein Holztisch mit Eckbank. Auf dem ehemals meerblauen Bezug liegen all ihre Sachen: Claires große Schultertasche, Alices eigener Flechtkorb und Tristans ausgebleichter Rucksack.

Verstohlen sieht Alice sich um. Sie ist allein. In der Ferne grölen Damian und die anderen immer noch »Alice, Alice, who the fuck is Alice?«, aber hier drinnen hört man das unsägliche Lied nur gedämpft.

Schnell zieht Alice den Reißverschluss von Tristans Rucksack auf. Sie friemelt das Handy aus ihrer Hosentasche und will es hinein-fallen lassen. Und dann nichts wie raus hier.

Genau in diesem Moment knarzt etwas. Die Tür? Alice fährt herum und sieht, wie sie sich langsam nach innen bewegt. Noch kann sie nicht sehen, wer da im Begriff ist, den Raum zu betreten. Instinktiv macht sie einen Satz nach vorn und gibt der Tür mit der freien Hand einen kräftigen Stoß. Nicht auszudenken, wenn sie nach der Tanzaktion vorhin auch noch mit Tristans Handy im Bootshaus erwischt werden würde.

Aber natürlich würde außer Tristan selbst gar niemand bemer-ken, dass es nicht ihr eigenes Handy ist. Vor lauter Anspannung hat sie völlig überreagiert.

Das findet der Unbekannte dort draußen offenbar auch, denn er tritt mit Wucht gegen die Tür oder die Wand des Bootshauses. Trotz der Musik, die vom Lagerfeuer herüberschallt, kann Alice das Holz knacken hören und zuckt zusammen.

Was in aller Welt …? Schnell stopft sie das Handy in Tristans Rucksack und zieht den Reißverschluss wieder zu.

»Äh … Sorry, du kannst jetzt reinkommen!«, ruft sie laut und erwartet, jeden Moment in das Gesicht eines Mitschülers zu bli-cken. Doch nichts rührt sich.

»Hallo?« Alice macht einen Schritt auf die Tür zu, aber etwas

hält sie zurück. »Wer ist denn da?«, fragt sie. Immer noch keine Antwort. »Das ist nicht witzig!«, ruft sie.

Vielleicht ist die Person einfach verärgert, weil sie die Tür vor ihrer Nase zugeschlagen hat. Ob sie draußen auf Alice wartet, um sie aus Rache zu erschrecken? Einigen würde sie so eine kindische Reaktion zutrauen. Es ist jedenfalls die einzige Erklärung dafür, dass sie nun keine Antwort mehr bekommt. Oder?

Höchste Zeit, dass sie zu den anderen ans Lagerfeuer zurückgeht. Ins Warme und Helle. Vielleicht ist mittlerweile auch Tristan wieder da. Damian hat sein bescheuertes Lied beendet und stimmt jetzt Westerland an. Alice reißt die Tür auf, hechtet hinaus in die Dunkelheit und rennt über den Steg zum Festland, ohne auch nur einmal nach links oder rechts zu sehen. Falls ihr jemand aufgelauert hat, hat sie ihn offenbar überrascht, denn niemand springt aus dem Schatten oder hält sie auf.

Jetzt aber schnell. Dann wird niemand jemals herausfinden, was sie wirklich im Bootshaus zu suchen hatte. Na gut, niemand außer Tristan. Schon beim Gedanken daran klopft Alice das Herz bis zum Hals.

Das Herz hämmert ihr so heftig in der Brust, dass sie es bis in die Kehle hinauf spürt. Alice schluckt die aufsteigende Magensäure hinunter. Ihre Finger krampfen sich um das Handy in ihrer Hand, auf dessen Display immer noch Benes Nachricht leuchtet.

Mühsam lockert sie die Muskeln, ihr Finger sucht den Aufnahmeknopf. Doch ehe sie ihn drücken kann, kommt ihr ein Gedanke: Das hier geht nicht nur Bene etwas an. Das betrifft sie alle. Auch Claire und … Damian. Ob er überhaupt in der Lage ist, auf sein Handy zu sehen und die Nachricht anzuhören? Nach dem Unfall und seinem Geständnis haben sie ihn furchtbar behandelt. Vor allem, wenn er gar nicht …

Sie braucht zwei Anläufe, um zum Theater-Squad-Chat zu navigieren, dann rutscht ihr auch noch der Finger vom Aufnahmeknopf, ehe sie mehr tun kann, als Luft zu holen.

Sie löscht die versehentliche Aufnahme und startet neu: »Leute, ich muss euch was sagen. An dem Abend, an dem … bei der Party am Bootshaus. Da hab ich mir Tristans Handy geliehen, um …« Sie zieht es kurz in Betracht, zu lügen, aber jetzt ist es auch egal. Sie sehen ja, wohin all die Geheimnisse und Lügen sie gebracht haben. »Ich hab ihm eine Art Liebesbrief darauf gespeichert. Jedenfalls hatte ich sein Handy, als … als Damian und Eske losgefahren sind, um Alkohol zu kaufen. Und das heißt … Damian, was auch immer am Deich passiert ist, ich weiß jetzt, dass du Tristan nicht überfahren und seine Leiche ins Moor geworfen hast! Das kann nämlich nicht sein, weil die Polizei seinen Rucksack bei ihm gefunden hat. Und der lag im Bootshaus, als Damian schon zurück war und dieses blöde Lied am Feuer gesungen hat. Vielleicht war es doch ein Schaf, oder Damian hat Tristan zwar angefahren, aber er hat ihn ganz sicher nicht umgebracht. Zu dem Zeitpunkt hatte Tristan nämlich gar kein Handy bei sich, weil –«

Ihr Finger gleitet vom Aufnahmebutton. Claires Worte hallen in ihrem Schädel wider: *Wenn Tristan durch den Unfall nur verletzt gewesen wäre, hätte er mit dem Handy doch Hilfe rufen können.*

Alices Brust schnürt sich zusammen, sie bekommt kaum noch Luft. Als Damian ihn angefahren hat, hat Tristan keine Hilfe gerufen. Weil er nicht konnte. Weil sein Handy weg war. Und das ist allein Alices Schuld.

Claire steht am hohen Fenster im Esszimmer und schaut hinaus. Der ehemals sorgfältig gepflegte Rasen vor der Villa hat sich in eine Schneeglöckchen-Wiese verwandelt. Claire findet das viel schöner als den Versuch, der Natur Perfektion aufzuzwingen. Am liebsten würde sie sich in die alte Fischerjacke ihres Opas hüllen und mit Vroni und Mara zwischen den Schneeglöckchen frühstücken.

Seit Mara hier ist, findet das Frühstück im Esszimmer statt. Nicht in der Küche wie normalerweise. Das unterstreicht, dass Mara hier nur Gast ist. Zur Familie gehört sie nicht, und das wird deutlich signalisiert. Ihre Eltern sitzen schon bereit. Claire hört, wie ihr Vater ungeduldig an seinem Ei herumklopft. Ihre Mutter hat sich derweil das Radio geschnappt und sucht einen Sender, der annehmbare Musik spielt. Ein Menuett von Vivaldi erklingt. Claire kennt die Melodie von ihren Klavierstunden.

Dann kündigt ein Gong die Nachrichten an. Claires Mund wird plötzlich trocken. Ob sie jetzt mehr zu hören bekommt über die neuen Funde im Moor?

»Guten Morgen, Niedersachsen!« Die Stimme des Sprechers klingt angenehm tief. »Kaum zu glauben bei den heute so frühlingshaften Temperaturen: Aber der Wind wird noch anziehen und uns am Wochenende eine Sturmflut bescheren. Der Deutsche Wetterdienst warnt, sich am Samstag nicht zu nah an der Küste aufzuhalten. Sturmböen mit einer Windgeschwindigkeit von bis zu neunzig Stundenkilometern, das entspricht einer Windstärke von zehn Beaufort, und meterhohe Brecher werden erwartet.«

»Hoffentlich hält das Bootshaus das aus. Es ist mittlerweile doch etwas in die Jahre gekommen.« Ihre Mutter klingt besorgt. Mit einem Klicken schaltet sie das Radio wieder aus.

»Wird schon«, murmelt ihr Vater. »Wenn ein paar morsche Bretter ins Meer fallen, ist es ja auch nicht schlimm.«

Claire beißt die Zähne zusammen. Mit aller Macht versucht sie sich auf die Schneeglöckchen zu konzentrieren. Unschuldig weiß. Dicht an dicht. Sie muss die Bilder des Bootshauses aus ihrem Kopf vertreiben. Und den Drang, sofort sämtliche Nachrichtenseiten zu konsultieren, um herauszufinden, was es Neues gibt im Fall Tristan. Ob irgendetwas über ihren gestrigen Unfall durchgesickert ist. Oder über Damian, der wahrscheinlich noch im Krankenhaus liegt. Gemeldet hat er sich nicht, er war heute auch noch nicht online bei WhatsApp, das hat Claire gleich nach dem Aufwachen überprüft. Die Kaffeetasse zwischen ihren Händen ist unangenehm heiß, doch sie stellt sie nicht weg, sondern umklammert sie nur noch fester. Draußen in der Sonne sitzen, mit Mara und Vroni. Die warmen Strahlen auf ihrem Gesicht spüren, die raue Hundezunge, wenn Vroni ein Leckerli aus ihrer Hand stibitzt. Maras Lachen, wenn sie sie mit einer Blume kitzelt.

»Claire? Hättest du die Güte, dich zu uns zu gesellen?« Die Stimme von Claires Mutter klingt spitz. Kein Wunder, sie hatte bestimmt keine Lust, früh aufzustehen, um für einen Gast, den sie nicht eingeladen haben, ein opulentes Frühstück herzurichten. Das niemand verlangt hat und auch niemand aufessen wird.

Claire dreht sich mit einem wehmütigen Seufzer von den Schneeglöckchen weg.

»Was seufzt du so? Wenn, dann haben ja wohl wir allen Grund dazu.« Claires Vater schaut auf seine Armbanduhr und wirft Claires Mutter dann einen vielsagenden Blick zu.

Natürlich, Mara ist nicht auf die Minute pünktlich, das muss sofort beanstandet werden. Claire beißt sich auf die Innenseite der Wangen. Sie spürt, wie die Wut in ihr hochsteigt, unaufhaltsam. Worte wollen aus ihrem Mund entwischen. Sie presst ihre Lippen zusammen, um sie nicht auszusprechen.

Nun schüttelt auch ihre Mutter den Kopf. Sie blickt auf ihren Teller hinab, auf dem das Rührei kalt wird. Sie wird absichtlich warten, bis Mara kommt, und es dann mit angeekelter Miene kalt hinunterschlingen. Auch sie seufzt nun.

Da reicht es Claire. »Echt? Welchen Grund habt ihr denn zum Seufzen? Ist heute etwa ein Nacktfoto von Mama in der Zeitung abgebildet? Hattet ihr gestern einen Autounfall und musstet Krankenwagen und Abschleppdienst rufen? Oder hat man deinen Freund ermordet im Moor gefunden, Papa?«

»Claire!« Ihre Mutter klingt schockiert. Claire will noch viel mehr loswerden, bis dieser fassungslose Ton aus den Stimmen ihrer Eltern endlich verschwindet. Das große Pflaster an ihrer Stirn, das sie jedes Mal berührt, wenn sie ihre Haare zurückstreichen will, erinnert sie daran, was gestern passiert ist. Und was noch viel Schlimmeres hätte passieren können.

»Sagt doch: Was ist hier so schlimm? Geht *eure* Zukunft vielleicht gerade den Bach runter? Bricht gerade alles zusammen, was *ihr* euch aufgebaut habt? Oder ist es echt nur ein unpünktlicher Frühstücksgast, der euch so fertig macht?«

Jetzt erhebt ihr Vater die Stimme. »Du verlangst ganz schön viel von uns, Fräulein! Kommst hierher, erzählst mit keinem Wort, was eigentlich los ist. Und wir erfahren dann von Fremden, dass du den Toten im Moor kanntest, dass du beim Strippen gefilmt wurdest, dass du mit einer Frau zusammenlebst … Und jetzt hat deine sogenannte Freundin Alice euch auch noch allesamt in den Graben kutschiert. Hoffentlich hat wenigstens das niemand mitbekommen. Du denkst scheinbar keine Sekunde daran, was das alles für uns bedeutet. Für die Familie! Wir haben einen guten Namen zu schützen, und du, du trittst ihn mit Füßen!«

Claire spürt, wie ihr das Blut in den Kopf steigt. Den guten Namen der Familie schützen. Das hat sie zwanzig Jahre lang getan. Sie hat der verdammten Familienehre viel geopfert, viel zu viel. Mehr, als ihre Eltern wissen. Und mehr, als sie jemals erfahren dürfen. Sie lehnt sich an die Fensterbank, sucht nach Halt und spürt doch, dass ihr alles entgleitet.

Ungeduldig trommelt ihr Vater mit den Fingern auf die Tischdecke. »Bekommen wir wenigstens eine Antwort?«

»Natürlich bekommt ihr die.« Claire bemüht sich, möglichst kühl und ungerührt zu klingen. Doch sie spürt, wie ihre Stimme zittert, und das treibt ihr die Tränen in die Augen. »Ich habe mich bemüht. Ich bemühe mich immer. Aber anscheinend bin ich ein Mensch, bei dem ein einziger kleiner Fehler schon zu viel ist.« Sie muss an Damian denken. Was er durchgemacht hat am Partyabend. Oder vielmehr danach: all die Monate mit der Angst, dass er jemanden überfahren haben könnte. Ungewissheit ist das Schlimmste.

Nach Alices wirrer nächtlicher Sprachnachricht zu schließen, ist sie überzeugt davon, dass Damian Tristan nicht getötet hat. Wegen Tristans Handy oder so. Das Handy, daran darf Claire jetzt nicht denken.

Ihre Eltern starren sie noch immer an. Claire holt tief Luft. »Aus einem kleinen Fehler wird eine Sünde, ein Skandal. Und man bekommt keine Chance, das ungeschehen zu machen. Versteht ihr? Es ist so unfair!« Sie denkt an den Taxifahrer gestern und wie sie die Autotür vor seinem grinsenden Gesicht zugeknallt hat. Wahrscheinlich hat Bene ihm danach noch die Hölle heißgemacht.

»Wir haben auch gefeiert früher. Da gab es sicher den einen oder anderen Zwischenfall. Aber unsere Leute waren diskret, nicht so wie du!« Claires Vater richtet den Zeigefinger anklagend auf sie. »Wir haben uns eben nicht bei unseren Eskapaden filmen lassen, darauf kommt es an!«

»Das liegt nicht zufällig daran, dass Smartphones damals noch nicht erfunden waren, oder?«

»Werd nicht frech, junge Dame. Schadensbegrenzung, das ist das Motto der Stunde.«

Claire nickt nur.

Nun schaltet sich ihre Mutter wieder ein. »Und Claire, wegen deiner Beziehung mit Mara: Manchmal gibt es solche Phasen im Leben. Ich will nur sagen, leg dich nicht zu früh fest. Vielleicht wünschst du dir irgendwann doch eine richtige Familie. Wir behalten das einfach für uns und sagen den Nachbarn, dass sie deine Mitbewohnerin ist. Aus der Studenten-WG. Das klingt doch ziemlich bodenständig.«

Claire schaut sie nur an. »Mara ist das Beste in meinem ganzen Leben. Sie war es vom ersten Zusammenstoß an, als unsere Einkaufswägen ineinanderkrachten.«

Claires Mutter seufzt, aber ihre Miene wird weich.

In diesem Moment knarrt im Flur das Parkett. Claires Vater hebt warnend die Hand.

»Guten Morgen.« Mara schiebt die Tür auf und huscht mit einem verstohlenen Blick auf die Wanduhr an ihren Platz. Sie trägt ihre Sportleggings und ein buntes Tuch in den Haaren. Ihr Gesicht ist noch rot vom morgendlichen Joggen. Sicherlich bemerkt sie die angespannte Atmosphäre und denkt, es sei ihre Schuld. Was definitiv nicht stimmt. Claire stellt sich hinter Maras Stuhl und gibt ihr einen Kuss auf den Scheitel. Mara blickt zu ihr hoch.

»Draußen vor dem Tor steht ein Journalist oder so was«, platzt sie heraus. »Jemand mit einer Kamera jedenfalls. Er hat mich angesprochen, ob hier eine Claire Hagenbrock wohnt.«

»Auch das noch!« Claires Mutter schürzt die Lippen.

»Was hast du geantwortet?«, fragt Claire, deren Herz plötzlich unregelmäßig zu schlagen scheint.

Mara grinst. »Ich habe so getan, als würde ich kein Deutsch verstehen. Irgendwann hat er es aufgegeben.«

»Gut gemacht.« Claires Vater schenkt ihr einen gnädigen Blick. »Aber das wird man uns anderen nicht so leicht abnehmen. Also sprecht bloß nicht mit ihnen! Keine von euch!«

Ihre Eltern haben offenbar beschlossen, den Streit in Maras Anwesenheit nicht fortzuführen. Claire setzt sich neben sie, und ihre Mutter beginnt endlich, zu essen.

Während ihr Vater ihr Kaffee nachschenkt, blickt Claire weiter aus dem Fenster. Die Schneeglöckchen sind trügerisch, denn dahinter lauert der Feind. Nun wird die Villa also belagert.

Damian / Donnerstag, 10.03., 14:30 Uhr

Damians Finger schweben über der Tastatur seines Smartphones. Schon seit mehreren Minuten, aber getippt hat er noch nicht ein einziges Wort. Die Kopfschmerzen sind die Hölle. Deshalb soll er eigentlich auch die Finger von seinem Handy lassen. Er musste Alices Sprachnachricht mehrmals anhören, bis er sie kapiert hat. Ob das an Alices Gestammel oder an seinem lädierten Schädel liegt, ist schwer zu sagen. Letzten Endes hat er sie Romy vorgespielt, als sie endlich für ein paar Minuten allein in seinem nach Desinfektionsmittel stinkenden Krankenhauszimmer waren. Er hat ihr alles anvertraut, was er gestern im Auto den anderen gebeichtet hat. Von der Straße über den Deich und dem Schaf, von dem er nicht weiß, ob es eines war oder nicht. Dann hat er sie gebeten, die wirre Sprachnachricht auf ihren Kern herunterzubrechen, damit er ihren Sinn zu fassen bekommt.

»Vielleicht sollte ich einfach zur Polizei gehen.« Damian lässt das Handy auf die zartgelb-gestreifte Bettdecke fallen und reibt sich die Schläfen. »Früher oder später kriegen sie es sowieso raus.«

Romy schiebt eine Hand unter seinen Rücken. Sie sitzt dicht neben ihm auf seinem Krankenhausbett, wie er an das gekippte Kopfteil gelehnt. Weil sein Zimmernachbar zu einer Untersuchung abgeholt worden ist, sind sie zum Glück immer noch allein. »Aber du hast ihn nicht umgebracht. Hat Alice doch auch gesagt.«

»Ich hab ihn nicht ins Moor geworfen«, korrigiert Damian. Er will sich zu Romy drehen und sie ansehen, aber die verflixte Halskrause hindert ihn daran. Von dem Schmerz, den die Bewegung durch seine Schädeldecke schickt, ganz zu schweigen. Selbst mit dem schlimmsten Kater hat er sich nicht so hundeelend gefühlt. »Mehr beweisen ihre Ausführungen auch nicht.«

Die anfängliche Erleichterung, die ihn durchströmt hat, als er Alices Nachricht begriffen hat, ist längst abgeflaut. Für ihn hat ihre scharfsinnige Schlussfolgerung keinerlei Neuigkeitsgehalt. Natürlich hat er Tristan nicht im Schwimmenden Moor versenkt, das weiß er selbst. Aber möglicherweise hat er ihn dennoch angefahren, und höchstwahrscheinlich ist er damit auch schuld an seinem Tod.

Er müsste das alles der Polizei melden. Wäre da nicht die klitzekleine Ungereimtheit, dass Tristans Körper nicht am Deich, sondern im Moor gefunden wurde. Und zwar mit Rucksack und Handy, obwohl sich beides laut Alice zum Zeitpunkt des Unfalls und auch danach noch im Bootshaus befand. Was bedeutet, dass noch jemand anders seine Finger im Spiel gehabt haben muss. Jemand, der das Undenkbare getan und ungebeten Damians Spuren verwischt hat. Und ihm fällt nur eine einzige Person ein, die ein Motiv hatte.

245

»Ich muss mit Eske reden.«

»Eske?«, fragt Romy verwirrt. »Deine … Freundin von damals?«

Damian schnaubt. »Freundin ist das falsche Wort.« Er hievt sich mühsam ein paar Zentimeter zur Seite, um sie ansehen zu können. Eigentlich hat er erwartet, Erleichterung in ihrem Blick zu lesen, weil er in der Frage nach Eske eine Spur Eifersucht zu hören glaubte. Aber Romy sieht verletzt aus. Zu spät kapiert er, warum. Verflixter Schädel. »Das war nicht wie bei uns!«, sagt er schnell. »Du bist … Das war nur dieser eine Abend. Ein One-Night-Stand.«

»Und das zwischen uns?«, fragt Romy. »Gibt es so was wie einen One-Hundred-Nights-Stand?«

Damian beißt die Zähne zusammen. Nun sind sie also an diesem Punkt. Ausgerechnet jetzt, ausgerechnet hier. Aber natürlich ist dieses Gespräch längst überfällig. Und er hätte es kommen sehen müssen. Romy war völlig aufgelöst, als sie gestern Abend im Krankenhaus ankam. Schon auf dem Flur hat er ihre Stimme gehört und die des Krankenpflegers, der sie gefragt hat, ob sie eine Verwandte sei.

Romy hat aufgeschluchzt und dann gestammelt: »Nein. Seine … eine Freundin.« Dann musste sie draußen warten, bis Damians Großeltern ankamen und ein Machtwort sprachen: Natürlich gehöre sie zur Familie, und selbstverständlich wolle Damian sie sehen. Was der Wahrheit entspricht.

Damian greift sich an die Halskrause, die es ihm so schwer macht, Romy ins Gesicht zu sehen. »Nein, gibt es nicht.« Er seufzt. »Das nennt man dann Beziehung. Das, was du und ich haben.«

Überrascht sieht Romy auf. Sie schafft es nicht, ihre Emotionen zu verbergen. Obwohl sie es offensichtlich versucht, schwappen trotzdem Erleichterung, Glück und Zuneigung über ihr Gesicht wie eine Welle.

Damian verlagert sein Gewicht und schlingt einen Arm um ihre Schultern. Eigentlich würde er sie jetzt gerne tief und innig küssen, aber auch das ist nicht so einfach. Deshalb zieht er Romy stattdessen an seine Schulter, wo sie ihr Gesicht vergräbt.

Er ist sich bewusst, was sie schon alles mit ihm durchgemacht hat. Wie viel Geduld sie mit ihm hatte. Und während er seine Wange an ihren Kopf lehnt, wird Damian klar, wie sehr er sich auf sie verlassen hat und wie sehr er sie braucht. Vor allem jetzt.

»Ich gehe zur Polizei.« Seine Stimme klingt gefasster, als er sich fühlt. »Wenn ich Tristan wirklich angefahren habe, hab ich keine andere Wahl.« Er atmet schwer, die Luft baut einen unerträglichen Druck in seiner Lunge auf. »Aber zuerst muss ich mit Eske reden. Ich muss wissen, ob sie …« Ihm wird schlecht bei dem Gedanken, was Eske womöglich getan haben könnte. Fahrerflucht zu begehen, ist schlimm, und er wird das sein restliches Leben bereuen. Aber zurückzukehren und … Nein, daran kann er nicht einmal denken.

Romy hebt den Kopf und sieht Damian an. Sie streicht ihm das Haar aus dem Gesicht, steckt es hinter seine Ohren und fährt mit den Fingern behutsam über seine Schläfen, hinter denen immer noch der Schmerz pocht. »Du musst erst mal wieder gesund werden«, sagt sie leise. »Dich ausruhen, damit du bald hier rauskannst.«

»Ich hab mir nur den Kopf gestoßen«, sträubt Damian sich.

Aber Romy lässt das nicht gelten. »Gehirnerschütterung, Gehirnprellung, Schädelbasisbruch … Wann ist dein CT? Ich erlaube dir erst wieder, einen Finger zu rühren, wenn dein Gesundheitszustand geklärt ist.«

»Zerbrich du dir lieber nicht auch noch den Kopf«, versucht

Damian zu scherzen, lässt es aber schnell bleiben, als er die Tränen in Romys Augen sieht. »Wenn ich mich nicht rühren darf, würde ich vorschlagen, du kommst endlich mal ein Stückchen näher und küsst mich.«

Das lässt Romy sich nicht zweimal sagen. Sie beugt sich zu ihm und küsst ihn so zaghaft, als wäre er aus Glas. Damian legt eine Hand in ihren Nacken und zieht Romy näher zu sich, um den Kuss zu vertiefen. Als sie sich – viel zu schnell – voneinander lösen, lässt er sich tiefer in die Kissen sinken und schließt kurz die Augen, um den lästigen Schwindel zurückzudrängen. Das Gedankenkarussell in seinem Kopf macht die Sache auch nicht gerade besser. Bestimmt würden die pochenden Schmerzen hinter seinen Schläfen nachlassen, wenn er wenigstens diese eine Sache aus dem Kopf hätte. Wenigstens seinen schlimmsten Verdacht.

»Brauchst du was zu trinken?«, fragt Romy, der natürlich nichts entgeht.

Damian schlägt die Augen auf und begegnet ihrem besorgten Blick. Er hätte nicht erwartet, dass es sich so beschissen anfühlen würde, ihr Sorgen zu bereiten. Aber die Chance ist einfach zu gut. »Oh ja, was Kaltes vom Automaten wäre toll«, seufzt er.

»Bringe ich dir.« Romy lässt sich vom Bett gleiten und dreht sich auf dem Weg zur Zimmertür noch mehrmals nach ihm um.

Damian zwingt sich, still zu liegen, bis sie einige Sekunden Vorsprung hat. Dann stemmt er sich mit beiden Händen in eine aufrechtere Position und wartet kurz. Der Raum wackelt, kippt aber nicht. Wer sagt's denn. Zentimeterweise rutscht er zur Bettkante, schlüpft in seine Hausschuhe und wiederholt das ganze Spiel im Stehen. Der Boden fühlt sich an, als bestände er aus Schaumstoff. Das ist unangenehm, aber man gewöhnt sich nach ein paar Schritten daran. Das Stechen hinter seiner Stirn verschlimmert sich auf dem Weg zur Tür so sehr, dass er helle

Pünktchen vor seinen Augen sieht, aber er kann sich nicht zu viele Pausen leisten, wenn er im Flur nicht Romy mit seinem Getränk in die Arme laufen will.

Mittlerweile tanzen neben hellen auch schwarze Flecken in seinem Sichtfeld, und so stolpert er auf Höhe des Teewagens beinahe in eine junge Frau hinein.

»Damian?«

Damian fährt ertappt zusammen. Aber es ist nicht Romy, auch wenn er die Stimme kennt. Als er es schafft, sie mit seinem Blick zu fokussieren, erkennt er Frau Lehmann. Er blinzelt ein paarmal gegen den Schwindel an und noch ein paarmal öfter, ehe er kapiert, dass der dunkle Fleck in ihrem Gesicht echt ist und kein Fehler seines Gehirns. Fuck, sie sieht richtig übel aus. Ein großes Pflaster an der Augenbraue lässt auf eine Platzwunde schließen, Wangenknochen und Augenpartie sind rot-blau verfärbt, und ihr Arm steckt in einem Gips.

»Was machen Sie denn hier?«, fragt sie.

»Autounfall.« Damian gibt sich Mühe, lässig zu klingen. »Und Sie? Haben Sie sich geprügelt?«

Frau Lehmann hebt einen Mundwinkel, zuckt dann jedoch zusammen und fährt mit der unverletzten Hand zu ihrem geschwollenen Auge. »So in etwa.«

»Dann möchte ich nicht sehen, wie übel zugerichtet der Verlierer ist.« Damian versucht sich ebenfalls an einem Lächeln. »Ich … muss dann mal weiter.« Er greift nach dem Handlauf an der Wand. Während er hier schrägen Small Talk mit seiner ehemaligen Lehrerin macht, könnte jeden Moment Romy zurückkommen.

Er deutet ein Winken an und geht dann so aufrecht und zügig wie möglich am Schwesternzimmer vorbei. Wenn jetzt nur nicht Romy hinter den sich öffnenden Aufzugtüren steht …

Aber der Fahrstuhl ist leer. Erleichtert tritt Damian hinein und lässt sich gegen die Wand sinken. Er gerät ins Straucheln, als der Aufzug mit einem leichten Ruckeln losfährt. Wie soll er in diesem Zustand zu Eske kommen? Vielleicht fährt ein Bus. Zu Fuß hat er definitiv keine Chance, und Geld für ein Taxi hat er nicht bei sich, weil er nur Jogginghose und T-Shirt trägt. Immerhin kein Krankenhaushemdchen – seine Lage könnte also eindeutig noch schlimmer sein.

Das Wetter ist ebenfalls auf seiner Seite. Kein Platzregen und auch noch keine Vorboten der angekündigten Sturmflut. Nur ein wenig Wind, aber ansonsten scheint es fast, als hätte der Frühling beschlossen, sich endlich auch im Norden blicken zu lassen.

An der Bushaltestelle lässt Damian sich auf einen der Plastiksitze fallen, ohne vorher die Fahrpläne zu studieren. Er fühlt sich, als wäre er einen Marathon gelaufen. Außerdem geht ihm der Anblick von Frau Lehmann nicht aus dem Kopf. Und die Tatsache, dass sie seine Frage nach ihren Verletzungen nicht so simpel und sachlich beantworten konnte wie Damian die nach seinen.

Als der Bus kommt, hält Damian alles auf, indem er im Rentnertempo einsteigt und beim Anfahren beinahe auf die Schnauze fällt, weil er es noch nicht zu einem freien Platz geschafft hat. Die Leute starren ihn an, und er kann ausnahmsweise froh sein, dass er noch nicht berühmt ist und in diesem Aufzug keine Paparazzi fürchten muss.

Es sind nur ein paar Stationen bis zu Eskes Zuhause, aber dort angekommen, braucht Damian eine Weile, das Reihenhaus mit dem richtigen Namen am Briefkasten zu finden. Hoffentlich ist Eske überhaupt noch da und nicht längst wieder abgereist, zurück nach … Wo studiert sie noch mal? Damian erinnert sich nicht.

Die drei lächerlichen Stufen vor der Tür erfordern unverhältnismäßig viel Anstrengung. Er presst den Finger auf die Klingel und stützt sich auf das Treppengeländer. Zum Glück hört er beinahe sofort Schritte im Haus, und die Tür wird geöffnet. Es ist sogar Eske höchstpersönlich, die ihm gegenübersteht. Und sie sieht alles andere als erfreut aus, ihn zu sehen.

»Hey … Ähm … Hast du einen Moment?« Damian hat sich nicht überlegt, wie er sein Vorhaben angehen soll. Einfach fragen, was er wissen will, kann er ja schlecht. Erschwerend hinzu kommt sein seltsamer Aufzug mit Jogginganzug und Halskrause. Wenn das mal nicht neuen Zündstoff für Eskes Blog bietet.

Eske mustert ihn eingehend. Ihr Blick bleibt an seinen Hausschuhen hängen.

»Wofür?« Sie tritt zu ihm heraus und zieht die Tür hinter sich ein Stückchen zu. Damian versteht die unausgesprochene Botschaft problemlos. Aber er wird sich nicht einfach abwimmeln lassen.

»Dauert nicht lange«, versichert er. »Ich will dich nur was fragen.« Kurzerhand setzt er sich auf die Stufen vor der Haustür.

Mit sichtlichem Widerwillen setzt Eske sich zu ihm. Sie schweigen beide für eine Weile. Damian ist die Stille nur recht, denn der Weg zu Eske hat an seinen knappen Kraftreserven gezehrt.

Schließlich seufzt Eske. »Also, worum geht's?«

»Weißt du noch, am Abend der Party beim Bootshaus …«, beginnt Damian. Er sieht, wie Eske die Finger ineinander verhakt und so verdreht, dass es eigentlich wehtun müsste. Trotzdem fährt er fort: »Wir sind nach dem Schwimmen losgefahren, um mehr Alkohol zu besorgen. Da haben wir auch –«

»Was wird das?«, fällt Eske ihm unwirsch ins Wort. »Ich erinnere mich sehr gut daran, dass wir Sex hatten, wenn du darauf hinauswillst. Und nein, ich habe kein Interesse, das zu wiederholen. Nicht das geringste.«

»Deswegen bin ich nicht hier, Eske.« Damian presst die Fingerspitzen gegen die Schläfen und versucht, gleichzeitig seinen Kopf zu stützen, der sich bleischwer anfühlt. Die Richtung, in die das Gespräch sich entwickelt, ist völlig absurd. Eskes Hände, die immer noch krampfhaft ineinander verkeilt sind, verraten nur zu deutlich, dass sie das selbst weiß. Sie will nur ablenken.

»Auf dem Weg zur Straße«, fährt er gedämpft fort. »Wir mussten über den Deich und –«

»Ich hab nicht lange Zeit, Damian. Komm bitte einfach zum Punkt.«

»Wir haben auf der Deichkuppe irgendwas … angefahren«, tut Damian ihr den Gefallen. Er kann sowieso nicht viel länger so hier sitzen. Sein ganzer Körper schmerzt, und das Pochen in seinem Kopf scheint seinen Schädel sprengen zu wollen. »Wir haben nicht nachgesehen, was es war, sondern sind einfach weitergefahren.«

»Wir?«, platzt Eske heraus. »In meiner Erinnerung saß ich lediglich auf dem Beifahrersitz! Du bist derjenige, der *etwas* angefahren hat und einfach weitergefahren ist!«

Das Pochen ist jetzt überall, nicht mehr nur in seinem Kopf, sondern auch in seiner Wirbelsäule und seiner Brust. Das Atmen fällt ihm schwer. Trotzdem stimmt er Eske zu: »Na gut, *ich* bin einfach weitergefahren. Meinst du … Ich hab damals gehofft, es wäre vielleicht nur ein Stein auf der Straße gewesen. Aber glaubst du, es könnte vielleicht auch sein, dass wir doch ein Schaf erwischt haben?«

»Ein Schaf?«, krächzt Eske.

»Ja, ein Schaf. Ich frage mich bis heute, ob es nicht doch ein Schaf war und ob es … Na ja, ob wir es dann vielleicht verletzt haben.«

»Es war kein Schaf.« Eske sieht ihn an. Sie hat die Augen tiefschwarz geschminkt, und ihre Haut wirkt dadurch blass wie Porzellan. »Schafe tragen keine blauen Umhänge.«

Ein Stich zuckt durch Damians Brust. »Was?«, fragt er scharf.

Eske schüttelt den Kopf, hin und her, hin und her, wie in Trance.

»Da war kein blauer Umhang!«, fährt Damian sie an. »Es war dunkel!«

»Ich … Ich weiß. Ich glaube auch nicht, dass … Ich hab in der Nacht auch nichts gesehen, soweit ich mich erinnere. Aber ich hab … Ich träume seitdem immer wieder von dem … dem Unfall. Wie etwas gegen das Auto prallt. Und da ist immer etwas Blaues. Ein Schleier, ein Schatten, ein … ein Umhang.«

Nun ist es Damian, der den Kopf schüttelt. »Da war kein Umhang«, beharrt er. »Ich hätte es gesehen, wenn da ein blauer Umhang gewesen wäre.« Plötzlich spürt er Wut in sich aufsteigen, heiß und brennend. Sie lässt ihn fast die Kopfschmerzen und das Schwindelgefühl vergessen. »Bist du noch mal zum Deich? Hast du nachgesehen? Hast du …« Er verstummt, als er Eskes entsetzten Blick sieht.

»Zurück? Für wie bescheuert hältst du mich eigentlich? Warum sollte ich so was tun? Ich hab nichts getan! Ich war nur Beifahrerin! *Du* bist betrunken gefahren, *du* hast nicht aufgepasst, und *du* hast nicht angehalten! Und *ich* habe seitdem jede Nacht Albträume. Und als sie Tristan da draußen gefunden haben in einem verdammten blauen Umhang –«

»Warum erzählst du mir das alles?«, unterbricht Damian sie. »Warum hast du es nicht längst in deinen hübschen Blog gepostet, wenn du selbst doch so unschuldig an allem bist?«

Eske starrt ihn mit großen Augen an. »Ich würde doch nie –«

»Red keinen Bullshit!«, fährt Damian sie an. Seine aufschäumenden Emotionen machen es ihm schwer, ruhig sitzen zu bleiben. Aber wahrscheinlich würde er umkippen, wenn er jetzt einfach aufspringt. »Du hast jede Menge Dreck über uns alle veröffentlicht! Warum das nicht? Hast du Angst, die Leute könnten dich als nicht ganz so unschuldig betrachten wie du dich selbst?«

Darauf bekommt er keine Antwort. Neben ihm schnieft Eske leise vor sich hin – na toll, er hat sie zum Heulen gebracht. Damians Wut ist irgendwie verraucht, und er fühlt sich nur noch leer und unendlich erschöpft.

»Vergiss es«, murmelt er und rappelt sich mühsam auf. Nachdem er eine Weile gesessen hat, scheinen seine Füße ihn nicht mehr tragen zu wollen. »Ich muss nach Hause. Romy dreht durch.«

Eske zieht die Augenbrauen hoch, stellt aber keine Fragen. Sie bleibt sitzen und sieht Damian zu, wie er sich die drei Stufen hinunterschleppt.

Verdammte Scheiße, es hat keinen Sinn. Sein Gehirn scheint zu pulsieren, und es fehlt nicht viel und er kotzt Eske vor die Haustür.

»Eske?«, würgt er hervor. »Kannst du mich vielleicht nach Hause fahren?«

»Wie bitte?«, fragt Eske fassungslos.

Damian schließt kurz die Augen und müht sich damit ab, seinen Stolz hinunterzuschlucken. »Hör zu, ich würde nicht fragen, wenn ich eine andere Wahl hätte. Ich hab Romy im Krankenhaus sitzen lassen, meine Großeltern haben kein Auto, Claire und Bene hassen mich, und Alices Auto ist Schrott. Außerdem ist sie mittlerweile wahrscheinlich mit Bene auf dem Weg zum Moor. Und ich glaub nicht, dass ich es zu Fuß schaffe.«

»Und da fragst du mich?«, meint Eske frostig. »Du hast echt so ein Rad ab, Damian.« Kopfschüttelnd erhebt sie sich und reißt die Haustür auf.

Damian rechnet damit, dass sie ihn hier draußen stehen lässt, aber sie lässt die Tür offen, greift nach ihrer Jacke und einem Schlüsselbund. »Bis zum Auto kommst du, oder?«, fragt sie skeptisch, und Damian nickt hastig.

Er bemüht sich, Eske nicht warten zu lassen, aber als er sich endlich auf den Beifahrersitz sinken lassen kann, ist er heilfroh.

Eske fährt an, noch ehe er es auch nur geschafft hat, sich anzuschnallen. Er nennt ihr die Adresse, und sie schweigen während der gesamten Fahrt. Erst als Eske vor dem Haus seiner Großeltern anhält, ergreift Damian noch einmal das Wort: »Ich werde zur Polizei gehen. Nur dass du vorgewarnt bist. Wahrscheinlich wollen sie dich auch befragen. Keine Sorge«, fügt er hinzu, ohne den Sarkasmus ganz aus seiner Stimme verbannen zu können. »Ich werde deutlich erwähnen, dass *du* nur Beifahrerin warst.« Er stößt die Beifahrertür auf und will aussteigen.

»Aber … Damian!« Eske greift nach seinem Arm, lässt ihn aber gleich wieder los, als hätte sie sich daran verbrannt. »Wir waren es nicht!« Auch sie atmet jetzt schwer. »Ich dachte, du … Hast du es noch gar nicht mitbekommen?« Mit einem Mal fließen Tränen über ihr sorgfältig geschminktes Gesicht. »Bis heute Morgen dachte ich, dass wir es gewesen sind. Dass wir ihn … Aber jetzt … Ich dachte, deswegen bist du hergekommen!«

»Wovon redest du eigentlich?«

»Schaust du eigentlich immer noch keine Nachrichten?«, schnappt Eske und friemelt ihr Handy aus der Tasche ihrer engen Jeans. »Da. Lies.«

Damian folgt ihrer Anweisung. Mit jedem Wort, das er liest, fällt ihm das Atmen ein kleines bisschen leichter. Nur die Verwirrung – die wächst im gleichen Maß wie die Erleichterung.

255

Claire blickt nervös um sich, während sie das Schiebetor der alten Stallungen aufzieht. Früher standen hier mal Pferde. Aus Nostalgie hängen noch einige Sättel und Kutschgeschirre aus dunklem, brüchig gewordenem Leder an der Wand. Auch die Schwalben kommen im Frühling immer noch gerne herein, um ihre Nester zu beziehen. Claires Vater hat irgendwann die Pferdeboxen abgerissen. Statt Friesen und Trakehnern stehen hier jetzt die beiden Autos und der Anhänger mit dem Boot, das sie ewig nicht benutzt haben. Ein wenig unpraktisch ist es, dass die Stallungen so weit von der Villa entfernt liegen. So muss man auch bei Regen vom Haus aus fast bis zum Parkeingang laufen, bevor man ins Auto steigen kann.

Claire sperrt gerade den Mercedes auf, als Mara angerannt kommt. Sie hat das Tor zum Eingang des Parks geöffnet und gleichzeitig nach Journalistinnen und Journalisten Ausschau gehalten. Ihre Augen leuchten schelmisch. »Der Typ von heute Morgen ist noch da. Zum Glück nur er. Fühlt sich trotzdem ein bisschen an wie ein Gefängnisausbruch, oder?«

»Die große Freiheit wartet. Und die besten Fischbrötchen der Stadt.« Claire lächelt sie an.

Mara späht in den Mercedes. »Kannst du dich hinten tief genug ducken, dass man deinen Kopf im Fenster nicht sieht?«

Claire steigt ein und kauert sich zusammen, statt sich anzuschnallen. Zum Glück ist bei diesen alten Limousinen viel Wert auf Komfort und Beinfreiheit gelegt worden.

»Dann wollen wir mal.« Mara klettert nach vorne auf den Fahrersitz. Claire hört das Klicken des Anschnallgurts und das Knarzen, als Mara versucht, die Spiegel zu verstellen. Dann endlich startet sie den Motor. Mit einem Gurgeln erwacht er zum

Leben. Mara manövriert das Auto langsam aus dem Pferdestall und lässt es die Ausfahrt hinunterrollen. Claire bleibt geduckt. Selbst wenn der Journalist sie entdecken sollte, erfüllt diese Aktion auf jeden Fall den Zweck, dass er kein Foto von Claire mit ihrer Wunde auf der Stirn schießen und neue Spekulationen in die Welt setzen kann.

Mara flüstert ein »Hat geklappt« und fährt ein Stück weiter, bevor sie anhält, um Claire aus ihrem Versteck zu erlösen. Die setzt sich nach vorne und lotst Mara durch die Stadt, bis zu ihrem Lieblingsfischstand, wo sie zwei Backfischbrötchen kaufen. Dann fahren sie weiter zur Promenade am Weserstrand. Jetzt im März ist nicht viel los, genau darauf hat Claire gehofft.

Mara breitet ihren voluminösen petrolfarbenen Schal auf einer der Holzbänke aus, und sie kuscheln sich zusammen darauf. Claire legt den Arm um Mara und atmet tief ein. Das Brötchen in ihrer Hand ist warm, der Wind um ihre Nase kühl. Er riecht tatsächlich nach Freiheit, nach Freiheit und Weserwasser.

»So habe ich mir das vorgestellt«, sagt Mara zufrieden. »Steingraues Wasser, schwermütige Menschen, die vom Wind den Strand entlanggeblasen werden und ein toter Fisch, der von zeternden Möwen verspeist wird.«

»Das klingt ja traumhaft.« Claire muss lachen.

»Es ist auf jeden Fall sehr inspirierend! Ich wünschte, ich hätte meinen Skizzenblock mitgenommen!«

Claire sieht, dass das Strahlen in Maras Augen zurückgekehrt ist. Das hat sie also gebraucht. Ein Fischbrötchen statt Krabbencocktail in einer Kristallschale und Zeit zu zweit statt Beobachtung durch Claires Eltern. Sie hätte früher drauf kommen können. Vielleicht wird doch noch alles gut. »Ich würde liebend gerne sehen, wie du das aufs Papier wirfst!«, sagt sie ernst. »Aber einen Vorteil hat der vergessene Block: Du hast die Hände frei.«

Und sie beugt sich nach vorne und küsst Mara. Ein wenig Mayonnaise hängt an ihrer Lippe. Claire wischt sie behutsam mit ihrem Daumen weg.

Eng aneinandergekuschelt saugen sie die Strandstimmung in sich auf. Sogar eine verfrühte Biene lässt sich blicken, und Claire schaut vorsichtshalber nach, ob sie ihre Notfallausrüstung mit dem Allergie-Pen dabeihat. Doch die Biene surrt weiter, und stattdessen zieht ein Segelschiff vorüber. Mit stolz geblähten Segeln und straffer Takelage, die für Laien so verwirrend aussieht. Wahrscheinlich kommt es von einer der Werften in Berne oder Lemwerder, um eine Probefahrt auf der Nordsee zu absolvieren.

In diesem Moment dringt ein Piepton durch das Rauschen der Wellen. Claire zieht ihr Handy aus der Manteltasche. Der Nachrichten-Alert meldet Neuigkeiten im Fall Tristan. Claire hat einen Alarm für bestimmte Schlagwörter eingerichtet, damit sie sofort erfährt, wenn neue Infos im Netz auftauchen. Sie wirft einen kurzen Blick auf Mara, die ihr Fischbrötchen verzehrt und versonnen dem Segelschiff hinterherschaut. Claire öffnet die Meldung und überfliegt die Schlagzeilen.

Was geschah im Schwimmenden Moor? – Toter Schüler ist laut neuesten Ermittlungsergebnissen ertrunken. Körper trägt laut Polizei aber auch Spuren eines Autounfalls.

Claire starrt auf die Meldung. Mit einem Mal kommt ihr der Wind nicht mehr frisch, sondern frostig kalt vor. Von dem Autounfall wissen sie jetzt also auch. Damian hat definitiv kein Schaf erwischt. Doch beim Zusammenstoß ist Tristan nicht gestorben. Er ist ertrunken. Die Wellen der Weser lecken über den Strand, und Claire hat das Gefühl, selbst keine Luft mehr zu bekommen. Wasser, überall ist Wasser.

»Was ist?«, fragt Mara.

Claire blickt auf und ist sich plötzlich völlig sicher: Mara darf nicht hierbleiben. Auch wenn sie es nicht verstehen wird. Die Dinge entwickeln sich viel zu schnell. Es ist zu Maras Bestem.

Claire räuspert sich. »Es freut mich, dass ich dir heute noch die schöne Seite von Nordenham zeigen konnte. Ich wollte nämlich was mit dir besprechen.«

Mara sieht sie schweigend an.

»Ich fände es besser, wenn du nach Hause fahren würdest. Nach Göttingen. Es ist nicht so einfach hier, das hast du ja gemerkt. Und so gerne ich dich hier habe, so gerne ich jeden Tag solche Ausflüge mit dir machen möchte: Es gibt ein paar Dinge, um die ich mich noch kümmern muss. Allein.«

Claire sieht den Schock in Maras Augen, die so einen warmen Farbton haben, dass sie niemals abweisend schauen können. »Du schickst mich weg?«

»Ich fände es besser«, wiederholt Claire. Sie hat einfach keine Energie mehr, um Mara und ihre Beziehung zu Hause ständig verteidigen zu müssen. Und selbst, wenn es die Probleme mit Claires Eltern nicht gäbe: Sie muss Mara beschützen vor dem, was noch kommen kann. Also fährt sie so ruhig wie möglich fort: »Du könntest heute noch fahren. Deine Sachen sind zum Teil ja eh noch im Koffer. Du wirst nicht lange brauchen, um zu packen.«

»Heute noch. Aber wieso …?« Mara verstummt und blickt von Claire zu deren Handy und wieder zurück. Claire schiebt das Handy tief in die Tasche zurück. »Wer hat dir da gerade geschrieben? Was ist los?«

»Gar nichts ist los. Oder sagen wir: Es ist einfach zu viel gerade. Mit meinen Eltern verstehst du dich nicht. Und ich habe im Moment nicht die Kapazitäten, mich um dich zu kümmern.«

»So empfindest du mein Hiersein? Du bist genervt, weil du Kindermädchen für mich spielen musst?« Es wäre einfacher, wenn Maras Stimme nicht so fassungslos klingen würde.

Claire geht gar nicht darauf ein. »Nimm ruhig den Mercedes zurück zur Villa. Meine Eltern können mich später abholen. Sie bringen dich auch bestimmt gern zum Bahnhof.«

»Ja, allerdings werden sie das gerne tun.« Sarkasmus passt nicht zu Mara. Sie reißt sich die Mütze vom Kopf und streicht ratlos durch ihr kurzes Haar. Es tut weh, Mara so zu sehen, aber sie verschließt den Schmerz tief in ihrem Inneren.

»Claire, es ist mir ernst. Wenn du mich nicht mehr teilhaben lassen willst, wenn du mich nicht hierhaben willst …« Maras Stimme wackelt. »Wenn du mich jetzt wegschickst, dann bleibe ich weg. Dann war's das.«

Claire rührt sich nicht. Sie versucht, das Segelschiff wieder vor ihr inneres Auge zu rufen. Wie gerne wäre sie jetzt an Bord. Würde alles hinter sich lassen, die ganze Angst, die ganzen Probleme. Den ganzen Dreck.

Mara steht auf. Ganz langsam, wie in Zeitlupe, sucht sie ihre Sachen zusammen. Sie wartet darauf, dass Claire etwas tut, sie aufhält, sie um Verzeihung bittet. Doch Claire versucht nur mit aller Macht, die Tränen zurückzuhalten. Sie beißt sich auf die Zunge, spürt den scharfen Schmerz und den metallischen Geschmack von Blut. Aber sie unternimmt nichts, um ihre Worte zurückzunehmen. Mara setzt einen Fuß vor den anderen. Sie sieht sich noch einmal nach Claire um.

Und Claire dreht den Kopf weg, damit Mara nicht mitbekommt, wie die Tränen laufen. Sie hat keine Wahl.

Bene / Donnerstag, 10.03., 15:20 Uhr

Bene und Alice stehen oben auf dem Deich, hoch über den Salzwiesen und dem Moor. Ihre Jacken flattern im Wind.

Diesmal ist Bene gefahren, mit dem Auto seiner Eltern. Alices Beetle ist in der Werkstatt, Damian im Krankenhaus, und Claire haben sie nicht erreicht. Also sind nur Alice und Bene hier, um Tristan zu verabschieden. Und um den Ort, an dem er seit Juli gelegen hat, mit eigenen Augen zu sehen. Bei dem Gedanken fühlt Bene sich gar nicht mehr wohl. Da ist es besser, hier zu stehen und sich den Kopf frei pusten zu lassen.

»Wie es Damian wohl geht?«, fragt Alice in diesem Moment. »Wir sind schlechte Freunde, oder? Wir sollten bei ihm im Krankenhaus sein, nicht hier. Aber ich wüsste gar nicht, was ich zu ihm sagen sollte, seit er das mit der Fahrerflucht gebeichtet hat.« Sie beißt auf ihrer Unterlippe herum, bis Bene sie sachte anstupst.

»Laut seinen Großeltern findet er das Krankenhausessen noch schlimmer als die durchweichten Pommes auf Metal-Festivals. Das klingt doch, als wäre er wieder ganz der Alte.« Bene weicht Alices Blick aus und scharrt mit den Turnschuhen im Gras herum. »Ich habe sie heute Morgen angerufen, um gute Besserung zu wünschen. Von uns allen.«

Plötzlich umfassen ihn Alices schmale Arme. »Danke«, murmelt sie an seiner Schulter. »Du tust einfach immer das Richtige, oder?«

»Nein, absolut nicht.«

»Doch, ich glaube schon.« Alice lächelt ihn an, bevor sie den Kopf wieder Richtung Meer dreht. Bene spürt ihre Wärme durch seine Jacke hindurch, oder vielleicht bildet er es sich auch nur ein. Er riecht den leichten Duft nach Lavendelfeldern, den sie immer mit sich bringt. Sie sehen weit über den Jadebusen hinaus. Wolkenbänder jagen über den Himmel. Die angekündigte Sturmflut schickt ihre Vorboten, auch wenn die Meeresbucht gerade in Ebbe liegt.

Bene räuspert sich. »Irgendein Dichter hat mal gesagt: ›Jade-

busen, diese bescheidene Filiale der Nordsee, die bei Ebbe nichts als eine trübe Ewigkeit feuchten Schlammes ist.‹«

»Unbestreitbar wahr.« Alice muss lachen. »Wollen wir?«, fragt sie dann und hüpft die steile Wiese hinunter. Bene bleibt nichts anderes übrig, als ihr zu dem dichter bewachsenen Gebiet zu folgen, das den Beginn des Moores markiert.

Alice setzt ihre Doc Martens auf den Bohlensteg. Bei ihrem Fliegengewicht hört man die Schritte kaum, doch als Bene ihr folgt, knarrt das Holz unter seinen Füßen. Die Atmosphäre verdüstert sich mit jedem Meter, den sie zurücklegen. Sie gelangen immer tiefer ins Herz des Moores hinein. Die Birken um ihn herum scheinen zu flüstern und zu raunen. Eine Wolke schiebt sich vor die Sonne, und plötzlich beherrschen kalte Blautöne die Szenerie. Ein Vogel krächzt, der Wind verfängt sich in den braunen Schilfgräsern und bringt sie zum Rascheln.

Bene zerrt nervös an seinem Schal. Er hat das Gefühl, dass es ihm eng um den Hals wird. »Seltsamer Ort«, flüstert er.

Alice dreht sich zu ihm um. »Seltsam, aber auch ziemlich faszinierend.« Sie zögert für einen Moment. »Also, es könnte faszinierend sein, wenn es für uns nicht so eine schreckliche Bedeutung hätte.« Daraufhin erklärt sie, dass sie gerade auf einer Moorinsel stehen, die drei Meter dick ist und Süßwasser enthält. Weil das Meer extrem nah ist, kann bei Sturmfluten die Moorinsel von Meerwasser unterschwemmt werden.

»Heißt es deswegen das Schwimmende Moor?«, fragt Bene.

Alice nickt. »Das ist weltweit fast einzigartig. Es schwimmt einfach alles auf, so wie es ist: die Wege, die Tiere, die Bäume und früher auch die Häuser, die hier mal standen. Und wenn das Wasser zurückgeht, dann setzt die Insel wieder auf dem Untergrund auf. Das Unterspülen passiert zum Glück mega selten. Dabei wird ein Stück vom Moor abgerissen und weggeschwemmt. Deshalb wird das Schwimmende Moor immer kleiner. Heute ist es nur noch zehn Hektar groß.«

Bene starrt sie an. »Woher weißt du das alles?«

»Ich habe alles dazu gelesen, was ich finden konnte. Als es hieß, dass eine Leiche hier gefunden wurde und ich so Angst hatte, dass es Tristan sein könnte.« Alice bemüht sich um ein Lächeln, das ihre Augen nicht erreicht. »Die Infos sind in mein Gehirn eingebrannt.«

Bene überbrückt die Meter zwischen ihnen und greift nach Alices Hand. »Es schadet sicher nicht, eine Moorfachfrau an der Seite zu haben, wenn man sich hier hineinwagt.«

»Sicher nicht.« Diesmal ist es ein echtes Lächeln, und sie streckt sich, um mit der freien Hand durch seine kurzen Haare zu wuscheln.

Bene verschränkt seine Finger mit ihren. »Also? Was erwartet uns hier, wenn wir weitergehen?«

»Der Bohlensteg führt, glaub ich, zu einer Vogelbeobachtungs-hütte. Ich weiß nicht, wo Tristan genau …« Sie stockt. »… aber ich nehme an, dass wir den Ort erkennen werden.«

Und Alice behält recht. Hand in Hand gehen sie weiter. Alices Gegenwart hält sogar die Beklemmung in Schach.

Plötzlich ertönt ein peitschendes Geräusch. Bene beschleunigt seinen Schritt und erblickt hinter einer Biegung ein rot-weißes Absperrband, das wild im Wind flattert und dabei immer wieder das alarmierende Geräusch verursacht.

Hier also.

Ein Teil des Moorbodens scheint abgetragen worden zu sein. An anderer Stelle prangen tiefe Löcher im Torf. Offensichtlich hat die Polizei hier mit einer Stange den Untergrund durchlöchert, um nach verborgenen Gegenständen zu suchen. Plötzlich wirkt der Gedanke lächerlich, dass sie hier noch irgendetwas finden könnten, das ihnen mehr über die Umstände von Tristans Tod verrät.

Bene denkt an die Fernsehbilder von den Menschen in weißen Overalls, die sich um einen toten Körper geschart haben. Besorgt blickt er zu Alice. Ihre Lippen sind fest zusammengepresst und dadurch ganz blass. Schließlich flüstert sie: »Weißt du, es ist meine Schuld, dass er nach dem Autounfall keine Hilfe rufen konnte. Er ist tot, weil ich sein Handy genommen hatte.«

Bene öffnet den Mund, um etwas Tröstendes zu sagen, doch ihm fällt nichts ein.

»Ich wollte ihm eine Nachricht hinterlassen, damit meine peinliche Aktion mit dem Lied nicht das ist, was er von mir in Erinnerung behält, wenn er die Welt bereist.«

Das hat Bene ihrer gestrigen Sprachnachricht schon entnommen. Aber er wollte es nicht ansprechen. So ein Gespräch müsste Alice mit Claire führen, er ist wirklich der Falsche, wenn es um Alices Verliebtheit in Tristan geht.

»Als er angefahren wurde, konnte er niemandem Bescheid geben. Wegen mir«, wiederholt Alice.

Bene drückt ihre Hand fester. »Wir wissen nicht genau, was passiert ist. Und wir wissen auch nicht, was passiert wäre, wenn er sein Handy gehabt hätte. Es bringt nichts, zu spekulieren, überhaupt nichts. Es ist nicht deine Schuld, Alice!«

Sie seufzt und starrt auf das flatternde Absperrband. »Hast du sie dabei? Deine Rede von der Trauerfeier?«

Bene nickt. Er zieht einen Zettel aus der Tasche und streicht ihn glatt. Während der Trauerfeier hat er ihn vor Nervosität in den Händen hin und her gedreht. Diesmal zittern seine Hände nicht. Es fühlt sich so viel richtiger an, den Text im Moor zu lesen. Hier fühlt er sich Tristan viel näher als in dieser Halle, vollgestopft mit Menschen.

»*Wir müssen uns jetzt trennen*«, beginnt er. Beim Schreiben der Rede war er völlig überfordert und hat irgendwann in der Reclam-Ausgabe von *Tristan und Isolde* zu blättern begonnen. Dabei ist er beim Abschied der beiden gelandet. Er hat die Zeilen überflogen und ist an diesem Vers hängen geblieben: *Wir müssen uns jetzt trennen*. Damit hat er angefangen. Und der Rest kam wie von selbst.

In diesem Moment unterbrechen ihn ein Summen und ein elektronischer Piepton. Nein, doch jetzt nicht! Bene runzelt die Stirn.

Alice blickt ihn an und schüttelt den Kopf. Sie hätten die Handys ausschalten sollen. Dieser Moment gehört Tristan, nur ihm, und sie wollen sich darauf konzentrieren. Die beiden Handys sind wieder verstummt, dafür sind die Gedanken in Benes Kopf umso lauter.

Was, wenn etwas passiert ist? Mit Claire? Oder es geht Damian schlechter? Sie müssen zumindest kurz nachsehen. Gleichzeitig ziehen Bene und Alice ihre Handys aus der Tasche. Damian hat einen Nachrichtenartikel im Theater-Squad-Chat verlinkt. *Das solltet ihr noch wissen*, steht darunter. Bene überfliegt die ersten Zeilen, blickt dann Alice an.

»Wir müssen zu ihm fahren«, sagt sie.

Bene sieht, dass es sie Überwindung kostet, und nickt. In einer Freundschaft müssen die Lebenden vor den Toten kommen. Er blickt sich noch einmal um, nimmt die besondere Stimmung dieses Ortes in sich auf. Wer weiß, ob er jemals wieder hierherkommen wird. Mit einer Hand fängt er das Absperrband ein, reißt ein kleines Loch in den Zettel und knotet ihn am Band fest. Als er ihn loslässt, flattert dieser, vom Wind emporgetragen, gen Himmel, bis das Band ihn bremst. *Für Tristan*. Bene muss die Abschiedsworte nicht aussprechen, sie bleiben ungesagt genauso wahr.

Wir müssen uns trennen von dem, was wir gehofft und geplant hatten:

Von dem Abitreffen in zehn Jahren, zu dem du ganz sicher als jüngster Literaturprofessor aller Zeiten erschienen wärst.

Von der Vorstellung, dass ich dich eines Tages total nervös machen würde, wenn du vor dem Altar auf deine Braut wartest, und ich so tue, als wären mir eure Ringe in den Lüftungsschacht der Kirchenheizung gefallen (was mir natürlich im Leben nicht passiert wäre!).

Von der Idee, dass ich deinen Kindern Breakdance beibringe, und du meinen mit den Deutschaufsätzen hilfst.

Von dem Wunsch, dass wir immer Freunde bleiben. Und dass du nach einem schlechten Tag einfach bei mir klingelst, damit wir zusammen ans Meer fahren.

Von dem Plan, als Rentner zusammen eine WG aufzumachen und vom Balkon aus steinharte Hallig Knerken auf die jungen Leute runterzuwerfen, die so furchtbare Musik hören.

Niemand hat das gewollt. Niemand hat es kommen sehen. Und doch ist es so.

Von unseren Vorstellungen, Wünschen, Plänen und Ideen müssen wir uns jetzt vielleicht trennen. Aber von einem nicht, das lasse ich nicht zu: von dir.

Nur du weißt, dass ich manchmal mit meiner Mutter Schnulzen schaue und dabei heule. Dir kann ich es deshalb sagen (und es ist mir ganz egal, wenn es kitschig klingt): Von dir trennen wir uns nicht. Im Leben nicht!

Bene holt tief Atem, um Alice zu fragen, ob sie nun gehen wollen. Doch in diesem Moment unterbricht ihn ein Schrei.

»Das kam von da drüben!« Bene deutet auf eine Gruppe besonders eng stehender Birken, keine zehn Meter von ihnen entfernt und fast direkt hinter dem mit Absperrband markierten Bereich. Er läuft einige Schritte über die hölzernen Bohlen und späht zwischen den Bäumen und Sträuchern hindurch. »Hey! Wer ist da? Hallo?«

Alice lauscht angestrengt, hört aber nur den Wind und das Hämmern ihres eigenen Herzens. Der Schrei klang eindringlich, fast animalisch. Als wäre etwas Entsetzliches geschehen. Noch ein Mord? Hier im Moor, wo es offenbar so leicht ist, die eigenen Spuren zu verwischen?

Bene sieht sich um. »Wir müssen helfen.« Er geht noch ein Stück den Steg entlang, seine Schuhe poltern über das Holz. Dann hält er inne, flucht noch einmal und setzt den ersten Schritt auf den dicht bewachsenen Boden des Moors, der keine dreißig Zentimeter tiefer liegt.

»Was machst du denn?«, schreit Alice und stürzt zu ihm. »Man darf nicht … Du kannst nicht …« Sie fasst nach seinem Arm, als könnte sie ihn so aufhalten.

Tatsächlich stoppt Bene und sieht sie an. »Jemand braucht Hilfe. Alice, das klang übel. Richtig übel. Vielleicht wählst du besser den Notruf, und ich –«

»Ich lass dich nicht allein in dieses Moor gehen!« Alice spürt ihren Puls in die Höhe schnellen, er pocht in ihren Ohren und bringt alle anderen Geräusche um sie herum zum Verstummen. Die Möwen, das Meer, den Wind. »Hast du nicht auch schon daran gedacht, dass …« Das Schlucken schmerzt in ihrer trockenen Kehle. »… dass Tristans Mörder frei herumläuft? Und dass er derjenige sein könnte, der Damian belauscht und dich verfolgt hat?« Bene öffnet den Mund, um etwas zu erwidern, aber Alice lässt ihn gar nicht zu Wort kommen. »Ich lass dich nicht da hinausgehen«, beharrt sie. »Nicht ins Moor. Hier ist Tristan …« Ihre Stimme bricht weg, aber nur für einen Moment. Als sie spürt, wie Bene trotz allem seinen Arm von ihr losmachen will, platzt sie heraus: »Dann komme ich mit!«

Mit einer Hand hält sie sich immer noch an Bene fest, während sie vom Steg auf den weichen Moorboden springt. Farne und Ranken wachsen hier so dicht, dass ihre Füße trotzdem guten Halt finden. Der Grund federt unter den ersten Schritten, aber sie sinkt nicht ein, wie sie es befürchtet hat. Beim Gehen zerrt sie ihr Smartphone aus der Tasche und muss in ihrer Panik kurz nachdenken, wie die Zahlenfolge für den Notruf lautet. Sie presst sich ihr Telefon ans Ohr, wartet … vergeblich. Ein hastiger Blick auf das Display zerstreut ihre Hoffnung auf Hilfe: Sie hat keinen Empfang. Verdammt!

Bene beginnt wieder, zu rufen. Alice beschränkt sich darauf, das Smartphone zu umklammern und sich umzusehen. Weniger nach der Person, die geschrien hat, wenn sie ehrlich ist, als nach einem potenziellen Angreifer. Etwas stimmt hier nicht, sie spürt es ganz deutlich. Ihr Blick schnellt über die kahlen Birken um sie herum, scannt das Unterholz auf Bewegungen. Aber das Moor liegt still da. Zu still dafür, dass eben noch jemand einen gellenden Schrei ausgestoßen hat.

»Bene, wir sollten … Verdammt!« Alice bleibt stehen und sieht auf ihre Füße hinunter, die fast bis zu den Knöcheln im Schlamm stecken. Die Bodendecker haben sich gelichtet. Dieser Untergrund erfüllt ihre Erwartungen an ein Moor schon eher. Sie sinkt darin ein. So wie Tristan und wer weiß wie viele Tote und Lebende vor ihm. Energisch zieht sie Fuß und Schuh aus dem Schlamm und setzt ihre nächsten Schritte mit mehr Bedacht. Auch Bene blickt jetzt mit gerunzelter Stirn nach unten. Natürlich, er ist viel schwerer als sie. Teilweise versinkt er bis zum Hosensaum im Schlamm und hat Mühe, seine Füße für den nächsten Schritt zu befreien.

Trotzdem kommt er schneller voran als Alice. Ihre Doc Martens sind wie immer nur lose geschnürt, damit sie schnell hineinschlüpfen kann, und sitzen damit natürlich ziemlich locker. »Mist!« Alice spürt, wie ihre Ferse sich aus dem Schuhbett hebt, ohne dass der Stiefel Anstalten macht, der Bewegung zu folgen. Sie zieht die Zehen an und versucht es noch einmal, während sie ihr Gewicht auf den anderen Fuß verlagert. Ein großer Fehler, wie sie gleich darauf feststellt, als eine Welle aus eiskaltem Schlamm über den Stiefelschaft schwappt. »Bene! Ich glaub, ich stecke fest.«

Bene ist mit zwei Schritten bei ihr und scheint kaum zu bemerken, dass auch er bis zur Wade im weichen Grund versinkt. Er greift nach Alice, die hastig ihr Handy verstaut, um es nicht ausgerechnet hier fallen zu lassen.

Sie krallt sich an Benes Arm und versucht, ihre Füße freizubekommen. »Warte, ich muss den Schuh festhalten.« Mit den bloßen Händen schaufelt sie den schwarzen Schlamm beiseite und greift nach dem linken Stiefel. »Jetzt!«

Und tatsächlich, es funktioniert. Mit einem schmatzenden Geräusch löst sich ihr Fuß aus dem Schlamm. Entsetzt sieht Alice dabei zu, wie sich das Loch, das sie hinterlassen hat, innerhalb kürzester Zeit schließt. Sie kann den Blick nicht von der Stelle losreißen. Hat der weiche, beinahe lebendig wirkende Erdboden sich genauso über Tristan geschlossen, als es ihn verschluckt und in sich aufgenommen hat?

»Ähm … Alice?« Benes Stimme reißt Alice aus ihrer Starre. Etwas schwingt darin mit. Etwas, das Alice noch mehr erschreckt als der Schrei. Sie fährt zu Bene herum und kommt dabei beinahe ins Straucheln, weil ihr rechter Fuß immer noch fest im Boden verankert ist und sie den linken nur locker aufzusetzen wagt.

Benes Lage ist allerdings deutlich schlimmer. Alice entfährt ein Keuchen, als sie sieht, wie tief er selbst mittlerweile im schlammigen Grund eingesunken ist. Fast bis zu den Knien.

»Scheiße, Bene, wir müssen dich da irgendwie rausholen!« Ihre Stimme überschlägt sich. Sie zerrt an ihrem rechten Fuß, spürt, wie er aus dem Stiefel gleitet, den sich das Moor mit einem Glucksen einverleibt.

Aber Alice kümmert sich nicht darum. Sie tritt auf einen Farn, in der Hoffnung, durch seine Wurzeln ein wenig mehr Halt zu haben. Trotzdem spürt sie beinahe sofort, wie die nasse Kälte erneut ihren Fuß umschließt. Sie kämpft dagegen an und greift gleichzeitig nach Benes Armen. Aber sie ist klein und zierlich, und Bene steckt mittlerweile bis zu den Oberschenkeln fest.

»Ich hab dich!«, keucht Alice und zerrt an ihm, ohne dass es irgendeine spürbare Auswirkung hätte. »Du musst dich zuerst auf eine Seite konzentrieren oder … Warte! Verteil dein Gewicht anders! Wie auf dünnem Eis. Da soll man sich hinlegen. Kannst du dich nach vorne fallen lassen?«

Bene antwortet nicht, lässt sich aber nach vorne sinken. Mit beiden Händen fängt er den Sturz ab – und sinkt auch dort prompt bis über die Handgelenke ein.

Alice schreit auf. Das hat sie nicht bedacht. Was, wenn ihre bescheuerte Idee Benes Lage nur verschlimmert hat? Verzweifelt packt sie einen seiner Arme und fällt dabei auf die Knie. Wenn sie selbst auch wieder zu tief einsinkt, haben sie keine Chance. Dann wird sie Bene nie freibekommen. Sie beginnt, an ihm zu zerren. Ihr Atem geht stoßweise, ihr Herzschlag dröhnt ihr immer noch in den Ohren. Aber da ist auch ein anderes Geräusch.

Ein Knacken. Das Glucksen und Schmatzen des Moorbodens unter Schritten, die nicht ihre eigenen sind. Jemand ist hier.

Bene / Donnerstag, 10.03., 15:45 Uhr

Bene hört nur seinen eigenen keuchenden Atem. Das Moorwasser dringt durch seine Kleidung, nicht einmal die Winterjacke schützt ihn vor dem eiskalten Schlamm. Dieses Moor ist uralt. Wie viele Menschen hier wohl schon versunken sind? Wie viele sind nie wieder aufgetaucht? Er hat das Gefühl, dass die Ertrunkenen ihn festhalten, an ihm zerren, so viel stärker, als Alice es jemals könnte. Er liegt mit dem Oberkörper flach auf dem sumpfigen Boden und hält den Kopf hoch, so gut er kann. Modergeruch steigt ihm in die Nase, der faulige Atem des Moores. Er strampelt mit den Beinen, um loszukommen, um nicht immer tiefer zu versinken. Er gräbt die Finger in den weichen Grund auf der Suche nach Halt. Aber es ist so unfassbar anstrengend, gegen diesen zähen schwarzen Schlick zu kämpfen.

»Da kommt jemand.« Alice flüstert. Bene versteht es nur, weil die Panik in ihrer Stimme ihn aufhorchen lässt. Mühsam dreht er den Kopf und sieht eine Gestalt, ganz in Schwarz. Auch das Gesicht ist in Dunkelheit gehüllt, und Bene bemerkt erst nach einer Sekunde, dass sie ein Tuch darum gewickelt hat, das nur einen schmalen Sehschlitz freilässt.

»Hilfe! Helfen Sie uns!«, brüllt er. »Wir stecken fest!«

Alice zuckt zusammen. Die Gestalt kommt näher und hält sich dabei an die dichter bewachsenen Stellen. Sie vermeidet offenbar gekonnt, in den tieferen Schlamm zu geraten. Alice umklammert Benes Finger, doch die andere Hand hebt sie als geballte Faust vor die Brust. Ihr blasses Gesicht strahlt Entschlossenheit aus, als wäre sie bereit, sich und ihn zu verteidigen. Jetzt erst versteht Bene, was sie denkt: Hier kommt niemand, um ihnen zu helfen. Hier kommt jemand, um es zu Ende zu bringen.

Wortlos greift die Gestalt nach einem langen Birkenast, hält das eine Ende fest und stößt das andere in Alices Richtung, sodass er knapp vor ihr in der Luft schwebt. Als Alice zögert, macht die Gestalt eine ungeduldige Bewegung mit dem Kopf. »Los!« Die Stimme klingt weiblich.

»Greif zu!«, raunt auch Bene. Da schließt Alice ihre Hand um den Ast. Die Frau zieht und Alice kann sich vom Untergrund frei strampeln. Sobald sie sicheren Stand gefunden hat, dreht sie sich zu Bene um und streckt nun ihm den Ast entgegen. Er klammert sich mit der einzig freien Hand daran fest. Die Fremde bedeutet Alice, zu ihr zu kommen, sodass sie gemeinsam ziehen können. Der Ast knarzt und knackt, doch Bene spürt, wie der zähe Untergrund ihn langsam freilässt. Jetzt hat er auch den zweiten Arm frei, kann besser zupacken.

Alice und die Fremde zerren ruckartig am Ast, dabei verrutscht das fest gewickelte Tuch um das Gesicht der Frau. Bene lässt beinahe los, als er sieht, wer sich darunter verbirgt.

Eske!

Auch Alice entfährt ein Laut der Überraschung. Doch ihre ehemalige Mitschülerin sagt kein Wort, verbissen zieht sie weiter. Mit dem nächsten Ruck sind Benes Beine frei. So behutsam wie möglich steht er auf und tastet sich keuchend die letzten Meter zurück zum Bohlensteg. Alice reicht Bene eine Hand, um ihn hochzuziehen. Bene kann sich nur mühsam auf den Beinen halten. Aber dann stehen sie beide Eske gegenüber. Alice mit düsterem Gesichtsausdruck und nur einem Schuh, Bene triefend nass. Bis auf seinen Rücken und seinen Kopf ist er von oben bis unten voll Moorschlamm.

»Was machst du denn hier?«, fragt Alice misstrauisch.

Eske schnaubt. »Hat euch noch niemand erklärt, dass man besser nicht einfach so ins Moor läuft und dass man sich – wenn überhaupt – vorsichtig vorantastet?«

»Da war dieser furchtbare Schrei und dann …« Bene verstummt, als ihm ein Verdacht kommt. »Warst du das etwa? Du hast geschrien, du hast uns ins Moor gelockt!«

»Ihr habt bloß Glück gehabt, dass ich rechtzeitig da war.« Eskes Gesicht ist trotz der Anstrengung blass. »Wie dumm von euch, herzukommen. Mörder kehren immer an den Tatort zurück, das weiß doch jeder.«

»Sag mal, spinnst du?« Alice ist so wütend, dass sie Eske anschreit. »Bene hätte sterben können. Wir hätten beide draufgehen können! Warum hast du das gemacht?«

Eske schweigt. Sie vergräbt ihre Fäuste tief in den Taschen ihres schwarzen Mantels. Dort, wo sich etwas Kantiges unter dem Stoff abzeichnet. Bene kann nicht anders, als auf sie zuzutreten und ihre Hand aus der Tasche zu zerren. Wütend versucht Eske, ihn abzuwehren, aber es ist zu spät. Eine kleine silberne Kamera fällt auf den Bohlensteg, wo sie rot blinkend liegen bleibt. »Das darf nicht wahr sein. Du hast uns ins Moor gelockt, um das zu filmen? Für deinen ekelhaften Blog?«

»Nein.« Trotzig verschränkt Eske die Arme. »Nicht für den Blog. Fürs Fernsehen, die großen Sender. Ich brauche eine Chance, nur eine einzige! Wenn ich da erst mal einen Fuß in der Tür hab, mit richtig gutem Material, dann bekomme ich vielleicht auch Aufträge. Mit dem abgebrochenen Studium wollten sie mich ja nicht. Aber wenn ich jetzt liefere, so richtig heiße Aufnahmen vom Tatort mit zwei Mordverdächtigen, dann …«

»Wenn du auch nur eine einzige Zeile, ein einziges Foto, ein noch so kurzes Video über einen von uns verbreitest, dann könnte das mit dem Mordverdacht tatsächlich hinkommen. Aus gutem Grund diesmal.« Bene ist eiskalt von dem Schlamm, um seine Füße hat sich bereits eine Pfütze gebildet, seine Zähne klappern aufeinander, und er hat verdammt noch mal keine Geduld mehr übrig. Nicht für so was.

»Außerdem willst du sicher nicht, dass wir dich anzeigen wegen dieser miesen Aktion hier.« Alice schnaubt.

Eske scheint zu spüren, dass es ihnen Ernst ist. Sie verdreht die Augen, sagt aber nichts mehr.

Alice hebt die Kamera auf und mustert sie. »Woher wusstest du überhaupt, dass wir hier sein würden?«

»Damian stand vorhin plötzlich vor meiner Tür, hat rumgejammert und wollte dann auch noch heimgefahren werden, weil ihr ja am Moor seid, und deshalb …«

»Das kann nicht sein. Damian ist im Krankenhaus«, unterbricht Bene sie scharf.

»Offenbar nicht mehr.« Eske zuckt die Schultern. »Wäre er besser mal dort geblieben. Er sah noch ziemlich fertig aus.« Damit wendet sie sich ab und geht ohne einen Gruß davon. Dass Alice ihr die Kamera so schnell nicht wieder geben würde, ist ihr wohl klar.

Bene wechselt einen alarmierten Blick mit Alice. Sie müssen unbedingt mit Damian sprechen.

Bevor sie Eske folgen, dreht er sich ein letztes Mal um. In dem Loch, in dem er festgesteckt hat, steht nun das Wasser. Bene schluckt. Das Moor hat ihn seine Macht spüren lassen. Er kann nur hoffen, dass Tristan es nicht mehr mitbekommen hat, als er darin versunken ist.

Er kann es nur hoffen.

Teil V

Der Vorhang fällt

»Himmel, Damian, nun sei doch nicht so stur!« Seine Oma wirft die Hände in die Luft. Ihre Theatralik wäre komisch, wenn sie Damian nicht so zusetzen würde. Ihre Stimme, die seines Opas und das Gedudel aus dem Radio in der Küche vermischen sich zu einem solchen Lärm, dass Damian sich am liebsten die Ohren zuhalten würde.

Romy drückt seine Hand. Fest, beinahe schmerzhaft. Gesagt hat sie noch fast nichts. Als er vor der Tür stand, hat sie ihn lediglich zum Sofa im Wohnzimmer bugsiert, gerade noch rechtzeitig, bevor er im Hausflur umkippen konnte. Er sieht ihr an, dass sie geweint hat. Wahrscheinlich durchgehend, seit sie festgestellt hat, dass er aus dem Krankenhaus abgehauen ist. Ihre Augen sind rot geädert und ihr Gesicht ganz verquollen.

»Und die Untersuchung? Was ist bitte schön mit der?«, poltert sein Opa.

Hätte er doch nur gelogen und behauptet, das CT wäre schon gemacht worden. Und natürlich unauffällig gewesen. Dann würden sie dieses Gespräch jetzt nicht schon zum dritten Mal führen, seit er nach seinem Besuch bei Eske hier aufgeschlagen ist.

»Du ruinierst dir deine Gesundheit.« Auch die Stimme seiner Oma klingt jetzt tränenerstickt. Ob sie weint, kann Damian nicht überprüfen, weil er sich dazu um fast neunzig Grad zur Seite drehen müsste, und so eine Bewegung ist nicht drin. Fest presst er den Rücken gegen die Sofalehne. Am liebsten würde er sich hinlegen, aber das würde seiner Behauptung, es gehe ihm schon viel besser und er wolle auf keinen Fall zurück ins Krankenhaus, irgendwie die Schlagkraft nehmen.

»Was, wenn du eine Hirnblutung bekommst? Wenn du ins Koma fällst?«, fragt seine Oma.

»Jetzt mal den Teufel doch nicht an die Wand!«, unterbricht sein Opa sie vehement. »Wenn der Junge unbedingt verantwortungslos sein will, können wir ihn nicht zwingen, sich untersuchen zu lassen. Auch wenn ich gedacht hätte, er wäre zumindest seinem Mädchen zuliebe nicht so unvernünftig.«

Jetzt also die moralische Schiene. Damian lässt sich doch ein wenig tiefer ins Sofa sinken und rutsch Richtung Kante, damit er den Kopf anlehnen kann. Gleich darauf spürt er Romys Hände an seinen Schultern. Er lässt zu, dass sie ihn behutsam, aber bestimmt zu sich zieht und seinen Kopf in ihrem Schoß bettet, so gut das mit der blöden Halskrause geht. Der Schmerz explodiert hinter seinen Schläfen, aber der Raum schwankt im Liegen tatsächlich weniger. Damian schließt die Augen.

»Ist er ohnmächtig?«, fragt seine Oma alarmiert.

»Nein«, erwidert er, ohne die Augen zu öffnen. »Nur echt erledigt. Und da ich nicht Netflix schauen darf, werde ich jetzt eine Runde schlafen.«

Doch daraus wird nichts, denn in diesem Moment schießt ihm beim Scheppern der Türglocke erneut stechender Schmerz durch den Kopf.

Es dauert ein paar Sekunden, ehe Damian die Stimmen an der Tür wahrnehmen kann. Seine Oma, Bene und … Alice? Ziemlich sicher.

»… gerade erst mitbekommen, dass Damian schon entlassen wurde.«

»Wurde er nicht«, setzt seine Oma an. Vermutlich wird sie ihm nun die beiden auf den Hals hetzen, damit die ihm ins Gewissen reden. Damian dreht den Kopf in Romys Schoß ein kleines bisschen zur Seite, um in Richtung Flur blicken zu können. Allerdings sieht er trotz der geöffneten Wohnzimmertür nicht, was vor sich geht.

Jetzt werden weitere Stimmen laut. Damian kann sie nicht zuordnen, zumal seine Oma alle anderen übertönt, indem sie scharf verkündet: »Mein Enkel ist nicht zu sprechen. Für euch natürlich schon, Alice, Bene. Aber für Sie – für Sie ganz sicher nicht!«

»Was zum Henker …?« Damian rappelt sich auf.

»Alice?«, fragt jemand dort draußen. »Etwa Alice Brinkmann? Und Sie müssen Benedikt Mahleke sein!«

Damians Oma protestiert, doch scheinbar erfolglos.

»Und Frau Hagenbrock? Ist die auch hier?«

Damian hat es mittlerweile in die Senkrechte geschafft.

Er schleppt sich bis zur Wohnzimmertür, aber dann muss er sich festhalten. Seine Oma steht breitbeinig wie ein Bodyguard in der Haustür. Über ihre kleine Statur hinweg sieht Damian tatsächlich Bene und Alice. Beide sind mit Schlamm beschmiert. Was in aller Welt haben sie angestellt? Aber das ist jetzt Damians geringste Sorge, denn die beiden sind nicht allein.

Eine Traube Reporterinnen und Reporter steht vor der Tür. Oh Gott, was haben die nun herausgefunden? Was wollen sie von ihm? Der Raum um ihn herum schwankt noch mehr als ohnehin schon.

Nein. Wenn sie es wüssten, wäre die Polizei hier, nicht die Presse. Außerdem hat Eske gesagt, Tristan sei ertrunken.

»Herr Förster!«, ruft eine fremde Stimme. Der Reporter streckt eine Hand aus und will Damians Oma einfach zur Seite schieben, um zu Damian durchzukommen, doch im nächsten Moment wird er ruckartig zurückgerissen.

»Das ist Hausfriedensbruch!«, blafft Bene ihn an. Er hat seine

Hand immer noch an der Schulter des Eindringlings und schüttelt ihn offenbar. Oder der Typ zittert. Oder Damian. Wenn er es sich recht überlegt, wackelt irgendwie alles.

Damian schließt für einen Moment die Augen. Seine Finger schmerzen, so fest umklammert er den Türrahmen. Die Stimmen dringen jetzt wie durch Watte zu ihm. Als wären die anderen weit weg und nicht direkt vor ihm im Hausflur.

»Lassen Sie ihn und seine Familie in Frieden.« Benes Stimme. Als Damian kurz blinzelt, sieht er, dass sein Freund Alice hinter seinen Rücken und in den Hausflur geschoben hat. Sie trägt nur einen Schuh, der andere ist über und über voll von angetrocknetem Matsch. »Hier gibt es nichts zu sehen. Bei keinem von uns. Ich zeige Sie an, wenn Sie auch nur einen Fuß in dieses Haus setzen!«

Damian würde lachen, wenn ihm nicht so schwindlig wäre. Bene brüllt irgendwas von »keine Ehre« und »rechtlichen Folgen«. Er spricht zu laut, seine Stimme hat den Effekt eines Vorschlaghammers, der Damians Schädeldecke bearbeitet. Er will sich an den Kopf greifen und lässt dafür den Türrahmen los. Ein böser Fehler.

Damian reißt die Augen auf, der Boden unter seinen Füßen scheint einen Knick zu haben. Ist zu nah und gleichzeitig meterweit entfernt. Hastig versucht er, einen Schritt zu machen, um sein eigenes Schwanken in den Griff zu bekommen. Romy schreit seinen Namen, Alice stürzt in sein Blickfeld, dann wird alles schwarz.

Alice starrt auf die Buchseite und reibt sich die brennenden Augen. Was für ein endlos langer, grauenhafter Tag. Sie hat lange und heiß geduscht, bis all der Moorschlamm von ihrem Körper gewaschen war, und sich dann zum Lesen an ihren Lieblingsplatz verkrochen. Aber sie kann sich einfach nicht auf das Buch konzentrieren.

Wenn Damian nach seiner Ohnmacht wenigstens einsichtig gewesen und ins Krankenhaus zurückgekehrt wäre. Aber nein, er ist stur wie eh und je, obwohl sie alle auf ihn eingeredet haben. Bis er sie angebrüllt hat, dass er Kopfschmerzen von ihrem Gelaber bekomme, Romy angefangen hat zu weinen und Damians Großvater auf Plattdeutsch zu fluchen.

Mit bebenden Fingern zieht Alice ihr Handy aus der Tasche und tippt eine Suchanfrage ins Textfeld: *Kopfverletzungen.* Ihre Finger wollen ihr nicht gehorchen, sie zittern so sehr, dass sie aus Versehen auf das Schlagwort *Videos* tippt, das unter dem Suchfeld prangt. Oh Gott, bloß nicht! Unter den ersten Treffern befinden sich neben einer medizinischen Doku auch ein Fußballvideo und ein Film mit dem Titel *Streunerkatzenvilla – Werther*, dessen Vorschaubild eine düstere Szene in einer verkohlten Ruine zeigt.

Schnell klickt Alice sich zurück zu den übrigen Treffern und überfliegt einen Fachartikel. Aber weniger gruselig ist der auch nicht, wenn sie ehrlich ist. Nach ein paar Absätzen ist ihr übel, und sie hätte fast Lust, Damian ein paar Screenshots zu schicken. Letzten Endes tippt sie nur eine kurze Nachricht an ihn: *Bitte lass dich noch mal untersuchen, Damian. Wir wollen nicht noch einen Freund verlieren.*

Sie schickt die Nachricht ab und lehnt sich in ihrem Ohrensessel zurück. Es ist still im Haus, ihr Vater ist unterwegs und Adrien wie immer in Hamburg. Alice wirft das Handy neben sich. Sie hätte nicht nachlesen sollen, was Damians Gleichgewichtsstörungen und Ohnmachtsanfälle alles bedeuten könnten. Sie gibt sich einen Ruck, stemmt sich aus dem Sessel und will das Fenster öffnen. Sauerstoff hereinlassen, frische, kühle Nachtluft. Mit der Hand am Griff hält sie inne. Ihr Herz macht einen schmerzhaften Hüpfer, noch ehe sie richtig begreift, warum.

Es ist dunkel draußen. Eine Laterne wirft ihr fahlweißes Licht auf den Gehweg und die Fassade des gegenüberliegenden Hauses. Und auf eine Gestalt. Sie steht am Rande des Lichtkegels. Bewegungslos. Das Gesicht liegt im Schatten der Kapuze, ist aber eindeutig direkt auf Alices Fenster gerichtet.

Instinktiv schreckt Alice einen Schritt zurück. Ihr Herz hämmert schmerzhaft in ihrer Brust und mit einem Mal ist die Stille des Hauses unerträglich. Der Fremde, der sie im Blumenladen beobachtet hat. Er muss sie gefunden haben.

Langsam lässt sie sich in die Hocke sinken und wagt einen Blick vorbei an den fleischigen Blättern einer Sukkulente und den schmalen Ästen des Bleistiftbäumchens. Der oder die Unbekannte starrt immer noch an der Fassade ihres Hauses empor und scheint Alice direkt in die Augen zu sehen. Aber diese Person kann nicht wissen, dass Alice da ist, oder? Sie hat das Deckenlicht nicht angeschaltet, nur ihre Lichterkette und die altmodische Leselampe. Trotzdem, draußen ist es stockfinster, von innen spiegelt die Scheibe, aber von außen muss man einen recht guten Einblick haben.

Alice fährt ein Schauder über den Rücken, Panik steigt in ihr auf. Wenn sie nur mehr erkennen könnte. Vielleicht, wenn sie die Leselampe ausschaltet? Aber sie wagt kaum, sich zu rühren.

Sollte sie die Polizei anrufen? Dazu gibt es keinen Anlass.

Oder? Eingreifen würde sie jedenfalls nicht, solange die Person nur dasteht und eigentlich weiter nichts Besonderes macht. Außer zu starren. Unverwandt. Aber solange er oder sie nicht versucht, ins Haus hineinzukommen …

Alice spürt, wie sich die Härchen an ihren Armen und in ihrem Nacken aufstellen.

Zu ihr hinein. Wie im Blumenladen. Wie schon im Bootshaus.

Der Moment, in dem niemand auf ihre Nachfrage reagiert hat, fällt ihr wieder ein. Es war damals eindeutig jemand da, der zuvor versucht hat, die Tür zu öffnen, ehe Alice sie zugeknallt hat. Und die Person hat dann ziemlich heftig gegen die Tür oder die Wand des Bootshauses getreten. Vielleicht auch gegen das Geländer des Stegs.

Was, wenn dieser Jemand nicht, wie damals vermutet, ein betrunkener Mitschüler gewesen ist, sondern Tristans Mörder? Immerhin hat Damian Tristan zwar vermutlich angefahren, aber ihn definitiv nicht im Moor versenkt. Mal davon abgesehen, dass er nach dem Unfall noch gelebt haben muss. Um dann zu ertrinken.

Was, wenn jemand Tristan gefunden hat, verletzt am Deich, aber nicht tot. Wenn dieser Jemand ihn ins Moor geschleppt hat und dort umgebracht hat. Und seine Tasche aus dem Bootshaus geholt hat, irgendwann, als die Party bereits vorbei war. Und wenn dieser Jemand es vorher schon einmal versucht hat, aber von Alice daran gehindert wurde? Dann war der Mörder nur wenige Meter von ihr entfernt, und sie hatte keine Ahnung.

Rückwärts krabbelt Alice zu ihrem Lesesessel und tastet über die flauschige Sitzfläche, bis ihre Hände ihr Smartphone zu fassen bekommen. Sie öffnet das Telefonbuch und tippt auf den Namen des einzigen Menschen, der sie nicht auslachen oder für verrückt erklären wird.

Er meldet sich beinahe sofort, und seine Stimme kommt Alice viel zu laut vor. Sie wirft einen Blick zum Fenster, im wahnwitzigen Glauben, dass sie die Gestalt aufgeschreckt haben könnte. Was natürlich Blödsinn ist.

»Jemand steht vor meinem Fenster«, flüstert sie. »Ich … Was, wenn es der Mörder ist?«

Bene / Donnerstag, 10.03., 22:55 Uhr

»Bene?« Alices Stimme ist nur ein Flüstern. Er presst das Handy dicht ans Ohr, damit er sie überhaupt verstehen kann. Sofort ist ihm klar, dass er handeln muss.

Da hat offenbar jemand den Verdacht, dass sie als Tristans beste Freundinnen und Freunde zu viel wissen. Erst wurde Alice im Blumenladen beobachtet und Damian im Supermarkt beschattet, dann Bene von dem SUV bedrängt, nun hat es jemand erneut auf Alice abgesehen. Die Verfolgung wird immer bedrohlicher. Aber das wird Bene nicht zulassen.

»Bleib, wo du bist! Schließ die Tür ab, ich bin in ein paar Minuten bei dir.« Ohne auf ihre Antwort zu warten, streift er die Motorradjacke über, schiebt das Handy in die Hosentasche seines Jogginganzugs und greift nach dem Mopedschlüssel. Dann rennt er los. So schnell hat er die Distanz zwischen Haustür und Garage noch nie zurückgelegt, noch nicht einmal, als er vom BMW verfolgt worden ist. Keuchend stülpt er den Helm über den Kopf und braust los.

Zum Glück ist kaum Verkehr, und er kann richtig Gas geben. Eine Querstraße von Alices Häuschen entfernt bremst er die Maschine ab und fährt an den Straßenrand, wo er kurz stehen bleibt und das Handy aus der Tasche zieht.

Alice geht sofort dran.

»Ist er noch da?«

Sie bejaht knapp.

»Ich lasse das Moped ein Stück entfernt stehen, damit er nicht alarmiert wird.« Er erläutert ihr seinen Plan.

»Bene, du musst doch nicht … Es reicht völlig, wenn du zu mir kommst, sei vorsichtig, bitte!«

»Wir kriegen das hin.«

Bene schaltet das Handy auf lautlos, damit es ihn nicht vorzeitig verraten kann, schiebt das Moped in eine Parkbucht und verstaut noch schnell den Helm. Dann joggt er am Rande der menschenleeren Straße los. Er ist noch nicht in Sichtweite von Alices Haus, als sein Blick auf einige Autos fällt, die am Rand geparkt sind. Die Angst packt ihn, bevor er ganz versteht, weshalb, und er bleibt abrupt stehen.

Glänzendes Schwarz, bullige Motorhaube, Felgen, die selbst im schwachen Licht der Straßenlaternen blitzen. Bene erkennt den BMW sofort. Der Motor ist abgeschaltet, die Lichter sind aus. Sitzt trotzdem jemand darin? Jemand, der Bene aus dem dunklen Innenraum heraus mit seinen Blicken verfolgt?

Es kostet ihn immense Überwindung, auf den Gehsteig zu treten und sich dem Auto Schritt für Schritt zu nähern.

Bene zieht sein Handy aus der Tasche, aktiviert die Taschenlampe und leuchtet durch die Scheibe der Beifahrertür. Es spiegelt zu sehr. Er muss den Kopf beinahe an das Glas legen und zusätzlich mit der Hand den orangen Schein der Straßenlaterne abschirmen. Tatsächlich ist das Auto leer. Damit hat der Unbekannte einen großen Vorteil verspielt. Nun sitzt er nicht mehr unantastbar in seinem Stadtpanzer. Jetzt hat er sich angreifbar gemacht. Bene lächelt grimmig.

Das Eckhaus, in dem Alice wohnt, ist kaum hundert Meter entfernt. Bene hält sich im Schatten unter den Bäumen und bewegt sich so leise wie möglich darauf zu, stetig nach dem Beobachter Ausschau haltend. Alice hat gesagt, dass er an der Straßenseite steht, in der Nähe des Gartentores unter der alten Kastanie, gerade noch am Rande des Lichtkegels der Laterne. Also geht Bene zur Gartenseite, gut, dass er im Sommer schon manchmal zum Textlernen mit Alice dort saß und sich auskennt. Er schwingt sich über den Gartenzaun und schleicht zum Schuppen.

Der Riegel ist eiskalt und knirscht, als er ihn Zentimeter für Zentimeter zurückschiebt, doch zumindest die Tür lässt sich lautlos aufziehen. Bene schaltet wieder seine Taschenlampe ein und schirmt das Licht mit der Hand ab. Der Lichtkegel wandert über Säcke mit Blumenerde, einen Rasenmäher und einige morsche Zaunpfähle und fällt dann auf die Werkzeuge: eine Handsäge, ein Vorschlaghammer, eine Schneeschaufel, ein Spaten, eine Heckenschere und eine Unkrauthacke …

Die Hacke ist das Richtige für Bene. Handlich, nicht zu schwer und gut geeignet, um auch auf etwas Distanz zu wirken. Bene nimmt sie aus der Halterung und schleicht näher ans Haus heran. Ein Ast knirscht unter seinen Füßen, und Bene hält kurz inne. Doch nichts rührt sich. Also pirscht er weiter.

Plötzlich wird die Terrassentür aufgezogen. Eine schmale Silhouette löst sich aus dem Schatten und huscht zu ihm hinüber. Lavendelduft steigt ihm in die Nase.

»Was machst du hier?«, zischt er Alice zu.

»Ich kann dich doch da draußen nicht allein lassen. Das hat mir noch mehr Angst gemacht als die Tatsache, dass da jemand vor dem Haus lauert«, flüstert sie zurück. »Ich helfe dir lieber.« Sie hält einen Fleischklopfer in die Höhe.

Bene muss fast ein wenig grinsen. Schnell streicht er ihr übers Haar, dann schiebt er sie hinter sich. Gut, dass sie so schmächtig und er so breit ist, so kann er sie komplett vor einem möglichen Angreifer abschirmen. Schritt für Schritt tasten sie sich über den Rasen voran, Richtung Gartentor. Gleich. Gleich müssen sie ihn sehen.

Unvermutet flammt ein Bewegungsmelder auf. Helles Licht ergießt sich über den Rasen, und Alice zischt: »Shit!«

Vorne am Tor knacken Zweige, dann hört Bene das Geräusch von Schritten. Er flucht und rennt los. Jetzt, da er sieht, wo er hinläuft, ist er schnell. Der niedrige Gartenzaun ist kein echtes Hindernis für ihn, obwohl er noch immer die Hacke in der Hand hält. Er sieht eine dunkel gekleidete Gestalt vor sich, sie dreht den Kopf, blickt aus dem Dunkel unter einer Kapuze zu ihm zurück. Bene holt auf. Der Mensch gerät ins Stolpern und stürzt auf die Straße.

Da ist Bene schon über ihm und reißt ihn an der Schulter zurück. »Nicht so eilig, Freundchen!«, keucht er. In der rechten Hand hält er drohend die Hacke erhoben.

Die Gestalt stößt einen schrillen Schrei aus und reißt die Hände schützend über den Kopf. Dabei rutscht die Kapuze nach hinten und enthüllt lange braune Haare.

»Bene, stopp!«, ruft Alice.

Doch Bene ist bereits erstarrt.

Langsam lässt er die Hacke sinken. Vor ihnen auf dem Boden kauert Frau Lehmann.

Alice / Donnerstag, 10.03., 23:35 Uhr

»Was zur … Was machen Sie denn hier?« Auf Benes Gesicht spiegelt sich die gleiche Fassungslosigkeit, die Alice empfindet. Sie hat mit allem gerechnet: vom narbigen Serienkiller über den

Fremden aus dem Blumenladen bis hin zu Eske. Aber ganz sicher nicht mit ihrer ehemaligen Theater-AG-Leiterin.

»Nimm die Hacke runter, Bene.« Sie greift nach seiner Hand und nimmt ihm das Werkzeug ab. »Es ist nur Frau Lehmann.« Als würde er das nicht selbst sehen.

Die Frage ist nur: Warum? Was will sie hier? Warum, verdammt noch mal, steht sie mitten in der Nacht vor Alices Haus und starrt zu ihrem Fenster? Es macht keinen Sinn.

»Was ist denn mit Ihnen passiert?«, will Bene schließlich wissen. Es ist nicht gerade die erste Frage, die Alice gestellt hätte, aber berechtigt ist sie allemal. Frau Lehmann sieht echt fertig aus: Ein Auge ist blau verfärbt, ein Pflaster klebt auf ihrer Braue, und den Mantel hat sie links nur über die Schulter gehängt, weil ihr Arm in einem leuchtend blauen Gips steckt.

»Ich …« Sie fährt sich mit der unverletzt aussehenden rechten Hand durch das Haar. »Ich hab nicht lange Zeit. Ich wurde vorhin erst aus dem Krankenhaus entlassen und muss … Ich muss nach Hause. Aber ich wollte vorher mit euch sprechen.«

»Mit uns?« Bene zieht die Augenbrauen hoch und starrt ihre ehemalige Lehrerin verwirrt an. Dann scheint er sich zu besinnen, steht erst mal auf, klopft sich die Hände an den Oberschenkeln ab und reicht schließlich Frau Lehmann eine Hand, um auch sie auf die Beine zu ziehen. »Ähm … vielleicht können wir reingehen? Wenn du nichts dagegen hast, Alice.«

Alice nickt hastig und führt das seltsame Grüppchen durch den finsteren Garten zur offenen Terrassentür. In der Küche schaltet sie das immer leicht flackernde Deckenlicht an, setzt Wasser auf und füllt losen Schwarztee in ein Sieb. Einen starken Tee können sie jetzt alle gebrauchen, und Alice tut es gut, ihre Hände zu beschäftigen. Sie überlässt es Bene, sich schon einmal Frau Lehmann gegenüberzusetzen.

Die behält ihren Mantel an und sitzt seltsam gerade und steif auf der Stuhlkante. Deplatziert sieht sie aus, hier in der etwas veralteten Küche. In den letzten Schuljahren hatten sie viel miteinander zu tun, aber nie privat. Da waren nur die zahllosen Nachmittage mit Theaterproben und Bühnenvorbereitungen. Wie viele Stunden Frau Lehmann in die kleine AG investiert hat, wie viel Herzblut. Und trotzdem wissen sie so wenig über sie, wie Alice jetzt klar wird.

»Wenn Sie es so eilig haben, warum belagern Sie Alice dann?«, fragt Bene mit einer Direktheit, die Alice nicht von ihm erwartet hätte. Er bemüht sich offenbar, dabei weder auf Frau Lehmanns blaues Auge noch auf den Gips zu starren. »Und das ist nicht das erste Mal. Neulich abends, das waren auch Sie, oder? Sie haben mich mit dem Auto verfolgt!«

Frau Lehmann nimmt eine Tasse von Alice entgegen und klammert sich daran. »Mit dem Auto? Nein, ich will … Ich muss euch warnen. Ihr müsst euch aus der Sache heraushalten, versuchen, nicht noch mehr aufzufallen.«

Alice entfährt ein schrilles Lachen, das selbst in ihren eigenen Ohren ziemlich hysterisch klingt. Nicht noch mehr auffallen? Sie stehen bereits alle vier mehr oder weniger unter Mordverdacht, die Presse belagert sie – von dem Unbekannten mit dem SUV ganz zu schweigen. Oder hat Bene recht, und dahinter steckt ebenfalls Frau Lehmann? Das passt doch nicht zusammen.

Bene sieht sie an. Seine dunklen Augen wirken beruhigend auf Alice und ersticken jede Nachfrage im Keim.

Aber Frau Lehmann beginnt ohnehin von ganz allein, zu erzählen: »In der Nacht eurer Party hab ich euch am Bootshaus besucht.« Ihre Stimme klingt tonlos, fast als habe sie sich die Worte vorher überlegt und wie ein Theaterskript auswendig gelernt. »Danach bin ich früh zu Bett gegangen. Mein Mann war noch unterwegs, und ich konnte nicht schlafen. Irgendwann hörte ich, wie er nach Hause kam. Er stürmte herein, warf sein Hemd in die Wäsche und verschwand fluchend im Badezimmer. Ich ging nachsehen. Nils war dabei, sein Auge zu kühlen.« Sie fasst sich unwillkürlich an das Pflaster über ihrem eigenen. »Als ich ihn verarzten wollte, schubste er mich weg.« Sie schluckt hörbar und hält inne, eine Hand immer noch an ihrem Gesicht. »Wenn er wütend ist, tut er manchmal Dinge, die er später bereut. Ich kannte das schon und beschloss, ihn lieber in Ruhe zu lassen. Er hatte offenbar getrunken. Seine Fingerknöchel waren aufgeplatzt, und ich weiß noch, dass ich kurz erleichtert war, dass er …« Ein ersticktes Geräusch dringt aus ihrer Kehle.

»Dass er seine Wut dieses Mal schon an jemand anderem aus-gelassen hatte?«, fragt Bene leise. Die Beherrschung kostet ihn sichtlich Mühe. Alice kann ihm am Gesicht ablesen, was in ihm vorgeht. Wie gerne er auf der Stelle zu diesem Kerl fahren und ihm seine Meinung sagen würde. Mit Worten natürlich – Bene ist nämlich nicht der Typ, der sofort Fäuste sprechen lassen muss. Anders als Nils Lehmann offenbar.

»Er sagte … eine Kneipenschlägerei. Es war ja nicht das erste Mal. Aber am nächsten Tag … Am nächsten Tag kam er nicht zum vereinbarten Treffpunkt.«

Alice braucht einen endlosen Moment, bis sie kapiert, dass sie nicht mehr von ihrem Mann spricht. »Tristan?«, flüstert sie.

Benes Tasse rutscht ihm aus der Hand und zerschellt auf dem Fliesenboden. Heißer Tee ergießt sich zwischen ihnen, und Bene zieht hastig die Füße zurück. Doch niemand macht Anstalten, die Sauerei aus Tee und Scherben aufzuwischen.

»Sie?«, fragt Bene nur. »Sie waren seine …« Offenbar um ein Wort verlegen, unterbricht er sich. »Sie waren mit Tristan zu-sammen?«

Frau Lehmann nickt. Sie starrt immer noch in ihre Tasse, aber wahrscheinlich sieht sie in Wahrheit etwas ganz anderes. Ein vertrautes Gesicht, braune Augen, ein melancholisches Lächeln.

»Deswegen hat er nie ein Wort gesagt!«, platzt Bene heraus. »Ich hab mich immer gefragt, warum er sich mir nicht viel früher anvertraut hat. Er konnte nicht. Weil Sie schützen wollte. Sie wären rausgeflogen, wenn rausgekommen wäre, dass Sie was mit einem Schüler hatten.« Er scheint zu bemerken, dass seine Worte anklagend klingen, und fügt schnell hinzu: »Ich hab bemerkt, dass er sich verändert hat. Schon eine Weile vor dem Abi. Ein bisschen geheimniskrämerisch kam er mir vor, aber auch irgendwie glücklicher. Er war sonst immer so nachdenklich und manchmal ein bisschen … na ja, traurig.«

»Ja, das war er«, flüstert Frau Lehmann. »Ich hab das letzte Stück für *ihn* ausgesucht. Die Rolle des Tristan war wie für Michael geschrieben.«

Alice nickt, und auf einmal hat sie einen dicken Kloß im Hals. Sie spürt die Tränen in ihrer Kehle brennen.

Zum Glück ist Bene da, der behutsam fragt: »Seit wann? Ich meine, wie lange ging das schon?«

»In den Sommerferien vor eurem letzten Schuljahr habe ich mir eine Open-Air-Inszenierung von *Orpheus und Eurydike* angesehen. Nils … Mein Mann geht nicht gerne ins Theater, und meine Freundin, die mich normalerweise begleitet, fand das Stück zu düster. Sie mag keine Geschichten über Beziehungen, die zum Scheitern verurteilt sind.« Sie lacht trocken auf. Vielleicht ist es auch ein Schluchzen, im Moment ist das schwer auseinanderzuhalten. »Michael war auch da. Er sah sich alle Stücke an, die in der Stadt gespielt wurden. Er hat immer die günstigsten Karten gekauft: die Plätze, von denen man nicht so gut sehen konnte, oder Stehplätze.«

»Ich weiß«, murmelt Bene. »Manchmal sind wir mitgegangen, aber keiner von uns hat es so geliebt wie er. Nach einem Stück hatten wir für ein paar Monate genug.«

Frau Lehmann lächelt, aber selbst das sieht schmerzhaft aus. »Michael nicht. Er konnte sich das gleiche Stück auch mehrmals ansehen. *Orpheus und Eurydike* war großartig. Es war ein warmer Sommerabend. Michael und ich sind uns in der Pause am Getränkestand über den Weg gelaufen und danach noch mal beim Zurückgeben der leeren Flaschen. Wir haben uns über das Stück unterhalten, bis wir beinahe die Letzten auf dem Theatergelände waren. Dann sind wir an der Weser spazieren gegangen und haben weitergeredet. Nicht mehr nur über das Stück.«

»Er hat nie was erzählt«, stellt Bene leise fest. »Aber im letzten Schuljahr hatte er seltener Zeit.«

»Ja, wir haben nicht sofort angefangen, uns zu treffen.« Frau Lehmann schluckt hörbar. »Ich habe ihm eine Ausgabe von *Hero und Leander* geschenkt. Er hat mir erzählt, dass in Bremerhaven *Romeo und Julia* gespielt wird. Wir sind getrennt voneinander hingegangen und haben uns dort getroffen. Verbotene Liebesgeschichten waren unser Ding, wir haben manchmal Witze darüber gemacht. Das war leichter, als uns einzugestehen, dass wir genau so ein Paar waren. Deshalb habe ich auch *Tristan und Isolde* als finales Stück ausgesucht.«

Alice starrt ihre ehemalige Lehrerin an. Ein ganzes Schuljahr. So lange hat Tristan dieses Geheimnis vor ihnen gewahrt, ihnen sein größtes Glück verschwiegen und vermutlich auch seine größten Ängste. Alice wünschte, er hätte sich ihnen anvertrauen können. Immerhin waren sie doch befreundet. Umso dringender will sie nun mehr erfahren. Alles, was Frau Lehmann zu erzählen bereit ist.

»Dann haben Sie sich heimlich mit ihm getroffen?«, fragt sie.

»Manchmal im Theater, aber meistens sind wir einfach aus der Stadt rausgefahren. In den Seenpark, an die Küste … Am liebsten bei schlechtem Wetter, weil dann außer uns niemand unterwegs war. Euch hat er erzählt, dass er einem Jungen aus seiner Wohngruppe Nachhilfe gibt. Er hat es gehasst, euch anzulügen. Aber es ging nicht anders.«

»Genau wie bei Tristan und Isolde.« Aus irgendeinem Grund schießen Alice nun die zurückgehaltenen Tränen in die Augen. Sie hatte keine Ahnung. Auf der Bühne war sie Tristans Isolde, aber wenn der Vorhang fiel und der Applaus verstummte … Dann war es Frau Lehmann. Emilia Lehmann. Michael und Emilia, die *star-crossed lovers*, die keine andere Wahl hatten, als sich heimlich zu treffen. Bis sie genug vom Spiel mit dem Feuer hatten und ihr Schicksal in die Hand nehmen wollten.

»Dann wollte er mit Ihnen weggehen? Am Tag nach der Party?«, flüstert Alice. »Er hat es Bene erzählt. Nicht, mit wem, nur, dass er wegmüsse und … Sie wollten mit ihm untertauchen. Für immer.«

Frau Lehmann dreht ihre Tasse zwischen den Händen. »Er ist nicht aufgetaucht. Ich wartete fast zwei Stunden lang auf ihn. Ich versuchte, ihn anzurufen. Ich … Ich dachte, er hätte es sich anders überlegt. Ich hatte Angst, zurück nach Hause zu gehen. Aber Nils hatte mein Fehlen noch nicht bemerkt, er war gar nicht da. Also packte ich alles wieder aus, räumte die Kleider zurück in den Schrank, machte Essen wie immer und wusch die Wäsche. Nils' Hemd vom Vorabend fiel mir in die Hände. Es war voller Blut, und da kam mir zum ersten Mal der Gedanke, dass er Bescheid wissen könnte. Dass Michael seine Meinung gar nicht grundlos geändert hatte, sondern weil Nils ihn am Vorabend bedroht und vielleicht auch verletzt hat. Aber ich dachte doch nie … Ich wäre doch nie auf die Idee gekommen, er könnte ihn …« Sie lässt den

Kopf nach vorne fallen. Eine Haarsträhne hängt in ihren Tee, aber sie scheint es nicht einmal zu bemerken.

»Er war Ihnen sehr wichtig, oder?« Alice wundert sich selbst über die Frage, die ihr da über die Lippen kommt. Sie hätte gedacht, sie würde die Frau verabscheuen, der Tristans Herz gehört hat. Die Frau, deretwegen er Alice nur auf der Bühne angesehen hat. Die Frau, für die er den Tanz mit ihr ausgeschlagen hat. Aber jetzt sieht sie ihren eigenen Schmerz in Frau Lehmann gespiegelt und fragt sich nur, wie viel schlimmer es für sie sein muss, die ihm im Gegensatz zu Alice nicht nur in ihren Träumen nahe war.

»Er war alles«, presst Frau Lehmann hervor. »Meine Welt. Ich wollte mit ihm neu anfangen. Ganz neu. Weit weg von Nils und … einfach allem. Ich hab nie den Mut gehabt, Nils zu verlassen. Bis ich Michael kennengelernt habe. Und plötzlich hatte ich das Gefühl, dass alles möglich ist. Leben, anstatt nur zu überleben. Zu fliegen. Glücklich zu sein.«

Weder Alice noch Bene erwidern etwas darauf. Sie tauschen bloß Blicke aus, und Alice sieht in Benes Augen die gleiche Hilflosigkeit, die auch ihr ins Herz schneidet.

Frau Lehmanns Trauer scheint so frisch, so anders als die, die Alice empfindet und die längst von der Frage nach dem Warum überschattet wird. Auch jetzt schiebt sich das Warum drängend dazwischen. »Dann hat Ihr Mann …« Alice bricht die Stimme weg. Sie wagt nicht, es auszusprechen.

»Er hat Tristan umgebracht«, nimmt Bene sich ein Herz und tut es einfach. »Das wollen Sie damit sagen, nicht wahr?«

Frau Lehmann antwortet nicht. Sie bejaht nicht, widerspricht aber auch nicht. Und das ist Antwort genug.

»Frau Lehmann, hören Sie.« Bene rutscht zur Stuhlkante, näher zu seiner ehemaligen Lehrerin, und greift nach ihrem unverletzten Arm. »Ich bin froh, dass Sie uns das alles erzählt haben.

Aber Sie müssen damit zur Polizei gehen. So schnell wie möglich. Denn wenn Ihre Vermutung stimmt, dann läuft Tristans Mörder frei herum und … Und hinter Gitter gehört der Kerl in jedem Fall, selbst wenn er es vielleicht nicht allein war.« Er wirft Alice einen hastigen Blick zu, und sie versteht ohne Worte. Damian. Der Unfall. Aber davon ahnt Frau Lehmann natürlich nichts.

Zum Glück fragt sie nicht nach. Sie greift wieder nach ihrer Tasse, ohne einen einzigen Schluck zu trinken, und starrt hinein. »Ich muss …«, murmelt sie irgendwann, »… zurück. Bevor Nils bemerkt …«

»Sie können hierbleiben«, hört Alice sich selbst sagen. »Sie können auf dem Sofa schlafen und morgen früh direkt zur Polizei.«

Doch Frau Lehmann schüttelt den Kopf. »Für ein paar Tage wird er voller Reue sein. Das ist er immer danach.«

»Aber –«, setzt Alice erneut an, doch Frau Lehmann erhebt sich bereits, mühsam, so als wäre sie viel älter, nicht erst Anfang dreißig.

»Aber Sie gehen zur Polizei?«, vergewissert sich Bene. »Sie zeigen ihn an?«

Frau Lehmann antwortet nicht. Sie rafft den Mantel fester um ihre schmalen Schultern und macht einige Schritte in Richtung Haustür.

»Ansonsten werden wir es tun.« Benes Miene ist entschuldigend, aber seine Stimme fest. »Ich denke, das ist Ihnen klar, nachdem Sie uns das alles erzählt haben.«

Sie sehen einander an. Frau Lehmanns Blick ist erschrocken, aber noch etwas anderes liegt darin. Erleichterung, dass Bene ihr die Entscheidung abnimmt? Dankbarkeit? Oder doch einfach nur Angst?

»Ich weiß«, sagt sie schließlich. »Ich tue es selbst. Aber jetzt muss ich nach Hause.«

Sie bringen Frau Lehmann zur Haustür. Hier draußen unter dem alten Kastanienbaum ist es fast windstill, nur die Äste rascheln über ihren Köpfen. Keiner von ihnen spricht. Frau Lehmann nickt ihnen zu und geht dann zügigen Schrittes zum Tor und hinaus auf die Straße.

»Glaubst du, sie wird wirklich zur Polizei gehen?«, fragt Alice schließlich.

Doch Bene bedeutet ihr, leise zu sein. Er huscht Frau Lehmann hinterher, zum Tor und zwei Schritte hinaus auf den Gehweg. Dort bleibt er stehen und winkt Alice zu sich.

Sie folgt seiner wortlosen Anweisung, und gemeinsam sehen sie zu, wie Frau Lehmann die Straße hinabgeht und in ein am Straßenrand geparktes Auto steigt. Bene nickt grimmig vor sich hin, aber er spricht erst, als Frau Lehmann schließlich davonfährt und das Motorengeräusch in der Ferne verklingt.

»Was ist los?«, fragt Alice und greift nach seinem Arm, wie um sich für das zu wappnen, was er gleich sagen wird. Sie ahnt, dass es ihr nicht gefallen wird.

»Der SUV«, meint Bene, ohne den Blick von der Straße abzuwenden. Aber er legt die freie Hand auf die von Alice und drückt ihre Finger beruhigend. »Ich hab's mir gedacht. Es ist ihrer. Wenn wir nicht davon ausgehen, dass Frau Lehmann mich überfahren wollte, dann gibt es nur eine Erklärung.«

Alice starrt ihn an, ihre Kehle ist trocken.

»Nils Lehmann hat Damian und Romy im Supermarkt belauscht und anschließend mich verfolgt. Wahrscheinlich war er es auch, der dich im Blumenladen beobachtet hat. Und ich fürchte, das bedeutet, er hat uns längst im Visier. Frau Lehmanns Warnung kommt vielleicht schon zu spät.«

Damian / Freitag, 11.03., 18:00 Uhr

Damian ist heilfroh, dass Romy das Fahren übernimmt. Mit seinem Gleichgewichtssinn ist es immer noch nicht zum Besten bestellt, am Steuer sitzen soll er noch nicht, und zu Fuß ist der Weg zu Nikas Imbissbude definitiv zu weit für ihn. Er fühlt sich steinalt. Älter als seine eigenen Großeltern, die ein riesiges Aufheben darum machen, dass er ausgehen will.

»Trink bloß keinen Alkohol, Damian!« Sein Opa mit todernster Miene.

»Romy, du bleibst die ganze Zeit bei ihm!« Seine Oma, die Stirn sorgenvoll gerunzelt.

Es ist, als wäre er wieder ein Teenager, der um die Zeit seiner Rückkehr feilschen und genau aufschlüsseln muss, wer alles mit von der Partie sein wird.

Immerhin seine Begleitung scheint Damians Oma gutzuheißen: »Bene? Das ist beruhigend. Der Junge ist so vernünftig.« Im Gegensatz zu Damian, aber das spricht natürlich niemand aus.

Alice, Bene und Claire sitzen bereits an ihrem gewohnten Tisch unter dem verstaubten Stechpalmenzweig, als Damian und Romy den Imbiss betreten. Sie bringen einen kalten Windzug mit herein. Die drohende Sturmflut nimmt man dem Himmel langsam mehr ab als während der frühlingshaften letzten Tage: Seit dem Nachmittag ist er wolkenverhangen und sturmzerzaust.

»Geht's?« Romy verzichtet dankenswerterweise darauf, ihn wie einen alten Mann zum Tisch zu führen, aber sie weicht ihm nicht von der Seite. So setzt sie sich auch auf den freien Platz zwischen ihm und Bene. Die Blicke der anderen scheint sie nicht zu bemerken.

Es ist Tristans Platz, den sie da, ohne es zu ahnen, einnimmt.

Damian würde sich vielleicht auch daran stören, wenn er nicht so froh wäre, Romy als Begleitschutz dabeizuhaben. Er hat dem Treffen überhaupt nur zugestimmt, weil sie bereit war, mitzukommen. Und weil Bene sich sehr förmlich auch im Namen der anderen entschuldigt hat, dass sie Damians Zustand nach dem Unfall so falsch eingeschätzt und nicht viel schneller Hilfe für ihn gerufen haben.

Damian wird nicht schlau aus dem Einlenken der anderen. Was soll das? Glauben sie nicht mehr, dass er ein kaltblütiger Mörder ist? Hat Alices wirre Sprachnachricht wirklich für ein Umdenken gesorgt? Oder die Neuigkeit, dass Tristan ertrunken ist?

Er kapiert erst, dass Nika auf seine Bestellung wartet, als Romy ihn antippt. »Ein stilles Wasser, bitte«, sagt er schnell und richtet seinen Blick dann auf die anderen. Hat er schon wieder etwas verpasst?

Alice mustert ihn besorgt. Das muss an der beschissenen Halskrause liegen. Damit würde jeder wie das totale Opfer aussehen.

Damian spürt Romys Hand auf seinem Oberschenkel und entspannt sich ein wenig. Was gut ist, denn Bene berichtet gerade von seiner und Alices Begegnung mit Frau Lehmann, und diese Infos kicken ziemlich rein. Herr Lehmann soll Damian belauscht und Bene bedroht haben? Wie krank ist das, bitte? Immerhin ist er ehrenamtlich als Schwimmtrainer tätig und der Mann ihrer ehemaligen Lehrerin. Und offenbar ein gewalttätiger Arsch, wenn man Bene Glauben schenkt. Verdammt, und Damian hat Frau Lehmann beim Anblick ihrer Verletzungen noch gefragt, ob sie sich geprügelt hat. Dabei hat vermutlich ihr eigener Mann sie krankenhausreif geschlagen.

»Tristan wollte mit Frau Lehmann untertauchen?«, fragt Claire, als die beiden zu Ende erzählt haben. »Das macht Sinn, oder? Dann war ihr Mann der Grund, warum sie abhauen wollten. Er wäre vermutlich ausgerastet, wenn er von der Affäre seiner Frau erfahren hätte.«

»Er *ist* ausgerastet«, korrigiert Alice. »Wenn Frau Lehmanns Vermutung stimmt, hat er ihn auf der Party zusammengeschlagen!«

»So muss es gewesen sein«, bestätigt Bene. »Er war jedenfalls dort.«

Damian und Claire sehen ihn erstaunt an. Nur Alice wirkt nicht überrascht. Offenbar haben die beiden das alles schon ausgiebig durchgesprochen. Damian scheint während seines kurzen Krankenhausaufenthalts wirklich etwas verpasst zu haben – auch was die Entwicklungen zwischen Bene und Alice angeht.

»Erinnert ihr euch nicht? Frau Lehmann war da mit einem Kuchen. Eine Kerze für jeden von uns, aber Tristan war gerade …« Bene verstummt mitten im Satz und wirft Alice einen kurzen Seitenblick zu. Richtig, ihr missglückter Tanz mit Tristan, nach dem er die Flucht ergriffen hat.

»… nicht da«, beendet er den Satz vage. »Also bin ich zum Bootshaus gelaufen, um ihn zu holen. Unterwegs hab ich einen Spaziergänger am Strand gesehen. Ich hab ihn damals nicht erkannt, aber er kam mir gleich komisch vor. Er hat die Party im Blick behalten. Ich dachte, wegen Lärm und so. Aber jetzt, im Nachhinein, bin ich mir ziemlich sicher, dass das Herr Lehmann war. Ich hab mir Fotos von ihm auf der Homepage des Schwimmvereins angesehen.«

»Hast du das der Polizei –«, setzt Claire an, doch Bene unterbricht sie: »Hab ich. Heute Nachmittag. Und ratet mal, wer auch da war.«

»Frau Lehmann?«, fragt Claire hoffnungsvoll.

»Die muss ich knapp verpasst haben. Aber ihren Mann haben sie offenbar einbestellt. Wir sind im Flur aneinander vorbeigelaufen. Leider konnte ich ihm im Beisein von zwei Polizisten nicht sagen, was ich von ihm halte.«

»Schade. Aber gut, dass sie ihn einkassiert haben.« Damian nickt energisch, bereut es aber sofort, weil ein scharfer Stich durch seine Schädeldecke jagt. »Dann hat sie das Schwein angezeigt«, presst er hervor und greift sich an die schmerzende Stirn.

»Glaubst du, sie haben ihn dortbehalten?«, fragt Alice, direkt an Claire gewandt. »Wenn sie ihn nach Hause lassen, dann wird er doch … Was ist dann mit Frau Lehmann?«

Ihrer Frage folgt ungemütliches Schweigen. Claire gibt sich einen Ruck: »Das kommt darauf an. Wenn sie ihm nachweisen können, dass er etwas mit Tristans Tod zu tun hat, dürfen sie ihn als Tatverdächtigen einsperren. Aber Frau Lehmanns Aussage beweist in diesem Punkt noch gar nichts, fürchte ich. Nicht einmal in Kombination mit der von Bene. Denn selbst wenn er sich mit Tristan geprügelt hat, heißt das noch nicht, dass er ihn umgebracht haben muss.«

Damian massiert sich die Schläfen. Nun soll es also Herr Lehmann gewesen sein und nicht mehr er? Liegt es an seiner Gehirnerschütterung, oder macht das alles keinen Sinn?

»Moment, was ist mit dem Unfall am Deich?«, fragt er laut.

»Vielleicht ist Tristan ihm danach in die Arme gelaufen. Verletzt hatte er vermutlich keine Chance«, überlegt Claire.

»Nein.« Damian weiß zuerst selbst nicht, warum er das so überzeugt sagt. Aber etwas passt hier nicht zusammen. Er nippt an dem stillen Wasser, das Nika ihm gebracht hat. »Die Schlägerei …« Es kostet ihn eine Menge Konzentration, die Erinnerungen abzurufen und zeitlich zu verorten.

Das kalte Wasser, Eske neben ihm, Claire, die ihr Kleid auszieht und im Hintergrund die Kampfgeräusche, auf die niemand achtet, weil der Jahrgang Claire zujubelt. »Die Schlägerei war vorher. Ich hab sie gehört. Das müssen Tristan und der Mistkerl gewesen sein. Während wir im Wasser waren. Erst danach sind Eske und ich losgefahren.«

»Aber das würde bedeuten, dass du Tristan doch nicht angefahren hast!«, ruft Alice.

Doch Damian schüttelt den Kopf. »Hab ich aber. Das beweisen seine Verletzungen. ›Von einem Unfall‹ hieß es.«

»Vielleicht waren die von der Schlägerei!«, wendet Alice ein.

»Nein. Ich bin mir ziemlich sicher, dass …« Damian unterbricht sich. »Die Schlägerei muss zuerst gewesen sein. Und dann ist Tristan mir verletzt vors Auto gestolpert und –«

»… ist dann ertrunken?«, vollendet Bene den Satz. »Das macht keinen Sinn.«

Nein, das tut es nicht. Und offenbar liegt es nicht an Damians malträtiertem Kopf, dass er die Gedanken nicht auf die Kette bekommt. Etwas fehlt, irgendeine Information, ein Ereignis … Ein Puzzleteil.

»Glaubt ihr, Herr Lehmann hat ihn verfolgt?« Romys Stimme klingt zögerlich, als wäre sie unsicher, ob sie sich dazu äußern darf. »Vielleicht hat er ihn eingeholt nach dem Unfall.«

Damian fühlt Übelkeit in sich aufsteigen. Hat er Tristans Flucht vor dem wütenden Mann vereitelt? Hat er Tristan damit ausgeliefert? Wenn er ausgestiegen wäre, hätte er ihm dann das Leben gerettet? Auf eine ganz andere Art als bisher angenommen, nämlich indem er ihn in Sicherheit vor seinem Mörder gebracht hätte?

Ein bleicher Mond steht am Himmel, als Claire das Tor zur Garage hinter sich zuzieht und Richtung Villa läuft. Sie hat es nicht eilig. Es wartet sowieso niemand auf sie. Mara … Mara ist weg. Claire schluckt bei dem Gedanken, dass sie wirklich gegangen ist. So, wie Claire es unbedingt wollte. Vielleicht wäre es gar nicht nötig gewesen. Jetzt, da Nils Lehmann der Hauptverdächtige ist, ist der Fall doch so gut wie gelöst. Soll sie Mara anrufen und sie um Verzeihung bitten?

Claire blickt zum Himmel empor. Eine Wolke schiebt sich vor den Mond und wirft Dunkelheit auf den Kiesweg vor ihr. Irgendwo im Gebüsch raschelt etwas, vielleicht ein Igel, der aus seinem Winterschlaf erwacht ist.

Vor Claire taucht der Umriss der Villa zwischen den Bäumen auf. Im Haus ist alles dunkel. Claires Eltern sind ausgegangen. Doch das Haus liegt nicht so ruhig da, wie Claire erwartet hat. Vroni bellt wie verrückt, das Echo verrät Claire, dass sie in der Eingangshalle stehen muss, dicht an der Haustür. Was hat sie bloß?

»Vroni, ich bin's doch nur!«, ruft Claire. Ist die Hundedame mittlerweile so schwerhörig, dass sie Claires Schritte auf dem Kies nicht mehr erkennt? Sie geht schneller. Da, wieder ein Rascheln, irgendwo zwischen den Bäumen, kaum hörbar neben dem verzweifelten Bellen. Claire hält inne und starrt in die Dunkelheit. Sie hat Vroni schon einmal so bellen hören, an dem Abend, als sie allein in der Villa war und den Eindruck hatte, dass jemand ums Haus schleicht. Kann das …?

Plötzlich nimmt sie eine Bewegung links zwischen den Büschen wahr, kein vom Wind gepeitschter Ast, das ist … Claire rennt los. Doch in diesem Moment schießt eine Hand hervor, schließt sich um ihre Schulter und zerrt so heftig an ihr, dass Claire das Gleichgewicht verliert.

Noch während sie fällt, spürt sie, wie ein Arm sich um ihren Hals legt und die Hand auf ihren Mund drückt. Ihr Schrei wird durch kräftige Finger erstickt. Jemand zieht sie vom Weg hinunter ins völlige Dunkel zwischen den Büschen und Bäumen. Sie schlägt um sich, tritt und keucht, schnauft panisch gegen die Hand an. Der Geruch von einem teuren Aftershave steigt ihr in die Nase, von dem Sandelholzaroma muss Claire würgen.

»Schön brav, Kleine, dann passiert dir auch nichts.«

Mit einem Ruck wird sie emporgezogen, kurz lockert sich der Griff. Sie taumelt, versucht, die Orientierung wiederzuerlangen. Wo steht sie, wo ist das Haus, wo muss sie hinrennen? Doch da schließen sich erneut stahlharte Finger um ihren Unterarm.

»Sshhht!«, macht der Mann, der sie attackiert hat, und legt den Finger an den Mund.

Claire blickt aus vor Angst geweiteten Augen zu ihm auf. Ein Gesicht wie das von Tom Cruise, nur jünger: schmale Nase und Lippen, gerade Augenbrauen, die dicht über den Augen sitzen, markante Wangenknochen, glatt rasiert. Nils Lehmann steht ihr gegenüber.

In Claires Kopf läuft ein Film ab: Nils Lehmann, der einen Polizisten überwältigt, aus dem Polizeigebäude flieht, sich auf die Lauer legt … »W-was wollen Sie?«

»Du und deine aufdringlichen Freunde, ihr haltet euch wohl für ganz schlau! Ich hatte schon die richtige Ahnung, dass ich euch im Auge behalten sollte, nachdem ihr alle wegen der Leiche dieses Wichsers zurückgekommen seid. Schade, dass ich den einen nicht gleich überfahren habe.«

Claire versucht, tief durchzuatmen. Doch ihr Brustkorb scheint wie zugeschnürt vor Angst. Sie hat die Bilder noch vor

Augen, die Benes heutiger Bericht in ihr hervorgerufen hat. Frau Lehmanns blaues Auge und der gebrochene Arm. Und Tristan, der um sein Leben kämpft. Mit diesem Mann. Sie bringt kein Wort hervor.

»Hör zu, du kleine Stripperin, ihr werdet eure Aussage zurückziehen. Lächerlich, dass ihr mich am Partyabend dort am Meer gesehen haben wollt. Das habt ihr doch erfunden, um euch wichtigzumachen. Es hat etwas gedauert, aber am Ende haben sie mich gehen lassen. Da war ich wohl doch überzeugender als vier Halbstarke!«

Claire versucht, zu schlucken, doch ihr Mund ist wie ausgetrocknet. Sie haben ihn freigelassen. Er durfte einfach gehen, einfach aus dem Polizeigebäude rausmarschieren, nachdem er gerade mal ein paar Stunden verhört worden ist. Und jetzt ist er hier. Um sich an ihr zu rächen. Warum ausgerechnet an ihr? Offensichtlich weiß er nicht, dass es Bene war, der ihn damals gesehen hat.

Vroni bellt immer noch laut und mit sich überschlagender Stimme. Wenn sie doch nur jemand hören würde und nachschauen käme. Aber die Villa steht zu weit von der Straße weg. Und in die Angelegenheiten der Hagenbrocks mischt sich sowieso niemand der Nachbarinnen und Nachbarn gerne ein.

»Hat es dir die Sprache verschlagen? Du warst im Training doch sonst immer so furchtlos.« Jetzt grinst Herr Lehmann. Claire starrt ihn an. Es macht ihm Spaß. Hier zu sein, sie zu bedrohen, zu demütigen und ihre Angst zu spüren. Er ist ein Psychopath.

»Wir haben nichts damit zu tun«, flüstert sie schließlich. »Ich weiß von nichts.«

»Und die Aussage, dass ich gesehen wurde, haben die Polizisten zusammenfantasiert, oder was? Stell dich nicht dümmer, als du bist. Meine liebe Frau glaubt auch, sie kann mich verarschen. Sie will mich ans Messer liefern, weil ich ihren kleinen Loverboy ein bisschen zu hart angefasst habe. Aber da hat sie sich überschätzt. Ich freu mich schon auf unser Wiedersehen heute Nacht.« Wieder grinst er. Claire läuft ein Schauder über den Rücken.

»Was glaubst du, wie sie sich freuen wird, wenn sie das Auto in der Auffahrt hört? Wie erst, wenn ich den Schlüssel im Schloss drehe und rufe *Schatz, ich bin wieder da*? Sie kommt immer zur Tür, um mich mit einem liebevollen Kuss zu begrüßen, wie sich das gehört. Ich hab sie gut erzogen. Aber anscheinend nicht gut genug.«

Seine Stirn umwölkt sich, und Claire weicht zurück, so weit sie kann.

»Ich muss ihr offensichtlich Benehmen beibringen. Ich war zu nachsichtig all die Jahre. Da sieht man mal, wohin das führt.« Er schüttelt den Kopf. »Meine liebe süße Emilia zeigt mich bei der Polizei an, ist das zu fassen? Ich hätte der Schlampe nicht so viel durchgehen lassen dürfen. Lässt sich mit einem Schüler ein …« Sein Griff um Claires Handgelenk wird noch fester. Sie kann einen Aufschrei nicht unterdrücken. Ungeduldig schüttelt er sie. »Halt die Klappe, Mädchen.«

Claire verstummt und beißt die Zähne zusammen. Er greift mit der freien Hand in ihr Haar und zerrt ihren Kopf dicht an sich heran. Wieder wird der Duft von Sandelholz übermächtig. Doch nun nimmt sie auch den Geruch von Schweiß darunter wahr, sieht das unbewusste Muskelzucken in seinem Gesicht und begreift, dass das Verhör bei der Polizei ihn massiv unter Stress gesetzt haben muss. Das macht ihn noch viel gefährlicher.

»Ihr marschiert am Montag zur Polizei und zieht eure Aussage zurück. Du sorgst persönlich dafür, sonst hast du keine ruhige

Minute mehr. Ich weiß, wo du wohnst. Denk dran. Und wenn ich dich in die Finger bekomme, ist dein hübsches Pornofilmchen dein kleinstes Problem!«

Er wartet, bis Claire nickt.

»*Ja, Herr Lehmann*, heißt das!«, brüllt er.

»Ja, Herr Lehmann«, presst Claire zwischen zusammengebissenen Zähnen heraus.

»Geht doch.« Abrupt lässt er sie los und wendet sich tatsächlich ab. Sie hört sein Pfeifen immer leiser werden, je weiter er sich von ihr entfernt. Es ist das Lied von Sido, das Eske als Hintergrundmusik unter Claires Strip-Boomerang gelegt hat. Claire lehnt sich gegen den Baumstamm, doch ihre Beine zittern so sehr, dass sie unter ihr nachgeben und sie auf den nassen Boden hinuntersinkt. Sie schließt die Augen. Sie wagt gar nicht daran zu denken, was Frau Lehmann jetzt bevorsteht.

Alice / Samstag, 12.03., 14:00 Uhr

»… gilt weiterhin, insbesondere in den Abendstunden, die Empfehlung, sich nicht zu nah an der Küste aufzuhalten.« Das Radio knackt, die Verbindung ist hier draußen im Garten nicht die beste. Die Worte der Sprecherin gehen in Rauschen unter, dann beginnt ein Lied. Zeit, das Radio auszuschalten. Aber Alice kann sich nicht überwinden, aufzustehen und es zu tun. Sie sitzt auf der alten, rostigen Hollywoodschaukel und schwingt sachte vor und zurück. Immer wieder.

»Überhaupt nichts Neues in den Nachrichten«, meint Bene. Dabei haben sie Tristan sogar erwähnt – in den lokalen Nachrichten tun sie das ständig. Wie oft hat man hier schon von einem ungeklärten Todesfall und möglichem Verbrechen zu berichten? Aber es hieß nur, dass die bei ihm gefundenen Gegenstände erst noch ausgewertet werden müssten und dass weiterhin unklar sei, ob es sich um einen tragischen Unfall oder einen Mord handle.

Beides, denkt Alice, während die Hollywoodschaukel ihren Füßen etwas zu tun gibt. Schwung geben, abbremsen und das ganze Spiel wieder von vorne. Mit den Fingern zupft sie an ihren Nagelhäutchen herum. Eines ist schon blutig eingerissen.

Ob die Polizei ahnt, dass es im Fall Tristan zwei Täter gibt – einen, der mit böser Absicht gehandelt hat, und einen zweiten, der im betrunkenen Leichtsinn einen schweren Fehler begangen hat? Beide werden damit leben müssen, für immer. Damian mit der Schuld, die ihn sichtlich zerfrisst. Und Nils Lehmann …

»Ich hoffe, sie haben ihn eingesperrt«, entfährt es Alice. »Herrn Lehmann. Ich hoffe, er kommt für immer hinter Gitter.«

»Ja, hoffen wir es«, knurrt Bene, allerdings ohne rechte Überzeugung. Vermutlich denkt auch er an Claires Worte gestern Abend: Ob Frau Lehmanns Aussage dafür wirklich ausreichen wird?

Sie starrt über die Hecke zum Horizont. Heute ist es so windstill, dass es fast gruselig ist. Nicht einmal die leise Musik und das gelegentliche Knacken des Radios können diese unnatürliche Ruhe füllen. Selbst die Vögel, die in den letzten Tagen in der alten Kastanie um die Wette gesungen haben, sind verstummt.

»Und Damian?«, wagt Alice, in die Stille hineinzufragen. »Glaubst du, er muss auch ins Gefängnis, wenn er zugibt, dass er …« Sie lässt den Satz unvollendet. Sie weiß nicht mal, ob sie Benes Antwort wirklich hören will. Der Gedanke an Damian schnürt ihr die Brust zusammen. »Er sah echt schlimm aus gestern, oder?«, fragt sie hastig, um das Thema zu wechseln. »Ich musste die ganze Nacht darüber nachdenken … Selbst wenn es wirklich nicht mehr als eine leichte Gehirnerschütterung ist, übernimmt er sich doch total.«

Bene nickt wortlos. Er sitzt am Rand der Terrasse, sodass Alice ihn im Profil sieht. Sein Gesicht ist so ernst, dass sie am liebsten zu ihm gehen und es zärtlich zwischen ihre Hände nehmen würde. Vielleicht könnte sie den Kummer aus seiner Miene vertreiben, indem sie die Lippen auf seine legt. Die Sorgen einfach wegküssen.

Schnell wendet sie den Blick ab. Solche Gedanken sind neu. Na ja, nicht ganz neu, aber ihre Intensität überrollt Alice regelrecht. Sie kennt Bene schon so lange, hat sich schon immer wohlgefühlt in seiner Nähe. Wann haben diese neuen Gefühle sich eingeschlichen? Irgendwann nach ihrem Wiedersehen, aber so langsam und vorsichtig, dass sie es zuerst gar nicht bemerkt hat.

»Ich finde auch, er sollte sich noch mal untersuchen lassen«, seufzt Bene. »Und zur Polizei gehen. Irgendwann finden sie es vermutlich sowieso raus. Aber wie es dann weitergeht … Das weiß ich auch nicht.« Er stützt die Unterarme auf die Knie und starrt nun ebenfalls zum Himmel hinauf. Diese Ruhe vor dem Sturm wird nicht von Dauer sein. Der Wind wird kommen und der Regen auch. Und zum Schluss die Flut. Hierher nicht, dafür sind sie zu weit vom Wasser entfernt. Aber am Bootshaus und im Schwimmenden Moor, wo Tristan gelegen hat, sieht das ganz anders aus. Der Gedanke lässt sie erschaudern. Wie oft ist das Schwimmende Moor aufgeschwemmt und geflutet worden, während er dort verborgen war? War es eine Flut, die seinen Körper letzten Endes freigelegt hat?

Alice schlingt die Arme um ihren Körper und stoppt die Bewegung der Schaukel abrupt. Das Lied im Radio endet, und die ersten Noten eines neuen Songs beginnen. Ein sachter Ton, kaum hörbar. Eine vertraute Stimme.

I found a love, for me …

Alices Herz zieht sich zusammen. Diesen Song wird sie für immer mit dem Abend der Party verbinden. Sie ballt die rechte Hand zur Faust, drückt die Fingernägel in ihre Handfläche, kann aber nur daran denken, wie sie die gleiche Hand vergeblich nach Tristan ausgestreckt hat. Sie starrt auf die gefliesste Terrasse und auf das Unkraut, das zwischen den Steinplatten hervorquillt, und die Welt verschwimmt ihr vor den Augen.

Oh, I never knew you were the someone waiting for me.

Plötzlich spürt sie eine Berührung an ihrem Knie. Sie schreckt auf, und die Tränen tropfen ihr bereits über die Wangen, weil sie keine Chance mehr hat, sie zurückzublinzeln. Bene ist zu ihr getreten. Er ist so nah. Als er sie auf die Beine zieht, steht sie direkt vor ihm. Sie könnte den Kopf an seine Brust legen, wenn sie wollte. Einen kurzen Moment lang überlegt sie, ob sie es einfach tun soll. Doch Bene hat etwas anderes vor: Er schlüpft aus seinen Schuhen und bedeutet ihr mit einem Nicken, es ihm gleichzutun. Alice spürt ihren Herzschlag bis in die Fingerspitzen, als sie seiner wortlosen Anweisung Folge leistet.

Die Steinplatten sind kalt unter ihren nackten Füßen, aber Benes Hände sind warm, als er ihre Arme ergreift und Alice sanft mit sich zieht. Nur ein paar Schritte weiter, bis sie im Gras stehen.

I will not give you up this time, singt Ed Sheeran, aber Alice kann ihn kaum hören. Da ist nur Bene, der ihre linke Hand an seine Schulter führt und ihre rechte ergreift. Seinen freien Arm schlingt er um ihre Hüfte und zieht Alice noch näher an sich. So nahe, wie sie sich noch nie zuvor waren.

Baby, I'm dancing in the dark
With you between my arms
Barefoot on the grass
Listening to our favourite song

Sie wiegen sich zur Musik hin und her, ein bisschen unbeholfen zuerst, aber offenbar kann Bene tanzen, denn er führt Alice sachte und gibt ein paar gleichmäßige Schritte vor, perfekt im Rhythmus. Das Gras ist weich und kühl unter ihren Füßen, aber Alice selbst glüht. Ihr Körper ist von solcher Wärme erfüllt, die mit jedem Herzschlag tiefer in jeden Winkel flutet.

Ed Sheeran geht zum letzten Refrain über. Alice sieht zu Bene auf, der sie ein ganzes Stück überragt. Sein Blick ruht auf ihr, vermutlich schon die ganze Zeit. In seinen dunklen Augen liegt ein so zärtlicher Ausdruck, dass Alice alle Worte versagen. Sie will ihm sagen, wie wunderschön dieser Moment ist, seine Geste, der Tanz. Wie er die alte schmerzhafte Erinnerung mit einer neuen überschreibt. Einer bittersüßen, die Alice gleichzeitig zum Weinen und zum Lachen bringen will. Sie möchte ihm danken. Aber sie bringt keinen Ton heraus.

I don't deserve this
You look perfect tonight

Das Lied verklingt, und Alice und Bene sehen sich immer noch an. Sie brechen den Blickkontakt erst, als Bene sich zu ihr herunterbeugt und sie küsst. Seine Lippen legen sich warm und sanft auf ihre, und Alices Hände finden den Weg in Benes Nacken, halten ihn fest, damit nichts und niemand mehr zwischen sie geraten und sie trennen kann.

Trotzdem passiert es, viel schneller, als Alice lieb ist. Wieder einmal ist es das Klingeln eines Handys, das sie unterbricht und das dafür sorgt, dass sie auseinanderschrecken.

Bene macht ein entschuldigendes Gesicht, doch Alice nickt. Sie können gleich weitermachen, wo sie aufgehört haben. Aber während sie so angespannt auf Neuigkeiten warten, ist es keine Option, ein klingelndes Handy zu ignorieren.

Bene hebt ab und nennt seinen Namen. Dann lauscht er der

Antwort in der Leitung und runzelt die Stirn. Es ist ein kurzes Gespräch, er sagt kaum mehr als »ja« und »natürlich«, ehe er auflegt. Dann sieht er Alice an, und sein Blick ist so ernst, dass sie sofort weiß, dass alle Küsse warten müssen.

»Das war Frau Menkewöll«, sagt er mit kratziger Stimme. »Ich soll noch mal zur Befragung kommen.«

Damian / Samstag, 12.03, 15:00 Uhr

Damian nimmt das Glas, das Frau Menkewöll ihm reicht, dankend an. Die Kopfschmerzen sind seit dem Anruf der Polizei schlimmer denn je. Romy hat es mitbekommen und wollte ihn eigentlich gar nicht allein gehen lassen. Wahrscheinlich sitzt sie bei seinen Großeltern im Wohnzimmer wie auf Kohlen und wartet auf seine Rückkehr.

Aber das Spiel ist aus. Jetzt geht es ihm an den Kragen, er weiß es. Sie haben herausgefunden, welchen Anteil er an der ganzen Tragödie hat. Sie werden ihn vermutlich nicht einmal mehr nach Hause lassen, sondern direkt einsperren.

Nur eins passt nicht zu seiner Theorie, ein Detail, das einfach keinen Sinn macht: Bei seiner Ankunft waren auch Bene und Alice hier. Er hat sie im Flur gesehen, Alice leichenblass in Benes Armen, Bene selbst mit versteinertem Gesicht. Haben die beiden ihn ans Messer geliefert? Das hätten sie nicht getan, oder?

Er begreift erst, dass Frau Menkewöll ihm bereits eine Frage gestellt hat, als sie ihm etwas vor die Nase hält. Einen Plastikbeutel mit einem bunten Plastikstift. Was will sie von ihm?

»Haben Sie so etwas schon einmal gesehen?«, wiederholt die Kommissarin geduldig.

Damian starrt das Plastikding an. Trotz der Kopfschmerzen

meldet sein Hirn einen Zusammenhang. Natürlich hat er so etwas schon gesehen. Es ist ein Adrenalin-Pen mit einer gelben Kappe. Ein Notfallmedikament zur Injektion bei allergischem Schock. Natürlich. Und noch etwas meldet ihm sein Gehirn, wenn auch verspätet: Schüttel den Kopf, sag *Nein, noch nie gesehen.*

»Was soll das sein?« Damian schluckt. Einen Lügendetektortest würde er im Leben nicht bestehen. Ihm bricht schon bei dieser winzigen Unwahrheit der kalte Schweiß aus. Was geht hier vor? Was hat der Stift mit dem Unfall zu tun, mit seiner Fahrerflucht? Er hat keinen Adrenalin-Pen.

»Eventuell doch?«, hakt Frau Menkewöll nach. Sie hält immer noch den Beutel vor sein Gesicht. Am liebsten würde Damian ihn zur Seite wischen. »Möglicherweise bei Ihrer Freundin Claire Hagenbrock?«

Damian klappt den Mund auf. Okay, das Erste war dann wohl eine Fangfrage. Fuck. »Ach ja, stimmt«, sagt er schnell. »Wegen der Allergie. Stimmt. Schon lange nicht mehr gesehen. Sie hatte ihn meist in einem Täschchen. Mit den Tabletten und so.«

Hat er schon zu viel gesagt? Hastig nimmt er einen Schluck von seinem Wasser, und Frau Menkewöll lässt dankenswerterweise die Tüte sinken.

»Hatte Frau Hagenbrock ihn immer bei sich? Auch am Abend der Abifeier am Bootshaus?«

»Ähm …« Ein Bild flackert vor Damians Augen auf. Das Theater-Squad in voller Kostümierung. Claire, das lange Brangäne-Kleid hochgebunden und den gelben Adrenalin-Pen in den Gürtel gesteckt. Auf dem Foto, das sie Frau Menkewöll gezeigt haben … Sieht man ihn da? Nein, oder? »Nee«, behauptet er tollkühn. »Nein, ich glaube nicht. Sie hat ein Kleid aus dem Theaterstück getragen. Das hatte keine Taschen, glaube ich.«

»Sind Sie sich sicher?«

Damian nickt. »Ja, so ziemlich.«

»Und das ist ganz bestimmt die Wahrheit? Sie sind bereit, das am Ende dieses Gesprächs zu unterschreiben, nicht wahr?«

»Klar.« Er schluckt.

»Und ihr Freund Michael Hauser: Hatte er auch irgendwelche Allergien, die das Mitführen eines solchen Stifts notwendig gemacht hätten?«

»Was?« Damian deutet ein Kopfschütteln an, das eine neue Schmerzwelle durch seinen Schädel schickt. »Nein. Tristan hatte keine Allergien, soweit ich weiß.«

»Und jemand anderes aus Ihrem Schuljahrgang? Oder nur Frau Hagenbrock?«

»Keine Ahnung … Nur Claire, denke ich. Warum fragen Sie das alles nicht sie selbst?«

»Das werden wir. Nun, da wir Ihre Aussage und die Ihrer beiden Freunde haben. Vielen Dank, Herr Förster. Ich denke, das war für den Moment alles.« Sie erhebt sich, und Damian tut es ihr gleich.

Aber er kann das so nicht stehen lassen. Er muss die Frage stellen, auch auf die Gefahr hin, keine Antwort zu bekommen. »Was ist mit dem Stift? Warum interessiert es Sie, ob Tristan so einen hatte?«

Die Polizistin mustert ihn. Bestimmt achtet sie auf jede Regung in seinem Gesicht. Jetzt ist Pokerface angesagt, egal, was er gleich zu hören bekommt.

»Er wurde in der Nähe von Michael Hausers Leiche im Moor gefunden«, eröffnet ihm Frau Menkewöll.

Vroni schnüffelt seit mehreren Minuten interessiert an einem Laternenpfahl, und Claire lässt sie gewähren, obwohl es regnet und sie die Kapuze von Vaters altem Regenmantel tief in die Stirn gezogen hat. Die alte Hundedame war gestern nach Herrn Lehmanns Überfall so außer sich, dass Claire Angst um sie bekommen hat. Nachdem sie in die Villa geflüchtet ist, hat sie erst einmal sämtliche Türen und Fenster überprüft und wenn möglich abgesperrt. Dann ist sie auf dem Fußboden in sich zusammengesunken, hat Vroni in ihre Arme gezogen und bestimmt eine Stunde lang einfach nur über das jaulende, hechelnde Bündel Fell gestreichelt.

Den ganzen Vormittag ist sie ruhelos durchs Haus gewandert, hat immer wieder zum Handy gegriffen, um ihre Freundinnen und Freunde anzurufen, es dann aber doch wieder weggelegt. Sie weiß einfach nicht, was sie tun soll.

Schließlich ist das sogar ihren Eltern aufgefallen, und ihre Mutter hat sie mit dem Hund Gassi geschickt. »Ach, Kind, der Wind wird dir den Kummer aus dem Kopf blasen.«

Der Regenmantel sollte eigentlich dafür sorgen, dass niemand sie erkennt. Bei dem Wetter und mit dem herannahenden Sturm ist allerdings sowieso kaum jemand auf der Straße. Auch der Journalist am Eingangstor ist seit gestern verschwunden. Es ist viel dunkler als normalerweise am Nachmittag, und Claire spürt die Böen im Rücken. Vronis Fell wird wie von unsichtbaren Fingern durchkämmt, sodass immer wieder die helle, schutzlose Haut darunter zum Vorschein kommt. Das mag sie gar nicht und flüchtet sich in Claires Windschatten. Wind ist also ausreichend vorhanden. Den Kummer hat er Claire trotzdem nicht aus dem Kopf gepustet.

Ihre Eltern denken, Claire sei wegen Mara so unglücklich. Dabei ist ihr vorherrschendes Gefühl gerade einfach nur Angst. Zuerst um Frau Lehmann, die Claires Hilfe gebraucht hätte. Sie hat keine Ahnung, was ihr Mann heute Nacht noch veranstaltet hat. Ob er wieder zugeschlagen hat oder Schlimmeres. Claire hätte die Polizei informieren sollen, aber das kann sie nicht, auf keinen Fall.

Denn da ist die Angst. Vor Herrn Lehmann, der ihr jederzeit auflauern könnte, wenn sie nicht tut, was er ihr befohlen hat. Den Geruch von Sandelholz, vermischt mit Schweiß, hat Claire noch immer in der Nase, weshalb sie heute noch überhaupt nichts Essbares herunterbekommen hat. Dazu kommt die Angst vor den Journalistinnen und Journalisten und vor dem, was sie schreiben. Und am allermeisten vor dem, was Frau Menkewöll als Nächstes herausfinden könnte. Sie kann einfach nicht zu ihr gehen, es geht nicht.

»Bist du so weit?«, fragt Claire Vroni leise.

Die Hundedame wedelt mit dem Schwanz und läuft endlich weiter. Sie passieren einen Spielplatz und biegen um die letzte Straßenecke vor der Villa, als Claire plötzlich zurückzuckt. Nein, das darf nicht sein! Sie geht in die Hocke und hält Vroni kurzerhand die Schnauze zu, damit die sie nicht verrät.

Vor dem Anwesen der Hagenbrocks parkt ein Polizeiauto. Eine junge Polizistin steigt gerade an der Fahrerseite aus, ihr Kollege folgt von der Beifahrerseite. Er hält etwas in der Hand. »Hoffen wir mal, dass sie da ist.«

»Wenn nicht, wird sie direkt zur Fahndung ausgeschrieben«, antwortet seine Kollegin. »Frau Menkewöll war da sehr deutlich.«

Sie gehen auf das Eingangstor zu, und als der Polizist die Hand hebt, um das Tor zu öffnen, erhascht Claire einen Blick auf den Plastikbeutel in seiner Hand. Und ihren Adrenalin-Pen darin.

Langsam lässt Claire Vronis Schnauze los. Irgendwo in ihr zerbricht das letzte Quäntchen Hoffnung, wie Eiskristalle treiben die Splitter durch ihre Adern. Claire schließt die Augen. Sie ist verloren.

Bene / Samstag, 12.03., 15:55 Uhr

Die Wut pocht in Benes Kopf wie ein Spalthammer. Claire hat sie angelogen, die ganze Zeit über, wohl schon seit dem Partyabend. Sie hat definitiv etwas mit Tristans Tod zu tun, wenn sie ihn nicht sogar umgebracht hat.

Er stellt das Auto einfach quer mitten vor die Einfahrt der Hagenbrock'schen Villa. Damian steigt vorsichtig aus, und Alice knallt die Beifahrertür zu, was verrät, dass auch sie wütend ist. Damian zuckt bei dem lauten Geräusch zusammen.

»Auf in die Höhle der Löwin, würde ich sagen«, meint er mit einem Grinsen, das gequält aussieht. »Ich erkläre die Treibjagd für eröffnet.«

»Sie soll es uns erklären! Das ist doch nicht zu viel verlangt, oder?«, schnaubt Alice.

Damian sieht sie bloß an. »Claire? Eiskönigin und Jura-Ass Claire Hagenbrock? Da kennst du aber eine andere Claire als ich, wenn du denkst, dass sie jetzt ins Plaudern kommt.«

»Rauswinden kann sie sich nicht mehr. Wir alle haben den Pen gesehen. Und wenn sie uns jetzt nicht Rede und Antwort steht, dann sagen wir das auch der Polizei. Dass sie ihn dabeihatte am Partyabend und es definitiv ihrer ist.«

»Ihr habt auch dichtgehalten?« In Damians Gesicht leuchtet so etwas wie Respekt auf. »Ich dachte, ich bin der Einzige, der sich blöd stellt.«

»Pffff. Da kennst du uns ja noch schlechter als wir Claire.«

315

Alice wendet sich ab und eilt auf das Metalltor zu. Ihr karierter Schal flattert hinter ihr her. Sie stecken in der absurden Situation, Claire des Mordes bezichtigen zu müssen. Dennoch flammt in Bene kurz die Erinnerung an den Moment heute Nachmittag auf, als er Alice geküsst hat, zum allerersten Mal. Wieder ein Augenblick, der ihnen gestohlen wurde.

»Kommt ihr?« Alice dreht sich ungeduldig zu ihnen um, woraufhin Bene und Damian ihr auf das Hagenbrock'sche Grundstück folgen. Als sie die alten Stallungen passieren, die jetzt als Garagen genutzt werden, meint Bene, ein merkwürdiges, scharrendes Geräusch zu hören. Aber das kann eigentlich nicht sein. Die Pferde sind längst ihren Konkurrenten aus Stahl und Gummi gewichen.

Sie laufen zwischen uralten Parkbäumen hindurch. Nach der nächsten Wegbiegung taucht eine Wiese voll mit Schneeglöckchen und Krokussen vor ihnen auf, die Bene vor Zorn auf Claire am liebsten mit dem Fuß niedermähen würde. Direkt dahinter liegt die Villa. Efeu rankt bis in den ersten Stock hinauf und verdeckt gnädig den abblätternden Verputz. Bene fand das früher mal schön. Ihm gefiel der Gedanke, dass im Sommer hier bestimmt viele Vögel nisten. Aber jetzt findet er die immergrünen, giftigen Blätter nur noch deprimierend und die vielen leer stehenden Räume in der Villa unheimlich. Es wohnen ja bloß zwei Menschen darin. Und früher einmal Claire, die offenbar die wahre Schuldige an Tristans Tod ist. Bene beißt die Zähne aufeinander.

»Schaut mal, die Tür steht offen«, sagt Alice leise.

Sie nähern sich der Eingangstür aus massivem Holz. Das Modell eines Segelschiffes ist darüber angebracht. Es hängt jedoch etwas schief, und Bene zieht unwillkürlich den Kopf ein.

Von drinnen sind Stimmen zu vernehmen. »Mach schnell,

bitte, es geht um meine Tochter. Das Meeting ist doch jetzt scheißegal!«, ruft ein Mann. »Sie braucht einen fähigen Anwalt, den besten, den wir kriegen können, deswegen frage ich ja dich!«

Ein privates Gespräch, das sie nicht mithören sollten. Bene streckt die Hand aus und klopft gegen den Türrahmen, um auf sich aufmerksam zu machen.

Claires Mutter erscheint. So hat Bene sie noch nie gesehen. Ihr blondiertes Haar hat sich aus seinem Knoten gelöst und umrahmt strähnig ihr Gesicht, ihre Augen sind rot und verquollen, darunter zerlaufene Mascara. Auf ihrer cognacfarbenen Bluse zeichnet sich ein großer nasser Fleck ab.

»Ihr seid es«, schluchzt sie. »Wisst ihr, wo Claire ist? Sie wollte mit dem Hund raus, aber dann kam die Polizei, und sie ist bis jetzt nicht zurückgekehrt. Es sieht nicht gut aus für sie, gar nicht gut.«

»Wir wollten zu ihr. Sie fragen, was …« Alice bricht den Satz ab. Natürlich kann sie nicht sagen: »… was da draußen im Moor passiert ist und wieso sie Tristan getötet hat.«

»Sie ist nicht hier!« Weitere Tränen fließen, und Claires Mutter wischt sie achtlos mit dem Ärmel ihres Blazers weg. »Wir dachten, dass sie wegen dieser Mara so durcheinander ist. Und wegen all den schlechten Nachrichten in letzter Zeit. Wenn ich sie doch nur mal gefragt hätte. Wenn wir uns mal Zeit genommen hätten, wirklich mit ihr zu reden.«

»Uns hat sie auch nichts erzählt. Und wir haben mit ihr geredet.« Alice ballt die Hände zu Fäusten. Bene umfasst sie beruhigend.

»Ihr habt doch hoffentlich keine Aussage bei der Polizei gemacht, oder?«, fragt Frau Hagenbrock plötzlich. »Sagt am besten gar nichts mehr! Das könnte alles Claire schaden, solange wir noch nicht mehr wissen.«

Bene starrt sie an. Sie scheint zu vergessen, dass es hier nicht nur um Claire, sondern auch um Tristan geht. Und dass ihre Loyalität nicht Claire gelten kann, wenn sie Tristan auf dem Gewissen hat.

Aber offenbar erwartet sie gar keine Erwiderung. »Wir warten jetzt erst mal, dass sie mit dem Hund heimkommt. Ich fürchte, die Polizei sucht sie schon.«

Bene, Alice und Damian sehen sich an. Damian zuckt die Schultern, und Alice deutet Richtung Tor. *Rückzug* bedeutet das. In Ruhe besprechen, was sie als Nächstes tun sollen, das ist wahrscheinlich das Sinnvollste. Sie verabschieden sich so höflich wie möglich, dann laufen sie im Eilschritt zurück.

»Sie ist abgehauen, oder?«, kommt es von Damian, kaum dass sie außer Hörweite vom Haus sind.

»Sicherlich«, knurrt Bene. Da hört er wieder dieses Geräusch. Ein Kratzen und Schaben. Irritiert blickt Bene zum Stall hinüber.

»Was tust du?«, will Alice wissen.

»Ich muss schnell was überprüfen.« Bene geht zum Stalltor und schiebt es mit einem Ruck auf. Ein Bellen begrüßt ihn, gefolgt von einem haarigen roten Pfeil, der an ihm vorbeischießt.

»Vroni! Was machst du denn hier?« Alice kniet sich hin und umarmt die Setterhündin, die wild zwischen ihnen herumspringt.

Bene wendet sich der Garage zu. Eine zerknüllte blaue Plane liegt in der Ecke, sonst ist sie leer. »Kein Auto da. Claire muss heimlich zurückgekommen sein, Vroni hier eingesperrt haben und dafür den Mercedes genommen haben.«

»Nicht nur den.« Damian steht vornübergebeugt da und hält sich mit einer Hand an einem alten Holzbalken fest. Doch dann erkennt Bene, dass er nur die Reifenspuren auf dem Betonboden begutachtete. »Wenn mich nicht alles täuscht, stand hier doch immer der Anhänger mit dem Boot, oder?«

Das war es also. Ihr Leben. Kürzer als gedacht, im letzten Jahr dominiert von Angst und Schuld, aber wenigstens wird sie es selbstbestimmt zu Ende bringen. Claires Hände am Lenkrad zittern kein bisschen. In ihrem Kopf herrscht eine erstaunliche Ruhe, fast wie unter Wasser, wenn man über eine weite Strecke taucht. In dem Moment, als sie entschieden hat, dass sie das alles beenden wird, hat sie wie ein Roboter gehandelt. Sie hat gewartet, bis die Polizistin und der Polizist wieder weggefahren sind. Vroni in den Stall gebracht. Die Plane vom Boot abgezogen, das Auto vorgefahren und den Bootsanhänger daran gekoppelt. Und dann nichts wie weg.

Jetzt ist sie auf der Spitze des Deichs. Regen prasselt auf die Windschutzscheibe, und die Wischer haben Schwierigkeiten, überhaupt noch dagegen anzukommen. War es hier, dass Damian Tristan angefahren hat? Hat Tristan hier auf der Straße seine furchtbaren Verletzungen erlitten?

Claire merkt, wie der Anhänger ins Schlingern gerät, als sie auf der Deichkuppe von einer Böe getroffen wird. Sie bremst ab. Sie muss sich konzentrieren, sonst schafft sie es nicht heil bis hinunter ans Wasser. Und sie braucht das Boot, sonst kommt sie womöglich nicht weit genug hinaus, bevor sie ins Wasser eintaucht. Der Sturm wird dann den Rest erledigen. Sie muss nur den richtigen Zeitpunkt abpassen.

Sie durchquert eine Senke, in der sich Regenwasser gesammelt hat. In wenigen Stunden wird vor lauter Schlamm kaum noch ein Weg vorhanden sein, wenn nicht sogar das Meer bis hierher aufsteigt. Die Sturmfluten, das weiß Claire, sind unberechenbar.

Sie wirft einen Blick hinüber aufs Moor. Die Bäume biegen sich unter dem anstürmenden Wind. So hat sie das Moor noch nie gesehen. Nicht einmal mehr Möwen kreisen darüber, sie haben sich sicher längst hinter dem Deich in Sicherheit gebracht und harren dort aus. Claire denkt an das letzte Mal, als sie so zum Moor hingeblickt hat, in dieser schicksalhaften Nacht, kurz vor Sonnenaufgang. Damals war sie genauso verzweifelt wie jetzt. Und noch viel ratloser. Ihre Entscheidung macht die Dinge so viel einfacher. Wenn es kein Zurück gibt, dann muss man vorangehen.

Als sie am Campingplatz ankommt, gibt sie einfach weiter Gas. Kieselsteine spritzen empor. Der sorgfältig gepflegte Lack des Mercedes ist damit auch Geschichte. Nach und nach schüttelt sie all den Ballast ab. Auch ihr Handy hat sie in der Garage zurückgelassen. Keiner soll sie orten können, wenn sie erst einmal das Verschwinden des Wagens bemerken.

Durch die Wasserschlieren auf der Windschutzscheibe sieht sie die Warnleuchten am Ufer wegen der Sturmwarnung orange blinken. Das Meer kommt näher. Und es trägt Schaumkronen auf seinen Wellenkämmen. Niemand, der bei Verstand ist, wird sich jetzt noch hier aufhalten. Gut so. Sie braucht keine Zuschauenden.

Claire fährt am Ufer entlang. Das Bootshaus taucht in ihrem Sichtfeld auf. Sie hält genau darauf zu und dreht erst kurz, bevor sie den Steg erreicht, das Lenkrad abrupt zur Seite vom Meer weg. Das Auto legt sich in eine enge Kurve, und der Anhänger, von der Zentrifugalkraft getrieben, rutscht einfach weiter und kracht über die Uferböschung ins Meer hinunter. Mit einem Ruck kommen Auto und Anhänger zum Stehen. Claire legt den Rückwärtsgang ein und fährt weiter zurück, bis das Auto gerade noch mit den Vorderrädern oben auf dem Weg steht, der Anhänger aber schon halb im Wasser ist. Langsam steigt Claire aus, spürt, wie die Regentropfen sich Eisfingern gleich einen Weg ihren Rücken hinunter bahnen, und betrachtet zufrieden den gecrashten Anhänger. Das Boot allein so weit zu schleppen, wäre quasi unmöglich gewesen. Aber jetzt liegt es schon im Wasser und muss nur noch flottgemacht werden. Sie wird es rüber zum Bootshaus ziehen und dort festbinden. Dann muss sie nur noch abschätzen, wann der Sturm heftig genug ist, um sie nicht mehr zurückkehren zu lassen, wenn sie aufs Meer hinausrudert. Claire lächelt grimmig. Ihr Überlebenswille gegen die Kraft des Sturms. Es tut gut, schon vorher zu wissen, dass sie verlieren wird.

Damian / Samstag, 12.03., 16:25 Uhr

Die Fahrt von Nordenham zum Campingplatz dauert zwanzig Minuten. Bei normalen Wetterverhältnissen. Bei Regen und Sturmböen bräuchten sie locker eine halbe Stunde, würde Bene nicht jede Geschwindigkeitsbegrenzung ignorieren.

Damian checkt sein Handy. Zwei Anrufe von Romy, klasse. Sie wird verrückt werden vor Sorge, wenn er nicht bald nach Hause kommt. Hastig schreibt er ihr eine sehr vage Nachricht und wirft das Smartphone in den Getränkehalter in der Tür.

»Glaubt ihr echt, sie ist zum Bootshaus gefahren?« Alices Stimme klingt dünn. Damian versteht ihre Worte hinten auf dem Rücksitz kaum über die gemischten Klänge von Motor, Radio und Regen auf dem Dach des Opels.

»Wohin sonst?«, fragt Bene, der mit beiden Händen das Lenkrad umklammert hält, als hinge sein Leben davon ab. »Sie hat das Boot mitgenommen. Wahrscheinlich will sie abhauen und untertauchen.«

»Ja, im wahrsten Sinne des Wortes«, bemerkt Damian trocken. »Wir haben Sturmflutwarnung. In dieser Nussschale wird sie nicht weit kommen.«

Niemand erwidert etwas, und Damian fragt sich, ob die anderen das Gleiche denken wie er. Bene bestimmt, denn er beschleunigt auf knapp achtzig Stundenkilometer, obwohl sie sich immer noch innerorts befinden und der Regen zusätzlich die Sicht trübt.

Damian presst den Hinterkopf gegen den Sitz und konzentriert sich auf das Stückchen Straße, das er zwischen Bene und Alice hindurch erahnen kann. Der Scheibenwischer wandert immer wieder durch sein Blickfeld, und das quietschende Geräusch, das er dabei von sich gibt, schmerzt hinter seiner Stirn. Es fühlt sich an, als würde jemand versuchen, sein Gehirn gewaltsam von der Schädeldecke zu lösen. Wund, roh und empfindlich. Er spürt jedes Schlagloch in der Straße, als sie außerorts endlich mit hundertfünfzig Sachen dahinbrettern.

Der Regen kommt jetzt von der Seite. Der Wind peitscht ihn gegen Damians Fenster, und für einen Moment überlegt er, wie es sich anfühlen würde, es zu öffnen und die gesammelte Wucht auf seinem Gesicht zu spüren. Vielleicht könnte er dann wieder klarer denken. Aktuell sind da nur der Schmerz und die Enge in seiner Brust, gegen die er mühsam anzuatmen versucht. Claire, hämmert es in seinem Kopf. Es war Claire. Claire hat Tristan umgebracht, und jetzt setzt sie ihr eigenes Leben aufs Spiel, um nicht von der Polizei aufgegriffen zu werden. Wenn das kein Geständnis ist! Mehr noch als der verdammte Adrenalin-Pen.

Sie gelangen auf die Straße, die am Deich entlangführt. Damian presst sich beide Hände an die Schläfen. Noch lieber würde er sich die Augen zuhalten. Er schließt sie fest, als Bene den Blinker setzt und die steile Straße befährt, die sie über den Deich bringen wird.

Hier oben an der Kuppe war es. Kein Schaf. Kein Stein. Ein blauer Umhang … Hat er ihn doch gesehen und in seinem Rausch nur seinen eigenen Augen nicht getraut? Eske muss ihn wahrgenommen haben, irgendwie am Rande ihres Bewusstseins.

Damian öffnet die Augen erst, als er spürt, wie das Auto wieder ebenen Grund erreicht. Der Deich liegt hinter ihnen, die Nordsee vor ihnen. Es könnte aber ebenso gut das Ende der Welt sein. Der Regen lässt ihnen hier kaum mehr eine Sicht von ein paar Metern, und mehrmals kommt das Auto ein wenig ins Schlingern, als sich heftige Böen aufbauen und wieder abflauen. Ob schon Flut ist? Sie hätten den Tidenkalender checken sollen.

Bene fährt den Opel auf den verlassenen Parkplatz. Hier haben sich seeartige Pfützen in den Schlaglöchern gebildet, aber zumindest steht noch nicht alles unter Wasser. Trotzdem, sie haben keine Zeit zu verlieren. Beherzt greift Damian nach dem Türgriff, um sich nach draußen in den strömenden Regen zu stürzen.

Alice / Samstag, 12.03., 16:45 Uhr

Alices Mantel ist binnen weniger Schritte durchweicht. Es schüttet mittlerweile wie aus Kübeln, und sie ist dankbar, als Bene ihre Hand ergreift. Wer weiß, ob sie einander hier draußen nicht einfach verlieren würden. Auf der anderen Seite hakt sie sich bei Damian unter, der es geschehen lässt. In seinem gesundheitlichen Zustand ist diese Aktion kompletter Wahnsinn.

»Geht's einigermaßen?«, brüllt Alice ihm über das Tosen des Windes entgegen.

»Alles gut«, versichert Damian in ähnlicher Lautstärke. »Lasst uns Claire einsammeln und hier abhauen.«

Sie kämpfen sich durch den Regen zur Promenade hinunter.

»Fuck«, keucht Damian beim Anblick des Ufers, und das trifft es eigentlich ziemlich gut. Der Kiesstrand ist bereits geflutet, das Wasser reicht bis knapp unter den Weg, dem sie folgen müssen, um zum Bootshaus zu kommen.

»Ist schon Höchstwasserstand?«, fragt Bene, und selbst durch den Wind hört Alice die Sorge in seiner Stimme. »Oder kommt noch mehr?«

»Ich würde mich nicht darauf verlassen, dass das alles war«, ruft Damian. »Bei dem Regen hätten wir ein Boot statt des Opels mitbringen sollen.«

Niemand antwortet darauf, doch sie beschleunigen einvernehmlich ihre Schritte, vornübergebeugt gegen die Naturgewalten, die auf dieser Seite des Deichs eine solche Wucht haben, dass jeder Schritt enorm viel Kraft kostet. Das Moor in der Ferne und der dahinterliegende Deich sind durch den Regen nicht einmal zu erahnen.

»Da vorne!«, schreit Damian irgendwann. »Das ist es doch, oder?«

Endlich tauchen das spitze Dach und der lange Steg auf. Das Hagenbrock'sche Bootshaus.

»Schaut mal«, ruft Alice, als ihr noch etwas anderes ins Auge sticht. Eine Motorhaube direkt am Wegrand. Das Auto von Claires Familie steht auf dem steilen Kiesstrand. Das Heck zeigt gen Wasser oder ist vielmehr schon halb darin versunken. Vom Anhänger ragt nur die oberste Kante heraus. Und das Boot? Wo ist das verflixte Boot?

»Claire!«, brüllt Bene in den Sturm hinaus, in seiner Stimme schwingt jetzt nackte Panik mit. Ist Claire schon im Boot? Kommen sie zu spät?

Sie erreichen den Steg. Er befindet sich noch über der Wasseroberfläche, allerdings bei Weitem nicht so hoch wie sonst. Die Wellen schwappen immer wieder über die morschen Bohlen und über die schmale Gestalt, die darauf sitzt.

»Claire!« Alice reißt sich von den anderen beiden los und stürzt auf den Steg. Das Holz ist glitschig, beinahe rutscht sie aus, und die nächste Welle überspült ihre Füße mit schäumendem Eiswasser. »Claire, wir müssen hier weg!«

Claire sieht zu ihr auf, erschrocken und irgendwie benommen. Als wäre Alice eine Erscheinung, eine Halluzination … ein Albtraum.

»Helft mir!«, ruft Alice Damian und Bene zu, die nun ebenfalls auf dem Steg anlangen. Was auch immer Claire getan hat, sie dürfen nicht noch einmal den gleichen Fehler wie bei Damian machen und ihr die Hilfe vorenthalten, die sie ganz offensichtlich braucht. Sie müssen sie in Sicherheit bringen und ihr die Chance geben, sich zu erklären.

Mit Benes Hilfe zieht Alice Claire auf die Beine, doch als sie sie in Richtung Festland schleifen wollen, sträubt Claire sich.

»Was wird das?«, brüllt Bene sie an. »Wir müssen zurück zum Auto, bevor uns hier alles um die Ohren fliegt!«

Doch Claire schüttelt den Kopf.

Alice spürt, wie Tränen in ihr aufsteigen, mit einer ähnlichen Gewalt wie der Sturm. »Warum nicht?«, schreit sie Claire entgegen.

Claire wispert etwas. Alice kann die Worte gerade so erahnen, weil sie immer noch so nahe bei Claire steht und ihre Schulter umklammert hält, um sie mit sich zu ziehen. »Weil Tristans Tod meine Schuld ist.«

Bene / Samstag, 12.03., 16:50 Uhr

»Was hat sie gesagt?« Damians Stimme klingt fassungslos.

Bene hat es selbst nicht verstanden, und im Moment ist es ihm auch egal. Claires Hand, die er festhält, ist eiskalt, ihre Lippen sind bläulich angelaufen, und aus dem nassen Haar rinnt das

Wasser über ihr Gesicht. Wer weiß, wie lange sie hier schon sitzt. Sie muss raus aus dem Regen.

Kurzerhand packt er Claire um den Bauch und zieht sie gegen ihren Willen zur Eingangstür des Bootshauses.

»Lass mich los! Haut doch einfach ab, das hier ist meine Sache, ganz allein meine!«, schreit sie ihn an, während sie um sich tritt. Doch Bene beißt die Zähne zusammen und lässt nicht los.

»Was hat sie da vorhin geflüstert?«, wiederholt Damian, an Alice gewandt.

Doch die antwortet nicht, da sie zum Bootshaus geeilt ist und die Tür weit aufhält. Bene zerrt Claire hinein und scannt kurz die karge Einrichtung: Eckbank mit Tisch davor, einige Hocker, an der Wand ein Schrank. Damian folgt ihnen dicht auf den Fersen. Alice schlägt die Tür zu.

Plötzlich klingen die Geräusche des Sturms ganz anders. Der Wind heult um die Hütte und pfeift zwischen den Ritzen im Holz hindurch. Das Geräusch der Wellen ist nun direkt unter ihren Füßen und wirkt hohler und unmittelbarer. Bene muss daran denken, dass das Haus nur auf Stelzen steht. Er schluckt und versucht, sich auf das Wichtigste zu konzentrieren. Sie müssen Claire so schnell wie möglich überreden, mit ihnen zu kommen. Dann sofort zurück zum Auto. Bevor es zu spät ist und sie hier gar nicht mehr wegkommen. Wenn sie erst mal über den Deich sind, sind sie in Sicherheit.

Damian sackt gleich neben der Tür auf der Eckbank zusammen und stützt den Kopf in die Hände. Alice bleibt stehen, so als hätte sie vor, sich Claire in den Weg zu stellen, falls diese fliehen will. Und Bene drückt Claire schwer atmend auf einen Hocker, greift eines der Handtücher aus dem Schrank und legt es ihr um die Schultern. Claire blickt zu ihm auf, und Bene erschrickt, als er die Leere in ihren Augen sieht.

»Sie hat gerade zugegeben, dass Tristans Tod ihre Schuld ist«, sagt Alice endlich.

Damian fährt von seiner Eckbank auf. »Also doch! Du hast ihn umgebracht und mich die ganze Zeit glauben lassen, dass ich es war, weil ich ihn angefahren habe.« Er stößt mit der Hüfte gegen den Tisch und taumelt wieder zurück. Unbeirrt schreit er weiter: »Ich dachte, dass Tristan dabei so schwer verletzt worden ist, dass er daran gestorben ist! Das dachte ich! Ich hatte Albträume deswegen. Und du hast mich ja noch darin bestärkt! Du hast so getan, als würdest du mir nicht glauben, dass ich nicht angehalten habe, um nachzuschauen, was da am Auto war.« Damian presst die Handflächen an die Schläfen. »Du hast mich die ganze Zeit manipuliert.«

Claire reagiert nicht.

»Und du wusstest von Anfang an, dass die Postkarten nicht von Tristan kommen können«, flüstert Alice. »Deshalb bist du hier in Nordenham geblieben. Du wolltest rausfinden, wer sich da einen Scherz erlaubt. Hast uns darin bestärkt, dass sie vom Mörder stammen müssen. Dabei wusstest du, dass das nicht stimmt. Denn du bist ja selbst die Täterin! Wir alle haben den Adrenalin-Pen gesehen, also, wie hast du Tristan umgebracht?«

Claire wirft ihr einen müden Blick zu und zuckt mit den Schultern.

Bene schluckt, als er daran denkt, wie Claire ihn bei Nika als Postkartenschreiber enttarnt hat. Er hatte solche Angst, dass es herauskommt. Wie erleichtert Claire gewesen sein muss, dass nur er es war. Und nicht jemand, der über ihre Tat Bescheid weiß und die Postkarten schickt, um sie zu verhöhnen oder eine Erpressung vorzubereiten.

Langsam dämmert es Bene, was für ein doppeltes Spiel Claire die letzten Wochen gespielt hat. »Du hast so getan, als würdest du Damian verdächtigen. Und dann hast du vorgegeben, Herrn Lehmann für den Täter zu halten. Genau wie wir anderen. Wir dachten, du willst uns helfen und verstehen, was passiert ist. Dabei ging es dir nur darum, zu verhindern, dass wir die Wahrheit herausfinden.«

Nun lächelt Claire auf eine böse, bittere Art.

Anscheinend ist es dieses Lächeln, das Damian jede Beherrschung vergessen lässt. Mit wenigen Schritten ist er bei ihr, umfasst hart ihre Schultern und schüttelt sie. »Aber warum? Warum hast du ihn umgebracht?«

Claire / Samstag, 12.03., 16:55 Uhr

Claires Kopf fliegt hin und her, als Damian sie schüttelt. »Warum hast du ihn umgebracht? Warum?«

Seine Stimme und die Hand an ihrer Schulter vermischen sich mit einer Erinnerung.

»Klärchen, Klärchen, hier kommt der Nachschub für mein Bärchen!« Damian stößt die Autotür auf, springt heraus und legt Claire den Arm um die Schulter, klammert sich regelrecht an ihr fest. Sie ist sich nicht ganz sicher, ob aus Zuneigung oder weil er eine Stütze benötigt. Anscheinend hat er sein T-Shirt nicht wiedergefunden, denn er ist noch immer oberkörperfrei. In einer Hand hält er eine ungeöffnete Flasche Whiskey und lässt sich dafür von den anderen feiern.

Eske auf der Beifahrerseite steigt langsamer aus. Sie wirft Claire einen düsteren Blick zu, den diese mit einer hochgezogenen Augenbraue erwidert. War wohl nicht so erfolgreich, das Stelldichein. Anscheinend bringen auch Rockstars nach einer gewissen Alkohol-

menge nicht mehr die erwartete Leistung. Claire kann nicht anders, als Eske anzugrinsen, doch die dreht den Kopf weg.

Zusammen gehen sie zum Lagerfeuer zurück, an dem auch Alice und Bene sitzen. Eske trottet hinterher. Claire sucht sich wieder einen Platz, weit genug vom Feuer weg, damit ihr kostbarer Unterrock nicht in die Nähe der Funken gerät.

Bene drückt Claire eine Tüte mit Marshmallows in die Hand und liefert auch gleich einen besonders langen angespitzten Stock dazu. Vorsichtig spießt Claire die gummiartige Schaummasse auf. Normalerweise mag sie so ein pappsüßes Zeug überhaupt nicht, aber heute macht sie trotzdem mit. Heute ist alles anders, denn heute haben sie Grund zum Feiern.

Alice neben ihr ist ungewohnt still, dafür beginnt Damian nun, zu singen, und schrammelt auf seiner Gitarre herum. Claire summt mit. So zufrieden war sie lange nicht. Es ist ein Abschied, ja, aber ein wirklich schöner. Und was vor ihr liegt, das lang ersehnte Studium, macht alles noch viel besser.

»Claire! Pass auf, das kokelt dir sonst ab!« Bene deutet ins Feuer.

Erschrocken zieht Claire ihren Stecken zurück. Das Marshmallow am spitzen Ende ist bereits geschmolzen und hat sich merkwürdig verformt. Die komplette äußere Hülle ist schwarz verbrannt und wird nur von einigen weißen Linien unterbrochen.

»Lecker.« Damian streckt seine ungewöhnlich lange Zunge heraus. »Marshmallow-Schädel à la Claire.«

Tatsächlich sieht ihr Marshmallow ein wenig aus wie ein Totenkopf. Claire schaudert, zieht das Ding mit spitzen Fingern ab und wirft es ins Feuer, wo es in Flammen aufgeht.

»Beim nächsten Mal wird es besser«, tröstet Bene. »Willst du meines haben?«

Aber Claire ist der Süßigkeitenhunger vergangen. Suchend sieht

*sie sich um. Tristan fehlt schon seit einer ganzen Weile, und nun
ist plötzlich auch noch Alice verschwunden. Hoffentlich haben sich
die beiden endlich gefunden und können sich in Ruhe aussprechen.
Es fiel Claire in letzter Zeit schwer, Alices verstohlene Flirtversu-
che nicht zu kommentieren. Claire seufzt. Bene seufzt ebenfalls.
Aus anderen Gründen, das ist Claire klar. Er sieht traurig aus und
scheint selbst auch keinen besonderen Appetit auf sein Marshmallow zu haben. Immer wieder blickt er sich um, als wartete er auf
jemanden.*

*Lange sitzen sie so da. Damian singt, die Flammen züngeln. Ir-
gendwann legt er die Gitarre weg und holt stattdessen die Boxen,
und dann tanzen sie zu Klassikern, die jeder mitsingen kann. Als
Alice wieder auftaucht, zieht Claire sie in den Kreis der Tanzenden,
doch sie bemerkt, dass Alice nicht glücklich aussieht. Tristan bleibt
ganz weg. Wahrscheinlich hat er schon irgendeine Mitfahrgelegen-
heit angenommen. Schade, Claire hätte ihm gerne noch mal alles
Gute gewünscht, bevor er zu seiner Weltreise aufbricht. Nach und
nach verabschieden sich die Leute. Das Feuer brennt herunter, und
es wird kühl, sodass Claire sich ihre Jeansjacke überwirft. Bene,
Alice und ein paar andere Mitschülerinnen und Mitschüler helfen
ihr noch beim Aufräumen. Sie löschen das Feuer, sammeln Müll
ein, klappen die Bierbänke und Tische zusammen.*

*Alice fragt noch mal rum, wer bei ihr mitfahren will. Bene
nimmt ihr Angebot an, nachdem Claire gesagt hat, dass sie den
Rest gerne allein machen möchte. Was auch stimmt. Der Abend
war toll, aber jetzt braucht sie etwas Zeit für sich.*

*Claire verabschiedet alle mit Umarmungen und Küsschen. Dann
geht sie langsam am Kiesweg zurück zum Bootshaus. Ganz im Os-
ten beginnt sich der Himmel rötlich zu färben, in einer Stunde geht
schon die Sonne auf. Das Wasser ist dabei, sich zurückzuziehen.
Sie streift ihre Schuhe ab, steigt zum Ufer hinunter und läuft bar-*

fuß durch das Watt. Mit einer Hand rafft sie dabei den Saum ihres Kleides.

Lächelnd klettert sie den Kiesstrand wieder hoch und kommt am Steg an. Einige Büschel Schilf daneben sind umgeknickt. Als Claire mit der Hand darüberstreicht, spürt sie etwas Klebriges auf der Haut. Irritiert sieht sie genauer hin. Das ist Blut am Schilf. Nahezu getrocknet und deshalb schwärzlich-braun, aber der Geruch, der ihr in die Nase steigt, als sie die Hand näher ans Gesicht führt, ist unverwechselbar. Angeekelt kniet sie sich hin, um ihre Finger am taufeuchten Gras abzuwischen. Was haben die Partygäste hier bloß getrieben? Sie muss unbedingt drinnen nach dem Rechten sehen. Sie hätte früher zum Bootshaus kommen sollen, zwischendurch Kontrollgänge machen.

Mit einem unguten Gefühl im Bauch klettert Claire auf den Steg. Sie ist beinahe an der Tür zum Bootshaus angekommen, als ihr Blick auf das hölzerne Geländer fällt. Oder vielmehr das ehemalige Geländer. Denn an einer Stelle ist es offenbar durchgebrochen. Morsches Holz ragt spitz ins Leere, wo einmal eine schützende Umrandung war. Claire starrt darauf. Jemand muss das Geländer eingetreten haben oder dagegen gestolpert sein. Der Steg und das Geländer hätten schon längst erneuert werden müssen, erst kürzlich hat sie ihre Eltern wieder daran erinnert. Aber das alte Bootshaus hat keine Priorität für ihre Familie. Wo doch schon die Villa so viele Baustellen hat.

Claire beugt sich über die Lücke und starrt hinunter auf das schlickige Watt. Nichts zu sehen. Wahrscheinlich war hier jemand nicht mehr ganz sicher auf den Beinen, hat aus Versehen das Geländer demoliert und sich nicht getraut, es ihr zu sagen. Ende der Geschichte. Erleichtert will sie sich abwenden, als sie aus dem Augenwinkel etwas Blaues wahrnimmt. Königsblau.

Sie spürt, wie ihr Herz schneller zu schlagen beginnt, es pocht hinter ihren Schläfen. *Wie ferngesteuert läuft Claire über den Steg zurück ans Ufer und watet auf dem schlammigen Untergrund zwischen den Stelzen hindurch, auf denen das Bootshaus bei Flut über dem Wasserpegel ruht. Diesmal hält sie ihr Kleid nicht hoch.*

Etwas Dunkles liegt da, direkt an einem der Pfosten, auf denen das Bootshaus thront. Ein nasses dunkles Bündel. Irgendetwas glänzt da metallisch, daneben ein blauer Schimmer. Claire schleicht langsam näher. Sein Kostüm, bitte, bitte, nur sein Kostüm, das ins Wasser gefallen ist und sich an dem Pfosten verfangen hat. Aber dann sieht sie die Hand und bleibt stehen. Er ist es. Er … Claire muss das Gesicht nicht zu sich herumdrehen, sie hat das Kostüm sofort erkannt. Und ihn: Tristan. Sie legt die Hand auf seine Schulter. Triefend nass. Kalt. Bewegungslos. Er gehört schon dem Meer.

Er ist vom Steg gefallen und ertrunken. Von ihrem Steg.

Dann sitzt sie da, im Schlamm. Der Rock saugt sich mit Wasser voll, die Kälte kriecht an ihren Beinen empor. Claire rührt sich nicht. Die Tränen brennen hinter ihren Augen, die unverwandt auf dem leblosen Körper ruhen, doch sie fließen nicht. In Claire ist alles wie erstarrt. Eingefroren, selbst die Gedanken. Die Zeit steht still, nichts hat mehr eine Bedeutung. Gar nichts.

Es ist die Sonne, die sie aus ihrer Erstarrung weckt. Die Sonne, die sich millimeterweise über dem Festland nach oben schiebt und Tristans Gestalt immer deutlicher hervorhebt, sie in Farbe taucht, doch es sind nicht die Farben, die er haben sollte.

Während sie alles reglos beobachtet, formt sich ein Wort in ihrem Kopf. Unerbittlich, und es lässt sich nicht mehr vertreiben: Schuld.

Es ist ihre Schuld. Claires Schuld. Die Schuld der Hagenbrocks. Ihr Bootshaus, ihr morsches Geländer. Schuld. Schuld, die man nicht wiedergutmachen kann. Schuld, die alles zunichtemacht. Den Ruf der Familie. Alles, was sich die Generationen vor ihr aufgebaut haben. Und auch Claire selbst. Ihr Jurastudium – unmöglich mit dieser Schuld. Dann ist Tristan nicht nur tot, sondern auch Claires Leben zerstört. Das hilft ihm doch nicht, oder? Das macht nichts ungeschehen. Claire spürt, wie in diesem Moment die Zukunft ihrer Familie in Scherben zerfällt, und das kann sie nicht zulassen.

Wenn die Sonne erst herauskommt, wenn irgendjemand vom Campingplatz einen verfrühten Spaziergang macht …

Claire schaut hektisch um sich. Sie muss sich beeilen. Sie springt auf. Sie weiß, dass an einem der anderen Bootshäuser in der Nähe eine Schubkarre steht. Die nehmen die Nachbarn immer, wenn es viel aus dem Auto auszuladen gilt. Man darf ja nicht so nah mit dem PKW an die Bootshäuser heranfahren.

Claire holt die Schubkarre und fährt damit den steilen Strand hinunter und dann die paar Meter durchs Watt. Am Pfosten, der Tristan aufgehalten hat, sodass er nicht mit dem verschwindenden Wasser ins offene Meer hinausgezogen worden ist, hält sie an. Sie muss ihn von hinten unter den Armen hindurch packen, damit sie es überhaupt schafft, ihn zu bewegen. Ihre Jeansjacke wird ganz schlammig dabei. Auf dem Rückweg tut sie sich schwer. Das Rad versinkt im Schlick unter Tristans Last. Aber sie schafft es irgendwie hinaus aus dem Watt und die Steigung zum Weg empor.

Wohin nur? Wohin?

Ihr Blick fällt auf die Birken, die ein Stück den Deich hinauf emporragen. Das Schwimmende Moor. Naturschutzgebiet. Graben darf man dort nicht mehr, bauen auch nicht. Was unter der Oberfläche verschwindet, das bleibt verschwunden.

Claire schiebt den Schubkarren den Kiesweg entlang. Ihre Hände schwitzen. Tristans Fuß pendelt über den Metallrand, die Schnürsenkel sind noch ganz ordentlich gebunden. Wie kann das sein, dass so ein fragiler Knoten überlebt und der Körper nicht? Seine Kleidung, sie muss darauf achten, dass alles verschwindet. Was hat er noch? Wo ist sein Rucksack?

Sie rennt noch einmal zurück ins Häuschen, reißt die Tür auf und seufzt erleichtert, als sie Tristans abgegriffenen dunkelroten Rucksack auf der Eckbank stehen sieht. Sie setzt ihn auf ihre Schultern und rennt wieder zurück zu Tristan.

Die leichte Steigung zum Schwimmenden Moor hinauf ist anstrengend, der Schubkarren schwankt ein paarmal bedrohlich, aber endlich kommt sie am Holzsteg an, der durch das Moor zur Vogelbeobachtungshütte führt. Das Schubkarrenrad holpert dröhnend über die Bohlen. Claire sieht sich nervös um, doch niemand lässt sich blicken. Es ist immer noch dämmrig und eher Nacht als Morgen. In ein paar Stunden kommt das Wasser zurück und löscht alle Spuren, die unter dem Bootshaus und im Watt jetzt noch zu finden sind. Dann hat sie es geschafft. Wenn sie das jetzt noch hinter sich bringt.

Sie sucht eine besonders sumpfige Stelle mit wenig Bodendeckern aus, dort kann sie ihn dann hineinrollen. Aber zuerst muss sie ihn auf dem Weg abladen. Als sie den Schubkarren umkippt, schließt sie die Augen, um nicht sehen zu müssen, wie Tristan auf den Bohlen aufschlägt. Aber sie hört das dumpfe Geräusch und stößt einen Würgelaut aus.

Sie kann das nicht. Was macht sie hier eigentlich? Sie muss die Polizei alarmieren. Sofort! Sie ist nicht aus dem Holz geschnitzt, um …

Aber sie ist eine Hagenbrock. Claire öffnet die Augen. Wenn sie es nicht für sich tun kann, dann zumindest für ihre Familie.

Claire kniet neben Tristan nieder. Sein dunkles Haar fällt ihm nass vors Gesicht. Er ist von Verletzungen gezeichnet, wo auch immer die herkommen. Kann er sich beim Sturz ins Wasser so zugerichtet haben? Da ist die dunkle Verfärbung um sein Auge herum, verkrustetes Blut um Mund und Nase, das Schlüsselbein wirkt nicht symmetrisch. Ein Unterarmknochen sticht am Ärmelstoff hervor, als wäre er gebrochen. Sie muss an das Blut am Schilf denken. Er muss sich irgendwie verletzt haben, hat womöglich im Bootshaus Hilfe gesucht und ist dabei ins Wasser gefallen und ertrunken. Was ist ihm nur geschehen?

Sie sollte nicht noch mehr Spuren an ihm hinterlassen, aber sie kann nicht anders. Das Moorwasser wird sie hoffentlich auslöschen. Sie streicht ihm vorsichtig das zerzauste Haar aus der Stirn. Dann zieht sie ihn plötzlich in ihre Arme, wiegt ihn hin und her und hält ihn so fest, wie sie nur kann, in der wahnwitzigen Hoffnung, dass ihr pochendes Herz auch seines wieder zum Schlagen bringt, ihre Wärme auf ihn überspringt. Aber Tristan ist kalt und reglos. Er ist es nicht, den sie im Arm hält. Er ist es nicht mehr.

Claire hebt den Kopf und betrachtet ihn ein letztes Mal. Abermals schluckt sie die Tränen hinunter. Dann gibt sie dem Körper einen Schubs. Mit einem Platschen fällt er vom Steg auf die Mooroberfläche, weiße Haut auf schwarzem Schlamm. Dann sickert das Wasser zwischen seinen Fingern hindurch, er sinkt tiefer. Und tiefer. Blasen bilden sich, als das Moor ihn verschluckt.

»Leb wohl«, will sie flüstern. Aber es dringt kein Laut über ihre Lippen. In ihrem Brustkorb sitzt ein scharfer Schmerz, von dem sie weiß, dass er nicht mehr weggehen wird.

Sie greift nach Tristans Rucksack und will ihn weit hinausschleudern. Er ist leichter, wird wahrscheinlich länger brauchen, um gänzlich zu versinken. Doch die Schnalle verhakt sich an etwas. An ihrem Gürtel, nein, da ist doch …! Claire spürt den Ruck, sie will danach greifen. Aber der Rucksack fliegt schon und mit ihm ihr Adrenalin-Pen.

Reglos steht sie auf dem Bohlensteg und sieht zu, wie ihr Adrenalin-Pen mit einem leisen Glucksen unaufhaltsam im Moor versinkt. Wenn er jemals gefunden wird …

Dann ist sie verloren.

335

Die Wahrheit, endlich. Alice hat Erleichterung erwartet, wenn endlich die letzte Lüge aufgedeckt, das letzte Geheimnis gelüftet ist. Aber sie fühlt nur die gleiche Leere, die sie auch in Claires Augen sieht, während diese mit brüchiger Stimme zum Ende ihres Berichts kommt und das Gesicht in den Händen vergräbt.

Benes Arm liegt auf Alices Schultern. Sie lehnt sich in die tröstliche Umarmung, aber als sie zu ihm sieht, laufen auch über sein Gesicht Tränen.

Die Wahrheit ist hässlich. Sie lässt keinen Raum für Triumph oder Selbstgerechtigkeit. Nicht einmal für Vorwürfe.

Hinter den dünnen hölzernen Wänden des Bootshauses tobt der Sturm und wirft die Wellen gegen ihr zerbrechliches Quartier. Doch hier drinnen herrscht bleischwere Stille.

»Aber ...« Damian hat sich wieder auf die Kante der Eckbank sinken lassen und reibt sich mit einer Hand unablässig über den Kopf. »... wie kam Tristan hierher? Wenn ich ihn doch ... Das passt nicht zusammen.«

Claire schnieft hörbar. »Als ich von dem Autounfall und deiner Fahrerflucht erfahren habe, da dachte ich, du und Eske, ihr hättet das getan. Hättet ihn hier herunter zum Strand geschafft und ins Wasser geworfen, um zu vertuschen, dass ihr ihn überfahren habt.«

Damian fährt auf. »Ernsthaft jetzt? Du hast mir einfach unterstellt, was du selbst getan hast? Ihn einsammeln und irgendwo versenken, um selbst aus dem Schneider zu sein? Als hätte ich wirklich ...« Er verstummt. Wahrscheinlich ist ihm klar geworden, dass er nach seiner Fahrerflucht nicht in der Position ist, moralische Vorträge zu halten.

»Aber dann haben die Medien berichtet, er wäre tatsächlich

ertrunken«, flüstert Claire, als hätte sie Damians beißenden Kommentar gar nicht wahrgenommen. »Und da wusste ich, dass es doch hier passiert ist. Dass er sich verletzt auf das morsche Geländer gestützt haben und hindurchgebrochen sein muss.«

»Aber ... Er war am Deich!«, widerspricht Damian. »Warum überhaupt? Was wollte er da?«

»Das muss nach allem, was wir wissen, nach dem Kampf mit Herrn Lehmann gewesen sein«, stellt Bene fest.

Alice hebt den Kopf von seiner Schulter und sieht ihn an. »Vielleicht wollte er nach Hause ...« Sie presst sich eine Hand vor den Mund, um ein Schluchzen zu unterdrücken. Dann fährt sie fort: »Bestimmt wollte er Frau Lehmann warnen! Ihr sagen, dass ihr Mann Bescheid weiß. Nach der Prügelei hatte er doch bestimmt Angst um sie! Und er hatte ... Er hatte kein Handy.« Jetzt fließen ihre Tränen wieder.

Es scheint ganz so, als hätte jeder von ihnen seinen Anteil an dem, was geschehen ist. Nicht nur Claire, die Tristans Körper ins Moor gebracht hat. Nicht nur Damian, der ihn angefahren und nicht angehalten hat. Auch Bene, der mit seinen Postkarten verhindert hat, dass Tristans Fehlen irgendjemandem auffallen konnte. Und sie selbst, die ihm die Möglichkeit genommen hat, Frau Lehmann zu warnen oder Hilfe zu rufen.

»Das macht Sinn«, murmelt Bene. »Aber er kam nur bis zum Deich. Und nach dem Unfall muss er sich zurück zum Bootshaus geschleppt haben.«

»Aber warum ist er nicht zu uns ans Feuer gekommen?« Claire lässt die Hände sinken, doch das nasse Haar verdeckt ihr Gesicht weiterhin. Ihre Stimme ist noch kratziger als sonst und zittert merklich. »Wir saßen doch alle da. Wir hätten ihm geholfen. Einen Krankenwagen gerufen und die Polizei. Er muss doch direkt am Grillplatz vorbeigekommen sein!«

»Vielleicht nicht.« Bene schluckt hörbar. Die Stirn hat er in einer Mischung aus Konzentration und Schmerz gerunzelt. »Nicht, wenn er den Weg durchs Moor genommen hat. Dann ist er zuerst zum Bootshaus gekommen und …« Er sieht entschuldigend zu Alice. »Du warst doch auch um diese Zeit im Bootshaus, oder? Vielleicht hat er gesehen, dass jemand dort drin ist, und das war einfach näher als das Feuer, wo der Rest von uns saß.«

Alice spürt etwas Kaltes durch ihren Körper fluten, das nichts mehr mit der Nässe ihrer Klamotten oder dem heulenden Wind zu tun hat. »Ja, ich war im Bootshaus. Ich habe das Handy zurück in seinen Rucksack gesteckt, nachdem ich die ganze Zeit darauf gewartet hatte, dass er zum Feuer kommt und ich es ihm zurückgeben kann. Aber er kam ja nicht. Deshalb wollte ich es zumindest zu seinen Sachen legen. Und dann war da plötzlich jemand an der Tür.«

»Was?« Claire hebt den Kopf und starrt sie über den winzigen Raum hinweg an. »Wann?«

Alice ringt nach Luft, aber plötzlich scheint nicht genug davon in der Enge des Bootshauses vorhanden zu sein. »Als … Ihr habt am Feuer gesessen. Damian und Eske waren schon zurück. Damian hat dieses blöde Lied gesungen. *Who the fuck is Alice.* Und ich bin ins Bootshaus, um Tristans Handy loszuwerden. Als jemand die Tür öffnen wollte, hatte ich Angst, damit erwischt zu werden, und habe … Ich habe …«

»Du hast was?« Benes Stimme klingt unerträglich zärtlich und geduldig. Alice will seinen Arm auf ihren Schultern am liebsten abschütteln. Seine Wärme und Nähe drohen sie zu ersticken. Oder ist es das Gefühl, das in ihrer Brust aufsteigt, anschwillt wie ein Ballon kurz vor dem Platzen, bis kein Raum mehr für irgendetwas anderes ist?

»Ich hab die Tür zugestoßen«, flüstert Alice. Die Worte wollen nicht nach draußen. Jede Silbe kostet unendlich viel Kraft. »Und dann … Dann …«

Das Geräusch von splitterndem Holz zerreißt die Stille, genau wie damals.

Damian / Samstag, 12.03., 17:20 Uhr

Alice schreit auf, und auch Damian ist plötzlich auf den Beinen, ohne dass er sich erinnern könnte, aufgesprungen zu sein. Was Alice ihnen eben sagen wollte, ist mit einem Schlag vergessen.

»Was war das?« Claire wischt sich das Haar aus dem Gesicht und sieht zur Decke hinauf. Doch das Dach ist intakt, sofern das von hier drinnen zu beurteilen ist.

»Der Steg.« Bene durchquert das winzige Häuschen mit zwei großen Schritten und reißt die Tür auf.

Es ist, als hätte er das Tor zur Hölle geöffnet. Der Steg liegt bereits einige Zentimeter unter Wasser, nur das hölzerne Geländer ragt noch heraus. Zumindest die linke Seite. Aus der rechten hat das Unwetter ein ganzes Stück herausgerissen. Ein Loch klafft darin. Der Sturm peitscht die Wellen bis zum verbleibenden Stück des Handlaufs hinauf, und die Gischt durchnässt bereits Benes Schuhe und Hose.

»Komm da weg!«, schreit Alice. Sie stürzt zu Bene und will ihn von der Tür wegziehen.

»Spinnst du?«, schaltet Damian sich ein. »Wir müssen hier raus, und zwar sofort! Die Bruchbude hält dem Sturm nicht mehr stand!« Er macht einen Schritt zur Tür. Die Bohlen des Stegs sind noch da, werden aber bereits vom Wasser überspült. Nass werden sie auf jeden Fall, aber vielleicht können sie das Festland noch irgendwie erreichen. Damian blinzelt durch den dichten Regen, aber er kann die Küste und den Weg nicht erkennen, obwohl beides nur wenige Meter entfernt ist. »Los jetzt!«, kommandiert er und greift nach dem intakten Geländer zu seiner Linken, damit der Sturm ihn nicht ins Wasser werfen kann.

Alice krallt sich immer noch an Benes Arm fest und starrt auf das fehlende Stück Geländer auf der anderen Seite. Auch Damian schreckt jetzt zurück. Ist sie das, die Stelle, durch die auch Tristan damals gebrochen ist? Vermutlich hat Claire den Steg nur notdürftig geflickt, und der Wind hat die Schwachstelle von Neuem aufgerissen.

»Wartet!« Alices Stimme klingt schrill. »Ich war es.« Sie wendet den Blick nicht vom Steg ab. Regen und Wellen klatschen ihr entgegen, sie ist schon ganz nass. Aber auf ihren Wangen – das sind Tränen. »Ich habe die Tür zugestoßen, als jemand das Bootshaus betreten wollte. Diese Tür. Zu diesem Steg.« Sie zieht scharf die Luft ein. »Ich hab es gehört. Das Splittern von Holz. Ich dachte, derjenige da draußen hat gegen die Tür getreten oder so. Ich wusste doch nicht … Ich hab ihn gegen das Geländer gestoßen! Ich hab Tristan getötet.«

»Was?« Bene wendet sich ihr zu. »Nein, Alice, du –«

Doch Alice macht sich von ihm los und geht zu Claire, die als Einzige noch auf ihrem Platz sitzt, als würde das Tosen des Unwetters sie gar nicht weiter beunruhigen. Alice sinkt vor ihr in die Hocke und umschlingt sie mit den Armen. »Ich war es, Claire. Aber ich schwöre dir, ich hatte keine Ahnung. Ich hätte dich niemals so lange im Glauben gelassen …« Ihr bricht die Stimme weg.

Damian steht da, wie vom Donner gerührt. Die Tür ist immer noch offen, und niemand bringt es über sich, sie zuzustoßen. Bene geht zu den beiden Mädchen, die einander umklammert halten, und legt die Arme um Alice, als könnte er sie so beschützen. Aber das kann er nicht. Nicht vor der Sturmflut und auch nicht vor der Schuld.

Damian presst sich die Hand vor den Mund, doch er kann das hysterische Lachen nicht zurückhalten, das aus seiner Kehle bricht. Die Erschütterungen schicken Schmerzwellen durch seine Schädeldecke, aber er schafft es einfach nicht, aufzuhören.

»Wisst ihr, was das heißt? Wir alle sind schuld. Alle«, bringt er hervor. »Sogar der ehrenhafte Bene, weil er Tristan seine Unterstützung verweigert hat, als der ihm von seinen Plänen erzählt hat. Wer weiß, vielleicht wäre er sonst zu dir gekommen, statt zu Fuß nach Nordenham aufzubrechen, um Frau Lehmann zu warnen. Wir waren es. Wir alle gemeinsam haben Tristan umgebracht.«

Damian kann selbst nicht sagen, an welchem Punkt sein Lachen in Schluchzen übergeht. Er stolpert zu den drei anderen und legt den Arm um Benes Schultern, halb, um seine anklagenden Worte von eben zu entschuldigen und halb, um selbst Halt zu finden, während Tränen und Kopfschmerzen ihm die Sicht trüben und das Brausen des Sturms seinen Schädel zum Hämmern bringt.

So stehen sie da wie in Schockstarre, während draußen immer noch der Sturm wütet und sie alle, samt dem verfluchten Bootshaus, zu verschlingen droht.

Alice / Samstag, 12.03., 17:30 Uhr

Eingezwängt zwischen Claire, Bene und Damian rückt der Sturm weit in den Hintergrund. Alice kann sein Tosen nur gedämpft hören. Es erscheint zahm und harmlos gegen das in ihrem Inneren. Damian hat recht. Sie waren es. Sie alle.

»Und jetzt?«, flüstert Alice irgendwann. Die anderen hören es vermutlich nur, weil sie alle drei so nahe sind.

Alice spürt, wie Damian sie loslässt und auch Bene seine Umklammerung lockert. Sie löst sich von Claire und sieht hinauf in ihr tränenüberströmtes Gesicht.

»Wir gehen zur Polizei«, sagt Damian hinter ihr. »Das hätte ich schon lange machen sollen. Und du, Claire … Du solltest ihnen wahrscheinlich auch einfach die Wahrheit sagen. Keine Ahnung, was dann passiert. Das weißt du vermutlich besser als ich.« Zittrig holt er Luft.

Alice drückt noch einmal Claires Hände und wendet sich dann über die Schulter zu Damian um. »Ich komme mit. Wir ziehen das gemeinsam durch.« Sie sieht wieder zu Claire und zu ihrer Erleichterung nickt diese zaghaft.

»Und Herrn Lehmann«, sagt Claire mit kratziger Stimme. »Den zeigen wir auch an. Er hat Tristan angegriffen am Abend der Party und hat damit diese furchtbare Kettenreaktion überhaupt erst ausgelöst.«

Alice nickt lebhaft. »Der Kerl gehört auf jeden Fall hinter Gitter«, bekräftigt sie. »Er hat ja auch versucht, Bene zu überfahren!«

»Und mich bedroht.« Claire schnieft. »Gestern Abend. Er wollte, dass wir unsere Aussagen zurückziehen. Und er weiß, dass seine Frau ihn angezeigt hat.« Ein ersticktes Geräusch dringt aus ihrer Kehle.

Alice kann es ihr nachfühlen, und auch Damian wirkt erschüttert. »Oh Gott, wer weiß, was er mit ihr gemacht hat. Sie sah echt schlimm aus, als ich sie im Krankenhaus getroffen habe. Glaubt ihr … Glaubt ihr, das geht schon länger?«, fragt er mit erstickter Stimme.

Es ist Claire, die nickt. »Ich hab die beiden nach Tristans Trauerfeier streiten sehen. Also eigentlich nicht streiten. Nils Lehmann hat seine Frau richtig bedroht, weil sie ihm aus Versehen ein Gebäck mit Nüssen gegeben hat, gegen die er allergisch ist. Er ist richtig ausgeflippt. Von wegen, was, wenn er nicht schnell genug an seinen Pen kommt.«

Benes Hand verkrampft sich um Alices Schulter. »Hoffentlich kommt er für den Rest seines armseligen Lebens in den Knast. Dann wäre Frau Lehmann sicher vor ihm.«

Doch Claire schnaubt. »Wegen einer kleinen Prügelei mit Tristan bestimmt nicht. Bene und ich können ihm überhaupt nichts nachweisen. Als er uns bedroht hat, gab es nicht mal Zeugen. Und häusliche Gewalt besitzt keinen separaten Tatbestand im Strafrecht. Frau Lehmann könnte ihn zum Beispiel wegen Beleidigung, Körperverletzung, Vergewaltigung oder Freiheitsberaubung anzeigen. Aber ganz einfach ist das ja auch nicht zu beweisen. Und je nachdem, wie das Verfahren läuft, kommen die Täter oft auf Bewährung frei.«

»Aber wir müssen doch etwas machen!«, entfährt es Alice. »Er darf doch mit all dem nicht einfach davonkommen!«

»Ich unterbreche euch ja nur ungern«, schaltet Damian sich in diesem Moment ein. »Aber wir haben gerade ein ganz anderes Problem als Herrn Lehmann.«

In seiner Stimme liegt so viel Dringlichkeit, dass sie alle herumfahren und zu ihm sehen.

»Nein!« Alice stemmt sich aus ihrer kauernden Haltung auf die Beine, muss sich aber an Bene festhalten, damit sie nicht unter ihr nachgeben. Schäumend schwappt das Wasser durch die offene Tür ins Innere des Bootshauses.

»Wir reden später«, bestimmt Bene und zieht Alice zur Tür. Die klammert sich an Claire, sodass auch diese keine andere Wahl hat, als mitzukommen.

»Den bekommen wir nicht mehr raus«, stellt Damian nüchtern fest. Alice folgt seinem Blick. Vom Auto der Hagenbrocks ist nur noch ein Stück Motorhaube zu sehen. »Wir können nur hoffen, dass der Parkplatz drüben noch nicht überflutet ist.«

»Der liegt erhöht«, presst Bene zwischen den Zähnen hervor. »Die Frage ist nur, wie kommen wir dahin? Da drüben steht schon alles unter Wasser. So nah am Moor ist da zu Fuß doch kein Durchkommen mehr.«

Alice starrt in Richtung Festland, doch da ist nichts mehr. Nur Regen und Wasser. Kälte flutet durch ihre Glieder und lähmt ihre Gedanken.

In diesem Moment schiebt Claire sich an ihr vorbei. »Das Boot!«, brüllt sie dem Sturm entgegen. »Wir müssen das Boot nehmen!«

Bene / Samstag, 12.03., 17:40 Uhr

Hoffentlich weiß Claire, was sie da vorschlägt. Wenn das Boot in einem ebensolchen Zustand ist wie das Bootshaus, dann schaffen sie es damit niemals bis zum Parkplatz des Campingplatzes, wo sein Auto steht. Und doch ist es ihre einzige Chance, der Wasserpegel ist einfach viel zu schnell gestiegen.

Claire greift unbeirrt nach einer Leine, die an einem der Pfähle direkt neben der Tür verknotet ist. Sie zieht mit einiger Anstrengung das Ruderboot aus dem Windschatten hinter der Hütte hervor, ehemals dunkelgrün gestrichen wie das Bootshaus. In der Mitte gibt es eine Sitzbank. Daneben sind an Halterungen zwei Holzpaddel befestigt. *Charon* entziffert Bene die verwitterte Schrift an der Seite. Wer war das gleich noch mal?

»Fasst mal mit an!«, schreit Claire ihnen zu. Die Worte werden ihr vom Sturm aus dem Mund gerissen. Sie zerrt an dem Seil, das am Bug festgemacht ist, und Bene langt ebenfalls zu. Gemeinsam ziehen sie das Boot heran, bis es parallel zu dem liegt, was vom Steg übrig geblieben ist.

Bene wirft einen Blick ins Boot und sieht, dass bereits Wasser drinsteht. Hoffentlich nur vom Regen. Claire springt hinein und beginnt sofort, das Wasser mit einem Eimer, den sie unter der Bank hervorgezogen hat, herauszuschöpfen. »Beeilt euch!«

Bene sieht sich nach Alice und Damian um und gibt ihnen ein Zeichen. Er bemüht sich, das Boot so dicht wie möglich am Bootshaus zu halten, und kniet sich dabei auf den unter Wasser stehenden Steg, während Claire dazu übergegangen ist, mit einem der Paddel zu rudern, damit das Heck nicht abgetrieben wird. Alice klettert vorsichtig in Richtung des Boots. Claire streckt ihr die Hand entgegen. Mit einem großen Schritt schafft Alice den Umstieg und setzt sich sofort hin.

Doch dann schreit sie los. »Damian! Pass auf!« Damian krallt sich noch mit einer Hand am Steg fest, doch er scheint sich nur mit Mühe auf das Boot und seine Insassen fokussieren zu können. Er kneift die Augen zusammen, ob wegen des Windes oder des aufkommenden Schwindels ist Bene nicht klar. Wegen der Halskrause kann er den Kopf noch nicht mal richtig drehen. Bene muss ihm helfen. Im Leben schafft er es nicht allein in das schaukelnde Boot.

Bene wartet die nächste größere Welle ab, zieht das Boot dann noch einmal mit einem Ruck heran und lässt im selben Augenblick das Seil los, um Damian um den Bauch zu packen und ins Boot zu hieven. Sobald er sieht, dass Alice ihn festhält, greift er wieder nach dem Seil. Jetzt ist er dran.

Damian sackt auf die hölzerne Mittelbank, ohne recht zu wissen, wie er es überhaupt ins Boot geschafft hat. Das Tosen des Sturms und das Dröhnen in seinem Schädel machen ihn taub für die Aufregung um ihn herum. Claire rudert wie wild, Alice ruft etwas. Keine von beiden sieht in seine Richtung, also erwarten sie wohl auch nicht, dass er irgendetwas tut.

Er könnte auch gar nicht. Nicht mal, wenn er wollte. Der Geschmack von Magensäure brennt in seiner Kehle, die Übelkeit schnürt ihm den Brustkorb zusammen. Er beugt sich vornüber und würgt. Das Boot schaukelt auf den Wellen wie ein bockendes Pferd, als wollte es sie abwerfen. Damians Hände krallen sich an das Holz der Bank. Aus dem Augenwinkel sieht er, wie Alice sich über die Seitenwand des Boots lehnt. Er will den Kopf in ihre Richtung drehen, aber das geht mit der Halskrause nicht. Also wendet er sich komplett zu ihr und zieht sie zurück, damit sie nicht stürzt. Was macht sie da? Ist sie verrückt geworden?

Damian wischt sich das nasse Haar aus dem Gesicht und blinzelt in den Sturm. Bene kniet auf dem gefluteten Steg zum Bootshaus und zerrt am Knoten, der sie davon abhält, von den Wellen mitgerissen zu werden. Er löst ihn, wirft das Seil ins Boot und richtet sich auf. Sofort ergreifen die Wellen die winzige Nussschale und reißen sie vom Steg fort. Und von Bene. Sein Blick ist panisch, fixiert das Boot, fixiert Alice. Er hat keine Wahl. Wenn er es noch zu ihnen hineinschaffen will, muss er springen.

Damian blinzelt gegen die schwarzen Flecken vor seinen Augen an. Er sieht, wie Bene einen Schritt nach hinten macht, sich abstößt und – springt. Wenn einem dieser Stunt gelingen kann, dann ja wohl Bene. Er muss es schaffen. Muss es einfach.

Alice schreit auf, Claire lässt beinahe das Ruder fallen, Damian greift nach dem Rand des Bootes, das sich unter dem Impuls von Benes Landung ruckartig neigt. Wasser schwappt herein, das Boot schnellt wieder in die Waagrechte. Es kentert nicht, aber es genügt, um Bene aus dem Gleichgewicht zu bringen. Damian sieht, wie er die Arme reflexartig nach vorne streckt, um sich irgendwo festzuhalten. Doch da ist nichts.

Rückwärts kippt er aus dem Boot und bricht mit einem Klatschen durch die schäumende und tosende Wasseroberfläche. Das Geräusch ist das Erste, das deutlich zu Damian durchdringt. Und der Schrei, der aus Alices Kehle kommt, als sie sich über die Bordwand lehnt, um Bene die Hand entgegenzustrecken, ihn wieder ins Boot zu ziehen. Doch von ihm ist nichts zu sehen.

Bene / Samstag, 12.03., 17:43 Uhr

Die Kälte ist wie ein Hammerschlag. Für einen Moment schafft Bene es nicht, sich aus der Erstarrung zu lösen. Sein Kopf ist unter Wasser, er kann nicht atmen. Panisch beginnt er, mit den Beinen und Armen zu rudern. Sein Kopf bricht noch einmal durch die Wasseroberfläche, und er versucht, den dringend benötigten Sauerstoff einzusaugen, aber da ist zu viel Wasser in seinem Mund. Sein Körper krümmt sich hilflos hustend zusammen. Das Boot! Wo ist das Boot? Er sieht niemanden mehr. Er kann nicht schreien, nur husten. Luft! Er braucht Luft! Nackte Panik beherrscht ihn, während er um sich schlägt. Dann stürzen sich die Wellen erneut auf ihn.

Überall nur das Meer und die Dunkelheit. Seine Füße versinken plötzlich in etwas Weichem, Schlammigen. Er ist auf dem Grund. Natürlich, das Wasser ist hier normalerweise auch gar nicht so tief, aber der Sturm drückt das Meer herein. Er muss sich abstoßen, er muss zurück nach oben kommen. Bene versucht es, streckt die Arme aus, die Jacke blockiert seine Bewegung. Er strampelt und rudert.

Eigentlich müsste er längst wieder an der Oberfläche sein, das kann doch nicht sein! Aber das Wasser ist so aufgewühlt, er weiß nicht mehr, wo er hinschwimmt. Oben, unten, ein neuerlicher Strom Wasser wirbelt ihn herum, lässt ihn endgültig jede Orientierung verlieren. Er kann nicht atmen. Da ist kein Raum mehr für irgendetwas, nur der verzweifelte Drang nach Luft.

Unbarmherzig wird er nach unten gezogen. Alles ist so schwer. Seine Kleidung, sein ganzer Körper. Er kommt nicht dagegen an. Alles so schwer. Er schafft es kaum noch, sich zu bewegen. Es ist keine Luft mehr übrig. Es wird dunkler um ihn herum. Luft! Noch dunkler.

Plötzlich spürt er eine Hand unter seinem Kinn. Bene reißt die Augen auf. Instinktiv will er zupacken, sich festklammern, doch da ist niemand vor ihm. Bloß eine Berührung in Höhe seiner Schultern. Sein rechter Arm wird unter seinem Rücken verdreht und festgehalten. Dann spürt er die Bewegung. Wohin? Nein, er wird nach unten gezogen! Bene strampelt und kämpft mit aller Macht, um sich aus dem Griff zu befreien.

Doch da ist das Wasser plötzlich weg, er treibt im Meer, das Gesicht gegen den bedrohlich dunklen Himmel gerichtet, Regen peitscht ihm ins Gesicht. Sein Mund öffnet sich, um Luft zu holen. Eine Welle bricht über ihn herein. Bene verschluckt sich abermals, wird von einem Hustenkrampf geschüttelt und versucht, sich loszureißen, um sich umdrehen zu können. Er muss atmen! Doch die Hände lassen ihn nicht los. Schrille Geräusche dringen zu ihm durch.

Jemand schreit. »Hierher! Kommt her, nehmt das Paddel!«

Benes Kopf schlägt gegen etwas Hartes. Ein hölzerner Paddelschaft erscheint in seinem Blickfeld, der Griff um sein Kinn und seine Hand lockert sich. Sofort reißt er sich los und greift zu.

»Langsam!« Damians Stimme. »Sonst reißt du es mir aus der Hand.«

Alice beugt sich über den Rand des Boots. Sie umklammert seine Handgelenke. Sie starren sich an, seine eigene Panik spiegelt sich in ihren Augen. »Ich halte dich fest«, flüstert sie. »Du kannst vergessen, dass ich dich jemals wieder loslasse! Danke, Claire. Danke!«

Bene dreht den Kopf. Er sieht in ein anderes Gesicht, rot von der Anstrengung und ebenfalls nass. Claire keucht laut und hält sich offenbar mit letzter Kraft am Bug fest. Sie schafft es nicht, etwas zu sagen. Aber sie lächelt und nickt ihm müde zu. Mehr ist auch gar nicht nötig. Claire hat ihn vor dem Ertrinken gerettet.

Damian / Samstag, 12.03., 17:50 Uhr

Sie werden es ist nicht schaffen. Je länger sie gegen die Wellen kämpfen, desto sicherer ist Damian sich, dass sie hier draußen draufgehen werden und die Polizei dann vier weitere Todesfälle zu klären hat.

Bei Bene war es eben schon verdammt knapp. Wenn Claire nicht vor Jahren die Ausbildung zur Rettungsschwimmerin gemacht hätte, wäre es vorbei gewesen. Keine Chance, dass er sich selbst aus den zornigen Wellen hätte befreien können. Auch Alice scheint das zu wissen. Sie lässt Bene nicht aus den Augen, während sie und er je ein Paddel ergreifen und gemeinsam um ihrer aller Leben rudern. Claire zittert am ganzen Körper, während sie sich über die Bordwand lehnt und nach der Küste Ausschau hält, um Bene und Alice in die richtige Richtung zu dirigieren. Mantel und Hose hat sie ausgezogen, ehe sie Bene hinterhergesprungen ist, und ihr Pulli ist von Meerwasser getränkt.

Damian fühlt sich nutzlos. Trotz des Regens sieht er genau, dass Bene und Alice am Ende sind. Benes Lippen sind blau vor Kälte, und das Meerwasser rinnt ihm aus den Haaren und der dicken roten Jacke. Trotzdem werden seine Bewegungen nicht langsamer – höchstens mit jedem Schlag des Paddels verzweifelter. Wahrscheinlich spürt er es auch. Dass sie vergeblich gegen die Naturgewalten ankämpfen.

Alice dagegen stockt immer wieder merklich, zweimal rutscht ihr das Paddel aus den klammen Fingern. Damian kann es nicht länger mit ansehen. Er schiebt sie zur Seite und nimmt es ihr ab.

»Mach eine Pause«, sagt er leise. Wahrscheinlich hört sie ihn nicht einmal. Der Sturm ist zu laut, seine Stimme zu brüchig. Keine Spur mehr von Draufgänger oder Rockstar. Nicht einmal das Alter für den Club 27 wird er erreichen, wer hätte das gedacht? Und das ganz ohne Drogen.

Damian fasst das Paddel mit beiden Händen und versucht, einen Rhythmus mit Bene zu finden. Bei Alice hat es einfacher ausgesehen. Er wirft einen Blick über die Schulter. Das Bootshaus ist nicht mehr zu sehen, nur die graue Wand aus Regen und Dunkelheit. Aber zu ihrer Linken kann er Schemen erahnen. Bäume, das Schwimmende Moor? Und das dort, viel näher, sind das die Bungalows des Campingplatzes?

Damian stemmt das Ruder gegen die Wellen, wieder und wieder, aber sie scheinen kaum voranzukommen. *Mach schon*, hämmert es in seinem Kopf. *Reiß dich zusammen, oder das war's!* Er beißt die Zähne zusammen, versucht, gegen den Schmerz anzurudern. Regenwasser rinnt ihm in die Augen und verschleiert seine Sicht. Weiße Blitze zucken durch sein Blickfeld. Ein Gewitter? Oder nur eine neue Variante der hellen Flecken?

Egal. Er muss rudern.

Nur am Rande seines Bewusstseins hört er, wie Claire zu fluchen beginnt und nach dem Eimer greift. Läuft das Boot voll Wasser?

Egal. Er muss rudern.

Das Boot schaukelt, Alice schreit auf. Bene hört auf zu paddeln. Sie drehen sich nur noch auf der Stelle.

Rudern hilft auch nicht mehr. Damian hält inne, umklammert das Paddel, versucht, die anderen zu fokussieren. Was haben sie vor? Wollen sie das Boot verlassen? Alice schreit etwas und hält sich an Benes Arm fest. Claire schöpft immer noch Wasser.

Damian tastet nach dem zweiten Paddel. Sie können jetzt nicht aufgeben. Sie dürfen nicht.

Claire / Samstag, 12.03., 18:10 Uhr

Das eisige Brennen in Claires Händen und Füßen hat aufgehört und ist einer Taubheit gewichen, die sie erschreckt. Nachdem sie Bene mit letzten Kräften zum Boot geschleppt hat, scheint ihr Körper keine Kraftreserven mehr übrig zu haben, um auch nur ein wenig Wärme aufbringen zu können. Alice hat ihr sofort ihre eigene Jacke über die nackten Beine gelegt, als Claire zurück an Bord gekrochen ist, aber auch die ist mittlerweile durch die Gischt und den Regen durchweicht, und ansonsten trägt Claire nur noch einen klatschnassen Pulli und ihren Slip.

Ihre Schuhe, Hose und Jacke liegen auf dem Meeresgrund, sonst wäre sie bei diesem Wellengang gemeinsam mit Bene untergegangen.

Ihre Finger sind um den Henkel des Eimers verkrampft, wie sie die Bewegungen ausführt, weiß sie nicht. Das Boot läuft immer weiter voll. Sie bewegen sich kaum noch vom Fleck, weil sie mittlerweile so tief im Wasser liegen. Weder Claire mit dem Schöpfen noch Damian mit dem Rudern kommen dagegen an. Bene und Alice schreien irgendetwas. Das Meer ist bereits zu hoch gestiegen, es nimmt einfach kein Ende.

Sie werden sinken. Sie werden alle vier im eiskalten Wasser treiben, das ihnen jetzt schon bis zu den Waden steht. Und dann wird Claire niemanden mehr retten können, nicht einmal sich selbst.

Sie sieht zu ihrer Freundin und ihren Freunden hinüber. Wenn ihr nicht so kalt wäre, würde sie vielleicht weinen. Aber auch das schafft ihr Körper nicht mehr.

Plötzlich ertönt ein kreischendes Geräusch, und mit einem Ruck kommen sie zum Stehen. Claire zuckt zusammen.

War das …? Kann das wirklich …?

Bene stemmt sich erneut im Boot hoch, und Alice wirft sich auf ihn, um ihn festzuhalten. »Nein! Nein, bleib hier!« Panisch klammert sie sich an ihn.

»Alice, wir sind auf Grund gelaufen, das muss die Kante des Kiesstrandes sein. Bitte, lass mich nachsehen!«, fleht Bene.

Nun blickt Claire sich um. Tatsächlich. Es sieht alles so anders aus als in Claires Erinnerung, weil das Wasser den kompletten Kiesstrand überschwemmt hat und den Weg bedeckt. Aber gar nicht so weit entfernt ragen Bäume aus dem Wasser, Bäume, wie sie am Campingplatz stehen. In diesem Moment reißt Bene sich los und springt einfach über Bord. Er geht nicht unter, sondern bleibt stehen, das Wasser reicht ihm vielleicht bis zum Knie. »Schnell! Wir müssen uns beeilen, zum Parkplatz!«

Alice greift nach Damians Hand, der sie verwirrt ansieht und etwas murmelt. Claire schwingt sich bereits über Bord. Tatsächlich, hier kann sie stehen! Sie helfen Alice und Damian heraus.

Doch Damian fasst sich an den Kopf. »Leute?« Er gibt ein ersticktes Geräusch von sich.

»Damian, was ist los?« Bene streckt eine Hand nach ihm aus,
doch es ist zu spät. Claire sieht, wie ein merkwürdig leerer Gesichtsausdruck auf Damians Zügen erscheint. Seine Augen ver-
drehen sich nach oben, und dann geben seine Beine nach. Er
fällt zur Seite, streift Claire, die noch herbeispringen will, und
klatscht ins Wasser. Sein Kopf geht unter, nur der linke Arm ragt
noch über den Meeresspiegel hinaus. Claire lässt sich fallen und
zerrt an seinem Oberkörper, und dann kommen Bene und Alice
dazu, stützen sie, stützen ihn, bis sie ihn in eine aufrecht sitzende
Position gebracht haben. Damians Augen sind geschlossen, sein
Körper vollkommen schlaff. Er ist bewusstlos, nur die Halskrause
hält seinen Kopf aufrecht. Claire schlägt mit der flachen Hand auf
seine Wange. Doch nichts geschieht. Sie starrt ihn an.

»Atmet er?«, brüllt Bene.

Alice legt ihr Ohr dicht an seinen Mund. »Ich bin nicht sicher.
Der Wind ist zu stark, ich spüre nichts«, bringt sie mit bebenden
Lippen hervor.

Alice / Samstag, 12.03., 18:15 Uhr

Hektisch tastet Alice nach Damians Handgelenk. Ihre Finger fahren über die eiskalte Haut, suchen … suchen so verzweifelt nach
dem beständigen Pochen, das ihr sagt, dass er noch am Leben ist.

»Puls?«, fragt Bene atemlos.

Alice nickt. Zuckt die Schultern. »Ich glaube schon.« Sie presst
die Finger fester in die kleine Mulde, würde sich gerne länger vergewissern, sichergehen, dass sie es sich nicht nur einbildet. Aber
dafür bleibt keine Zeit. »Wir müssen hier weg.«

»Sollten wir ihn … keine Ahnung, in die stabile Seitenlage bringen, oder so?« Bene hält Damian immer noch über Wasser und sieht dabei schrecklich hilflos aus.

»Hier nicht«, stellt Claire mit einem Blick auf das knietiefe Wasser um sie herum fest. »Und mit der Halskrause geht das sowieso nicht.«

»Wir bringen ihn zum Auto«, bekräftigt Alice. »Ich hab mein Handy im Handschuhfach gelassen. Dann können wir einen Notruf … Das ist jetzt das Wichtigste, oder?«

Flehentlich sieht sie zu Bene, dann zu Claire. Die nickt. Bene ist bereits auf den Beinen, klemmt sich aus irgendeinem Grund eines der Paddel unter den Arm und wuchtet Damian mit sich in eine aufrechte Position.

Alice und Claire übernehmen die andere Seite, Damians leblos herabhängenden Arm über ihren Schultern, und gehen unter seinem Gewicht beinahe in die Knie.

Es ist nicht weit. Ein paar Meter. Höchstens fünfzig.

Vor ihnen ist der Campingplatz, das Netz des Beachvolleyballfeldes ragt aus dem Wasser, die Wiese, auf der normalerweise die Zelte stehen, der Grillplatz und der Weg sind verschwunden, aber dahinter kann man die Chalets erahnen. Und links daneben – muss da nicht der Parkplatz sein?

So nah und gleichzeitig kaum zu erreichen. Das Wasser steht Alice bis zu den Knien. Ihre Beine fühlen sich schwer an, so unendlich schwer, dass sie den Widerstand kaum bewältigen können.

Sie kommen nur im Schneckentempo voran, obwohl sie den Wind jetzt im Rücken haben. Er schiebt aus Richtung Meer mit, peitscht ihnen die Haare ins Gesicht und den Regen in den Nacken.

Die Flut hat den Boden aufgeschwemmt. Er gibt bei jedem

Schritt nach, wie der im Moor. Damians Gewicht drückt sie tiefer in den weichen Grund. Es kostet enorme Kraft, den Fuß wieder anzuheben und den nächsten Schritt zu machen. Und den nächsten. Und den nächsten.

Plötzlich stößt ihr Schienbein gegen etwas Hartes. Sie spürt, wie Damian ihr entgleitet, als sie stürzt. Wasser spritzt, und Schmerz schießt durch ihren Knöchel. Bene ruft ihren Namen, aber er kann ihr nicht aufhelfen, weil er gemeinsam mit Claire immer noch Damians schlaffen Körper hält. Claire schwankt sichtlich unter dem Gewicht. Alice stemmt sich auf die Beine und kommt ihnen wieder zu Hilfe. Anders ist es nicht zu schaffen.

Das Auto ist ihre letzte Hoffnung. Wenn es schon zu tief im Wasser steht, haben sie keine Chance. Zu Fuß werden sie den Deich niemals erreichen und schon gar nicht bezwingen. Nicht mit Damians zusätzlichem Gewicht. Nicht mit einem Knöchel, der nun bei jedem Schritt einen hellen Schmerz durch ihren Körper sendet. Nicht halb erfroren und am Ende ihrer Kräfte.

Alice macht einen Schritt voran, spürt wieder den festen Widerstand unter der Wasseroberfläche, auf Höhe ihres schmerzenden Schienbeins. »Das ist die Begrenzung um den Parkplatz!«

Hoffnung schießt durch ihre Adern, mobilisiert Kraftreserven, von denen sie nichts geahnt hat. Sie haben es fast geschafft!

Zu dritt wuchten sie Damian über die Begrenzung. Sie müssen ihn nur ein paar Zentimeter höher heben. Dann noch ein paar Schritte hangaufwärts. Das Wasser wird seichter. Alice zieht zittrig die kalte Luft in ihre Lungen, als durch den strömenden Regen Umrisse vor ihnen auftauchen. Der dunkelrote Opel Astra von Benes Eltern. Noch nie hat sie etwas so Schönes gesehen.

»Gleich!«, keucht sie. Tränen schießen ihr in die Augen. Vor Schmerz, vor Erleichterung, vor Müdigkeit, vor Angst. Claire und sie übernehmen Benes Anteil von Damians Gewicht, damit dieser den Autoschlüssel aus seiner Hosentasche holen kann. Zum Glück trägt er eine schmal geschnittene Jeans, sodass der Schlüssel trotz des Sturzes ins Wasser in der Tasche geblieben ist. Sogar das Smartphone ist noch da – Bene zerrt es gemeinsam mit dem Schlüssel hervor. Zu retten ist da allerdings ziemlich sicher nichts mehr. Das Wasser tropft aus dem Gehäuse, und das Display bleibt schwarz.

Gemeinsam bezwingen sie die letzten Meter. Bene öffnet die Türen manuell, weil es der Elektronik des Schlüssels nicht anders ergangen ist als seinem Smartphone. Kaum ist die Tür offen, krabbelt Claire auf die Rückbank, um Damian hineinzuziehen. Er ist immer noch bewusstlos. Bitte, lass ihn nur bewusstlos sein!

Bene wirft das Paddel in den Fußraum und setzt sich ans Steuer, Alice sinkt mit letzter Kraft auf den Beifahrersitz. Das weiche Polster in ihrem Rücken, die Stille um sie herum, als sie die Türen zuschlagen und den Sturm aussperren. Aber das Gefühl, dem Tod von der Schippe gesprungen zu sein, will sich noch nicht einstellen.

Bene / Samstag, 12.03., 18:25 Uhr

Bene weiß, dass sie jetzt verdammt viel Glück brauchen. Er hat sich vor Claire und Alice nichts anmerken lassen, aber der Anblick des Opel Astra war ein Schock. Das Wasser steht schon bis zur Unterseite der Stoßstange und die Wellen schwappen immer höher hinauf. Die Türen lassen sich noch öffnen, aber der Auspuff liegt etwas niedriger, und Bene hat Angst, dass durch die Wellen bereits Wasser eingedrungen sein könnte.

Bitte, fleht er in Gedanken, als er den Schlüssel in die Zündung steckt. *Bitte, spring an!*

Claire beugt sich auf der Rückbank über Damian. Alice öffnet währenddessen das Handschuhfach und holt mit zitternden Fingern ihr Handy hervor. Sie drückt darauf herum, hält es atemlos ans Ohr. Dann reißt sie es wieder weg und starrt darauf. »Kein Empfang! Du musst losfahren, Bene, vielleicht ist es Richtung Deich besser!«

Kommentarlos dreht Bene den Schlüssel. Tatsächlich springt der Motor an, und Bene wird schwindelig vor Erleichterung. Jetzt ganz vorsichtig Gas geben. Bene probiert es gleich im zweiten Gang und versucht, die Motordrehzahl niedrig zu halten. Doch sie kommen nicht los, die Reifen drehen mit einem surrenden Geräusch durch und schleudern Fontänen von Wasser nach hinten hinaus.

»Was ist los?«, fragt Claire mit angespannter Stimme.

»Wir stecken fest. Das Meer hat wahrscheinlich einiges an Schlick und Sand mitgebracht und uns drin vergraben. Die Reifen haben keinen Grip.« Bene lässt den Motor weiterlaufen und stößt die Autotür wieder auf. Es muss sein, auch wenn es ihn große Überwindung kostet, in den Sturm zurückzukehren. Sofort prasselt der Regen auf seinen Kopf ein. Er bückt sich und holt das Paddel aus dem Fußraum der Rückbank.

Claire beugt sich zu ihm. »Du hast das geahnt, oder?«, flüstert sie.

Bene erwidert nichts. Wenn er jetzt etwas sagt, dann wird er losheulen. Die Verzweiflung sitzt so dicht unter der Oberfläche. Er nutzt das Paddel als Schaufel und versucht als Erstes, die Vorderreifen freizulegen. Doch das Meer macht es ihm unmöglich, zu sehen, was er da genau tut. Zwischendurch bückt er sich und versucht es mit den bloßen Händen. Die Fäuste voll Schlamm wirft er einfach hinter sich.

»Wir könnten etwas unterlegen!« Alice kommt mit den Fußmatten aus dem Auto zu ihm gewatet. Bene zieht seine Jacke aus und drückt sie ihr in die Hand. »Etwas Festes wie Steine wäre besser, aber versuchen können wir's. Leg die Textilien direkt vor die Vorderreifen, am besten immer sofort, wenn ich einen frei geschaufelt habe.«

Mit hektischen Bewegungen arbeiten sie vor sich hin. Alice sieht ihn immer wieder an, und Bene weiß, dass sie sich wünscht, er würde etwas Zuversichtliches sagen, ihnen allen Mut machen. Aber seine Kraft reicht nur noch dafür, sich auf das Auto zu konzentrieren. Sonst kann er sie niemals von hier wegbringen. Damian muss in ein Krankenhaus. So schnell wie möglich, irgendetwas Furchtbares passiert mit ihm, und sie können ihm nicht helfen.

Als sie alle Reifen frei geschaufelt und die Vorderreifen zusätzlich mit der Unterlage präpariert haben, versucht Bene erneut, anzufahren. Ein kratzendes Klackern verrät, dass es nicht klappt wie geplant. Im Seitenspiegel sieht Bene seine rote Jacke wegfliegen, die die Reifen weggefetzt haben. Er flucht leise.

»Dann schieben wir!« Claire wirft einen letzten Blick auf Damian, der reglos quer über den Rücksitzen liegt, und streicht ihm über den Kopf. Dann steigt sie aus. Alice stellt sich neben sie. Bene beißt die Zähne zusammen. Wenn das Auto nach hinten wegrutscht oder … Nein, daran darf er jetzt nicht denken. Es ist ihre einzige Chance.

»Ihr müsst nicht die ganze Zeit schieben. Es ist besser, erst mal hin und her zu schaukeln, um die Reifen freizubekommen«, brüllt er ihnen zu und hofft, dass der Wind die Worte zu ihnen trägt.

Er startet das Wechselspiel mit der Kupplung. Erst die Kupplung langsam kommen lassen, damit das Auto anzieht, dann wieder durchdrücken, damit es zurückrollt. Im Rückspiegel sieht er, dass Alice und Claire die Hände seitlich am Kofferraum haben und das Schaukeln unterstützen. Schnell hat er das Gefühl, dass der Bewegungsradius sich erhöht. Es kann funktionieren!

Endlich ändert sich das Geräusch der durchdrehenden Reifen. Wasser und Schlamm spritzen seitlich hoch, als der Wagen sich nach vorne bewegt.

Bene gibt vorsichtig Gas. »Springt rein! Los, springt rein!«, brüllt er nach draußen. Er traut sich nicht, noch mal anzuhalten. Claire und Alice rennen dem fahrenden Auto hinterher, Alice hinkt. Ihr Knöchel? Alice springt durch die noch immer offene Tür auf den Rücksitz, dann hechtet Claire hinterher und landet halb auf Damian, der keine Reaktion zeigt. Dass Damian überhaupt nicht mehr aus der Ohnmacht erwacht, macht Bene nervöser, als er es vor den anderen zugeben würde.

Er wirft einen besorgten Blick auf die Tankanzeige. Sie müssen es so weit schaffen, bis Alice wieder Empfang hat und sie endlich einen Notruf absetzen können. Drüben am Moor hält der Wind die Birken im unbarmherzigen Griff und beugt sie tief auf den Boden hinunter. Ein Ast wirbelt auf sie zu und knallt auf die Motorhaube.

Bene zuckt nicht einmal. Die Karre muss nur weiterfahren, einfach weiter! Als sie durch die wassergefüllte Senke am Fuße des Deichs fahren, brandet vor der Motorhaube eine Welle auf. Doch anscheinend ist die Luftansaugung des Motors höher als der Wasserstand, und der Motor säuft nicht ab. Der Opel schafft es aus der Senke heraus und erklimmt die Steigung zum Deich. Endlich fahren sie auf einem nassen, aber nicht mehr überschwemmten Weg. Die Deichkuppe ist in Sichtweite! Dahinter sind sie vor der Flut in Sicherheit.

»Alice! Check dein Handy!«

»Noch nichts.« Sie kaut nervös an ihrer Lippe.

Claire hat sich wieder über Damian gebeugt und scheint seine

Atmung zu kontrollieren. »Halt durch, bitte halt durch.« Ihre leise Stimme dringt zu Bene nach vorne. »Rockstars sind doch nicht aus Zucker, stimmt's? Komm schon, streng dich an. Du musst durchhalten, wir brauchen dich. Bitte!« Die Worte sind so untypisch für Claire, dass Bene einen großen Kloß im Hals hinunterschlucken muss.

Claire bettet Damians Kopf auf ihre Knie. Alice klettert nach vorne auf den Beifahrersitz, um ihr Platz zu machen. Ihr Pulli und ihre Hose sind komplett mit Matsch beschmiert. Zitternd sitzt sie neben Bene und löst keine Sekunde den Blick von ihrem Handydisplay. Immer wieder versucht sie, den Notruf abzusetzen.

»Hören Sie mich! Können Sie mich verstehen?«, schreit sie plötzlich. Dann rasselt sie in Windeseile herunter, was mit Damian geschehen ist, dass sie Hilfe brauchen, auf welcher Straße sie fahren. Bene drückt noch mal aufs Gas. Wenn sie sofort einen Rettungswagen und einen Notarzt losschicken, können sie sich auf halber Strecke treffen. Alice reicht Claire das Handy nach hinten, damit diese der Rettungsstelle Details über Damians Zustand mitteilen kann. Sie hören sie mit klarer Stimme Bericht erstatten.

Alice schluchzt derweil leise und bekommt davon irgendwann Schluckauf. In Bene steigt ein bittersüßes Gefühl der besorgten Zärtlichkeit auf.

»Es wird alles gut, ganz bestimmt!« Er wirft ihr einen raschen Seitenblick zu, während er immer schneller fährt und Wiesen und Büsche an ihnen vorbeifliegen.

»Wie denn? Damian könnte sterben. Und selbst wenn er wirklich wieder gesund wird, wie soll es dann weitergehen? Du bist schon immer der Optimistische von uns gewesen, und das liebe ich an dir, aber …« Alice verstummt verlegen.

Bene weiß, dass ihr das gerade rausgerutscht ist und dass es keinen falscheren Zeitpunkt geben könnte, um über Gefühle zu sprechen. Und doch bringt dieser Versprecher einen Funken Hoffnung in ihm zum Glühen.

Er weiß, was Alice meint. Sie alle tragen Schuld an Tristans Tod. Vielleicht müssen sie vor Gericht, vielleicht sogar manche von ihnen ins Gefängnis. Und Frau Lehmann ist weiterhin ihrem furchtbaren Mann ausgeliefert. In Alices Blick liegt so viel Hoffnungslosigkeit, dass Bene das Lenkrad fester umklammert.

Meine Treue, meine Ehre,
sie forderten mich sehr.

Er starrt wieder auf die Straße. Ein grimmiges Lächeln umspielt seine Lippen.

»Keine Sorge. Ich habe einen Plan.«

Epilog

Freitag, 17.03.

Die Haustür fällt hinter ihr ins Schloss. Wie hat sie das Geräusch dieser Tür zu fürchten gelernt. Und wie befreiend klingt es jetzt an diesem milden Frühlingsabend. Das Gras und der Kiesweg sind nass, der Garten immer noch gezeichnet vom Sturm, aber heute ist der Himmel zartblau mit einem orangefarbenen Hauch am Horizont, dort, wo die Sonne untergeht und den Tag beendet. Und mit ihm eine mehr als ereignisreiche Woche.

Die Rollen ihres Koffers knirschen auf dem Kies. Das Gepäckstück ist schwer, schließlich enthält es ihr gesamtes neues Leben. Wegen des Gipsarmes kann sie keine zweite Tasche mitnehmen. Sie dreht sich nicht noch einmal zum Haus um. Sie kennt seine weiße Fassade, die über das hinwegtäuschen konnte, was hinter verschlossenen Türen und Fenstern passiert ist.

Am Gartentor hält sie inne, aus reiner Routine. Sie öffnet den Briefkasten und greift hinein. Eine Postwurfsendung, eine Zeitschrift, die ihr Mann abonniert hat, eine Postkarte. Sie studiert das Bild auf der Vorderseite. Hafen und Leuchtturm von Nordenham sind darauf zu sehen. Ein vertrauter Anblick und gerade deshalb so irritierend. Wer schickt ihr eine Postkarte aus ihrer eigenen Heimatstadt?

Ihre Finger zittern, als sie die Karte umdreht. Sie wurde nicht unterschrieben und besteht nur aus einer Anrede und einem kurzen Zitat. Großbuchstaben und ein markantes A in ihrem Namen fallen ihr ins Auge. Beides so vertraut wie das Motiv auf der Vorderseite und in Kombination doch genauso verwirrend.

Zuerst liest sie die Worte schnell, dann noch mal langsam. Schließlich schleicht sich ein Lächeln auf ihr Gesicht. Sie weiß genau, dass er die Karte nicht geschrieben hat. Sie nicht geschrieben haben kann. Aber das Zitat hätte tatsächlich auch er aussuchen können.

Sie steckt die Postkarte in ihre Jackentasche und greift wieder nach ihrem Koffer. Ihr Zug geht in einer halben Stunde. Tausendmal hat sie darüber nachgedacht, wegzugehen. Sie hat alles geplant. Dass es am Abend geschehen muss, wenn ihr Mann in der Kneipe sitzt und noch viele Stunden nichts von ihrem Fehlen bemerken wird. Dass sie nicht das Auto nehmen kann, wegen des Kennzeichens. Dass sie genug Bargeld dabeihaben muss, um nicht mit ihrer Karte bezahlen zu müssen. Damit er sie nicht findet.

Nichts davon ist jetzt mehr nötig. Ihr Mann wird definitiv erst mal nicht nach Hause kommen – selbst, wenn er letzten Endes nicht verurteilt werden sollte. Zumindest vorerst fürchtet die Welt ihn genauso sehr, wie sie ihn all die Jahre gefürchtet hat. Und das nur wegen eines kleinen gelben Plastikstifts. Sie allein weiß, dass der Adrenalin-Pen ihm nicht gehört hat, weil sie seinen am Morgen nach der Abschlussparty in der Tasche seines blutbesudelten Hemds gefunden hat und er ihn deshalb gar nicht im Moor verloren haben kann. Bei der Polizei hat sie diese Kleinigkeit nicht erwähnt, aber es ist ohnehin fraglich, ob es einen Unterschied gemacht hätte, nachdem vier neue Zeugenaussagen ihn schwer belasten. Wenn sie ganz viel Glück hat, hat ihr Mann einen langen Gefängnisaufenthalt vor sich. Erst einmal sitzt er jedenfalls in Untersuchungshaft.

Sie geht die Straße hinab, ihren Koffer im Schlepptau. Sie weicht den Blicken aus und sieht in die Schaufenster zu ihrer Rechten. Vor einem Imbiss mit kleinem Restaurantbereich hält sie inne. Über einem Tisch hängt ein Stechpalmenzweig, darunter steckt eine Gruppe junger Erwachsener die Köpfe zusammen, deren Anblick ihr auch nach all den Monaten noch vertraut ist.

Bene hat den Arm um Alice gelegt und grinst Damian zu, der sich – offensichtlich laut fluchend – von einem Rollstuhl auf einen der Klappstühle hievt und sogleich von einem hübschen dunkelhaarigen Mädchen umsorgt wird, das ihn ansieht, als wäre er sehr zerbrechlich und gleichzeitig sehr wertvoll.

Claire spricht mit dem Imbissbesitzer und deutet auf einen zweiten Tisch, von dem sie schließlich einen weiteren Stuhl heranzieht. Sie wirkt sortiert wie immer, man kann nicht hinter ihre Fassade blicken. Deshalb kam ihr Anruf gestern auch so überraschend. Claire hat gefragt, ob sie und ihre Freundinnen und Freunde die Räume der Schule an einem Wochenende im Monat für ein soziales Projekt nutzen dürfen. Eine Theatergruppe für benachteiligte Kinder und Jugendliche aus dem Heim oder aus Wohngruppen. So wie Michael. Das ist eine wunderbare Idee, gerade weil sie so unerwartet ist. Einen Grund für das plötzliche Engagement wollte Claire nicht nennen, also hat sie auch nicht weiter nachgehakt.

Sie muss ihren heimlichen Beobachtungsposten vor dem Fenster aufgeben, als eine junge Frau mit kunterbuntem Batikshirt ihr klappriges Fahrrad in den Fahrradständer schiebt, an ihr vorbei zur Tür hastet und den Imbiss betritt wie ein kleiner Wirbelsturm. Das Grüppchen sieht auf. Über Claires Gesicht geht ein Strahlen, und sie schlingt der Neuangekommenen die Arme um den Hals. Offenbar sind sie nun vollzählig, denn sie setzen sich, schon ganz in unterschiedliche Unterhaltungen vertieft.

Nur Bene beteiligt sich nicht. Er sieht auf, als hätte er gespürt, dass sie beobachtet werden. Sein Blick bleibt an ihr hängen und wandert dann zu ihrem Koffer. Kaum merklich heben sich seine Mundwinkel.

Auch auf ihr Gesicht schleicht sich ein Lächeln. Sie steckt die freie Hand in die Jackentasche und ertastet die rechteckige Karte darin. Die glatte Vorderseite, die raue Rückseite, deren wenige Worte sich schon lange vor dem heutigen Tag in ihr Gedächtnis gebrannt haben:

Wem nie durch Liebe Leid geschah,
der hat auch nie Freude durch Liebe erfahren.
Freude und Leid, die waren bei der Liebe
von jeher untrennbar verbunden.

Sie muss keine Fragen stellen. Sie weiß, wer die Karte geschrieben hat und wer die Aussagen bei der Polizei gemacht hat. Ob die vier ahnen, dass sie den Beschuldigten entlasten könnte, wenn sie wollte? Vermutlich nicht. Sie haben ihre eigene Wahrheit gefunden, was in jener Nacht im Moor geschehen ist. Und sie wird sich mit dieser Version ebenfalls zufriedengeben. Alles andere würde nur noch mehr Leid verursachen. Und Leid, da würden die vier ihr sicher zustimmen, gab es in all dem schon genug. Liebe aber auch, das ist nicht zu übersehen, wie sie da alle gemeinsam um den Tisch unter dem Stechpalmenzweig sitzen.

Der Anblick des kleinen Grüppchens brennt sich in ihr Gedächtnis ein. Noch etwas, das sie mitnehmen wird. Mit ihrem Koffer und der Postkarte in ihrer Tasche. Und der Erinnerung. Der Erinnerung an Tristan.

Standing Ovations

Diese Geschichte wäre ohne euch niemals auf die Bühne des Buchmarkts gekommen. Applaus für …

Die Kleinkunstbühne:
In unserem kleinen Kämmerchen haben wir die Begeisterung für die Stücke vergangener Jahrhunderte geteilt. Danke an unser Deutsch-LK-Squad und unseren Deutschlehrer Herrn Salfner!

Die Kulissenschieber:
Danke an die Crew vom Cube – Albert, Mattthias mit drei T, Kevin, Franzi, Florian und Ben – für die spontane und denkwürdige Runde Beerpong.

Die Bühnentechniker:
Wenn unser Auto mal im Meer versinkt, wissen wir genau, wen wir anrufen! Danke, Wolfgang Mäderer, Markus Loy und Matthias Reuß, für die ausführliche Beratung.

Die Premierenbesucher:
Es war uns eine Ehre, dass ihr unsere Geschichte als Allererste gelesen habt. Hut ab vor unseren aufmerksamen Testleser:innen Jeanette Holzschuh, Barbara Mäderer, Christina Rebelein, Ruth Feurer, Judith Feurer-Loy, Julia Wagner,

Lea-Victoria Rebelein, Leonhard Rebelein, Paul Stapor und Jonathan Hill!

Der Beleuchter:

Danke, Christian Schmiedecke, für deinen kritischen Blick auf die Szenen, die uns besonders großes Kopfzerbrechen bereitet haben.

Die Intendantinnen:

Ein großes Dankeschön geht an unsere Agentinnen Sophie und Beate Riess, die unsere Tristan-Idee quasi über Nacht zum nächsten großen Stück erkoren haben.

Die Regie:

Ohne euch hätte es Tristan nie auf die Bühne geschafft! Danke, Jasmin, Marie-Ann, Franzi und dem ganzen Team Dressler / Oetinger für das Vertrauen und dass ihr das Projekt von der Idee an begleitet habt.

Die Bühnenbildner:

Danke wieder einmal für die besten Bühnenbilder, Steven Feurer und Christina Rebelein!

Das Stammpublikum:

Ihr sitzt immer in der ersten Reihe – danke an unsere Familien!

Der Drehbuchautor:

Dein Text ist auch nach Jahrhunderten noch so was von wild. Ein Hoch auf Gottfried von Straßburg!